ATLANTIS
Les fils du rayon d'or

Du même auteur
aux Éditions J'ai lu

Les fables de l'Humpur *J'ai lu* 6280
Les derniers hommes, *J'ai lu* 7558
Graines d'immortels, *J'ai lu* 8686
Ceux qui sauront, *J'ai lu* 9297

Les guerriers du silence :
1. Les guerriers du silence, *J'ai lu* 4754
2. Terra Mater, *J'ai lu* 4963
3. La citadelle Hyponéros, *J'ai lu* 5088

Wang :
1. Les portes d'Occident, *J'ai lu* 5285
2. Les aigles d'Orient, *J'ai lu* 5405

Griots célestes :
1. Qui-vient-du-bruit, *J'ai lu* 8771
2. Le dragon aux plumes de sang, *J'ai lu* 8772

Abzalon :
1. Abzalon, *J'ai lu* 6334
2. Orchéron, *J'ai lu* 8044

L'enjomineur :
1. L'enjomineur, 1792, *J'ai lu* 8913
2. L'enjomineur, 1793, *J'ai lu* 9225
3. L'enjomineur, 1794, *J'ai lu* 9476

PIERRE BORDAGE

ATLANTIS
Les fils du rayon d'or

© Éditions J'ai lu, 1998

PRÉAMBULE

« Grand-père, je n'épouserai jamais Imök...
— Et pourquoi donc ?
— C'est une menteuse ! Elle m'a juré hier soir qu'elle avait vu un bateau volant... »

La coïncidence étonna le vieil homme. Emmitouflés dans des peaux de loup, assis sur un gros rocher qui dominait le lac, ils contemplaient les sommets enneigés des monts du Bahikal qui se jetaient dans le gris clair et uniforme du ciel. Çà et là, sur l'eau qu'aucune ride ne troublait, se formaient les premiers îlots de glace qui préludaient à l'embâcle. Dans deux ou trois jours, le clan de la Laie abandonnerait le campement d'été pour s'installer dans les plaines, où il séjournerait jusqu'au retour du printemps.

Le vieil homme enveloppa son petit-fils d'un regard affectueux. Agé de douze solstices, Jahik n'était pas seulement le sang de son sang, mais également et surtout son portrait tout craché. Mêmes traits, même caractère, même goût pour la pêche et la chasse, même habileté aux armes. En dépit de sa petite taille, il maniait l'arc et le couteau aussi bien, et même mieux, que les jeunes guerriers du clan. Il s'était entiché, ces derniers temps, d'une petite peste, vive et enjouée comme une truite, du nom d'Imök.

« Tu ne crois pas qu'il puisse exister de bateaux qui volent ?
— Les bateaux ne sont pas des oiseaux ! C'est une légende, comme les tigres qui crachent le feu, comme les magiciennes des glaces.

— L'odügan affirme pourtant que le monde est empli de merveilles. »

Jahik fronça les sourcils et leva sur le vieil homme des yeux soupçonneux.

« Est-ce que... tu y crois, grand-père ?

— Eh bien, j'ai entendu le récit d'un homme qui a voyagé à bord des bateaux volants.

— Raconte-moi, grand-père !

— C'est tellement long que nous en avons pour toute la journée et que ta mère risque de s'inquiéter.

— Elle n'est jamais inquiète quand je suis avec toi. S'il te plaît... »

Pour la forme, le vieil homme se fit encore un peu prier. Il avait toujours su qu'il raconterait cette histoire à Jahik, que ce serait sa dernière tâche avant d'entreprendre son ultime voyage. Son épouse avait été emportée par la mort deux solstices plus tôt, ses deux fils, dont le père de Jahik, avaient été tués lors de la dernière guerre contre les tribus büryats de la rive orientale du lac et, le gibier se faisant rare, il était devenu un fardeau pour le clan, une bouche inutile. Avant de partir, il lui fallait alléger sa mémoire, transmettre ses souvenirs à ce garçon qui était désormais sa seule famille, sa seule joie, son seul orgueil.

« Nous n'aurons pas le temps de retourner au campement pour manger...

— Je n'aurai pas faim, grand-père !

— Le soleil ne paraîtra pas aujourd'hui...

— Je n'aurai pas froid ! »

Le vieil homme sourit et laissa errer son regard sur ce paysage tant de fois contemplé, sur les frondaisons des mélèzes et des sapins saupoudrées de neige, sur les murailles rocheuses qui plongeaient à pic dans l'eau du lac, sur le moutonnement blanc des collines, sur les sentiers sinueux parsemés d'empreintes de chevaux, de rennes, de sangliers, de loups... Les herbivores et leurs prédateurs avaient entamé leur grande migration vers le sud.

« Cet homme s'appelait Tcholko, commença-t-il d'une voix empreinte de nostalgie. C'était un Tunguz du clan de la Laie, comme nous, et il est allé plus loin qu'aucun Tunguz n'est allé, il a contemplé des merveilles qu'aucun Tunguz n'a contemplées...

— Comment tu le sais, grand-père ? demanda Jahik en rabattant la capuche de sa veste sur ses épaules. Tu l'as connu ? »

Une rafale de bise souleva ses cheveux noirs, lisses, et dénuda son visage rond.

« Ne commence pas à m'interrompre à tout propos ! le morigéna le vieil homme d'un ton faussement sévère. Quand cette histoire a commencé, Tcholko était âgé de vingt-deux solstices. C'était un rude gaillard, tu peux me croire, un de ces hommes dont tout père se montre fier, dont toute jeune fille tombe amoureuse, dont tout ennemi a peur... »

I

« Cela se passait dans cette période incertaine où l'été n'est qu'un souvenir et l'hiver une promesse, où les collines émergent difficilement de la brume, où les rayons du soleil, pourtant hauts dans le ciel, tombent en colonnes pâles entre les ramures sans réussir à chasser le froid qui monte de la terre et réveille l'odeur des tourbières... »

Tcholko lança son cheval au galop et s'engagea dans l'étroit défilé qui menait à la rive orientale du lac. Il y avait repéré les traces d'un ours quelques lunes plus tôt, un grand mâle à en juger par la largeur des empreintes. En dépit de la fraîcheur, il n'avait pas voulu s'encombrer de vêtements qui l'auraient empêché de ressentir, une dernière fois avant l'arrivée des grands froids, l'ivresse de la chevauchée, le fouet du vent sur sa peau. Seuls l'habillaient un étui génital relié à son ceinturon et des bottes légères aux tiges retroussées. Ses cheveux dénoués dansaient autour de sa tête et de ses épaules comme des flammes noires et joyeuses. De préférence à la hache, au glaive ou au sabre, il avait choisi l'arc et le poignard, car les peaux avaient davantage de valeur lorsqu'elles étaient percées par des pointes fines et courtes.

Et Ulgak donnerait sûrement une réponse favorable à sa demande lorsqu'il reviendrait au campement avec la dépouille de l'animal. Il l'avait surprise, au sortir de l'hiver, en train de se baigner dans un torrent et avait été frappé par sa beauté. Elle lui avait adressé un sourire avant de se voiler pudiquement avec sa robe de laine, signe qu'il avait interprété comme un encouragement. Troisième fille d'Ourbikaï et de Brenk, elle avait réussi à déjouer la surveillance de ses parents et de ses sœurs pour le rejoindre aussi souvent que possible sur les bords du lac ou dans la forêt. Ils s'étaient caressés avec fougue et maladresse au début, avec sensualité ensuite, mais elle avait refusé de lui faire l'amitié de son ventre, disant qu'il obtiendrait une dot plus importante si elle conservait sa virginité jusqu'au mariage. Elle lui avait conseillé d'attendre la fin de l'été pour offrir à sa famille la peau d'un animal, sauvage de préférence, puis, avant d'entreprendre une démarche officielle, de consulter l'odügan du clan afin d'obtenir la bénédiction de Baï-Ulgan, le dieu de l'abondance et de la fertilité. Comme la plupart des femmes du clan de la Laie, elle avait imposé à son futur époux une double épreuve de patience et de courage, et il avait décidé de lui rapporter la fourrure de la bête jugée la plus dangereuse des monts du Bahikal, presque aussi dangereuse que les mystérieux tigres à dent d'épée qui erraient dans les bruyères de la toundra. Après avoir participé aux diverses activités du clan — surveillance des troupeaux de rennes, réfection des yourtes déchirées par les blizzards, façonnage et aiguisage des outils et des armes, cueillette des fruits et des champignons, capture et dressage des chevaux sauvages, battue au sanglier et au grand bison —, il s'était lancé sur la piste d'un ours. Sa chasse l'avait entraîné loin du campement, jusque sur la rive orientale du lac occupée par les tribus büryats.

Le roulement des sabots éclatait dans le silence

avec la force d'un orage. Des flocons d'écume s'échappaient des naseaux du cheval, un robuste taïpan à la robe laineuse. Tcholko lançait des coups d'œil inquiets sur les crêtes environnantes. Il n'aurait aucune chance d'en réchapper si les Büryats venaient à le surprendre dans ce goulet. Il transgressait la loi des clans en s'aventurant sur leur territoire et, même s'ils se tenaient tranquilles depuis cinq solstices d'hiver — depuis leur dernière et cuisante défaite dans la tourbière d'Ïgahl —, ils auraient pu assimiler son intrusion à une provocation, à une déclaration de guerre.

Il ne distingua aucune silhouette sur les parois à demi estompées par la brume. Il repéra, en revanche, les diverses traces laissées par l'ours, les sillons courts et profonds creusés par ses griffes sur le tronc d'un sapin, des touffes de poils accrochées aux épines d'un arbuste, l'arête d'un poisson au pied d'un rocher... Il tira sur la bride pour mettre sa monture au pas, dégagea l'arc et sortit une flèche de son carquois. Il craignait que l'animal, alerté par le crépitement des sabots, ne surgisse brusquement d'un repli de la paroi, n'effraie le cheval et ne lui arrache la tête d'un coup de patte avant qu'il n'ait eu le temps de le coucher en joue.

C'est alors qu'il entendit des cris. Le défilé se perdait dans la brume et semblait ne déboucher sur nulle part. Il eut l'angoissante sensation de se trouver devant la porte de l'enfer d'Erlik-Khan, crut que des cohortes de démons gesticulants et hurlants allaient jaillir du monde souterrain pour lui dérober son esprit. Seule l'image d'Ulgak l'empêcha de rebrousser chemin : il risquait de la perdre définitivement s'il ne lui rapportait pas le présent qu'elle avait réclamé. Nombreux étaient les hommes qui rôdaient autour d'elle, et pas seulement les célibataires du clan (l'odügan autorisait les hommes à épouser plusieurs femmes et, réciproquement, les femmes à épouser plusieurs hommes). Ulgak lui avait juré qu'elle n'appartiendrait à personne d'autre que lui, mais c'était, davantage qu'un serment, la parole d'une vierge effarouchée par les caresses d'un homme qui brûlait de lui prouver son désir.

Les cris ne ressemblaient pas aux ululements sinistres qui trouaient le silence glacé de l'hiver. Tcholko discernait à présent des gémissements, des halètements, des vociférations, des ricanements. Une scène, toujours la même, lui revint en mémoire. Cinq Aïkouts des steppes s'engouffraient dans la yourte, se jetaient sur une femme, déchiraient ses vêtements, la violaient à tour de rôle. Elle ne leur opposait aucune résistance, ne voulant pas attirer leur attention sur l'enfant qu'elle avait caché sous un amas de couvertures. Lassés de jouer avec elle, ils lui ouvraient le ventre avec la pointe de leur sabre, répandaient ses entrailles sur le tapis de laine, urinaient sur ses plaies, la regardaient agoniser en riant. Alors, le hurlement qu'elle avait trop longtemps contenu jaillissait de sa gorge avec la force d'un torrent. L'enfant n'avait rien perdu de l'abominable spectacle. Il ne savait pas combien de temps il était resté en compagnie du cadavre avant que deux anciennes du clan le dégagent des couvertures et l'emportent au travers du campement dévasté.

Plus de vingt solstices d'hiver s'étaient écoulés depuis l'irruption des pillards aïkouts, mais cette scène n'avait jamais cessé de hanter l'âme de Tcholko. Même si elle correspondait fidèlement à la description qu'on lui avait faite de la mort de sa mère, il avait l'impression qu'elle ne le concernait pas, qu'elle n'était qu'un mauvais rêve envoyé par un serviteur d'Oùlou-Toïon, le maître des sombres espaces.

Il distingua une voix aiguë parmi les braillements et les cliquetis. Il sut alors que, comme celle de son rêve, une femme était aux prises avec plusieurs hommes sur la rive du lac. Une boule de feu grossit à l'intérieur de son ventre, une chaleur intense se diffusa dans ses membres, dans sa tête, qui lui fit oublier l'enfer d'Erlik-Khan, les Büryats, l'ours, Ulgak... Il serra l'arc et la flèche dans sa main gauche, saisit la bride de sa main droite et lança de nouveau son cheval au galop.

Il les apercevait du haut de l'escarpement rocheux. A cet endroit, le vent violent qui soufflait en rafales depuis le centre du lac avait dispersé les lourds bancs de brume. Trois hommes, des Büryats reconnaissables à leurs tuniques et à leurs pantalons de peau ; une femme, qu'il crut d'abord couverte de sang de la tête aux pieds. Affinant son observation, il se rendit compte qu'il avait été victime d'une illusion d'optique, qu'elle portait en réalité une robe écarlate et déchirée. Un peu plus loin, couché dans les roseaux, gisait un homme dont les vêtements, coupés dans une étoffe souple aux reflets changeants, l'étonnèrent. Les cheveux de la femme, également, l'intriguaient : d'un roux semblable à la queue des écureuils ou à la fourrure des renards, ils offraient un contraste saisissant avec la blancheur de sa peau. Étrange apparition de glace et de feu, elle aurait pu être une divinité de l'en-bas égarée sur la terre des hommes, mais en ce cas, elle en aurait appelé à la toute-puissance d'Art-Toïon-Aga, le Père du monde, pour foudroyer les trois misérables humains qui lui faisaient face. Or, la crispation de ses traits trahissait une peur intense. Son compagnon étant mort, elle pensait sans doute que personne, ni homme ni dieu, n'était en mesure de la tirer de ce mauvais pas.

Tcholko s'était souvenu au dernier moment du sentier étroit qui grimpait à l'assaut de la paroi et débouchait sur ce surplomb. L'étoupe de brume, poussée par le vent vers l'ouest, l'empêchait de distinguer la rive opposée du lac et les monts du Bahikal. Une petite voix lui conseillait de déguerpir sur-le-champ, de parcourir sans se retourner les cinq ou six sarps qui le séparaient du campement du clan de la Laie, d'offrir à la famille d'Ulgak deux rennes bien gras ou un tapis de laine, mais il ne pouvait détacher son regard de la scène qui se jouait en contrebas, comme le petit garçon de son rêve enfoui sous les couvertures. Les Büryats ne se pressaient pas, sûrs de leur fait, félins se délectant de la terreur de leur proie. Ils savaient que leur forfait resterait impuni, que personne ne réclamerait la vengeance par le sang, car cette femme et son compagnon mort n'appartenaient à aucun clan des environs. D'où venaient-ils ? Comment avaient-ils traversé la taïga et la toundra qui s'étendaient des sarps et des sarps à la ronde autour du massif du Bahikal ? Les survivants d'une tribu errante recueillis par le clan de la Laie avaient raconté qu'ils avaient marché pendant plus de vingt solstices pour parcourir la distance entre l'Adihan et le Bahikal.

Vingt solstices, c'était à vue l'âge de la femme. Cernée par les Büryats, elle poussait de petits gémissements et reculait vers les rochers disséminés au pied de la paroi. Elle aurait augmenté ses chances de leur échapper en plongeant dans le lac. Non seulement ils auraient consacré une partie de leur énergie à se maintenir en surface, mais l'eau glaciale aurait refroidi leurs ardeurs. Peut-être ne savait-elle pas nager ? Ou bien la panique l'entraînait-elle à commettre des erreurs en cascade, comme ces rats des steppes qui, poursuivis par les loups argentés, finissent par se jeter d'eux-mêmes dans la gueule des prédateurs ? Le soleil miroita sur les bijoux qui ornaient ses oreilles, ses poignets, ses bras et ses chevilles.

D'autres scintillements attirèrent l'attention de Tcholko.

Les coutelas des Büryats.

Il sauta à terre, lia rapidement les rênes au tronc d'un arbuste et entreprit de dévaler la paroi, d'une hauteur approximative de trente hommes. Il lui fallait réduire la distance avec les trois agresseurs, écourter leur temps de réaction. Les tirer du haut du promontoire, c'était non seulement prendre le risque de les manquer et de blesser la femme, mais également les avertir de sa présence et leur laisser le temps de s'organiser. Les yeux rivés sur leur proie, ils ne lui prêtaient aucune attention.

Il passa d'une aspérité à l'autre de la paroi avec l'agilité d'un chamois, veillant à faire le moins de bruit possible. Un cri perçant retentit, qui lui vrilla les tympans et lui glaça le sang. Il lança un regard par-dessus son épaule, vit qu'un Büryat avait saisi le bras de sa prisonnière et lui avait arraché une partie de sa robe, la dénudant jusqu'à la taille. Il cessa d'assurer ses appuis et bondit de saillie en saillie. Des fragments de roche se détachèrent sous ses pieds et tombèrent dans le vide. Stimulé par les hurlements de la femme, il perdit toute notion de prudence et se laissa glisser jusqu'au sol sans se soucier des écorchures semées par les arêtes tranchantes sur son torse et ses cuisses.

Les buissons, denses au pied de la paroi, amortirent sa chute. Il accompagna le mouvement en roulant sur lui-même. Le bois souple de l'arc, qu'il tenait d'une main ferme, lui cingla l'oreille, le manche de son poignard lui meurtrit la hanche, quelques-unes de ses flèches s'éparpillèrent sur la mousse. Il se redressa, se secoua, localisa, une trentaine de pas plus loin, les Büryats qui lui tournaient le dos et s'acharnaient sur les derniers vestiges de la robe de la captive adossée à un rocher. Leurs propres grognements et les gémissements de leur victime s'étaient conjugués pour couvrir le bruit de sa dégringolade. Il encocha une flèche, tendit la corde de l'arc, visa un long moment, s'efforça de décontracter ses muscles et de calmer sa respiration, conscient que son initiative risquait de déclencher un nouveau conflit entre les tribus büryats et les clans tunguz. Sur leur territoire, les Büryats n'avaient de comptes à rendre à personne, et rien ne justifiait qu'il prît la défense d'une étrangère, mais une irrésistible impulsion le poussait à intervenir, peut-être pour conjurer la scène obsédante qui l'habitait depuis vingt solstices, pour venger enfin la mère et le petit garçon de son rêve.

Deux agresseurs avaient saisi la femme, nue désormais, par les bras et les jambes tandis que le troisième, pantalon baissé, l'incitait à la docilité en lui promenant la pointe de son coutelas sur les seins.

Ce fut ce dernier que choisit de frapper Tcholko. La flèche se ficha entre les omoplates du Büryat. Les deux autres se méprirent sur la nature des spasmes de leur compagnon et, lorsque celui-ci s'affaissa comme une outre vidée de son eau, ils marquèrent un temps d'hésitation. Puis ils repérèrent la silhouette de Tcholko, lâchèrent aussitôt leur prisonnière et plongèrent derrière les rochers. La deuxième flèche du Tunguz manqua son but, ricocha sur l'échine arrondie d'une pierre. La femme n'avait pas bougé, tétanisée par la vue du cadavre étendu à ses pieds.

Ses deux adversaires n'étant pas équipés d'armes de jet, fronde ou arc, Tcholko s'avança sans prendre de précautions. Il ne pouvait plus les frapper à distance et n'avait pas intérêt à ce que la situation s'éternise. Il lui fallait donc se rapprocher, les débusquer de leur cachette. La femme le regardait d'un air où l'étonnement le disputait à la crainte. Ses yeux avaient la couleur du lac au début de l'été, un gris-vert ondoyant, insaisissable. Des larmes roulaient sur ses joues, un filet de sang s'écoulait de l'estafilade tracée par le coutelas du Büryat sur le haut de son ventre. Plus grande et plus mince que les femmes du clan, elle était moins solide en apparence, mais la blancheur singulière de sa peau, la rutilance de ses bijoux, le feu de sa chevelure et de sa toison pubienne la paraient d'une grâce surnaturelle.

Parvenu à quelques pas d'elle, Tcholko lui fit signe de s'écarter d'un geste du bras. Elle parut ne pas comprendre au début, puis elle hocha la tête, enjamba le cadavre et s'enfuit en direction des roseaux. Les pans de sa robe, dispersés par le vent sur les reliefs, claquaient comme les tissus de prière accrochés au bouleau de l'odügan. Tcholko tendit de nouveau la corde de son arc et s'approcha à pas de loup de l'endroit où s'était réfugié le premier de ses deux adversaires. Les effluves nauséabonds qui paressaient entre les odeurs de tourbe et les essences végétales le ramenèrent quatre solstices en arrière, à la bataille d'Ïgahl. Les Büryats avaient l'habitude de s'enduire le corps de graisse pour, selon leur bö, tenir à distance les *abasy*, les mauvais esprits (les anciens du clan de la Laie prétendaient quant à eux que, si ces lourdauds se complaisaient ainsi dans leur puanteur, c'était surtout pour dissuader leurs ennemis d'enlever leurs femmes et de piller leurs réserves).

Tcholko entrevit un mouvement entre les rochers, fit deux pas de côté pour s'ouvrir l'angle de tir. L'autre se redressa subitement et, brandissant son coutelas, fondit sur lui dans un rugissement de tigre à dent d'épée. La flèche se planta dans le creux de son épaule mais ne l'arrêta pas dans sa course. Tcholko lâcha son arc, dégaina son poignard, esquiva, d'un retrait du buste, la lame du coutelas qui piquait droit vers son cœur. Emporté par son élan, le Büryat le percuta de plein fouet et l'envoya rouler sur le sol. Le souffle coupé, il regroupa d'instinct les jambes et, d'une brusque détente, frappa son adversaire au bas-ventre. Il l'entendit pousser un gémissement, le vit s'effondrer sur le dos, se jeta sur lui avec la vivacité d'un lynx et lui trancha la gorge d'un geste précis.

L'odeur doucereuse du sang s'insinua dans les lourds effluves de graisse. La peau grossièrement tannée de la tunique lui irrita l'intérieur des cuisses.

Il n'eut pas le temps de rendre grâce aux esprits auxiliaires du clan, il perçut un mouvement derrière lui, pivota sur lui-même, se rendit compte que le dernier Büryat tentait de le prendre à revers. En arrière-plan, il distingua la femme penchée sur le cadavre de son compagnon, les panaches agités des roseaux, la surface ridée et grise du lac, la masse indistincte et figée de la brume. Il appliqua ce conseil de l'odügan qui préconisait à ses guerriers de ne jamais fixer leurs adversaires dans les yeux, mais de contempler le paysage dans sa totalité, car les esprits auxiliaires, disséminés dans les arbres, dans les plantes, dans les roches, dans les cours d'eau, dans les nuages, refusaient de transmettre leur *mana*, leur énergie, à ceux qui ne les regardaient pas.

Les jambes ployées, il attendit l'attaque du Büryat. Il savait, pour l'avoir expérimenté lors de la guerre, qu'il valait mieux abandonner l'initiative à l'adversaire, l'amener à dévoiler ses intentions. Il avait tué un grand nombre d'ennemis dans la tourbière d'Ïgahl, un exploit qui lui avait valu les louanges de l'odügan, le respect des anciens, les faveurs de quelques femmes, veuves ou non, et l'octroi d'une yourte individuelle bien qu'il fût orphelin et célibataire. Il aurait pu d'ailleurs s'offusquer de la requête d'Ulgak, car personne ne s'avisait de contester sa bravoure, mais les femmes tunguz exigeaient de leurs prétendants qu'ils accomplissent une prouesse à leur seule intention, et elle n'aurait pas admis qu'il dérogeât à la règle.

Le coutelas décrivit une trajectoire oblique, du haut vers le bas. Tcholko esquiva le coup, prévisible, avec facilité, avec désinvolture presque, puis il exploita le léger déséquilibre de son adversaire pour s'approcher de lui. L'arme du Büryat décrivit une trajectoire circulaire mais siffla encore une fois dans le vide. Ses lourdes paupières se soulevèrent de dépit et de douleur lorsqu'une lame s'insinua sous sa nuque et crissa sur ses vertèbres. Il voulut se retourner, couper en deux cet insaisissable Tunguz qui le saignait comme un grand bison, mais ses jambes fléchirent et il tomba à genoux. Il tenta encore de chasser l'intolérable douleur qui se propageait le long de sa colonne vertébrale, finit par s'allonger sur le sol avec une lenteur révélatrice de son désarroi, de sa résignation. La lame continua de lui entailler le cou jusqu'à ce qu'un ultime soubresaut le secoue de la tête aux pieds.

Toujours accroupie près de son compagnon, la femme releva la tête et observa Tcholko. La détermination avait supplanté la peur dans ses yeux. Au creux de sa main brillait un objet que le Tunguz identifia comme l'une de ces pierres transparentes aux vertus magiques dont se munissait parfois l'odügan lors des cérémonies de guérison. De près, il fut émerveillé par la finesse des serpents qui enroulaient leurs anneaux autour de ses bras, du croissant de lune passé dans la chaînette qui lui encerclait le cou, des feuilles métalliques accrochées à ses oreilles, des bracelets qui tintaient doucement à ses poignets, à ses chevilles. La légèreté apparente de ses bijoux était à première vue incompatible avec l'extrême précision des coups qui les avaient forgés. Ils resplendissaient d'un tel éclat qu'ils paraissaient avoir été taillés directement dans les rayons du soleil.

Le regard du Tunguz se porta ensuite sur les cheveux et le corps de l'étrangère. Ils n'éveillaient pas en lui le même désir que la peau brune, les formes rondes et la chevelure noire d'Ulgak, mais ils le troublaient.

« Tu as l'intention de me violer ? »

Tcholko tressaillit, surpris par le son de sa voix, une voix chaude, mélodieuse. Surpris également qu'elle s'adressât à lui dans sa propre langue. De la manière dont elle avait posé la question, elle ne nourrissait aucune inquiétude sur les intentions de son sauveur.

« Je... je ne suis pas un Büryat, bredouilla-t-il.

— Tunguz ?

— Du clan de la Laie, acquiesça-t-il. Comment le sais-tu ?

— Ton allure, ton morphoty... tes caractéristiques physiques. Tu ne devrais pas être en territoire büryat.

— Je suis sur la piste d'un ours. Toi, de quel clan es-tu ? »

Elle s'absorba un long moment dans la contemplation des roseaux puis, d'un revers de main, écrasa les gouttes de sang qui perlaient de l'éraflure de son ventre.

« Leyrias est mort, dit-elle d'un ton mélancolique. Et je réside à plus de trois cents sarps d'ici.

— Trois cents sarps ? s'étonna Tcholko. Que fais-tu dans le Bahikal ? »

Elle marqua un nouveau temps de pause avant de répondre, comme si elle cherchait ses mots. Il refoula à grand-peine son envie de la toucher, de s'assurer par le contact qu'elle n'était pas un rêve, une apparition ou l'émanation d'un démon. Une large tache noirâtre maculait la tunique de son compagnon, tué d'un coup en plein cœur. Les doigts du mort étaient crispés sur la poignée d'une courte épée dont la qualité du façonnage dénotait, comme les bijoux de la femme, une maîtrise de la matière très supérieure à celle des tribus de la région. Cela faisait pourtant plus de six cents solstices, au dire des anciens, que le bronze avait évincé l'os et la pierre dans la taïga et dans la toundra.

« Un accident de parcours, répondit-elle. Nous avons perdu notre... moyen de transport.

— D'où viens-tu ? »

Elle désigna l'ouest d'un mouvement du menton.

« De quelque part par là...

— On parle la langue de la taïga, chez toi ?

— Nos langues ont les mêmes racines...

— Vous vous êtes fait voler vos chevaux, vos chariots ?

— Quelque chose comme ça. Nous nous rendions à Raïma.

— Connais pas... » grommela Tcholko en haussant les épaules.

Elle se releva et s'approcha de lui. Il respira des bouffées d'un parfum capiteux, plus enivrant que les essences végétales dont s'aspergeaient les femmes du clan pour se débarrasser de l'odeur omniprésente et suffocante des peaux. Aussi grande que lui, elle s'exhibait sans la moindre pudeur, comme l'odügan lors de la transe de l'örgiski (mais alors, l'odügan n'était plus une femme, elle était la Laie, l'intermédiaire entre les dieux et les hommes, le bouleau qui puisait sa force dans la terre pour s'élever jusqu'au ciel).

« Raïma se trouve à trois ou quatre cents sarps d'ici, murmura-t-elle. Vers le nord... »

Son regard s'attarda un instant sur le torse et les cuisses de Tcholko. Il eut la sensation déplaisante d'être un renne évalué par les assistants de l'odügan avant le sacrifice rituel à Oùlou-Toïon, le dieu qui avait offert le feu et l'aigle aux êtres humains. Elle tendit le bras et lui effleura l'épaule. Ses ongles longs dansèrent sur sa peau avec la légèreté de pattes d'araignée. Il crut qu'elle s'offrait à lui pour le remercier de son intervention, et il regretta de l'avoir secourue, car elle risquait, par son attitude provocante, de briser les liens qui l'unissaient à Ulgak dans les mondes invisibles. Des nuées de mouches bourdonnantes prenaient d'assaut le corps de son compagnon et, plus loin, les cadavres des Büryats.

Il lui saisit le poignet et lui écarta le bras sans ménagement.

« Pas le moment ! grogna-t-il. D'autres Büryats peuvent surgir à tout moment.

— J'ai besoin de quelqu'un comme toi pour me rendre à Raïma, dit-elle en réprimant une grimace. Seule, je n'y arriverai pas.

— Il faut un cycle lunaire pour parcourir trois cents sarps...

— Moins si nous trouvons des chevaux... »

Il se recula d'un pas, à la fois pour échapper à la pression du regard de son interlocutrice et lui signifier son refus. Le vent avait faibli et la brume se déployait sur toute la largeur du lac. Dans moins de vingt lunes, elle s'étendrait comme un linceul sur l'ensemble de la taïga, elle transformerait les arbres en spectres et les tourbières en pièges. Le clan de la Laie redescendrait dans les plaines avant que tombent les dernières neiges et que soufflent les vents de glace, abandonnant dans l'ancien campement les vieillards trop faibles pour effectuer le trajet.

« Je dois offrir une peau d'ours à la famille d'Ulgak, ou elle prendra un autre homme que moi.

— Elle t'attendra si elle tient à toi, répliqua la femme. Et tu lui rapporteras des présents fabuleux... »

Elle était parcourue de longs frissons qui faisaient danser ses seins et chanter ses bracelets. Il distinguait les sillons bleutés de ses veines sous sa peau hérissée aussi délicate que du givre.

« Quels présents ? »

Elle esquissa un sourire.

« Des bijoux identiques aux miens... et la fourrure d'un ours blanc... »

La proposition parut d'abord inconcevable à Tcholko, puis il imagina Ulgak parée de bijoux somptueux et vêtue d'une fourrure immaculée, et son cœur s'emballa. Selon les anciens, l'ours blanc était l'animal le plus majestueux et le plus féroce de la création, et béni était le clan du chasseur qui réussissait à en abattre un.

« L'ours blanc vit dans le pays des glaces éternelles, objecta-t-il. A des milliers de sarps d'ici... »

Un nouveau sourire, énigmatique, éclaira le visage de son interlocutrice.

« Il y en a quelques-uns du côté de Raïma. Nous sommes très peu à connaître leur existence. »

Ses cheveux se déversaient en torrents flamboyants sur ses épaules et sa poitrine. Il la dévisagea ardemment, plongea tout entier dans ses yeux verts pour tenter d'y détecter le mensonge. Il n'y rencontra que la vérité, peut-être parce qu'il avait envie de boire ses paroles, qu'il avait envie de faire d'Ulgak l'époux la plus admirée et la plus enviée du clan de la Laie, qu'il avait envie d'en apprendre davantage sur cette étrangère et son peuple.

« Il faut trouver trois autres chevaux, des vêtements chauds... »

Il avait prononcé ces mots sans même s'en rendre compte, une pensée qui s'était échappée de sa bouche. La perspective de ce long voyage à travers la taïga et la toundra lui donnait le vertige. L'exaltait également, même s'il n'avait jamais été séparé des siens plus de cinq jours. Sans doute serait-il de retour avant l'arrivée des grands froids, mais sa vigueur et son courage manqueraient si les Büryats déclaraient la guerre à la Laie. Un grand nombre d'hommes dans la force de l'âge avaient trouvé la mort dans la tourbière d'Ïgahl, et les jeunes avaient besoin d'un peu de temps pour s'aguerrir. Toutefois, les tribus büryats se trouvaient dans une situation analogue — pire, sans doute : ils avaient essuyé des pertes beaucoup plus importantes — et, selon toute vraisemblance, leur bö attendrait encore un ou deux solstices avant d'entreprendre l'örgiski, le voyage vers le domaine d'Erlik-Khan, le dieu de la mort au visage noir comme de la suie.

Les traits de la femme restèrent impassibles mais une flamme nouvelle éclairait ses yeux, qui traduisait son contentement et son soulagement. Elle se pencha sur le corps de son compagnon, lui écarta les doigts, lui arracha l'épée et la tendit à Tcholko.

« Prends cette dague. Tu sauras mieux t'en servir que moi... »

Il accepta l'arme avec une curiosité mêlée de crainte superstitieuse. Elle ne pesait pas davantage qu'une branche morte, et pourtant, sa lame brillante semblait plus solide que les lourds glaives de bronze, plus tranchante que les crocs d'un loup. Il passa l'index sur le fil aiguisé, une caresse qui, bien que prudente, abandonna une estafilade sur la pulpe de son doigt. Une douceur étrange se diffusait du manche, qui lui ensorcelait la paume. Le pommeau et la garde, délicatement ciselés, étaient d'un métal gris semblable aux reflets des lunes hivernales sur la neige. Quant à la pointe, elle était aussi effilée qu'une aiguille de sapin. Une nouvelle fois, Tcholko se demanda si cette perfection ne recelait pas quelque magie, s'il n'était pas entré par effraction dans un monde peuplé de divinités.

« J'ai froid, dit-elle en se croisant les bras. Où trouverons-nous des vêtements ?

— Sur le chemin, répondit Tcholko sans quitter la dague des yeux. En attendant, tu peux récupérer ceux de ton compagnon...

— Il est mort ! protesta-t-elle. Et couvert de sang !

— Les morts n'ont pas besoin de vêtements ! Et le sang sera bientôt sec... Peut-être préfères-tu la tunique d'un Büryat ? »

Elle fixa tour à tour les quatre cadavres avec une grimace de dégoût.

« Et toi ? »

Tcholko eut un petit rire de gorge.

« L'été vient tout juste de s'achever, fit-il en glissant la dague dans son ceinturon. Les premières nuits, je me contenterai d'une couverture de feuilles et de mousse.

— Et les chevaux ?

— Un cheval nous attend là-haut. Les trois autres, nous les volerons ou nous les capturerons... »

Elle opina d'un air las.

« Quand partons-nous ?

— Dès que j'aurai effacé les traces de notre passage... »

Tcholko se dirigea vers les cadavres des Büryats, les tira l'un après l'autre dans les roseaux et commença à creuser un trou à l'aide d'un coutelas.

Lorsqu'il les eut ensevelis et qu'il eut offert leurs âmes aux auxiliaires du clan, il se retourna vers la femme, recroquevillée derrière un rocher. Le lac et ses abords disparaissaient maintenant sous la brume, et l'humidité se faisait pénétrante, mordante. Du soleil ne subsistait qu'une tache mordorée qui se rétrécissait et pâlissait à vue d'œil.

« Je dois aussi enterrer celui-ci. Désires-tu adresser une prière à tes dieux ou aux esprits de ton clan ? »

Elle ne répondit pas, incapable de maîtriser les mouvements de ses lèvres bleuies par le froid. Elle se contenta de secouer lentement la tête. De même elle resta muette pendant que Tcholko traînait le cadavre jusqu'au bord du trou, le poussait du pied et le recouvrait de terre.

Le Tunguz ramassa ensuite ses flèches et glissa son arc sur son épaule gauche. C'est alors, alors seulement, qu'une scène de son enfance lui revint à l'esprit : âgé de dix solstices, il oscillait entre la vie et la mort aux prises avec une mauvaise fièvre, et l'odügan de la Laie, vêtue de sa robe de cérémonie et coiffée de ses bois de cerf, était penchée au-dessus de lui. Il se remémora non seulement ses paroles, mais également le timbre de sa voix, grave, vibrant : « Tu vivras, Tcholko, et tu entreprendras un long périple où tu contempleras des merveilles. Mais tu devras être rusé et fort, car tu affronteras des ennemis bien plus dangereux que les guerriers et les bêtes féroces de la taïga... »

Un ricanement effrayant s'était élevé dans la yourte et l'avait empêché d'entendre la fin de la prédiction.

Les esprits auxiliaires avaient donc prévu ce voyage. Cette constatation ne suffit pas à le rassurer mais il avait maintenant la certitude que son absence ne nuirait pas au clan. Sa dernière inquiétude concernait Ulgak : l'aimait-elle suffisamment pour l'attendre, pour ne pas rompre les fils invisibles de leur union ?

« Suis-moi », dit-il à la femme.

Et, sans plus se soucier d'elle, il se rendit au pied de la paroi et entama l'escalade. S'il avait su alors à quel voyage elle le conviait, il l'aurait sans doute égorgée comme on égorge ces folles qui se glissent la nuit dans les yourtes pour voler leur énergie aux guerriers...

II

« La femme s'appelait Arthea, et elle serait probablement morte de froid si, le soir du deuxième jour, Tcholko n'avait décidé de dérober des vêtements et des vivres dans le campement tunguz du Loup. Les Tunguz ne se font pas la guerre entre eux, tu le sais, Jahik. Chaque été, les odügan et les bö se rassemblent dans un endroit secret de la taïga pour consulter les quatre dieux majeurs et établir des règles communes. Ce code de conduite... — L'ögun ? » coupa le garçon. Le vieil homme acquiesça d'un battement de cils avant de poursuivre : « L'ögun est ensuite proclamé à l'ensemble des clans et sert à résoudre les problèmes soulevés par la migration du gibier, la transhumance des troupeaux, la frontière des territoires, les mariages mixtes et bien d'autres encore. Il permet également de répartir les réserves en cas de disette, de regrouper les armées afin de combattre les hordes venues des steppes, de châtier enfin les individus qui contreviennent à l'intérêt général... »

Le vol étant strictement prohibé, Tcholko n'ignorait pas qu'il risquait la mort si on venait à le surprendre dans ce campement. Mais s'il ne trouvait pas rapidement des vêtements, Arthea ne passerait pas la nuit. Ni la mousse sèche dont elle s'entourait, ni les branchages dont il la recouvrait, ni même la toison de laine du taïpan contre laquelle elle se blottissait ne parvenaient à la réchauffer. En deux jours, ils n'avaient parcouru qu'une dizaine de sarps. La jeune femme, à bout de forces, restait juchée sur le cheval et Tcholko marchait en se servant des rênes comme d'une longe. Il avait abattu un lièvre mais n'avait pas pris le temps d'allumer un feu pour le rôtir, et elle avait catégoriquement refusé de manger la viande crue — « une nourriture de *barbare*... » avait-elle soupiré avec une grimace de dégoût. Elle s'était contentée de grignoter quelques fruits sauvages.

Le matin du deuxième jour, sa peau glacée, son teint pâle et ses traits fixes avaient donné à penser à Tcholko qu'elle était morte. Affolé, il lui avait secoué l'épaule avec brutalité. Elle avait ouvert les yeux, enfin, et l'avait fixé avec une absence d'expression révélatrice de son état de faiblesse. Il l'avait dégagée de son abri de branchages et lui avait frotté le corps avec des plantes urticantes pour réactiver sa circulation sanguine.

Elle lui faisait l'effet d'un oiseau blessé, d'une créature dont la fragilité s'accommodait mal avec les rigueurs de la taïga. Le contact prolongé avec l'échine du taïpan lui avait écorché les cuisses et les fesses. Elle n'avait ni la robustesse ni la résistance des femmes tunguz, et cette vulnérabilité animait en lui des sentiments contradictoires. Elle l'irritait parfois, au point que de brusques envies le traversaient de l'abandonner à son sort et de prendre le chemin du retour, elle le fascinait le plus souvent, et il raffermissait sa volonté de poursuivre le voyage, de l'accompagner jusqu'à la lointaine Raïma. Même s'il continuait de penser à Ulgak, il devait admettre qu'il était davantage attiré par le mystère d'Arthea que par les bijoux et la fourrure de la récompense.

Il avait donc pris la décision de voler des vivres et des vêtements dans le premier campement qu'ils rencontreraient sur leur chemin. Ils avaient marché une bonne partie de la journée, se désaltérant aux sources claires qui jaillissaient des barrières rocheuses, se nourrissant de fruits et de racines. Puis, alors que la brume éteignait les derniers feux du soleil et qu'Arthea voyait avec effroi se déployer l'ombre nocturne, ils avaient entrevu les échines rondes et grises de yourtes entre les arbustes et les buissons d'un plateau. Tcholko avait distingué un crâne et une dépouille de loup fixés sur un mât et en avait déduit qu'ils s'étaient égarés sur le territoire du Loup, l'un des clans les plus puissants de l'ögun. Le plus exposé, également, aux incursions des hordes aïkouts ou kalmouks. Il avait attaché le taïpan au tronc d'un épicéa, avait confié l'arc, le carquois et la dague à Arthea, lui avait recommandé de se cacher dans les fourrés et de ne pas en bouger jusqu'à son retour.

Il s'était aventuré dans le camp muni de son seul poignard, espérant passer inaperçu à la faveur de l'obscurité naissante. Il croisa des groupes d'hommes et de femmes qui ne lui prêtèrent aucune attention. Les uns se rendaient à l'enclos des rennes et des chevaux, situé au fond du campement, les autres se dirigeaient vers la yourte du bö, reconnaissable au bouleau qui déployait ses ramées blanc et vert au-dessus de son toit. Certains étaient vêtus, comme lui, de leur seul étui génital, les autres portaient des tuniques, des robes de laine ou des vestes fourrées. Çà et là, séchaient des peaux tendues sur des cadres en rondins, pendaient des quartiers de viande qu'on s'apprêtait à saurer, montaient les fumées des foyers extérieurs, résonnaient des cris et des rires. Des mères lavaient leurs enfants dans des bacs en pierre, des vieillards discutaient par petits groupes en aiguisant des épées ou des lances sur des meules de pierre. Les lumières dansantes des foyers sculptaient leurs visages dans la pénombre, soulignaient leurs rides, leurs arcades sourcilières, leurs paupières lourdes et fripées.

Il n'avait quitté le campement de la Laie que depuis cinq jours, mais il pressentait que son voyage le tiendrait éloigné des siens durant de longs cycles, et cette ambiance paisible l'emplissait déjà de nostalgie. Tout en marchant, il observa les yourtes proches, en repéra une dont la tenture baissée de l'entrée indiquait que ses occupants s'étaient absentés. Elle était isolée, à demi cachée par un buisson, cernée par la nuit naissante. Il s'en approcha tout en jetant des coups d'œil sur les environs, vérifia que personne ne lui prêtait attention, se rendit à l'arrière de l'habitation, vit qu'une haie d'épicéas le protégeait des regards, s'accroupit, dégaina son poignard, commença à inciser l'enveloppe de peau, la fendit sur une hauteur de quatre mains et se faufila à l'intérieur. Les branches souples de l'armature se relâchèrent en grinçant.

Il lui fallut un peu de temps pour s'habituer à l'obscurité. Les tapis de laine, rêches, lui irritaient le ventre et les cuisses. Des odeurs de viande fumée, de lait fermenté, de fruits frais réveillèrent sa faim. La rumeur du campement s'échouait dans le silence comme une brise d'été. La yourte n'était pas divisée en plusieurs compartiments, comme le voulait l'usage, mais ne comportait qu'une seule pièce dont il cerna progressivement les limites. Peu à peu se dessinèrent les contours caractéristiques de jattes en terre cuite, de coffres de bois, de couvertures et de vêtements posés en tas sur une couche d'herbe séchée... Tout ce dont il avait besoin se trouvait rassemblé dans cette pièce ! Il loua Baï-Ulgan pour sa générosité. Poignard en main, il se dirigea vers l'amas de vêtements et commença à les trier. Leur forme et leur taille le renseignèrent sur l'identité de l'occupante des lieux, une femme âgée comme en attestait leur usure. Il mit de côté une robe de laine, une combinaison de fourrure, des moufles et des bottes montantes.

Dépouiller une ancienne d'une partie de ses effets risquait de la condamner à mort à l'approche de l'hiver. Les Tunguz, et, avec eux, l'ensemble des populations nomades du Bahikal, n'avaient pas pour habitude de s'encombrer de vêtements superflus, et cette femme, qui ne possédait sans doute qu'une pelisse de rechange, serait emportée par le froid si celle-ci venait à se déchirer ou à perdre de son étanchéité. Devant la gravité de son acte, Tcholko faillit renoncer, mais l'image d'Arthea, aussi nue et fragile qu'un nouveau-né, tellement pâle que son âme semblait promise aux démons d'Erlik-Khan, étouffa ses remords. Il commença ensuite à s'intéresser aux jattes et aux coffres de bois.

« Ils sont trop petits pour toi ! »

La voix, haut perchée, acérée, avait jailli d'un recoin de pénombre. Saisi, Tcholko lâcha les vêtements, tendit son poignard, fouilla la yourte du regard, repéra, à proximité des linéaments de la tenture de l'entrée, deux éclats jaunes et la forme claire d'une effraie. Il crut d'abord qu'il avait été apostrophé par l'oiseau, ce qui accentua son effroi : l'odügan affirme que les esprits, bons ou mauvais, s'adressent parfois aux humains par l'intermédiaire d'animaux, et un poignard est une arme bien dérisoire pour affronter les puissances de l'au-delà.

Il distingua, un peu plus bas que la chouette, deux autres éclats brillants, la tache argentée d'une chevelure, une silhouette qui se découpait sur le fond d'obscurité.

« Tu connais le châtiment encouru par les voleurs ? »

Tcholko s'attendit que l'ancienne pousse un hurlement et serra avec nervosité le manche de son poignard.

« Je te rendrai bientôt ce que je t'ai pris, petite

mère, dit-il précipitamment, conscient que ce genre d'argument n'avait que peu de chances de porter.

— Tu dois me tuer si tu veux que ta tête reste attachée à ton corps ! »

La manière qu'elle avait d'épouser le cours de ses pensées le surprit. Bien que l'éventualité d'égorger une vieille femme sans défense lui répugnât, il n'avait en effet pas d'autre choix que de la réduire au silence. La chouette perchée sur l'épaule de l'ancienne battit des ailes et poussa un cri perçant.

« Tu n'es pas du Loup, n'est-ce pas ? »

Il s'approcha lentement d'elle. Il voulait lui trancher la gorge d'un seul coup, à la fois pour lui éviter de souffrir et l'empêcher d'alerter le campement.

« Ces vêtements seront également trop justes pour la jeune femme aux cheveux roux qui t'attend à moins d'une demi-sarp d'ici, mais elle devra s'en accommoder... »

Il recula, comme giflé par une main invisible.

« Tu... tu la connais, petite mère ? bredouilla-t-il.

— Les divinités de l'en-bas m'ont annoncé votre passage... »

Elle se départit de son immobilité et s'avança à son tour vers le centre de la yourte. Il discerna son nez aquilin, les minces fentes de ses yeux, ses pommettes hautes, ses joues creuses, ses lèvres rainurées, son front sillonné de rides. Elle portait une robe de laine grise, informe, d'où s'exhalait une vague odeur de renne. Les yeux de l'effraie, ronds et jaunes, restaient rivés sur l'intrus, comme si elle guettait la première occasion de lui lacérer la face de ses serres puissantes.

Tcholko secoua la tête pour dissiper le malaise qui s'emparait de lui.

« Seuls les odügan et les bö sont habilités à parler avec les dieux... marmonna-t-il.

— Ce qui est vrai dans un sens ne l'est pas toujours dans l'autre. Les odügan et les bö endurent la transe et consultent les esprits, mais les dieux apparaissent et parlent aux hommes et aux femmes de leur choix. »

Tcholko sut alors que cette femme ne le trahirait pas et son bras se relâcha.

« Ils m'envoient des rêves d'avenir depuis que j'ai atteint mes dix solstices, reprit-elle. Ils m'ont annoncé, la nuit dernière, que tu pénétrerais dans ma yourte pour t'emparer de mes vivres et de mes vêtements.

— Tu ne fais rien pour m'en empêcher, petite mère. L'hiver s'annonce pourtant rude... »

Elle haussa les épaules.

« Je n'appartiens déjà plus à ce monde. La faim et le froid me délivreront bientôt de ce corps usé. Je n'entreprendrai même pas le voyage vers les plaines. Les dieux m'ont recommandé de te confier une partie de mes réserves. Ils m'ont appris que tu t'en allais vers les steppes du Nord pour escorter cette étrangère, et ils m'ont dit que ton voyage était important, non seulement pour elle et pour les siens, mais pour les peuples de la taïga, de la toundra, du grand Tzcin, pour l'ensemble des êtres qui vivent sur la terre...

— La terre, petite mère ? »

Elle s'avança encore jusqu'à l'effleurer de sa robe et de ses cheveux. Sa petite taille l'obligeait à lever la tête pour lui parler. Il vit avec inquiétude le bec de l'effraie se promener à un pouce de ses yeux.

« Le monde ne se limite pas à ce que capte le regard. Ton voyage te mènera vers des pays dont tu ne soupçonnes pas l'existence...

— Il n'y a que les steppes et les glaces plus au nord... fit observer Tcholko.

— Mais qu'y a-t-il au-delà du nord ? »

Ne sachant pas où elle voulait en venir, il marqua un temps de pause. La rumeur du campement soustendait le silence comme un bourdon grave et continu. Les lueurs furtives des foyers proches caressaient les cloisons de la yourte.

« Je n'irai pas au-delà du nord, affirma-t-il avec une soudaineté qui révélait la terreur inspirée par les terribles déserts de glace. Lorsque j'aurai ramené cette femme chez elle, je reviendrai dans le Bahikal et j'épouserai Ulgak. »

Le visage fripé de la vieille s'éclaira d'un sourire qui dévoila des dents déchaussées et des gencives noirâtres.

« Ce sont les dieux qui décident de l'avenir, fit-elle après s'être éclairci la gorge. Eux seuls ! Mais ne perdons pas de temps à en discuter. Je t'ai préparé des vivres et je me suis procuré des vêtements à ta taille... »

Elle se rendit près d'un coffre de bois, l'ouvrit, lui tendit des moufles, une veste et un pantalon en peau de loup. Puis elle lui désigna un grand sac de laine tressée, semblable à ceux qu'utilisaient les Tunguz de la Laie pour entasser leurs affaires et se déplacer d'un campement à l'autre.

« Viande fumée, fruits séchés, fromages de renne, galettes d'épeautre sauvage, outre d'hydromel... Vous tiendrez quinze jours avec ça, le temps pour vous de traverser les territoires aïkouts et kalmouks de la toundra. Après, tu devras te remettre à chasser... »

Tcholko ne chercha pas à vérifier le contenu du sac. En envoyant un rêve à cette ancienne du Loup, Baï-Ulgan s'était montré encore plus clément qu'il ne l'avait espéré. Il ne lui restait plus qu'à trouver des chevaux. Il n'osait pas bouger cependant, se demandait s'il n'était pas le jouet d'une illusion, si un démon d'Erlik-Khan ne s'était pas glissé dans le corps de la vieille femme pour mieux le tromper.

« Qu'est-ce que tu attends pour déguerpir ? » gronda-t-elle.

Captant le regard de Tcholko, elle leva les yeux sur la chouette et ajouta :

« Rassure-toi : elle se tiendra tranquille ...

— Il y a longtemps que tu l'as apprivoisée ? » demanda-t-il.

Elle eut un petit rire rauque qui s'acheva en quinte de toux.

« Je ne la connais que depuis ce matin. Elle est entrée d'elle-même dans la yourte et s'est posée sur mon épaule. Je la tiens pour une messagère des divinités de l'en-bas. Elle m'aurait crevé les yeux si je n'avais pas respecté leur volonté. Elle t'apparaîtra au moment où tu en auras besoin.

— Elle... me suivra dans le Nord ? »

L'ancienne caressa avec délicatesse le plumage blanc du rapace.

« Elle emprunte des chemins connus d'elle seule... Va, maintenant. »

Tcholko rengaina son poignard et passa les vêtements qu'elle lui avait donnés. La veste lui allait parfaitement, mais il dut rajuster le pantalon, un peu large, avec son ceinturon. Ils avaient été trempés dans des essences végétales qui masquaient en partie l'odeur de loup. Le contact agréable avec le cuir souple l'aida à surmonter ses regrets de ne plus sentir les effleurements de l'air sur sa peau. Il ouvrit le sac de laine tressée, y entassa la pelisse, la robe, les bottes, les moufles, le chargea sur l'épaule et se dirigea vers le fond de la yourte.

« Seuls les voleurs se faufilent par les trous de mulot ! fit la vieille femme avec un sourire. Passe par l'entrée ; tu garderas ta dignité.

— Mais...

— Personne ne se dressera sur ta route. Et si tu rencontres un curieux, dis-lui que tu sors de la yourte de Ryak... »

Tout en parlant, elle s'était rendue près de l'entrée et avait dénoué les attaches basses de la tenture. Quand elle l'eut écartée, des langues de lumière vives s'insinuèrent par l'ouverture, léchèrent les tapis et le bas de la couche. L'agitation qui régnait devant les habitations proches ne concernait ni Ryak ni son visiteur. Des familles s'étaient rassemblées pour célébrer un mariage, une naissance, une belle chasse, une guérison ou une prédiction du bö...

Avant de sortir, il s'inclina devant la vieille femme et lui pressa la main avec ferveur.

« Comment te remercier, petite mère... » balbutia-t-il.

Elle lui posa l'index sur la bouche et le fixa avec une sévérité teintée de tendresse.

« Mes quatre fils sont morts à la bataille d'Ïgahl, murmura-t-elle. Les divinités de l'en-bas m'avaient prévenue, mais que représente l'amour d'une mère face à l'orgueil de ses enfants ?

— J'étais aussi à Ïgahl...

— Qui n'a pas entendu parler des exploits de Tcholko du clan de la Laie ? »

La bouille ahurie de Tcholko ramena un peu de gaieté sur le visage de Ryak.

« Tu connais mon nom ?

— Reviens vivant de ton périple, et je serai remerciée, sur ce monde ou dans d'autres... »

Elle lui ordonna de s'éloigner d'un geste péremptoire de la main, puis elle se détourna avec une telle brusquerie que l'effraie, surprise, dut battre vigoureusement des ailes pour rester perchée sur son épaule. Il s'engagea d'un pas décidé dans l'allée qu'avaient tracée des milliers de pas entre les yourtes.

« Arthea ? »

Le taïpan broutait paisiblement les herbes rases qui poussaient au pied de l'épicéa. Des îlots d'étoiles s'allumaient dans le ciel noir. Le vent violent colportait des senteurs d'humus, de fougère, de résine et de champignon.

Tcholko posa le sac, explora les fourrés mais ne distingua pas la silhouette claire de la jeune femme dans l'entrelacs des branches. L'arc, le carquois et la dague avaient également disparu. Inquiet, il poursuivit ses recherches en décrivant des cercles de plus en plus larges autour du cheval. Il ne trouva ni Arthea ni ses armes parmi les rochers et dans les sous-bois environnants. Il examina alors le sol dans l'espoir de relever la piste de la jeune femme. A la lueur des étoiles et de la lune, il discerna de nombreuses traces humaines et animales, ici le passage d'une horde de sangliers, là les empreintes abandonnées par une meute de loups, là les profondes ornières creusées par les sabots des chevaux ou des rennes, là encore les marques superficielles laissées par des pieds nus ou des bottes. La lumière était trop faible pour évaluer la fraîcheur de ces pistes, d'autant que la terre, durcie par les chaleurs de l'été, avait la consistance de la roche et ne conservait pas les odeurs.

Il rechercha Arthea jusqu'à ce que la lune occupe le centre du ciel puis, lorsqu'il estima s'être trop éloigné du taïpan, il rebroussa chemin. Il demeura un long moment indécis, n'osant bouger de peur de manquer la jeune femme au cas où elle reviendrait sur ses pas, essayant de mettre un peu d'ordre dans ses pensées. Étant donné l'état de faiblesse d'Arthea, il rejeta l'éventualité qu'elle se fût d'elle-même aventurée dans la taïga (la seule qui lui laissât un peu d'espoir de la revoir). Il lui paraissait plus vraisemblable qu'elle eût été enlevée par des Tunguz ou encore par des pillards des steppes, aïkouts ou kalmouks. A moins encore qu'elle n'eût été surprise par un ours ou par des loups qui auraient rôdé près du troupeau de rennes du clan du Loup. Mais il aurait retrouvé ses armes, en ce cas, il aurait remarqué des taches de sang sur la mousse. Il regretta amèrement de l'avoir laissée seule pendant son expédition dans le campement. Il se rendait compte, un peu tard, qu'il tenait à elle, non qu'il éprouvât pour elle un désir aussi violent que celui qui le poussait vers Ulgak, mais, bien qu'elle l'eût souvent couvert de regards narquois, perplexes ou méprisants, elle avait su en moins de deux jours se ménager une place importante dans sa vie. Il avait l'impression d'avoir perdu beaucoup en la perdant, un peu comme ces héros des légendes tunguz rejetés par les magiciennes des glaces après avoir été admis sur leur couche. Il ressentait un grand vide, un terrible sentiment de gâchis, une détresse accentuée par sa solitude et la profondeur des ténèbres.

Il s'assit contre le sac et resta prostré une grande partie de la nuit, protégé du froid par les peaux de loup. La mort dans l'âme, il prit la décision de rendre les vivres et les vêtements à la vieille Ryak, puis de rentrer au campement de la Laie avec la fourrure de l'ours qu'il avait traqué pendant trois jours. Il se débrouillerait pour l'abattre au poignard, puisqu'il n'avait plus d'arc, plus de flèches, plus de dague. D'Arthea ne resterait qu'un rêve, comme la femme torturée par les Aïkouts dans la yourte, comme le petit garçon caché sous les couvertures... Ryak avait eu raison sur un point : les dieux seuls détenaient les clefs de la destinée. Le songe qu'ils avaient envoyé à la vieille femme n'avait été qu'un leurre, un jeu cruel.

N'ayant plus aucune raison de pénétrer clandestinement dans le campement du Loup, il détacha le taïpan, posa le sac sur son encolure et se hissa sur son échine. Il lança un ultime coup d'œil sur les environs, saisi d'un fol espoir d'entrevoir une silhouette pâle entre les branches ondulantes des arbres, les rameaux frissonnants des buissons ou les masses inertes des roches. Les hurlements du vent proclamaient la fin de la saison chaude et le retour du temps froid. Il remonta la capuche de la veste, ourlée d'une bande de fourrure qui lui effleura les joues. Si au moins il avait eu un indice, une direction, il aurait pu se lancer sur la piste de la jeune femme mais la terre avait refusé de lui livrer ses secrets. D'un geste rageur, il cala le sac entre ses jambes et donna des coups de talon sur les flancs de sa monture.

Le taïpan s'était à peine élancé qu'un ululement retentit au-dessus de Tcholko, domina les sifflements du vent et le roulement des sabots. C'était en apparence l'un de ces banals cris de chouette qui rythmaient par milliers les nuits de la taïga, mais une intuition souffla au Tunguz d'immobiliser son cheval. Il observa les ramures des arbres les plus proches, remarqua une effraie perchée sur une branche basse d'un bouleau. Immédiatement, les paroles de Ryak lui revinrent en mémoire et son rythme cardiaque s'accéléra. Pendant quelques instants, il craignit que la chouette ne fût qu'un rapace en chasse comme les autres et ne s'enfuît à son approche. Il prenait peut-être pour un signe des dieux ce qui n'était que l'expression d'un désir exacerbé. Elle demeura sur la branche jusqu'à ce qu'il eût avancé son cheval à moins de cinq pas. Hormis le fait que la proximité d'un être humain ne l'effrayait pas, rien ne la distinguait d'une autre effraie. Ses pupilles dilatées emplissaient en grande partie ses yeux jaunes. Elle émit un nouveau ululement, plus plaintif, presque suppliant, puis elle s'envola et alla se poser sur une arête rocheuse située sur la gauche de Tcholko. Il contraignit le taïpan à exécuter une demi-volte et à se rendre au pied du rocher. Elle n'attendit pas qu'il fût arrivé près d'elle cette fois-ci, elle quitta son perchoir dans un bruissement d'ailes, vola en direction du nord, se stabilisa au-dessus des cimes en poussant des cris perçants. Tcholko dirigea sa monture vers le centre approximatif de ses tournoiements. En lui s'imposait la certitude qu'elle était l'effraie de la vieille Ryak, la messagère des dieux, le dernier lien qui le rattachait à Arthea, et le feu, à nouveau, brûlait en lui, chassait sa tristesse, le galvanisait.

L'effraie recommença son manège à plus de vingt reprises. Elle s'éloignait d'une centaine de pas, se faufilait entre les ramées, s'assurait d'un rapide survol que l'homme et son cheval étaient dans la bonne direction, repartait dans un concert de cris assourdissants. Tcholko s'efforçait de ne pas perdre des yeux le point blanc qui disparaissait parfois entre les sapins, les mélèzes et les épicéas, de plus en plus denses au fur et à mesure qu'ils progressaient vers le nord. Lancé au grand galop, crachant l'écume, le taïpan faisait preuve de son courage et de son adresse habituels au franchissement des passages difficiles. Il réduisait à peine l'allure lorsqu'il s'engageait dans une sente à demi obstruée par les éboulis et les ronces. Il choisissait ses points d'appui avec une rare sûreté, rattrapait ses dérobades au prix de contorsions qui obligeaient son cavalier à d'incessantes acrobaties, dévalait les pentes raides sans ralentir, frôlait les arbres sans se soucier des branches basses qui lui cinglaient le chanfrein et le poitrail.

Ils atteignirent une tourbière que l'humidité habillait d'un épais manteau de brume. Averti par son instinct, le taïpan renâcla, se cabra, refusa de s'aventurer sur ce terrain mouvant. Après l'avoir calmé d'une pression soutenue des cuisses, Tcholko examina la surface noire et luisante d'où s'exhalait une lourde odeur de putréfaction. La lune avait entamé sa course descendante et des nuages épars occultaient les étoiles.

L'effraie poursuivit son vol et se fondit dans la nuit. Tcholko se demanda pourquoi elle les abandonnait après les avoir guidés sur une distance qu'il évaluait à une douzaine de sarps. Il n'eut pas le temps, toutefois, de s'apitoyer sur lui-même ni de s'insurger contre la cruauté des divinités de l'en-bas. Il nota des marques de sabots et des monticules de crottin sur la tourbière, fraîches à en juger par les contours bien nets des empreintes et les volutes blanches qui s'élevaient des déjections. Il comprit alors que la chouette l'avait remis sur la trace des ravisseurs d'Arthea et que, sa tâche accomplie, elle le laissait se débrouiller par ses propres moyens. Il sauta à terre et, tenant le taïpan par la bride, esquissa quelques pas sur la tourbe.

Les cinq chevaux qu'il dénombra avaient galopé de front et avaient tracé un large sillon rectiligne qui se perdait dans l'obscurité. Il discerna, et cela le fit frémir de joie et d'inquiétude, un long cheveu roux coincé sous une brindille. Il le ramassa et l'entortilla autour de son index. Arthea se trouvait en cet instant à quelques sarps de la tourbière. Paradoxalement, le fait de la savoir aux mains d'une bande aïkout ou kalmouk le rassura en partie sur son sort. Les pillards des steppes avaient pour habitude de garder leurs prisonniers en vie, soit pour en faire leurs épouses ou leurs concubines, soit pour les échanger contre des denrées rares aux marchands des caravanes qui venaient de Tzcin, traversaient les immenses steppes et gagnaient les hauts plateaux du Taïbet. Une jeune femme aux cheveux rouges et à la peau blanche serait une marchandise d'autant plus précieuse qu'on n'en rencontrait jamais dans cette partie du monde — de la... terre, aurait dit Ryak.

Bien que son impatience le pressât de se remettre immédiatement en route, il décida de s'alimenter et d'accorder un peu de répit à son cheval. Il ne perdrait pas de temps sur les pillards, car, tôt ou tard, ils seraient tenus aussi d'observer une pause.

De lointains hurlements troublaient le silence nocturne. Il mangea un morceau de viande fumée, un fromage de renne, avala une rasade d'hydromel, donna deux galettes d'épeautre sauvage au taïpan et esquissa quelques mouvements d'assouplissement avant de refermer le sac.

Il chevaucha sans trêve jusqu'aux premières lueurs de l'aube. Une végétation clairsemée et basse supplantait peu à peu la forêt. Les rayons du soleil naissant dispersaient les bancs de brume, étiraient les ombres des bosquets d'arbres nains sur les mosaïques pourpre et or des champs de bruyères.

A partir de cet instant, Tcholko n'eut plus besoin de relever les traces des pillards sur la mousse ou la terre humides, il lui suffit d'emprunter le chemin taillé par leurs chevaux dans la végétation. Ils avaient bifurqué sur la gauche pour suivre le cours d'une rivière qui serpentait entre les collines ourlées d'une frange pâle. Une sarp plus loin, à l'abri d'une petite crique, ils avaient abreuvé leurs bêtes mais n'avaient laissé aucun vestige de repas, sans doute parce qu'ils n'avaient rien à manger et qu'ils étaient pressés de mettre la plus grande distance entre d'éventuels poursuivants et eux. Ils ne tiendraient pas longtemps à ce rythme, comme ces grands sangliers qui finissaient par faiblir après deux jours de battue et qui se résignaient à jeter leurs dernières forces dans une charge désespérée. Il ne trouva pas d'autre cheveu roux sur les galets arrondis de la rive et dut se contenter de fixer celui qu'il avait enroulé autour de son index pour se redonner du courage. Un feulement déchira le clapotis de l'eau. Il frissonna, prenant conscience qu'il était entré dans le royaume du tigre à dent d'épée. Quelque part dans ces herbes, invisible, aussi silencieux qu'une araignée d'eau, déambulait le grand fauve, le tueur le plus redouté de la toundra. Des anciens prétendaient qu'il se déplaçait à la vitesse du vent, que ses yeux paralysaient ses proies, que ses pouvoirs magiques tenaient à distance les abasy eux-mêmes.

Tcholko perçut tout à coup le poids d'un regard sur sa nuque mais ne distingua aucun mouvement suspect dans les herbes qui ondulaient sous les coups de fouet du vent. Cette impression d'être épié ne le quitta à aucun moment lorsqu'il se lança à nouveau sur la piste des pillards. Il jetait des regards fréquents par-dessus son épaule, s'attendant à tout moment à voir surgir le tigre dans son dos. Il n'en avait jamais vu mais des prisonniers kalmouks lui en avaient tracé un portrait saisissant. Son sentiment permanent d'insécurité se traduisait par une crispation douloureuse de son cou et de ses muscles dorsaux. Le taïpan, inquiet lui aussi, secouait de temps à autre sa crinière et soufflait bruyamment par les naseaux.

Alors que le soleil atteignait le zénith et dispersait les dernières gelées, des bribes de voix et de hennissements se glissèrent entre les sifflements du vent. Tcholko descendit de cheval et l'attacha aux branches d'un buisson. Il lui en coûtait d'abandonner sa monture, d'en faire une proie sans défense pour le grand félin, mais elle aurait risqué, par ses réactions incontrôlées, de trahir sa présence et de compromettre ses chances de délivrer Arthea. Il refusa de s'encombrer du sac, même si celui-ci contenait des vivres pour quinze jours et constituait un gage de survie dans un environnement aussi hostile. Il se débarrassa de sa veste et de son pantalon de loup afin de recouvrer sa liberté de mouvements. C'est alors seulement qu'il éprouva la morsure de la bise, cette haleine qui semblait s'exhaler de la bouche glacée d'Erlik-Khan et qu'aucun arbre, aucun relief n'était en mesure de retenir.

Quand il se fut habitué au froid, il ressentit un bien-être qu'il n'avait encore jamais éprouvé. Une énergie sauvage, primitive, se diffusait dans ses membres, dénouait ses muscles, chassait sa fatigue et ses doutes. Il n'était pas un être humain dans la toundra, il formait un tout avec elle, avec les herbes qui la paraient, avec les souffles qui la ployaient, avec le tigre qui l'habitait. Il se gorgeait de vie avant d'aller semer la mort, et s'il n'avait craint d'alerter les pillards, il aurait éclaté d'un rire qui aurait retenti jusque dans le Grand Nord, jusque dans les demeures secrètes des dieux.

A nouveau, le vent colporta des éclats de voix. Il dégaina son poignard, se fraya un passage entre les bruyères, remonta jusqu'à la source du bruit. Il entrevit, entre les fleurs et les tiges frissonnantes, deux chevaux qui se désaltéraient au bord de la rivière. Accroupi, il franchit encore quelques pas pour agrandir son champ de vision.

Il aperçut alors deux hommes assis sur des pierres, des Kalmouks reconnaissables à leurs vêtements de cuir brodés de motifs colorés et à leurs sabres recourbés.

Fébrile, il fouilla les environs du regard et faillit lâcher un juron de dépit. Arthea n'était pas avec eux, ni sur la grève de terre, ni dans les herbes proches, ni dans l'eau. Il fixa d'un air stupide le cheveu enroulé autour de son doigt.

III

« Ils mettent du temps, dit un Kalmouk. Elle n'a pourtant pas pu aller bien loin.

— Nous aurions dû les accompagner, dit l'autre.

— Trois cavaliers pour rattraper une femme à pied, c'est amplement suffisant... Mon cheval boite, le tien ne vaut guère mieux. Il nous faut les ménager si nous voulons atteindre le campement.

— Elle s'est peut-être noyée...

— C'est une excellente nageuse. Elle avait son idée en tête lorsqu'elle nous a demandé de se baigner. Nous ne nous sommes pas assez méfiés d'elle.

— Elle semblait à moitié morte ce matin...

— Du renard, elle n'a pas que la couleur !

— Qu'en ferons-nous ?

— Nous la vendrons à la prochaine caravane. Les marchands de Tzcin aiment les femmes rares. Ils nous en donneront un meilleur prix que si nous leur avions fourni une Tunguz ou une Büryat.

— Pourquoi nous as-tu empêchés de la toucher ?

— Elle était tellement faible que nous aurions risqué de la tuer. Et nous n'étions pas en sécurité sur le territoire tunguz. Dès qu'elle sera rétablie, chacun sera libre d'en disposer à sa guise.

— Et les armes ?

— Nous tirerons au sort l'arc et les flèches, et j'offrirai l'épée de bronze brillant au bö de notre clan.

Lui seul saura si elle ne contient pas de magie, bonne ou mauvaise.

— Et ces bijoux qui brillent autant que le soleil ?

— Nous demanderons aux marchands de Tzcin s'ils connaissent ce genre de... »

Les mots s'étranglèrent dans la gorge du Kalmouk. Quelque chose de pointu s'était fiché entre deux de ses vertèbres dorsales et lui paralysait les membres. Il n'eut pas le temps de se retourner, ni même celui de comprendre, il glissa de la pierre qui lui servait de siège et tomba sur le flanc, incapable d'esquisser le moindre geste.

Le premier instant de surprise passé, l'autre empoigna le manche de son sabre, sauta sur ses jambes et fit face à l'homme quasiment nu qui avait surgi dans leur dos. Un guerrier redoutable, comme en témoignaient son approche silencieuse, sa musculature et la qualité de sa posture, les jambes fléchies, la lame à hauteur du bas-ventre, le bras relâché. Des traînées de sang souillaient son poignard de bronze, des lueurs féroces brillaient dans ses yeux.

Le Kalmouk tira son sabre et se secoua pour dissiper les restes de fatigue qui pesaient sur ses épaules. L'envie le traversa de demander à cet homme, un Tunguz sans doute, si son irruption avait un rapport avec la femme rousse ou bien s'il tentait seulement de récupérer ses armes. Il faillit lui dire que l'arc, le carquois et l'épée brillante se trouvaient sur le cheval de l'un des trois autres partis à la poursuite de la captive, mais il y renonça, conscient que les palabres seraient inutiles, qu'il n'avait pas d'autre choix que défendre sa vie. Un mauvais pressentiment l'avait traversé lorsqu'ils avaient décidé d'enlever cette femme près du campement du Loup : elle ressemblait à l'une de ces magiciennes des légendes kalmouks qui se glissaient parfois parmi les humains pour se nourrir de leur vitalité. C'était Görk qui, se gaussant des craintes de ses compagnons, s'était emparé d'elle, lui avait lié les pieds et les poings, l'avait enroulée dans une couverture de peau et l'avait jetée en travers sur l'encolure de son cheval. Il se fichait de savoir d'où elle venait, ce qu'elle fabriquait là, nue et seule en pleine taïga, à qui appartenaient le taïpan et les armes éparpillées sur la mousse. Cette initiative ne lui avait pas porté chance, puisqu'il gisait maintenant dans son sang et que les abasy l'emporteraient bientôt dans le pays de la mort.

Les nerfs à vif, le pillard se fendit d'une première attaque, un coup d'estoc destiné à faire reculer le Tunguz, à le déséquilibrer, mais ce dernier ne réagit pas comme prévu : il resta sur place, esquiva la lame au dernier moment, s'avança dans le même mouvement, détendit le bras comme une lanière et planta son poignard jusqu'à la garde dans le ventre dégagé du Kalmouk.

Tcholko bloqua le sabre entre son coude et ses côtes, fouailla les viscères de son adversaire jusqu'à ce que ses yeux se révulsent et qu'un sinistre gargouillis s'exhale de sa gorge, poussa le corps vacillant d'une bourrade. Il ne décela aucun bruit menaçant dans le murmure de la rivière et le friselis des herbes. Le premier pillard n'avait pas encore rendu son dernier souffle, mais pas un son ne sortait de sa bouche ouverte. Tcholko ne daigna pas l'achever, parce que c'était un lâche, un être méprisable, un de ces parasites qui s'abattaient sur les campements pour enlever les jeunes femmes et piller les réserves.

De la conversation des deux Kalmouks, il avait retenu qu'Arthea leur avait échappé en se laissant porter par le courant, assez fort en cet endroit. Il l'aurait pensée incapable d'une telle audace, preuve qu'elle avait davantage de courage qu'il ne l'avait supposé. Il se demandait où la femme fragile et inerte qu'il avait traînée pendant deux jours avait trouvé des ressources pour tromper la vigilance de ses ravisseurs. Il hésita sur la conduite à suivre : ou il partait à sa recherche et tentait de la retrouver avant ses poursuivants, ou il les attendait ici pour leur tendre une embuscade. Cette deuxième alternative supposait qu'ils parviennent à la débusquer dans cette étendue végétale, mais leur connaissance du terrain et leurs chevaux leur donnaient sur elle un gros avantage.

Il laissa errer son regard sur les lointaines collines parcourues de lignes ondulantes, fuyantes. La lumière étincelante l'obligea à se protéger les yeux à l'aide de sa main. Il ne distinguait rien d'autre que les champs de bruyères et les minuscules reliefs formés par les bosquets d'arbres nains. Il s'étonna de ne pas apercevoir les silhouettes des cavaliers dans ce paysage qui n'avait ni commencement ni fin. Se pouvait-il qu'Arthea les eût distancés dans une telle immensité ?

Il ressentait pourtant la présence de la jeune femme, une impression qui ne se logeait pas seulement dans sa tête, mais dans ses entrailles. Il aurait juré qu'elle se tenait à quelques pas de lui, tapie dans les herbes. Un nouveau feulement retentit, déchirant, terrifiant. Le tigre à dent d'épée l'avait peut-être égorgée, emportée dans son repaire... N'était-il pas capable de déplacer le cadavre d'un grand bison sur une distance de trente ou quarante sarps ?

« Tcholko... »

Il crut que le vent avait murmuré son nom et s'imagina possédé par un abasy.

« Tchol... ko... »

Cette voix, chaude et musicale, lui était familière. Il sentit le poids d'un regard sur sa nuque, se retourna, laissa échapper une exclamation de surprise. Elle était là, devant lui, nue, ruisselante, chancelante, les yeux agrandis de fatigue et de fièvre. L'eau plaquait sa chevelure de feu sur son front, ses joues et ses épaules, les gouttes d'eau accrochaient des éclats de lumière sur sa peau blême. Il fut partagé entre la joie de la revoir en vie et la stupeur engendrée par sa miraculeuse apparition.

« Comment... comment es-tu revenue jusqu'ici ? balbutia-t-il.

— Je ne suis jamais... jamais... »

Elle fronça les sourcils dans un violent effort de concentration mais ne réussit pas à aller jusqu'au bout de sa phrase. Elle partit en arrière et s'affaissa sur la mousse avec la légèreté d'une feuille morte.

Tcholko frotta pendant un long moment les deux bouts de bois vert qu'il avait ramassés sur la rive et taillés à l'aide de son poignard. Lorsque la pointe de l'un fut suffisamment échauffée, il le glissa sous les bruyères et souffla pour embraser l'amas constitué, outre les herbes, de ronces, de feuilles et de branches d'arbustes nains. Les premières flammèches s'élevèrent en crépitant. Il avait hésité avant d'allumer un feu, craignant que la fumée n'attire l'attention des trois pillards lancés sur la piste d'Arthea, mais l'état de fatigue de la jeune femme avait balayé son indécision. Il avait estimé, de surcroît, que ses ravisseurs n'auraient pas le temps de rebrousser chemin avant la tombée de la nuit.

Enveloppée dans les vêtements de Tcholko, allongée non loin du taïpan et des deux chevaux kalmouks, elle était revenue de son évanouissement mais son regard ne parvenait pas à se poser quelque part et elle était encore trop faible pour parler. A l'aspect fripé de sa peau, il avait déduit qu'elle s'était immergée dans la rivière et y était restée un temps suffisamment long pour tromper les Kalmouks. Il ne comprenait pas, en revanche, comment elle s'y était prise pour respirer et résister à la température glaciale de l'eau.

Les flammes, attisées par les rafales, dévoraient leur combustible à une vitesse effarante, obligeant

Tcholko à rajouter sans cesse des brassées de bruyères, de ronces et de branches qu'il arrachait directement au tronc des arbustes.

La jeune femme reprit des forces quand le soleil amorça son déclin dans une symphonie de lumières chaudes et douces. Elle ingurgita d'abord une rasade d'hydromel, accepta ensuite de manger un morceau de fromage de renne et une galette d'épeautre. Peu à peu, le rose lui revint aux joues et ses yeux recouvrèrent leur éclat. Elle se redressa, s'assit et rajusta de son mieux la veste de loup de Tcholko, qui sortit les vêtements de Ryak du sac de laine tressée et les lui remit. Elle les examina un petit moment avant d'opter pour la combinaison fourrée qu'elle passa directement sur son corps nu. Le vêtement, un peu trop petit pour elle, et sa chevelure rousse formaient une association incongrue, presque choquante. Elle enfila les bottes, se leva, fit quelques pas le long de la rivière, revint près du feu et dévisagea Tcholko.

« Tu es tout ce que je déteste, fit-elle. Un homme qui tue comme il respire, un sauvage régi par ses instincts animaux... »

Il ne sut que répondre, interloqué par le contraste entre les paroles de la jeune femme et l'étrange douceur de sa voix.

« Un barbare... » ajouta-t-elle.

C'était la deuxième fois qu'elle prononçait ce mot.

« Barbare ?

— C'est ainsi que nous appelons les peuples à l'aube de leur évolution... »

Il ne saisissait pas le sens exact de ses paroles, mais il ressentait son mépris, et cela le blessait. Il alla couper des bruyères, davantage pour se donner une contenance que pour ranimer un feu dont ils n'avaient plus vraiment besoin. Des traînées sanglantes traversaient le ciel assombri, et la nuit cernait déjà les collines lointaines.

« Tu es tout ce que je déteste, reprit-elle, mais sans

ta force, sans ton instinct, sans ta brutalité, je ne serais plus de ce monde... »

Des nuances de regret dans sa voix, de reconnaissance, également.

« Ton peuple n'a jamais à se défendre ? demanda-t-il.

— De lui-même seulement, de pulsions enfouies profondément dans l'inconsc... dans l'esprit de certains.

— Les steppes sont pourtant peuplées de tribus belliqueuses. Tchoutches, Ieniss, Nenetz, Koriaks... »

Elle s'absorba un instant dans la contemplation des flammes mourantes.

« Je n'ai jamais dit que mon peuple habitait les steppes... »

Il cessa de couper les tiges et la fixa d'un air incrédule.

« Raïma n'est qu'une communauté isolée, poursuivit-elle.

— D'où viens-tu, alors ?

— Il est préférable, pour toi et pour moi, que tu ne le saches pas... Pourquoi n'es-tu pas rentré chez toi quand ils m'ont enlevée, Tcholko ? Je ne suis pour toi qu'une inconnue... »

Il jeta les bruyères sur le feu et ramena du pied les braises vives que le vent avait éparpillées sur le tapis de mousse.

« Je veux offrir à Ulgak la fourrure d'un ours blanc et des parures semblables aux tiennes... »

Il mentait, conscient que l'attrait de la récompense n'entrait que pour une part infime dans ses motivations. Les lèvres d'Arthea s'étirèrent en un sourire dubitatif.

« Tout l'or du monde ne vaut pas qu'on risque sa vie pour une étrangère...

— L'or ? releva-t-il.

— Le métal brillant avec lequel sont fabriqués nos bijoux. Je crois plutôt que tu as soif de connaissance, que tu désires, au plus profond de toi, sortir des ténèbres dans lesquelles vous vous débattez, toi et les tiens. Je t'attire comme la lumière attire les insectes...

— Tu n'es pas une lumière et je ne suis pas un insecte ! » grommela-t-il, exaspéré par sa condescendance.

Elle tendit la main dans sa direction, en un geste d'apaisement.

« Je ne dis pas cela par orgueil ou par dédain, Tcholko. Tous les hommes aspirent un jour à dompter leur nature animale, à gagner l'état d'être humain. Tous les peuples aspirent à la paix, à la prospérité, au bonheur. Ton instinct te souffle que je représente une autre forme d'évolution. Dans mes vêtements, dans mes bijoux, dans la dague et le cristal de Leyrias, tu as décelé une nouvelle magie, la magie humaine celle-là, et tu chevauches ton énergie, ta violence, ta barbarie pour remonter à sa source. Je t'ai ouvert une porte, et cela me pose un problème : j'ai besoin de l'animal en toi pour regagner Raïma et, en même temps, tu ne respectes pas la vie, tu foules aux pieds les valeurs qui me sont chères. Il aurait sûrement mieux valu, pour toi et pour moi, que les Büryats me tuent sur la rive du Bahikal... »

Elle se tut, épuisée par sa tirade. Tcholko étala des morceaux de viande séchée sur un lit de braises. Un fumet odorant se diffusa dans la fraîcheur du crépuscule. Arthea s'était approchée de la vérité mais elle avait occulté son propre rôle dans la résolution du Tunguz. C'était, davantage que le savoir de son peuple, son mystère à elle qui l'attirait, qui le fascinait. Il n'osa pas le lui avouer, cependant, de peur de déplaire aux divinités de l'en-bas et de rompre ses liens occultes avec Ulgak.

« Où est la pierre transparente ? demanda-t-il en retournant les morceaux de viande.

— Le cristal ? Je l'ai toujours sur moi. Je l'ai glissé dans... dans la cavité la plus tendre de mon corps quand ces brutes m'ont enlevée. Je n'ai pas trouvé de meilleur endroit où le cacher. Sans lui, sans son énergie, je serais morte de froid dans la rivière.
— Et pendant la nuit ?
— Ils m'avaient enroulée dans une couverture de peau... »

Elle raconta comment elle avait réussi à tromper leur vigilance en décidant d'exploiter le courant, assez fort à cet endroit. Elle leur avait demandé de la détacher pour qu'elle puisse prendre un bain. Ils ne s'y étaient pas opposés, n'avaient même pas pris le soin de l'accompagner dans l'eau, un élément qui ne leur inspirait visiblement aucune confiance. Leurs regards luisants et leurs réflexions égrillardes lui avaient fait craindre un moment qu'ils ne se jettent sur elle pour la violer. Elle était restée près de la rive pendant quelque temps, puis, voyant qu'ils ne se préoccupaient plus d'elle, elle avait nagé jusqu'aux remous et avait été emportée par le courant. Lorsqu'elle évoqua leur ahurissement, elle eut un rire musical dont l'éclat se prolongea dans la colonne vertébrale de Tcholko.

« Ils se sont levés, ils ont couru vers leurs chevaux, puis je les ai perdus de vue. Alors je me suis rapprochée de la rive opposée et je me suis immergée dans l'eau. Je voulais tenter quelque chose, forcer le destin...

— Seuls les poissons peuvent rester dans l'eau sans respirer ! »

Elle prit le morceau de viande noirci et fumant qu'il lui proposait et le porta à sa bouche avec une certaine circonspection.

« Sanglier ? » fit-elle après en avoir arraché un petit bout avec les dents.

Il acquiesça d'un hochement de tête.

« Quelques femmes de notre peuple entretiennent

une relation... privilégiée avec l'eau, reprit-elle au bout d'un moment de silence. Et avec certains de ses habitants.

— Vous vivez au bord d'un lac ?

— Au milieu d'un lac immense. Et peuplé de créatures dont tu n'as pas idée... Mais comment pourrais-tu l'imaginer ? C'est tellement loin d'ici... »

Il se leva et envoya voltiger un brandon d'un coup de pied. Cette manière qu'elle avait de distiller ses informations au compte-gouttes, de jouer avec sa curiosité, l'humiliait, lui vrillait les nerfs.

« Si c'est tellement loin, gronda-t-il, il t'aurait fallu plus que le temps de ta vie pour arriver jusqu'au Bahikal ! Même avec des chevaux ! »

Elle le rejoignit et lui posa la main sur l'avant-bras.

« Je garde à l'esprit que tu as risqué ta vie pour moi, que tu as tué pour moi, que tu as quitté les tiens pour moi, mais, pour de nombreuses raisons que je ne peux t'expliquer, il vaut mieux que nos mondes ne se rencontrent pas, dit-elle avec toute la force de persuasion dont elle était capable. Même si tu m'es encore indispensable, rien ni personne ne t'oblige à m'escorter jusqu'à Raïma. Sache encore que je ne t'ai pas menti au sujet des ours blancs. Quant aux bijoux, je te les fournirai, comme promis, et ton épouse sera la femme la plus richement parée de ton clan. »

Il se plut à croire qu'elle lui mentait à son tour, qu'il avait plus d'importance dans sa vie qu'elle ne voulait bien l'avouer. Il s'accroupit de nouveau près des braises et, à l'aide d'un bâton, en retira deux autres morceaux de viande grillée.

« Nous partirons demain à l'aube, marmonna-t-il. Nous avons besoin de repos...

— Et les trois autres Kalmouks ?

— Leurs chevaux sont encore plus fatigués que les nôtres. »

La toundra s'effaçait peu à peu. Le vent, de plus

en plus violent, courbait les bruyères jusqu'au sol. Il espéra que le tigre, s'il passait dans les parages, se contenterait des cadavres des deux Kalmouks qu'il avait dévêtus pour les offrir à son terrible appétit.

Une tête roula sous les sabots de la monture d'Arthea. Le tigre avait mangé, mais pas le repas que Tcholko lui avait préparé.

« Quelle horreur ! »

Ils avaient dormi serrés l'un contre l'autre, et leurs chaleurs corporelles s'étaient mêlées à l'épaisseur de leurs vêtements pour leur permettre de passer une nuit, sinon confortable, du moins reposante. Après un bref repas, ils avaient chargé le sac et les deux sabres sur le taïpan, que Tcholko tenait à ménager, avaient arrimé le tout avec des bandes de cuir prélevées sur les pantalons des Kalmouks, s'étaient juchés sur les deux autres chevaux et avaient suivi la rivière — la Chona, d'après Arthea — pendant trois sarps.

« Le tigre à dent d'épée... » souffla Tcholko.

Ils découvrirent dans les herbes les cadavres décapités des trois pillards. Le fauve les avait dédaignés et avait emporté leurs montures, comme le montraient les crins et les taches de sang qui parsemaient les larges chemins taillés dans la végétation.

« Le mastodonte a disparu de la toundra, victime des chasseurs, murmura Arthea. Il ne reste pratiquement plus de grands bisons ni de rennes sauvages. Le tigre se rabat sur les animaux domestiques et, bientôt, quand les clans auront appris à le combattre, il disparaîtra à son tour. Voilà pourquoi nous devons nous protéger des hommes : ils finissent par détruire tout ce qu'ils touchent. »

Elle avait prononcé ces paroles d'une traite, comme elle aurait récité une prière ou une histoire apprise par cœur et transmise de génération en génération.

« Tous les êtres vivants tuent ou sont tués, objecta Tcholko.

— Le tigre ne tue pas par plaisir, contrairement aux hommes.

— Pourquoi leur a-t-il arraché la tête en ce cas ? Il aurait pu se contenter de prendre leurs chevaux... »

Arthea eut le petit geste d'impatience d'une mère excédée par les questions de son enfant.

« Il les aurait épargnés s'ils ne s'étaient pas opposés à sa loi. »

Des nuées de fourmis et de mouches se disputaient les cadavres. Ils trouvèrent dans les environs la dague en métal brillant et deux flèches, mais ni l'arc ni les bijoux.

« Partons, proposa la jeune femme. Évitons de perdre du temps pour quelques babioles.

— Dans la toundra, un arc n'est pas une babiole... » marmonna Tcholko.

La monotonie du paysage avait quelque chose de lancinant, d'hypnotique. La crispation des traits d'Arthea, visiblement peu habituée à monter, trahissait la souffrance qu'engendrait le contact prolongé avec l'animal. Elle ne se plaignait pas, cependant, même si des gémissements s'échappaient parfois de ses lèvres serrées. En ce temps-là, les Tunguz n'avaient pas encore adopté la coutume de placer un tapis de laine ou de peau sur l'échine de leurs chevaux : habitués à monter dès leur plus jeune âge, ils ne voyaient pas l'intérêt de protéger leur peau aussi dure que la robe des taïpans.

Tcholko ne s'était jamais aventuré aussi loin vers le nord. Il avait entendu dire que des hommes du Loup avaient monté, une vingtaine de solstices plus tôt, une expédition destinée à explorer le septentrion et à conclure des alliances avec les tribus samoïeds ou lamoutes. Ils n'étaient pas revenus, et leur disparition avait accru, dans les campements tunguz du Bahikal, la frayeur qu'avaient toujours suscitée les glaces éternelles.

De glace ou de neige, Arthea et Tcholko n'en avaient pas encore rencontré pour l'instant, mais il s'attendait à tout moment à voir surgir des monstres à la face hideuse et au corps aussi noir que de la suie. De temps à autre, il scrutait le ciel et tentait de distinguer une tache blanche parmi les nuages. L'effraie ne s'était pas manifestée après l'avoir guidé jusqu'à la grande tourbière, et il doutait à présent de son existence, comme il doutait de l'entrevue avec Ryak, de la prophétie de l'odügan, de l'amour d'Ulgak... Bercé par le rythme régulier de son cheval, il avait l'impression d'errer sans but entre ciel et terre, de se dissoudre dans l'infini de la steppe, de perdre peu à peu ses repères, présents et passés.

La température s'abaissait régulièrement, et le vent, de plus en plus virulent, les avait obligés à remonter les capuches de leurs vêtements. Bien qu'elle prétendît n'avoir jamais visité cette partie du monde, Arthea semblait savoir où menait la rivière. Tcholko se demandait comment il était possible de connaître une contrée dans laquelle on n'avait jamais mis les pieds, mais il n'osait plus interroger la jeune femme, pensant que ses réponses ne feraient qu'épaissir le mystère et augmenter sa propre confusion.

Ils percevaient parfois un grondement étouffé, le galop éperdu d'une harde de rennes ou de sangliers harcelés par des loups, la course à la fois pesante et joyeuse d'un couple d'ours, la migration d'une troupe de rongeurs vers le sud...

Ils arrivèrent à la brune devant une gigantesque faille dans laquelle se jetait la rivière. Du bord du précipice, ils apercevaient la chute d'une hauteur de cent hommes. Elle soulevait, en bas, un épais brouillard qui occultait en partie la retenue d'eau d'où s'échappait un ruban sinueux et gris. Aussi loin que portait le regard, ils ne distinguaient ni resserrement ni arche le long de la fracture de la terre, aucun passage, entre les parois abruptes, hérissées d'aiguilles rocheuses, qui leur eût permis de gagner l'autre côté.

« Cette faille n'était pas mentionnée sur les cartes... » murmura Arthea.

Le fracas de la cataracte ne couvrit pas tout à fait le son de sa voix.

« Les cartes ? s'étonna Tcholko.

— Les représentations graphiques des continents, des territoires. Il se trouve que j'ai étudié la carte de cette région avant mon voyage. Le pressentiment que j'en aurais besoin, sans doute... Après l'accident, la mémoire visuelle de Leyrias nous a permis de nous situer, mais cette faille a peut-être modifié le cours de la Chona. Le soleil n'est pas un point de repère assez précis et je n'ai pas été formée à utiliser la structure du cristal.

— Quel accident ? »

Elle ouvrit la bouche pour répondre, se ravisa au dernier moment. Les robes des deux chevaux kalmouks, moins laineuses que celles du taïpan, luisaient de transpiration. Plus grands et plus puissants que la monture attitrée de Tcholko, ils avaient nettement ralenti l'allure en fin de journée, signe qu'ils n'avaient pas la même résistance.

« Elle s'étend probablement sur des centaines de sarps, reprit-elle en désignant la faille d'un ample geste du bras. Nous perdrions un temps infini à essayer de la contourner.

— Les chevaux ne réussiront pas à descendre », fit observer le Tunguz.

Ils décidèrent finalement d'explorer le gouffre sur la droite puis, s'ils ne trouvaient aucun passage, de revenir sur leurs pas et de le parcourir dans l'autre direction.

Cette tâche leur prit jusqu'à la tombée de la nuit. Ils s'interrompirent lorsque l'obscurité les empêcha de voir à plus de dix pas et rendit dangereuse la proximité du précipice. Ils se résignèrent à bivouaquer au bord de la Chona, espérant que leurs recherches se révéleraient plus fructueuses le lendemain. Ils renoncèrent à allumer un feu, d'une part parce que le bois était rare alentour, d'autre part parce qu'ils ne tenaient pas à se signaler à l'attention des prédateurs de la toundra, animaux ou humains. Tandis que les chevaux broutaient les hautes herbes, ils se désaltérèrent à l'eau de la rivière et mangèrent des fruits séchés, des fromages de renne et des galettes d'épeautre sauvage.

Le vent, qui avait redoublé de fureur, se faufilait dans les moindres interstices de leurs vêtements, par les manches, par les encolures, par les coutures. Ses hurlements dominaient le vacarme de la chute, prenaient dans la faille une résonance effrayante et donnaient à penser qu'une légion de démons y avaient établi ses quartiers.

En dépit du froid, Arthea retira ses bottes, sa combinaison et s'avança dans la Chona en veillant à ne pas se faire happer par le courant, très violent au voisinage de la cataracte. D'abord surpris par son comportement, Tcholko comprit qu'elle cherchait à apaiser les plaies de ses cuisses et de ses fesses malmenées par les incessants frottements avec l'échine rugueuse du cheval...

« Pourquoi est-ce que tu t'arrêtes, grand-père ? »

Le vieil homme scruta le ciel à la recherche du soleil, qui n'avait pas encore atteint son zénith et dont le disque jaune pâle se devinait sous la couche des nuages.

« Nous en avons pour toute la journée, soupira-t-il. Tu n'as pas froid ?

— Je n'ai jamais froid ! fanfaronna le garçon. Tu ne m'as pas encore parlé des bateaux volants...

— Patience. L'odügan dit que tous les événements sont liés dans les mondes invisibles. La toundra ne t'est maintenant plus inconnue, et si un jour les dieux t'y envoient, tu sauras affronter ses dangers. Je dois à présent t'entretenir de cet autre danger qui guette tous les hommes et auquel Tcholko faillit succomber sur la rive de la Chona... »

Malgré ces rougeurs inesthétiques — ou peut-être à cause d'elles, parce qu'elle cessait tout à coup d'être une créature évanescente pour devenir une femme de chair et d'os —, Tcholko éprouva pour Arthea un désir brutal. Le même genre de désir, en plus impérieux, qui l'avait incendié à la vue du corps d'Ulgak. Il était parvenu à maîtriser sa pulsion devant la jeune Tunguz, car l'ögun lui interdisait de forcer une jeune fille de son clan, mais il n'avait aucune envie de briser l'élan qui le poussait vers Arthea. Il réussit toutefois à se contenir jusqu'à ce qu'elle sorte de l'eau. Entre les herbes dansantes, il la regarda se frictionner le corps avec les mains. Fébrile, incapable de réfléchir, il fixait jusqu'au vertige la poitrine et le ventre de la jeune femme. Sa volonté et son énergie se trouvaient piégées dans son sexe tendu, dur jusqu'à la douleur. Depuis combien de temps n'avait-il pas fendu la chair d'une femme ? Ulgak ne s'était pas montrée très empressée de lui faire l'amitié de ses cuisses, et le temps était passé pour les femmes du clan de se donner au héros de la guerre contre les Büryats...

Il se leva d'un bond lorsqu'elle commença à enfiler sa combinaison. Il ne supportait pas l'idée qu'elle se dérobe à ses regards. Il la rejoignit en quelques foulées rageuses, empoigna une manche de son vêtement et le lui arracha avec une sauvagerie qu'il n'avait pas ressentie depuis la bataille d'Ïgahl. Il vit, comme dans un rêve, les yeux verts d'Arthea s'agrandir de stupeur, ses traits se voiler de pâleur, sa bouche se tordre de douleur. Elle tenta de lui échapper, mais il la happa par le poignet et la força à se coucher sur le dos. Il s'allongea sur elle, lui écarta les jambes du genou, entreprit de baisser son pantalon. L'odeur à la fois piquante et musquée d'Arthea, ses soubresauts désespérés, les caresses de l'air glacial sur sa peau lui procuraient une sensation de puissance inouïe, la même ivresse que lorsqu'il tenait un adversaire au bout de sa lame et qu'il s'abreuvait de sa peur. Il dégagea son sexe et chercha maladroitement à s'enfoncer en elle. Elle lui griffa l'avant-bras, le désarçonna d'un coup de reins, rampa sur les épaules pour tenter de desserrer l'étreinte. Il la rattrapa par la jambe, la gifla avec une telle force que sa nuque heurta sèchement la terre. Les yeux emplis de larmes, haletante, elle cessa de se débattre, le dévisagea avec un mélange de résignation et de mépris.

« Tu viens achever ce qu'ont commencé les Büryats... »

La seule prononciation de ce nom suffit à le dégriser. Il ne revit pas les trois Büryats sur la grève du lac, mais les cinq Aïkouts dans la yourte du campement de la Laie, le masque de souffrance de la femme qu'ils torturaient — sa mère ? —, et sa colère revint le visiter, dirigée contre lui-même cette fois-ci.

« Tu n'es pas meilleur qu'eux, ajouta Arthea d'un ton plus ferme. Tu les as tués pour les déposséder, non pour me secourir. L'animal en toi exprime le besoin d'agrandir et de marquer son territoire... Eh bien, qu'attends-tu pour me prendre ? J'ai retiré le cristal de mon ventre... »

Tcholko contempla avec hébétude son sexe dressé.

Le même tyran avait guidé les Aïkouts lorsqu'ils avaient surgi dans la yourte et avaient supplicié la femme de son rêve. Envahi de mélancolie, il se releva, remonta son pantalon et se rendit sur le bord du gouffre. Un filet de sang coulait sur son poignet, se faufilait, tiède et caressant, entre ses doigts. Ses yeux plongèrent dans les ténèbres insondables qui emplissaient la faille. L'œil énorme et rond de la lune s'ouvrait à l'horizon et le scrutait jusqu'au fond de l'âme.

La bête en lui était aussi vivace que l'animal en eux. C'était elle qui avait rugi dans la tourbière d'Ïgahl, elle qui avait éventré les ennemis, elle qui rôdait dans les forêts de la taïga, elle qui dévorait le foie cru des rennes et des bisons. Elle le chevauchait comme il chevauchait le taïpan, elle reprenait les rênes aussitôt qu'elle flairait le sang, qu'elle débusquait de nouvelles proies, qu'elle explorait de nouveaux territoires.

C'était elle, et elle seule, qui s'était lancée sur les traces d'Arthea.

Un court instant, il fut tenté de se jeter du haut de la faille, de la tuer en même temps qu'il se tuait. Le vent gonflait sa veste et le poussait insidieusement vers le vide.

« Le chemin est long jusqu'à l'homme... »

Arthea serrait sur sa poitrine la combinaison qu'elle n'avait pas encore enfilée. Pas de dédain ni de colère sur son visage auréolé de ses cheveux roux et dansants mais, sur ses épaules et ses hanches, des contusions qui accusaient Tcholko, qui attisaient ses remords.

« Viens dormir, chuchota-t-elle. Demain, un autre chemin nous attend... »

IV

« Suivons-la ! »

Une bourrasque emporta le hurlement de Tcholko. Les flocons étaient tombés à l'aube, épars et minuscules dans un premier temps, épais et denses par la suite. Ils recouvraient les roches et les zones rases de la toundra d'un tapis blanc qui écrasait les perspectives mais ne parvenaient pas encore à s'accrocher aux herbes secouées par le vent. La neige rendait l'exploration du bord de la faille particulièrement périlleuse, et les chevaux avançaient désormais au pas sur un sol devenu instable, glissant.

L'effraie était revenue. Elle avait déchiré les nuages bas quelques instants plus tôt et, luttant contre les courants d'air, elle planait au-dessus d'Arthea et de Tcholko en poussant des cris stridents.

« Ce n'est qu'une chouette affolée ! » protesta Arthea.

Elle avait noué les deux pans de la capuche sous son menton. Les mains protégées par les moufles, le pantalon glissé dans les bottes, elle ne laissait plus paraître d'elle-même que la partie comprise entre les sourcils et la naissance du nez. Cela suffisait, cependant, pour lire sur ses traits la souffrance représentée par cette nouvelle chevauchée.

« C'est elle qui m'a remis sur tes traces », fit Tcholko.

Les yeux d'Arthea se plissèrent d'incrédulité.

« Les barbares ont des rapports particuliers avec les habitants de la forêt, ajouta le Tunguz avec un sourire en coin.

— Nous avons étudié les superstitions des peuples de cette partie du monde, rétorqua-t-elle avec vivacité. Le totémisme, l'influence des sorciers, de ceux que vous appelez les bö, les odügan, les ojun, les kam... Tu as pris pour une réalité ce qui n'est qu'une croyance, un reflet de ton subconscient...

— L'effraie a été envoyée à la vieille Ryak par les divinités de l'en-bas, telle est la vérité ! » martela-t-il avec d'autant plus de force qu'il ignorait ce qu'était le subconscient.

Et, sans attendre la réponse de la jeune femme, il aiguillonna sa monture, suivie comme son ombre par le taïpan. Lorsque les flocons les eurent soustraits à son regard, Arthea comprit qu'elle n'avait pas d'autre choix que de les rattraper.

La chouette effectuait de larges boucles au-dessus du gouffre, sans cesse obligée de revenir en arrière pour ne pas distancer les chevaux ralentis par la neige. Le froid piquetait les oreilles, le cou et les mains de Tcholko, qui n'avait pas enfilé ses moufles ni remonté la capuche de sa veste. Harcelé par les remords, il avait eu du mal à s'endormir. La vitesse à laquelle Ulgak s'effaçait de sa mémoire l'effrayait. Il avait rompu, sinon dans les actes, du moins dans l'intention, le serment qui les liait dans les mondes invisibles. Il s'était conduit comme les mâles de certaines espèces animales qui paradaient devant les femelles et s'en désintéressaient dès que s'achevait la saison des amours. Il s'était montré sincère, et c'était précisément l'authenticité de ses sentiments qui le tracassait : elle signifiait qu'il ne maîtrisait pas son existence, que son esprit et son corps étaient des champs — le subconscient dont avait parlé Arthea ? — où se livraient des batailles à la fois obscures et fondamentales. Il s'efforçait de ressusciter le souvenir d'Ulgak pour oublier la présence d'Arthea, mais, alors qu'il éprouvait des difficultés grandissantes à reconstituer les traits de la jeune Tunguz, l'étrangère aux cheveux roux occupait toutes ses pensées, comme un abasy ayant élu domicile dans son âme. Il se rendait compte que plus elle le repoussait, plus elle le méprisait, et plus elle l'obsédait. Il aurait sûrement mieux valu pour lui qu'il renonce à cette expédition et regagne le plus rapidement possible le campement du clan de la Laie, mais il n'avait ni la volonté ni l'envie de prendre cette décision.

La densité de la neige était telle à présent qu'il peinait à suivre l'effraie du regard. Des flocons dégouttaient de ses cheveux et traçaient des sillons glacés sur son torse, sur son ventre. De temps à autre, il s'assurait d'un bref regard en arrière que le cheval d'Arthea gardait le contact. La nappe blanche estompait progressivement les taches ocre et pourpre des champs de bruyères, buvait les sifflements du vent, les claquements des sabots, les cris de la chouette. La ligne sombre et continue de la faille était le seul jalon fiable dans un paysage privé d'horizon. Tcholko n'avait aucune idée du nombre de sarps parcourues depuis leur point de départ. Le jour était bien avancé, à en juger par la faim qui le tenaillait. La nervosité de sa monture l'obligeait à tirer sans cesse sur les rênes, et le cuir tressé lui écorchait les doigts.

L'effraie piqua soudain vers le fond de la faille. Tcholko sauta de cheval avant même que ce dernier n'ait eu le temps de s'immobiliser et s'approcha prudemment du bord. La neige crissait sous les semelles de ses bottes. Il s'accroupit et observa le gouffre où les flocons se déversaient en rangs serrés, comme pressés de remplir la gigantesque cavité. La chouette avait disparu, et il ne discernait plus ses cris dans le grondement sourd qui s'élevait entre les parois.

« Nous sommes bien avancés ! » grommela Arthea qui le rejoignit d'une démarche mal assurée.

Cette pause avait eu au moins le mérite d'interrompre son calvaire.

Tcholko ne répondit pas. Il avait remarqué, moins de deux hommes sous lui, un éperon rocheux de forme triangulaire. D'une profondeur de trente pas, d'une largeur de quarante pas à sa base et d'une dizaine de pieds à son extrémité, il s'avançait sur le précipice comme la pointe d'une lance monumentale.

Le Tunguz ne se demanda pas longtemps si cette saillie avait un rapport avec l'effraie, il sut qu'il devait l'explorer et se propulsa d'un bond dans le vide. Un cri s'échappa de la bouche d'Arthea. Affolée, elle se rendit à son tour près du bord, s'agenouilla, aperçut un peu plus bas l'éperon rocheux en forme de pointe, des traces sur la neige en partie comblées par les flocons. Ne voyant pas Tcholko, elle pensa qu'il avait été emporté par son élan et s'était abîmé dans la faille. Elle ne put retenir un gémissement et des larmes lui vinrent aux yeux. Elle ne perdait pas seulement un garde du corps, mais un compagnon qui éveillait en elle des sensations, des émotions qu'aucun homme de son peuple n'était capable de lui offrir. Avant de s'endormir, elle avait regretté cette panique soudaine qui l'avait empêchée de se donner à lui. C'était en lui, dans son énergie, dans sa sauvagerie, qu'elle puisait la force de survivre, de se battre.

L'accident du vaisseau lui était apparu comme la conséquence logique de sa détresse, comme une issue désirée, planifiée par son inconscient. Elle restait persuadée qu'elle détenait une grande part de responsabilité dans la perte de contrôle de Leyrias, que son énergie négative avait modifié la structure des cristaux. Elle n'avait pas accepté la décision de la grande prêtresse qui l'avait condamnée à passer cinq ans de sa vie à Raïma, une communauté nichée sur les hauts plateaux du Ciber intérieur. Pour, selon la version officielle, parfaire son apprentissage de la fonction de prêtresse, pour, selon elle, la punir d'une certaine propension à l'insolence.

« Arthea... »

La voix grave de Tcholko la tira de ses pensées. Son cœur se réchauffa lorsque le visage buriné du Tunguz se hissa à hauteur du sien. Elle s'efforça toutefois de contenir sa joie, parce que son conditionnement lui interdisait de montrer toute manifestation de faiblesse devant un homme, *a fortiori* devant un barbare.

« J'ai cru que tu étais tombé, dit-elle avec une précipitation révélatrice de son soulagement.
— J'ai découvert l'entrée d'une galerie...
— Elle mène de l'autre côté ? »

Il épousseta la neige accumulée sur ses manches et ses épaules.

« Je n'en sais rien, répondit-il. Mais j'ai confiance dans l'effraie. Et puis nous n'avons pas le choix... »

Elle scruta le ciel pendant quelques instants. Tcholko prenait pour une intervention divine ce qui n'était sans doute qu'une coïncidence, mais cette grotte leur servirait au moins d'abri pendant la tempête.

« Que faisons-nous des chevaux ? »

La question parut incongrue au Tunguz, qui, comme tous ceux de son clan, considérait les chevaux et les rennes comme les biens les plus précieux.

« Il nous reste plus de deux cents sarps jusqu'à Raïma, répondit-il. Sans eux, il nous faudrait plus d'un cycle lunaire pour y arriver.
— Et si la peur du vide les retient de sauter ?
— Le taïpan me suivra. Les deux autres, je ne sais pas... »

Le taïpan ne marqua en effet aucune hésitation après que Tcholko l'eut conduit au bord de la faille. Il s'élança à la première tape reçue sur la croupe et se rattrapa en contrebas avec son adresse coutumière. En dépit de la relative exiguïté de la saillie, il ne montra aucun signe d'affolement et se dirigea d'un pas tranquille vers l'entrée de la galerie.

Il en alla différemment pour les chevaux kalmouks, qui, habitués à galoper sur des terrains plats, se cabrèrent, ruèrent, refusèrent de sauter. Tcholko essaya d'abord la persuasion puis, constatant qu'il n'obtenait aucun résultat, il leur cingla les cuisses du revers de la main. Le premier d'entre eux se jeta dans le vide, tomba lourdement sur l'éperon, se rétablit sur ses membres, hennit de douleur et de terreur avant de rejoindre le taïpan dans la galerie. Le deuxième évalua mal son élan et reprit contact avec la roche à courte distance du précipice. Les sabots de ses membres antérieurs dérapèrent sur la neige, ses postérieurs se dérobèrent, il se coucha sur le flanc, partit dans une inéluctable glissade, bascula dans le précipice en poussant un hennissement de désespoir.

« Il suffisait de les laisser là en attendant la fin de la tempête ! hurla Arthea, livide, rompant un silence oppressant.

— Nous ne remonterons pas ! répliqua Tcholko. Le tigre à dent d'épée ou les loups les auraient tués si nous ne les avions pas emmenés avec nous.

— Je suis sûre que ce passage ne débouche nulle part ! poursuivit-elle, incapable de maîtriser le tremblement de ses bras et de ses jambes.

— La chouette...

— N'est qu'un volatile pourvu d'une cervelle à peine plus petite que la tienne ! »

Bien qu'ulcéré par les paroles de la jeune femme, Tcholko comprit que la fin tragique du cheval l'avait bouleversée et s'abstint de réagir. Elle ne semblait pas se rendre compte qu'Erlik-Khan réclamait de temps à autre sa part, que la mort n'était que l'autre face de la vie. Tout autour d'eux, la neige s'amoncelait dans un froissement délicat. Le vent était tombé, et la toundra s'enlisait peu à peu dans la désolation blanche.

La galerie se rétrécissait au fur et à mesure qu'elle s'enfonçait dans la roche. La voûte basse leur interdisait dorénavant de se jucher sur leurs montures. La lumière provenant de l'entrée caressait les parois parfaitement délimitées, comme polies par une armée de tailleurs de pierre. Les claquements des sabots et des bottes résonnaient de manière lugubre dans le silence de plus en plus dense. La température, nettement plus agréable qu'au-dehors, avait permis à Arthea de retirer ses moufles, de rabattre sa capuche et de dégrafer le haut de sa combinaison.

Le boyau descendait d'abord en pente douce puis, après une soudaine bifurcation, plongeait abruptement dans le ventre de la terre. Tcholko et Arthea s'arc-boutèrent de toutes leurs forces sur leurs jambes pour refréner le taïpan et le kalmouk qui s'emballaient, cherchaient de plus en plus loin un sol fuyant.

L'obscurité absorba les dernières lueurs. L'écho prolongé des chutes des pierres qui roulaient sous leurs pas révélait la profondeur de la galerie. Tcholko tira de son fourreau le sabre d'un pillard et le tendit vers l'avant afin de prévenir les éventuels obstacles. Ils glissaient sur la roche lisse, humide, marchaient pratiquement accroupis et inclinés vers l'arrière pour compenser leur déséquilibre tandis que les chevaux avançaient en travers, à foulées laborieuses et chassées. Le sabre échappa des mains de Tcholko et disparut dans une succession de cliquetis.

La déclivité ne s'atténua pas, bien au contraire,

mais, un peu plus bas, ils purent s'appuyer sur des excroissances qui émergeaient du sol à intervalles réguliers. Ils avancèrent avec une lenteur exaspérante pendant un temps qu'ils auraient été incapables d'évaluer. A l'attention que requérait cette éprouvante descente dans les ténèbres, s'ajoutait la peur que la galerie ne se transforme tout à coup en un puits vertical, ou encore ne se bouche et ne les contraigne à rebrousser chemin.

Le manque de visibilité accentuait l'impression de Tcholko d'évoluer dans le monde souterrain d'Oùlou-Toïon. Il n'avait jamais aimé se rendre dans les grottes du Bahikal où certaines de ses maîtresses lui donnaient rendez-vous. Non seulement il éprouvait une terrible sensation d'oppression dans ces cavités exiguës et sombres, mais il y perdait la plupart de ses facultés physiques et mentales, au point qu'il se révélait parfois incapable de satisfaire ses conquêtes. Il lui fallait, pour jouir de la vie, le ciel au-dessus de sa tête, le formidable sentiment de liberté que lui procuraient le vent, les nuages, le soleil, les étoiles, les arbres. Dans les entrailles de la terre, il lui semblait que c'était au-devant de sa propre mort qu'il s'en allait.

Il contenait tant bien que mal les attaques de panique qui le pressaient de remonter sur l'éperon rocheux, de prendre une longue inspiration, de gonfler ses poumons d'air frais. La présence d'Arthea, dont il percevait derrière lui les ahanements, les gémissements, l'aidait à se concentrer sur ses gestes, à juguler la peur qui se répandait en lui comme un poison violent. Une saillie après l'autre, il sombrait corps et âme dans son cauchemar, se raccrochant désespérément aux rênes du taïpan, éprouvant le besoin récurrent de poser la nuque sur le poitrail de l'animal pour reprendre contact avec la réalité.

« Attention ! » hurla Arthea.

Tcholko eut tout juste le temps de se plaquer contre la paroi pour éviter la masse grise du kalmouk qui, ayant échappé à sa cavalière, s'était élancé sur la pente. Le taïpan, en revanche, ne put éviter le télescopage et fut emporté dans le mouvement. Les rênes se tendirent, arrachèrent des lambeaux de peau à la paume et aux doigts de Tcholko, qui n'eut pas d'autre choix que de relâcher le cuir tressé. Les ténèbres avalèrent les chevaux emmêlés. Amplifié, répercuté par la caisse de résonance de la galerie, le tumulte effroyable qui accompagna leur culbute se termina par un double hennissement et le grondement décroissant d'une galopade. Puis le silence se rétablit, à peine troublé par la respiration saccadée d'Arthea et les frottements répétés de sa combinaison sur la paroi.

« Ils sont... morts ? »

Sa voix tremblante s'était envolée dans la pénombre comme un oiseau blessé.

« Je les ai entendus courir après leur chute, dit Tcholko. Nous sommes tout près du fond. Nous les retrouverons plus loin... »

Plus bas, en effet, la pente s'incurvait et mourait en douceur sur une partie plane, une configuration qui avait permis aux chevaux de se sortir indemnes de leur chute. Ils étaient ensuite partis dans une cavalcade effrénée pour libérer le surcroît de tension engendré par les difficultés de la descente. Ils s'arrêteraient lorsque se seraient estompés les effets de la frayeur et de la douleur.

A tâtons, Tcholko inspecta rapidement les lieux pour vérifier que le taïpan n'avait rien perdu de son précieux chargement. Ils parcoururent une centaine de pas avant de sentir les premiers souffles d'air sur leur visage et d'apercevoir une faible lueur dans le lointain. Ils déambulaient désormais dans une grotte étayée par des stalagmites aux tores ventrus. La voûte inégale se hérissait de stalactites dont certaines touchaient presque le sol. D'autres étaient si fines que, traversées par la lumière, elles ressemblaient à des pics de glace, habillaient la roche d'une dentelle aux reflets chatoyants, baignaient l'endroit d'une atmosphère ensorcelée qui évoquait dans l'esprit de Tcholko le repaire secret et magique d'Art-Toïon-Aga, le Père et chef du monde. Curieusement, il ne souffrait d'aucune phobie dans cette caverne dont il savait pourtant qu'elle se situait des centaines de pieds sous terre.

Ils débouchèrent sur une immense salle où ne se dressait qu'une seule stalagmite, énorme, dont le chapiteau occupait une grande partie de la voûte. Un rayon de lumière, tombant d'une invisible lucarne, éclairait son fût étranglé et soulignait les reliefs façonnés par les concrétions calcaires. Sur les parois se découpaient les bouches arrondies et noires d'autres salles. Tcholko héla le taïpan, mais aucun hennissement, aucun claquement de sabot ne lui répondit.

« Par notre mère la Lune ! » s'exclama Arthea qui s'était approchée de l'imposant pilier.

Elle désignait six dessins gravés sur le bas de la stalagmite, disposés à l'intérieur d'un cercle approximatif dont le calcaire recouvrait partiellement la circonférence. Tcholko identifia quatre figures, un arbre stylisé au centre, le soleil sur la gauche, la lune sur la droite, accompagnée d'une représentation d'un animal à cornes, un aurochs sauvage peut-être. Il fut incapable de trouver un sens aux deux autres, un triangle esquissé en haut du cercle et d'où jaillissaient des traits semblables à des rayons lumineux, une sorte de crâne allongé en bas, pourvu de deux yeux et de longues pattes qui évoquaient une monstrueuse araignée.

« L'Arbre des Premiers, Ammu, Sa'at, murmura Arthea en promenant son index sur les dessins. En haut, le cristal... »

Elle le pointa un long moment sur le crâne allongé.

« Celui-là, je ne comprends pas ce qu'il fait là, reprit-elle à voix basse, comme si elle s'adressait à elle-même. On dirait un poulpe...

— Un poulpe ?

— Une pieuvre, un mollusque qui vit dans l'océan... dans le grand lac qui entoure notre territoire.

— Tu sais ce que signifient les autres ? »

Elle marqua un temps avant de répondre.

« Ce sont les symboles sacrés de mon peuple... Qui les a gravés dans cette grotte ? Un pilote échoué dans les parages ? Les prêtresses d'une communauté que je ne connais pas ? »

Tant de questions se pressaient dans la gorge de Tcholko qu'il ne réussissait à en formuler aucune. Son regard volait d'un dessin à l'autre, de la stalagmite au visage d'Arthea, d'un coin à l'autre de la salle, cherchant vainement un repère où se poser. Tout lui paraissait étrange dans cette grotte, non seulement le lien inexplicable entre Arthea et ces gravures, mais également cette colonne de lumière qui ne venait de nulle part, cette ambiance figée, ensorcelée.

Il perçut à cet instant un murmure qui surgissait de partout à la fois et qui s'apparentait au bruissement d'un essaim d'insectes, un mélange de frottements et de stridulations. Il dégaina son poignard, s'écarta de la stalagmite, balaya les parois d'un regard circulaire, discerna, dans la pénombre, des formes mouvantes qui surgissaient des bouches des galeries adjacentes et s'agglutinaient tout autour de la grande salle. Un bref coup d'œil vers l'arrière lui montra qu'elles se pressaient également dans l'entrée du boyau par lequel ils étaient arrivés, qu'elles leur coupaient toute retraite.

« Qu'est-ce que tu... ? »

Arthea distingua à son tour les créatures qui se resserraient autour de la stalagmite. Elle crut d'abord qu'il s'agissait d'une tribu primitive analogue à celles qui peuplaient les continents occidentaux et méridionaux, puis elle remarqua leur pilosité extrêmement développée, leur allure voûtée, leur démarche dandinante. Elles n'appartenaient pas non plus à l'une de ces espèces simiesques qui hantaient les jungles équatoriales ou les forêts des îles tropicales, car leurs poils, d'un blond argenté ou d'un roux délavé, leur peau claire, leurs yeux clairs, presque blancs, les désignaient comme des humains des îles du septentrion. Aucun vêtement ne couvrait les zones glabres de leurs corps, les mamelles des femmes, les organes génitaux des hommes, les membres et le torse des enfants. Ils ne parlaient pas, mais émettaient un bourdonnement continu qui s'ajoutait à la façon qu'ils avaient de se serrer les uns contre les autres pour accentuer la ressemblance avec un essaim. Ils avançaient à petits pas sautillants, entraient peu à peu dans la lumière. On ne lisait aucune expression sur leurs traits ou dans leurs regards mais leur comportement indiquait la peur, la soumission.

Des terreurs surgies de la petite enfance déferlaient en Tcholko, convaincu qu'il avait parcouru sans le vouloir les sept pudaks de l'örgiski et s'était fourvoyé dans le royaume d'Erlik-Khan. Ces créatures aussi velues que des ours avaient toutes les apparences des démons des légendes tunguz. L'effraie n'avait pas été une messagère des divinités de l'enbas, mais l'alliée des abasy, la messagère de la mort. Il serra le manche de son poignard : il ne se laisserait pas dépouiller de son âme comme ces rennes qui s'avançaient d'un pas placide vers les couteaux des écorcheurs. Les bouches des galeries continuaient de les vomir à un rythme tel que la grande salle serait bientôt trop petite pour les contenir. D'eux émanait une odeur de terre, d'urine et d'excréments. Ils étaient plutôt de grande taille, autre caractéristique qui les différenciait des peuples simiesques, et des vestiges d'humanité subsistaient sur leurs faces prognathes : front glabre, iris clairs, nez long, lèvres pleines.

Les individus des premiers rangs se tenaient à présent si proches d'Arthea et de Tcholko qu'il aurait suffi à ces derniers de tendre le bras pour les toucher. Le Tunguz leva son poignard et se tint prêt à frapper le premier d'entre eux qui montrerait un quelconque signe d'agressivité.

Arthea le saisit par le poignet et le força à baisser son arme.

« Ils ne nous feront aucun mal...

— Je n'en suis pas si sûr ! gronda Tcholko. S'ils cherchent à s'emparer de nos âmes, ils...

— Qu'en feraient-ils ? Ils ont égaré les clefs de l'esprit... »

Ce bref échange eut un effet inattendu : les créatures cessèrent de bourdonner, tombèrent à genoux, se plaquèrent au sol, se figèrent dans une posture d'adoration, formèrent une pitoyable mosaïque de peaux et de poils qui flamboyait dans la lumière et se flétrissait dans la pénombre.

« Le salut au soleil des prêtres de Sa'at, murmura Arthea. Ils n'ont pas seulement eu connaissance de nos symboles, mais également de certains de nos rites.

— Comment ? objecta Tcholko. Tu dis toi-même que ton peuple habite très loin d'ici... »

Elle haussa les épaules, mouvement qui acheva de dégrafer le haut de sa combinaison et libéra ses seins.

« Certaines prêtresses prétendent que nous descendons d'une civilisation hyperboréenne, dit-elle d'un air songeur. Elles ont été condamnées à l'exil définitif dans les communautés extérieures. Je jugeais moi-même cette hypothèse farfelue, mais... »

Son regard alla à plusieurs reprises des motifs gravés sur la stalagmite aux êtres prostrés devant elle.

« Ils auraient très bien pu franchir la distance qui sépare le Ciber de l'Hyperborée. Nous ne sommes pas très loin du pôle, après tout. Ils auraient perpétué les symboles, dont ils auraient progressivement perdu la signification. Rien n'explique, cependant, qu'ils aient subi une telle régression. A moins que... »

Elle secoua l'épaule d'un homme dont la peau translucide se devinait sous la trame de cheveux et de poils blonds. Il ne réagit pas dans un premier temps, puis il finit par lever la tête sous la pression insistante de sa main. Une terreur indicible s'affichait sur sa face aux deux tiers mangée par la barbe épaisse qui débordait de ses joues pour s'étendre sur le cou, les épaules et le haut du torse. Elle le contraignit à se redresser et à s'avancer vers la stalagmite. Il la dominait d'une bonne tête et sa carrure, plus imposante que celle des combattants les plus robustes des tribus du Bahikal, faisait ressortir la fragilité de la jeune femme. Tcholko se tint prêt à s'interposer au moindre geste suspect de sa part, même si son allure pataude le rapprochait davantage de la bête de somme que du guerrier. Son dos était aussi velu que le reste de son corps, hormis les fesses, pelées par les frottements contre les surfaces rugueuses de la grotte.

Elle lui montra les dessins et l'interrogea du regard. Il fut submergé par une nouvelle vague de terreur qui lui agrandit les yeux et l'entraîna à se protéger la face avec les avant-bras. Elle attendit qu'il s'apaise avant de lui happer un poignet et de le contraindre à fixer une fois encore les gravures. Il obtempéra mais les frissons qui parcouraient ses membres et le gémissement qui montait de ses lèvres entrouvertes trahissaient une épouvante incommensurable. Elle pointa tour à tour l'index sur l'arbre, le soleil, la lune, l'aurochs, le cristal, n'obtint pas de changement notoire, ne sut donc pas s'il tremblait à cause d'elle ou de la symbolique des dessins. Mais lorsqu'elle posa le doigt sur la représentation du poulpe — était-ce bien un poulpe ? —, l'homme — était-ce bien un homme ? — fut incapable de dominer sa peur. Il s'effondra sur le sol et se figea dans une immobilité inquiétante, les yeux vitreux, la bouche ouverte. Elle se pencha pour lui palper les jugulaires du pouce et du majeur.

« Mort », souffla-t-elle, aussi blême que le cadavre.

Tcholko observa aussitôt les autres, constata qu'ils baissaient toujours la tête, qu'ils n'avaient pas réagi à la mort soudaine de leur congénère, ou encore qu'ils ne l'avaient pas remarquée.

« Foudroyé par un symbole, reprit Arthea. Je n'ai même pas eu le temps de lui montrer le cristal de Leyrias. Quelle puissance accordent-ils donc à ce poulpe pour qu'il ait sur eux un tel impact ? Que vient-il faire au milieu des symboles d'Atl... de mon peuple ?

— Ils ne parlent pas, fit Tcholko. Nous n'aurons pas les réponses à ces questions. Le mieux est de récupérer les chevaux et de sortir au plus vite de cet endroit. »

Il lui tardait de retrouver l'air libre, de contempler le ciel au-dessus de sa tête, d'embrasser du regard les vastes horizons de la toundra.

Elle ne tint pas compte de son intervention.

« Je sens qu'ils ont une part importante dans l'histoire de mon peuple... Depuis combien de temps habitent-ils ces grottes ? Comment subsistent-ils dans un environnement aussi pauvre en ressources ?

— La rivière n'est pas très loin d'ici, fit observer Tcholko. Ils pêchent sans doute du poisson...

— Il leur en faudrait des tonnes et des tonnes pour nourrir toutes ces bouches. Ils auraient dépeuplé la rivière en moins d'une génération.

— Ils élèvent peut-être des troupeaux...

— Où trouveraient-ils le fourrage et les céréales nécessaires ?

— Ils se débrouillent pour survivre, comme tous les êtres vivants ! s'impatienta Tcholko. Partons avant que leur prenne l'envie de nous manger ! »

Arthea enveloppa le cadavre d'un regard horrifié, puis elle secoua énergiquement sa chevelure rousse comme pour chasser de terribles pensées.

« Le cannibalisme, bien sûr, chuchota-t-elle. C'est pour eux la seule solution.

— Le canni... quoi ?

— Cannibalisme. Manger les individus de son espèce.

— Je ne disais pas ça sérieusement...

— Ta plaisanterie cachait une évidence : ils n'ont pas d'autres ressources qu'eux-mêmes.

— Raison de plus pour ne pas traîner dans les parages...

— Ils ne s'en prendront pas à nous. Ils nous considèrent comme des dieux. Notre passage éveille des souvenirs enterrés dans les profondeurs de leur mémoire. En fait, ils vénèrent le souvenir de leur humanité à travers nous. Comment ont-ils pu tomber si bas ? »

Tcholko se pencha à son tour sur le cadavre, lui écarta les lèvres, découvrit des dents longues, effilées. Des crocs de fauve, une denture taillée pour arracher et mastiquer la viande crue.

« L'animal en moi n'est pas autant développé que l'animal en eux, murmura-t-il.

— L'animal en eux a fini par les dévorer... » ajouta Arthea.

Elle contempla un long moment le corps inanimé, les gravures, la multitude pétrifiée, s'imprégna de chaque détail de cette scène. Elle avait l'intention, dès son arrivée à Raïma, d'utiliser ces éléments pour entamer des recherches sur l'origine de son peuple. La reine et la grande prêtresse d'Ammu n'encourageaient pas ce genre d'initiative, comme le démontrait l'exil des prêtresses considérées comme déviantes, mais en elle naissait le désir ardent de rétablir le lien entre ces êtres réduits à se manger les uns les autres et les symboles maladroitement tracés sur le calcaire, de savoir ce que signifiait ce poulpe chargé d'une énergie maléfique, de plonger dans les racines d'une histoire fragmentée par le temps. Elle retardait jusqu'à l'inéluctable le moment du départ, parce qu'elle se sentait parente de ces hommes et de ces femmes déchus, et qu'en tant que parente, elle aspirait à les tirer de leur disgrâce et à les remettre sur le chemin de la dignité. Ils détenaient les clefs de leur propre destinée, cependant, et leur avenir leur appartenait.

« Partons », dit le Tunguz.

Elle se mordit les lèvres pour contenir ses larmes.

« Nous n'avons pas encore trouvé la sortie...

— Prenons la galerie opposée à celle par laquelle nous sommes arrivés. »

Ils contournèrent la stalagmite et se frayèrent un passage au milieu des hommes, des femmes et des enfants pétrifiés. A aucun moment ces derniers ne bougèrent, même lorsque les bottes des deux visiteurs leur écrasèrent les mains ou les pieds. Tcholko avait la détestable impression de patauger dans une boue humaine. Oscillant entre dégoût et compassion, il évitait de regarder les dos ployés, les nuques courbées, les fourrures pitoyables qu'il foulait aux pieds comme ces baies sauvages dont les Tunguz extrayaient le jus pour en faire de l'alcool. Il retirait de cette interminable traversée des pensées aussi noires que les démons d'Erlik-Khan. Attentif à éviter les contacts, les doigts crispés sur le manche du poignard, il se sentait d'humeur à perpétrer un massacre si l'un d'entre eux feignait seulement de se dresser sur son chemin. Il les aurait exterminés avec une rage folle, conscient qu'il se serait acharné sur l'être qu'il refusait de devenir, qu'il aurait fracassé un miroir dans lequel il ne voulait pas se contempler. Ses propres ancêtres avaient peut-être ressemblé à ces hommes quelques centaines de solstices plus tôt, et cette idée lui répugnait, lui donnait la nausée.

Ils gagnèrent sans encombre l'entrée de la galerie, progressèrent entre les corps immobiles, atteignirent enfin un passage dégagé. Le boyau, étroit, s'étranglait plus loin, au point que Tcholko se demanda si les chevaux avaient réussi à se glisser entre les parois resserrées. La lumière avait nettement baissé d'intensité en regard de la grande salle, et les formes s'ébauchaient dans un clair-obscur diffus. La puanteur se faisait suffocante. Des cavités pratiquées dans la paroi abritaient des amas indistincts, qu'ils prirent d'abord pour des éboulis de pierres. Ils longèrent une excavation plus large que les autres et s'aperçurent qu'elle contenait des ossements, des cadavres d'adultes et d'enfants à demi décharnés.

« Garde-manger... » commenta Tcholko.

Le cœur au bord des lèvres, Arthea se mit à courir dans la galerie, pressée soudain de mettre la plus grande distance possible entre elle et cette grotte de cauchemar.

V

« Je n'aimerais pas être mangé par quelqu'un de mon clan ! s'exclama Jahik.

— Aucun homme n'aime servir de nourriture à un autre homme, dit le vieil homme.

— Ils auraient pu sortir de cette grotte, chasser, pêcher, cueillir des fruits, battre l'épeautre sauvage...

— La peur les empêchait de penser.

— De quoi avaient-ils peur ?

— D'eux-mêmes... »

Le garçon plissa les yeux et fronça les sourcils, signe chez lui d'intense réflexion. Il frappait régulièrement le rocher de ses bottes pour chasser le froid qui commençait à lui engourdir les jambes. Au loin, sur la grève du lac, s'étirait une harde de chevreuils épuisés par leur longue marche.

« Je croyais que c'était ce pouple...

— Poulpe.

— Qui les effrayait. Tu ne m'as pas dit que l'un d'eux était mort rien qu'en le regardant ?

— Le poulpe n'est qu'un symbole. Il recouvre une réalité effrayante, mais tôt ou tard nous y sommes tous confrontés et nous risquons de succomber, comme cette tribu dans la grotte. A ton avis, que fait l'odügan lorsqu'elle parcourt les sept pudaks de l'örgiski ?

— Quel rapport avec les bateaux volants ? s'impatienta Jahik.

— Le même qu'il y a entre le soleil et l'ombre, entre le chaud et le froid, entre les démons et les divinités. Mais tu ne te demandes pas ce que sont devenus les chevaux d'Arthea et de Tcholko ?

— Ils ont été mangés par les cannibales ! »

Le vieil homme éclata de rire.

« Leur instinct les avait guidés dans le labyrinthe des galeries et les avait entraînés vers la chute. Désaltérés, rassurés, ils attendaient tranquillement leurs cavaliers en broutant les herbes hautes qui n'avaient pas été ensevelies par la neige. Le sac porté par le taïpan n'avait rien perdu de son précieux contenu, et les attaches qui rivaient aux sangles la dague en métal brillant et le deuxième sabre kalmouk avaient tenu le choc... »

Des taches de sang souillaient la laine du taïpan. Après un rapide examen, Tcholko constata que ses blessures ne présentaient aucun caractère de gravité, qu'il s'était seulement égratigné aux arêtes des parois lors de sa glissade et de sa course folle dans les galeries. Le kalmouk ne saignait pas, mais il semblait avoir reçu, sur le canon du membre antérieur droit, un coup qui le faisait boiter.

Arthea et Tcholko avaient débouché sur le fond de la faille après avoir emprunté une succession de galeries qui s'agençaient en un dédale inextricable. A maintes reprises, ils s'étaient fourvoyés dans des culs-de-sac, avaient traversé des salles où s'élevaient des montagnes d'ossements, avaient croisé des groupes d'hommes et de femmes qui, à leur approche, s'étaient égaillés comme des compagnies de perdrix, s'étaient enfin engagés dans un passage éclairé qui donnait sur le défilé.

Le jour n'avait pas commencé à décliner lorsqu'ils

étaient sortis à l'air libre. Tcholko s'était senti revivre en apercevant, au-dessus de sa tête, la bande de ciel gris découpée par les bords supérieurs de la faille. Il leur avait fallu un peu de temps pour s'accoutumer à la luminosité aveuglante du jour.

Arthea avait levé les yeux sur la paroi et soupiré :

« Nous avons atteint le fond mais nous ne sommes pas encore arrivés de l'autre côté... »

Elle réfutait catégoriquement la croyance de Tcholko dans le rôle divin de l'effraie. Elle préférait considérer cette descente dans les entrailles de la terre et cette rencontre avec les probables descendants d'une civilisation hyperboréenne comme un simple concours de circonstances, ou, mieux, comme une intervention d'Ammu, la déesse-mère de la Lune. L'armure de certitudes forgée par sa formation de prêtresse et censée la protéger contre les superstitions et les religions barbares se fissurait au contact du Tunguz, et elle battait le rappel de toutes ses connaissances pour ne pas perdre pied, pour ne pas sombrer dans ce qu'elle tenait pour un retour à l'obscurantisme.

« Suivons la rivière, proposa Tcholko. Elle nous conduira un moment ou l'autre vers la sortie de la faille... »

Une bordure naturelle entourait la retenue. De l'autre côté, l'eau se déversait par une ouverture naturelle et reformait, en direction de l'ouest, le cours tumultueux de la Chona. Le bouillonnement d'écume soulevait une brume dense et froide qui emplissait tout le fond de la faille. Le fracas de la cataracte, amplifié par le défilé, évoquait un grondement d'orage. Ne découvrant aucun passage entre la paroi et le rebord, ils n'eurent pas d'autre choix que d'enfourcher leurs montures et de couper par le bassin, heureusement peu profond. La traversée s'effectua sans difficulté, en dépit des écarts des chevaux apeurés par le vacarme et les remous. Ils avancèrent bientôt sous de véritables trombes et arrivèrent de l'autre côté trempés jusqu'aux os. Le taïpan et le kalmouk durent s'y reprendre à trois reprises pour s'arracher de l'eau glacée et sauter par-dessus la bordure.

La Chona avait creusé son lit au milieu de la faille. Bordée de rives étroites, elle sinuait entre les rochers dont les plus gros la divisaient en deux bras, se fracassait par endroits sur des barrières abruptes, repartait dans un tumulte d'écume, s'engouffrait dans un passage dégagé où elle finissait par s'apaiser.

Ils la longèrent jusqu'à la tombée de la nuit. Les rayons empourprés du soleil avaient crevé les nuages effilochés, et la neige s'habillait de teintes chaudes, se liquéfiait, révélait par endroits des parcelles brunes ou noires. La rugosité et les inégalités du sol n'arrangeaient pas l'état du cheval d'Arthea. Tcholko entrevoyait dans les zones calmes les ombres argentées et fugitives de truites. Il ne regrettait pas d'avoir quitté le campement de la Laie mais, pris dans un tourbillon de sensations qui finissait par lui donner le vertige, il se sentait perdu dans un univers qui reculait sans cesse ses limites. La perspective de pousser plus loin vers le nord l'emplissait d'une peur sournoise et en même temps, et sans doute y avait-il là une relation de cause à effet, il était conscient d'avoir franchi un point de non-retour, d'avoir rompu les ponts avec son clan, avec son passé. Avec Ulgak, même si l'image de la jeune Tunguz revenait de temps à autre le visiter, de plus en plus lointaine, de plus en plus floue.

Lorsque les ténèbres eurent envahi le défilé, il ne resta de la neige que des taches claires qui se recroquevillaient sur elles-mêmes comme des fleurs de nénuphar. Ils choisirent de passer la nuit à l'intérieur d'une cavité peu profonde et dont un repli de la paroi dissimulait l'entrée. Ils ne disposaient d'aucun combustible pour allumer un feu et sécher leurs vêtements, encore imprégnés de l'eau de la cataracte.

L'hydromel, la viande fumée et les galettes d'épeautre les réchauffèrent mais se révélèrent insuffisants pour combattre le froid.

« Ça ira mieux demain, dit Tcholko en dégrafant sa veste et en se frictionnant vigoureusement le torse.

— Nous montons vers le nord, objecta Arthea. Il risque, au contraire, de faire de plus en plus froid.

— Mon clan ne regagnera le campement d'hiver que dans une lunaison...

— Tu oublies que plus on s'approche du septentrion, et plus l'été est court. L'hiver peut s'installer une lune à l'avance par rapport à l'endroit où tu vis... A Raïma, j'aurai tout le temps de regretter le climat de mon île. »

Tcholko ne dit rien mais l'éclat de ses yeux invitait Arthea aux confidences. De son côté, elle éprouvait le besoin de ressusciter par la parole un monde qu'elle n'avait quitté que depuis cinq jours et qui, pourtant, s'effaçait déjà de sa mémoire. Elle s'adossa à une grosse pierre, renversa la tête en arrière et ferma les yeux.

« Nous ne connaissons pas d'hiver, poursuivit-elle d'une voix traînante. Il fait toujours beau et chaud, hormis pendant les deux lunes de la saison humide, où les pluies sont fréquentes et abondantes. La forêt tropicale recouvre la partie centrale de l'île. Épaisse, inextricable, peuplée d'oiseaux multicolores, de reptiles, de singes, de rongeurs de toutes sortes... D'immenses plages de sable blanc, des palmiers et des barrières de corail bordent les côtes. L'eau est d'une telle pureté... d'une telle pureté... »

Tcholko crut qu'elle cherchait ses mots mais il perçut sa respiration lente, régulière, et se rendit compte qu'elle s'était endormie. Alarmé par la pâleur de son visage, il retira sa veste et l'étala sur elle comme une couverture. Il s'accoutuma à la température de la grotte : il lui arrivait parfois de se rouler nu dans la neige au plus fort de l'hiver et de dormir dans sa yourte sans feu ni couverture, abrité des vents hurlants par les seules cloisons de peau. Puis il avisa les chevaux allongés, se coucha contre le taïpan et s'endormit à son tour, bercé par l'odeur, la chaleur et le souffle de l'animal.

Ils chevauchèrent un jour entier avant que les parois ne s'abaissent subitement et ne cèdent la place à un plateau aride, où ne poussait qu'une herbe rase, sèche, parsemée d'arbustes épineux. De la tempête de neige de la veille, subsistaient quelques congères tassées au pied des pitons rocheux qui se dressaient comme les gardiens torturés et figés d'un paysage dévasté. La Chona se transformait par endroits en torrent, dévalait en grondant les pentes abruptes, s'enfonçait sous la terre, réapparaissait une demi-sarp plus loin pour reprendre son cours chaotique. Le cheval kalmouk boitait toujours, restait le plus souvent au pas, refusait d'obtempérer aux sollicitations de sa cavalière. Poussés par un vent glacial, des nuages bas et lourds filaient à grande vitesse au-dessus du plateau, transpercés parfois par des rayons de soleil qui se faufilaient par les trouées et tombaient en colonnes furtives sur les herbes rêches.

Ils furent bientôt survolés par les ombres tournoyantes de vautours dont certains frôlèrent les chevaux au point de provoquer leurs ruades. Tcholko chassa les plus téméraires avec le sabre du pillard. L'irruption des charognards révélait la présence de cadavres dans les environs et, par conséquent, de prédateurs, animaux ou humains.

Le vent répandait une odeur persistante de charnier. Arthea se pinça le nez pour tenter d'échapper à la terrible puanteur. Elle souffrait d'une forte fièvre depuis le matin et grelottait dans son épaisse combinaison fourrée. Elle s'était sentie tellement faible au réveil que, découvrant la veste de loup étalée sur elle,

elle avait oublié de remercier Tcholko pour son geste. Elle n'avait pas desserré les dents de la journée, ni pour ingurgiter de nourriture, ni pour boire sa rasade quotidienne d'hydromel, ni même pour parler. Elle aspirait uniquement à se délasser dans un bain brûlant, à se glisser dans des draps frais, à dormir pendant une nuit et un jour d'affilée. Même si quelques-unes de ses sœurs lui avaient affirmé le contraire, elle voulait encore croire que les communautés extérieures offraient à leurs résidentes le même confort que le quartier des prêtresses d'Ammu.

Ils arrivèrent en vue d'un campement, ou de ce qu'il en restait.

Dressé au bord de la Chona, il était cinq à six fois plus grand que le campement de la Laie, plus grand même que celui du Loup. Leur approche dérangea les vautours qui s'égaillèrent et se posèrent à distance prudente des intrus. Avant de s'enfuir, certains eurent le réflexe de prélever un morceau de viande sur les corps jonchant la terre noircie par le sang séché.

Des centaines de cadavres dénudés, lacérés, mutilés, éventrés, hommes, femmes, enfants, vieillards, pourrissaient entre les yourtes saccagées. A leur état de décomposition, Tcholko estima qu'ils avaient été attaqués trois ou quatre jours plus tôt. Surpris au petit matin, ils n'avaient pas eu le temps de se rhabiller ni de se défendre, comme l'indiquait le très faible nombre d'hommes morts les armes à la main. Les agresseurs n'avaient pas fondu sur ce campement pour le piller : on distinguait des réserves de vivres au travers des cloisons de peau déchirées, des chevaux et des rennes égorgés et abandonnés dans leurs enclos, de nombreuses adolescentes parmi les cadavres. Cette tribu, samoïed ou ostiak, semblait avoir été décimée pour le seul plaisir de la tuerie, une pratique inhabituelle dans la toundra et dans la taïga, où la nourriture, le bétail et les femmes en âge de féconder étaient les causes principales des conflits entre les nomades. Un clan des steppes n'aurait pas délaissé des réserves qui représentaient un solstice de subsistance. Il se serait emparé des rennes qui offraient, outre la viande, les peaux pour les vêtements et les yourtes, les boyaux pour les cordes des arcs, les os pour les flèches et les lances, il aurait volé les chevaux, tué les guerriers, enlevé les vierges, gracié les vieillards, les mères, les enfants...

Bafouant les règles tacites observées par les tribus de la région, les assaillants s'étaient acharnés avec une violence inouïe sur les nourrissons et les femmes enceintes, coupant les têtes des premiers pour les poser sur les thorax fracassés de leurs mères, ouvrant le ventre des secondes pour en extraire les fœtus et les leur enfoncer dans la bouche.

« Il n'existe pas de mot pour décrire les monstres qui ont fait ça ! »

Révoltée par ce carnage, Arthea tenait le col de sa combinaison serré contre ses narines et ses lèvres. Les femmes pilotes d'Ammu lui avaient décrit les scènes horribles qu'elles avaient aperçues en survolant les mondes barbares, mais jamais elle n'avait pensé qu'une telle ignominie fût possible. Ammu avait banni la violence de son monde natal, où les seuls affrontements étaient les jeux athlétiques organisés tous les ans par les prêtres de Sa'at.

Tcholko désigna les traces qui formaient un large chemin sur la berge de la Chona.

« Ils sont repartis vers le nord. »

Le courant de la rivière ne parvenait pas à emporter les corps gonflés d'eau et coincés par les pierres. Rassurés, les vautours revenaient maintenant planter leurs serres puissantes sur les cadavres, et leurs becs recourbés crépitaient sur les os.

« Laissons-les finir leur nettoyage », dit Tcholko que l'odeur commençait à incommoder.

Arthea lui lança un coup d'œil courroucé, presque haineux.

« Tu es tellement habitué à tuer que ce genre d'abomination te laisse froid ! » cracha-t-elle.

Il aurait pu lui rétorquer que le maître des morts Erlik-Khan avait autant d'importance qu'Art-Toïon-Aga, le Père et chef du monde, qu'elle devait accepter l'idée que la mort était indissociable de la vie, mais il y renonça, parce que ce n'était pas le moment, parce qu'il voulait quitter cet endroit au plus vite, parce qu'il voulait respirer à nouveau un air pur, parce qu'il entendait les âmes des défunts pleurer leur dépouille corporelle et craignait d'être emporté avec elles. Il estimait également qu'elle était trop enracinée dans ses croyances pour accorder un quelconque crédit à ses explications.

« Si les vautours ne mangent pas ces cadavres, leur viande pourrira, infectera la terre, l'eau, sèmera la mort des sarps et des sarps à la ronde. Telle est la loi de la nature.

— Les humains ont le pouvoir de plier la nature à leurs désirs », répliqua-t-elle avec vivacité.

Il éclata d'un rire bref qui s'épanouit comme une fleur insolente dans le silence funèbre du campement.

« Les hommes n'arrêtent pas les torrents de boue, ni la foudre, ni les incendies de forêt, ni les tremblements de terre, ni les tempêtes de neige... Les hommes ne sont que des insectes face à la lumière du soleil. »

Il la défia du regard après avoir prononcé cette phrase. Elle n'était pas plus grande que lui face à l'immensité de l'univers. Les secrets de la matière découverts par son peuple ne l'empêchaient pas de souffrir autant, et même davantage, que lui.

« Les hommes ont le devoir d'apprendre à vivre en paix... »

Elle avait murmuré ces mots sans conviction. Elle

pressentait que ce massacre avait un lien avec son monde et ne réussissait pas à chasser cette idée, pourtant dénuée de tout fondement. Elle remarqua alors, à côté du cadavre d'un homme que son costume orné de clochettes et de miroirs désignait comme le bö du clan, une figure gravée sur la terre à l'aide d'une pointe dure. Elle tressaillit lorsqu'elle reconnut la forme grossière d'une pieuvre. Elle l'associa aux symboles dessinés sur le calcaire de la stalagmite, à la Lune, à Sa'at, au Soleil, à l'Arbre des Premiers, au Cristal, et sa prémonition se transforma en certitude. Désemparée, étourdie, elle faillit tomber de cheval. Le ciel lui-même se vêtait de noirceur, comme gangrené par la force maléfique qui émanait de ce poulpe et qui frappait le malheur de son sceau, ici l'extermination d'une tribu, là-bas, dans la faille, la déchéance d'un peuple condamné au cannibalisme pour se perpétuer.

« On dirait le même poul... poulpe que dans la grotte, fit Tcholko qui, intrigué par l'immobilité de la jeune femme, avait à son tour aperçu le dessin.

— Je ne pense pas que ce soit un simple poulpe, dit Arthea. Et je crois que la communauté de Raïma court un grand danger. »

Les mots étaient spontanément sortis de sa bouche. Une voix intérieure lui criait que ses sœurs étaient les proies ultimes des tueurs se dirigeant vers le nord. Les barbares ignoraient pourtant l'existence des unités extérieures — ceux qui les découvraient par hasard étaient éliminés par les prêtresses chargées de maintenir coûte que coûte le secret —, et les probabilités étaient minimes qu'une horde guerrière fît d'une communauté son objectif.

« Combien ont-ils d'avance sur nous ?

— Entre trois et quatre jours, répondit Tcholko.

— D'où viennent-ils ?

— D'au-delà des steppes, sans doute. Peut-être de Tzcin ou des déserts de glace... »

Il repoussa l'idée qu'ils fussent des démons des enfers égarés sur le monde des hommes.

« Nous devons à tout prix arriver à Raïma avant eux ! s'écria Arthea.

— Pas facile. Ton cheval boite, le mien ne vaut guère mieux, tu as besoin de repos.

— Assez perdu de temps ! Ammu prendra en pitié tous ces malheureux. »

Après avoir adressé un ultime regard aux cadavres dépecés par les charognards, elle fouetta du plat de la main la croupe du kalmouk.

Ils perdirent la piste des assassins le matin du troisième jour, quand de nouvelles chutes de neige recouvrirent les empreintes des sabots. La fièvre d'Arthea n'était pas retombée mais elle se forçait à manger pour tenir le coup. Le froid s'installait de manière durable, gelait le sol en profondeur, pétrifiait les rares îlots de végétation. La Chona tendait entre ses berges rocheuses un miroir lisse brisé de temps à autre par le saut d'un poisson ou la chute d'une pierre. Ils traversaient une plaine dont la blancheur accentuait la monotonie. Disposant de la ligne sombre de la rivière comme seul point de repère, ils avaient l'impression d'errer dans un paysage situé hors de l'espace et du temps. Le silence absorbait le roulement des sabots, aucun mouvement n'agitait les branches des arbustes ou les herbes ployées par le poids de la neige.

Ils ne prenaient que quelques heures de repos au cœur de la nuit. Dans l'impossibilité de construire un abri et d'allumer un feu, ils s'allongeaient entre les chevaux, se serraient l'un contre l'autre, dormaient jusqu'aux premières lueurs de l'aube. Leur chaleur corporelle s'associait à celle des animaux pour maintenir le froid à l'écart mais ils se réveillaient couverts de givre et il leur fallait en appeler à toute leur volonté pour se lever, pour se secouer, pour s'alimenter, pour affronter une nouvelle journée. Ils ne parlaient pas, gardaient leur énergie pour lutter contre la fatigue et le découragement. Les yeux rivés sur la crinière de leur monture, ils évitaient de fixer un horizon qui se reculait sans cesse. Le kalmouk ne boitait plus et galopait sans réticence.

Les réserves de vivres diminuaient de manière alarmante. Tcholko donnait aux chevaux, qui ne trouvaient plus rien à brouter, les galettes d'épeautre et les fruits séchés, tandis qu'Arthea et lui se contentaient de viande fumée et de fromage de renne. Il scrutait de temps à autre la plaine immaculée pour tenter d'y détecter les ombres d'une harde de sangliers, de rennes, de chevreuils, ou encore la silhouette sautillante d'un lièvre, mais les animaux sauvages et leurs prédateurs avaient devancé l'hiver et migré vers des contrées plus clémentes. De toute façon, il lui aurait été difficile de tuer du gibier sans le secours de son arc. Quant au poisson, il n'avait aucun espoir d'en pêcher tant qu'ils s'arrêteraient à la nuit tombée et qu'ils repartiraient avant le lever du jour. Il craignait que la rivière ne fût bientôt prisonnière de l'embâcle.

Le cinquième jour, ils discernèrent des points noirs et mouvants une sarp devant eux. Une horde animale venait à leur rencontre. Alerté par la nervosité des chevaux, Tcholko chercha une issue des yeux. Il élimina d'emblée la solution qui consistait à traverser l'eau glaciale de la Chona et à gagner l'autre rive. Lui restait donc la possibilité d'obliquer vers la droite et de décrire un large mouvement de contournement. Il prit conscience de l'inutilité d'un tel détour : la plaine ne proposait aucun abri et les chevaux, épuisés, ne réussiraient pas à semer les prédateurs à la course.

Car c'étaient des prédateurs.

Des loups. Un rassemblement de plusieurs hordes étalées sur une largeur de trente ou quarante pas.

Le kalmouk hennit, se cabra, déséquilibra Arthea qui eut le réflexe de se raccrocher à sa crinière pour éviter la chute.

« Ils vont nous dévorer ! » gémit-elle.

D'une gerçure de ses lèvres, perla une goutte de sang qui coula lentement sur son menton.

« La faim les pousse vers le sud, dit Tcholko. Vers les troupeaux de rennes des clans. Il leur faut simplement trouver de quoi manger pour atteindre leur but.

— Il n'y a rien d'autre à manger que nous sur cette plaine...

— Nous peut-être pas, mais les chevaux sûrement. Tu as dit toi-même que le tigre aurait épargné les Kalmouks s'ils lui avaient abandonné leurs montures...

— Le tigre chasse en solitaire, ceux-là sont plus de cent ! »

Tcholko sauta à terre, déchargea le sac de vivres, glissa le sabre et la dague dans son ceinturon. Arthea parcourut encore une dizaine de pas avant de l'imiter. Elle voulut tirer le kalmouk par les rênes mais il se rebiffa, lui échappa et s'enfuit au galop. Pris de panique, il s'écarta d'abord en direction de la plaine, revint près de la Chona, tourna en rond, repartit vers l'avant après une série de ruades, finit par s'immobiliser sur la rive en poussant des hennissements plaintifs.

Les loups trottaient en soulevant des petites gerbes blanches. Le ciel en partie dégagé teintait la neige d'un bleu pâle et ondoyant. Le taïpan montra à son tour des signes d'affolement mais, d'une pression continue sur la bride, Tcholko le contraignit à baisser la tête et à recouvrer son calme.

Les loups opérèrent la jonction en un temps très

bref et se rassemblèrent en cercle autour du kalmouk isolé. La main sur la poignée du sabre, le Tunguz refoula l'impulsion qui lui commandait de tirer la lame. Les hordes qui rôdaient autour du campement de la Laie n'attaquaient jamais les hommes. L'odügan ordonnait de leur offrir un couple de rennes par semaine pendant les lunes d'hiver.

Les mâles dominants tournaient autour du cheval, évitaient avec adresse ses coups de sabot, guettaient la première opportunité de lui bondir sur le râble et de lui planter leurs crocs dans la carotide. Les autres, les mâles de rang inférieur, les femelles, les louveteaux, attendaient patiemment l'issue de la chasse, assis sur leurs pattes arrière, la gueule ouverte, les oreilles dressées, la langue pendante. Leurs yeux jaunes et fixes brillaient comme des étoiles dans l'anthracite de leur fourrure.

« On ne peut rien pour lui ? » murmura Arthea.

Elle se sentait à la fois désespérée et impuissante devant le spectacle de sa monture cernée par les carnivores. Elle avait noué, avec l'animal qui l'avait portée pendant des jours, des liens de complicité qui se tendaient avec d'autant de force qu'il était en danger de mort. Elle s'étonna de cette affection, qu'elle croyait réservée aux seuls êtres humains. Elle n'avait jamais ressenti une telle complicité avec les grands mammifères marins dont elle partageait les jeux au large de l'île.

« Absolument rien, dit Tcholko. Il ne nous reste qu'à espérer que cette pitance leur suffira... »

Le kalmouk résista pendant un moment qui s'éternisa, puis, exténué, il se résigna et cessa de remuer. Il regimba faiblement lorsque les crocs d'un mâle lui déchirèrent la gorge. Des gouttelettes empourprèrent la vapeur qui montait de sa robe luisante. Un deuxième loup lui happa la cuisse tandis qu'un troisième se glissait sous ses membres antérieurs pour lui inciser le ventre. Ils furent bientôt une dizaine sur lui, suspendus par la gueule pour l'amener à se coucher sur le flanc. Il resta debout encore un instant avant de s'affaisser en silence et de rougir la neige de son sang.

Des larmes vinrent aux yeux d'Arthea, qui fixa Tcholko d'un air suppliant. Il ne put qu'esquisser une moue désolée. Il regrettait autant qu'elle la perte du cheval, mais pour d'autres raisons : même si les loups épargnaient le taïpan, ils disposeraient d'une seule monture pour parcourir le long trajet jusqu'à Raïma dans la steppe enneigée.

Les loups ne se précipitèrent pas en désordre sur le cadavre. Les mâles dominants prélevèrent d'abord les viscères et, le museau marbré de sang, s'éloignèrent pour commencer leur festin. Les femelles grondèrent pour inciter les autres mâles, impatients, à attendre leur tour, arrachèrent les muscles des cuisses, des épaules et du râble, s'en retournèrent vers leurs petits avec lesquels elles partagèrent leur butin. Les autres se disputèrent les restes, la croupe, le garrot, le cou, la tête, dans un concert de claquements, de lapements, de grognements. Le vent saupoudrait la plaine d'une fine poudre blanche et dispersait l'odeur piquante de la chair fraîche. Du cheval ne demeurèrent bientôt qu'une carcasse entièrement nettoyée, la crinière et la queue.

Arthea et Tcholko ne bougèrent pas tant que dura la curée. Tremblant de tous ses membres, le taïpan essaya à plusieurs reprises de s'enfuir, mais ne parvint pas à prendre en défaut la vigilance de son cavalier. Quand les louveteaux eurent léché les filets carmin qui souillaient les os du kalmouk, les autres se redressèrent, s'assirent sur leurs pattes arrière, observèrent les deux humains et le taïpan figés devant eux. Tcholko ne réussit pas à déceler leurs intentions dans leurs yeux d'un jaune indéchiffrable. L'odügan de la Laie disait que les loups étaient aussi insaisissables et indomptables que le vent, qu'il fallait les accueillir comme les gardiens de l'hiver et les traiter avec le même respect que les dieux. L'ögun prohibait leur chasse et n'autorisait le prélèvement de leur peau qu'à la condition que leur mort fût naturelle.

« Que font-ils ? » demanda Arthea.

Elle tremblait de peur et de froid. De colère également.

« Ils se reposent », répondit Tcholko à voix basse.

Leurs pieds commençaient à s'engourdir dans leurs bottes transpercées par l'humidité de la neige.

« Je n'en peux plus, gémit Arthea.

— Ne leur montrons pas nos faiblesses. Leur jugement est impitoyable mais juste.

— Les animaux sont régis par l'instinct. Ils n'ont pas la possibilité de juger.

— Ils sont les gardiens des lois de la nature, répliqua Tcholko.

— Manger, perpétuer l'espèce, voilà leur seul but.

— Ils éclairent les hommes sur les mystères de l'existence... »

Il prenait conscience, en cet instant, de la véritable portée de l'enseignement de l'odügan, de la puissance de ses rites et de ses chants qui avaient jusqu'alors glissé sur lui comme des songes. Il n'avait jamais entrepris la quête de vision destinée à lui révéler son animal personnel. Il avait cru que ses exploits à la bataille d'Ïgahl le dispensaient de ces quatre jours de solitude dans la taïga, et il savait maintenant qu'il avait commis un péché d'orgueil, qu'il était passé à côté de l'essentiel. S'il ne maîtrisait pas la bête en lui, c'était parce qu'il ne l'avait pas reconnue, qu'il ne lui avait pas donné de nom, de forme, de sens.

Un loup noir se leva et s'avança vers eux d'un pas tranquille. Il ne s'arrêta pas lorsqu'il parvint à leur hauteur, il continua son chemin, passa à côté du taïpan terrorisé et longea la rivière en direction du sud.

Un à un, les individus de la grande horde se départirent de leur immobilité et le suivirent. De jeunes mâles jetèrent des regards flamboyants sur les deux humains et le cheval qu'ils frôlaient. Ravigotés, les louveteaux jappaient et gambadaient joyeusement dans la neige sous l'œil attentif de leurs mères. Tcholko entrevit leurs côtes saillantes sous leur poil collé par la neige et le sang. Ils n'avaient pas assouvi leur faim, mais ils avaient renoncé au taïpan pour laisser une chance aux deux humains de survivre et de continuer leur voyage.

Un marché équitable.

La jeune femme posa la tête sur l'épaule du Tunguz et libéra les larmes qu'elle avait trop longtemps retenues. Elle pleura un long moment sur son cheval mort, sur ses sœurs qu'elle pressentait en danger, sur elle-même, perdue dans une immensité hostile et glacée. La fatigue, la fièvre et la détresse s'écoulaient par ses yeux, déposaient sur ses lèvres un goût d'amertume et de sel.

« Jamais nous n'arriverons à Raïma... » balbutia-t-elle.

Tcholko l'étreignit.

« Les loups nous ont laissé le taïpan, dit-il d'une voix douce. Il est assez fort pour nous porter tous les deux.

— Les assassins nous précéderont et...

— Rien ne prouve qu'ils en veulent à ceux de ton clan. Et peut-être qu'ils auront été retardés eux aussi. Mettons-nous en route immédiatement ou nous finirons par geler sur place. »

Elle hocha la tête, mouvement qui décrocha les larmes perlant à ses cils.

« Je suis désolée, Tcholko, je ne pensais pas t'entraîner dans...

— Ma vie m'appartient, coupa-t-il. Et l'odügan avait prédit ce voyage.

— Les prédictions sont incompatibles avec la liberté. On ne peut modifier un futur déjà écrit.

— C'est moi, et personne d'autre, qui t'ai suivie vers le nord. Ce sont mes peurs et ma faim que j'affronte. »

Elle se recula d'un pas, retira une de ses moufles et lui caressa le visage avec une tendresse dont il ne l'aurait pas crue capable.

« Se peut-il que je me sois à ce point trompée sur ton compte ?

— Tu as vu juste : la bête vit en moi.

— Je la croyais morte dans le cœur des hommes de mon peuple, mais je crois qu'elle se réveille, et je suis incapable de savoir si c'est une bonne ou une mauvaise nouvelle... »

Tcholko ramassa le sac et le cala sur l'encolure du taïpan. Les loups n'étaient plus que des formes minuscules dans le lointain. Le ciel de nouveau se couvrait, et la neige soulevée par le vent blanchissait les taches de sang disséminées autour de la carcasse du kalmouk.

VI

Le taïpan montra les premiers signes de fatigue au bout de cinq jours. Son allure se fit de plus en plus pesante, et il se remettait au trot, voire au pas, avant même d'avoir parcouru une demi-sarp au galop. Non seulement il portait deux cavaliers, mais Tcholko limitait sa ration d'épeautre à trois galettes par jour, et le sol gelé, aussi blessant que la pierre, ensanglantait ses paturons, ses fanons, ses couronnes. Les averses de neige succédaient aux brumes matinales, et rares étaient les rayons de soleil qui parvenaient à se frayer un chemin parmi les nuages. Le vent charriait un froid mordant, pénétrant, soulevait des voiles blanchâtres qui tourbillonnaient comme des danseurs fantomatiques sur la plaine infinie. Une mince couche de glace emprisonnait la rivière, dont le murmure rassurant s'était tu. Les steppes sombraient peu à peu dans cette mélancolie lugubre et glacée qui ne prendrait fin qu'avec l'éclosion des premières perce-neige.

Arthea ne parlait plus, comme si le simple fait d'entrouvrir les lèvres était au-dessus de ses forces. Il fallait que Tcholko lui glisse de force les aliments dans la bouche pour qu'elle condescende à se nourrir. De temps à autre, elle retirait une de ses moufles et regardait fixement le cristal de Leyrias qui brillait au creux de sa paume. Le vert de ses yeux s'était à ce point éclairci que Tcholko la croyait aux portes de l'enfer. Il avait beau la serrer contre lui pendant les quelques heures de repos que l'obscurité et les éléments les obligeaient à prendre au cours de la nuit, il ne parvenait plus à la réchauffer. Elle désertait un corps qui s'éteignait peu à peu, qui refusait la douleur de la vie. Il l'installait devant lui sur le taïpan et l'empêchait de tomber lorsqu'elle s'assoupissait, bercée par le rythme régulier de l'animal. Il regrettait d'être parti du campement dévasté sans avoir pris le temps de chercher des couvertures ou des vêtements supplémentaires. Ils n'avaient pas croisé un seul être vivant depuis leur rencontre avec les loups. De temps à autre, il cherchait machinalement l'effraie des yeux, mais il ne distinguait aucune tache blanche sous la masse sombre et moutonnante des nuages. Pourtant, si elle était réellement l'envoyée des divinités de l'en-bas, c'était pour elle le moment ou jamais de se manifester, de lui montrer la voie.

Le sixième jour, ils arrivèrent sur les bords d'un lac entouré de collines, gelé, étroit puisque Tcholko distinguait l'autre rive et le val par lequel repartait la rivière. Il demanda à Arthea si elle avait remarqué cette étendue d'eau sur ses cartes, mais elle parut ne pas entendre sa question, comme si son esprit s'était définitivement égaré dans l'immensité des steppes. Il en conçut une telle amertume qu'il faillit dégainer son poignard et le lui planter dans le cœur. Les Tunguz considéraient de leur devoir de tuer les individus inaptes plutôt que de les laisser souffrir dans un milieu où ils n'avaient aucune chance de survivre, une forme de sélection naturelle qui incitait les vieillards, hommes et femmes, à s'isoler et à attendre la mort dans les campements abandonnés. Il rejeta toutefois cette idée, dans l'espoir qu'elle recouvrerait d'une manière ou d'une autre ses facultés physiques et mentales.

Il observa les environs, aperçut une colonne de fumée qui s'élevait entre deux buttes. Après quelques instants d'hésitation, il estima que la chaleur d'un foyer ferait le plus grand bien à Arthea, et il décida de se rendre près de ce feu, au risque de tomber sur un groupe hostile, voire sur la troupe des assassins dont ils suivaient la piste. Tout en serrant la jeune femme inerte contre lui, il dirigea le taïpan entre les mamelons enneigés.

Il ne tomba pas sur un bivouac, comme il s'y était attendu, mais sur une yourte isolée, plantée au pied d'une colline, et dont les peaux usées s'ornaient de tissus de prières. La fumée oblique qui s'évadait de l'orifice central diffusait des odeurs de plantes et de bois brûlé. Les flocons des dernières chutes n'avaient pas recouvert les empreintes qui avaient tracé un chemin entre la rive du lac et la yourte. Il mit pied à terre, aida Arthea à descendre, s'arma de la dague et se dirigea vers l'entrée de l'habitation. La neige dure craqua sous les semelles de ses bottes.

« Entre. Je t'attendais. »

La voix, criarde, vibrante, s'était enfoncée comme une lame dans le plexus solaire de Tcholko. Assise près du taïpan, Arthea n'avait pas réagi, retirée profondément en elle-même, indifférente au monde qui l'entourait.

« Entre. »

Tcholko écarta précautionneusement les tentures. Ses yeux, passant de la blancheur aveuglante du paysage au clair-obscur de la yourte, discernèrent progressivement les couleurs et les formes. Il distingua d'abord le foyer, un espace circulaire placé juste au-dessous de l'orifice central, surmonté d'un trépied et d'un récipient. Il vit ensuite des écharpes suspendues à l'un des montants de bois, puis la silhouette d'une femme assise sur le sol, vêtue d'une robe de peau ornée sur les épaules d'une paire de bois de cerf, sur le devant de franges multicolores, sur le dos de disques métalliques et de clochettes. Ses cheveux dénoués, parsemés de plumes, tombaient en cascades grises et soyeuses sur sa poitrine. Son visage était d'une étonnante jeunesse malgré les rides profondes qui lui barraient le front et les joues, et ses yeux pétillaient sous ses paupières lourdes.

Les braises rougeoyantes révélaient également des cannes en bois, les cannes chevalines dont se servent les odügan et les bö pour voyager dans les mondes de l'au-delà, un casque métallique surmonté de feuilles séchées, un masque de cuir, un tambour de peau décoré de motifs peints. Il aperçut enfin, et cela lui apparut comme un signe, la forme blanche et figée d'une effraie perchée sur un coffre, mais il ne réussit pas à savoir si elle était vivante ou empaillée.

« Va chercher la fille, dit la vieille femme. Je dois entreprendre le voyage dans les Plans infernaux pour expulser l'abasy qui s'est emparé d'elle.

— Comment sais-tu que...

— Je suis Omaguk. J'étais l'odügan du clan samoïed du Grand Bison.

— Était ?

— Il y a dix solstices de cela, j'avais prévenu les miens de retarder de deux jours leur départ pour le campement d'été. Ils n'ont pas voulu m'écouter. Ils ont été surpris par la montée de la Chona dans la passe d'Erkel. Seules trois anciennes ont échappé au désastre. Elles sont mortes à présent, et je croyais que ma magie ne servirait plus à personne jusqu'à ce que mes ayi, mes auxiliaires, me demandent de te venir en aide.

— Tu ne me connais pas...

— Les ayi connaissent ton importance, et l'importance de cette femme. Des forces démoniaques s'apprêtent à déferler sur le monde. »

Tcholko baissa la lame de la dague, jeta un regard

derrière lui, contempla Arthea presque allongée dans la neige. En arrière-plan, un pan de ciel semblait avoir été piégé par la surface glacée du lac.

« Des hommes sont passés récemment ? demanda-t-il.

— Il y a quatre jours. Une centaine. Armés jusqu'aux dents. Ils viennent de la lointaine Mogohol, guidés par un adorateur du soleil.

— Ils t'ont épargnée ? »

Le rire enroué de la vieille femme claqua comme un croassement.

« On n'épargne pas ceux qu'on ne voit pas, dit-elle après s'être raclé la gorge.

— Ont-ils un rapport avec les forces démoniaques dont tu parles ? »

Omaguk se munit d'un tisonnier et remua les braises sous le récipient. Des lueurs vives embrasèrent ses pommettes et ses arcades sourcilières.

« Ils en sont l'un des tentacules, répondit-elle. Les soldats d'une force noire qui sort de son sommeil.

— Le poulpe ?

— On ne doit pas séparer ce qui est inséparable. L'univers est fait d'opposés, l'obscur et le clair, le mâle et la femelle, le jeune et le vieux, le nord et le sud, la douceur et la violence. L'être humain se perd s'il refuse d'être le chaudron où bouillent les contraires. Le règne de la magie touche à sa fin, et bientôt viendront les temps où les êtres humains seront prisonniers de leurs sens. »

Omaguk se coiffa du casque métallique et saisit le tambour, signifiant à son interlocuteur que l'entretien était clos. Bien que sa curiosité fût loin d'être satisfaite, Tcholko n'insista pas, conscient qu'il n'obtiendrait aucune autre précision de la vieille femme tant qu'elle n'aurait pas accompli la cérémonie de guérison, la calemnie.

Il alla donc chercher Arthea et l'introduisit dans la yourte. La jeune femme ne réagit pas lorsque, sur un signe d'Omaguk, il l'allongea sur un tapis près du foyer et la dévêtit entièrement. Elle avait maigri à un point tel que ses hanches et ses côtes paraissaient lui perforer la peau. Il retourna ensuite s'asseoir près de l'entrée et sombra rapidement dans une torpeur qui lui engourdit le corps et l'esprit. Tandis que l'odügan priait les esprits auxiliaires de l'accompagner et de la protéger pendant son voyage dans les mondes infernaux, le battement de son cœur se confondit avec le rythme lancinant du tambour.

Dès lors Tcholko alterna les phases de somnolence et les réveils en sursaut. Incapable de supporter le poids de sa tête, il ne parvenait pas à fixer son attention sur les sauts, les cris, les danses d'Omaguk. Il la voyait, ombre tournoyante et désarticulée, se jeter sur Arthea, bondir par-dessus le foyer, courir autour de la yourte comme si elle tentait de semer un invisible adversaire. De l'orifice buccal de son masque, s'échappaient des grognements et des gémissements qui se mêlaient aux tintements des disques métalliques et des clochettes de sa robe pour composer un fond sonore assourdissant. Le corps d'Arthea n'était plus qu'une tache claire, informe, sur laquelle venaient parfois se poser les extrémités évasées des cannes chevalines. La fumée qui montait du récipient emplissait toute la pièce, piquait les yeux du Tunguz, lui irritait la bouche et la gorge. Le réel et le rêve se côtoyaient d'une manière si étroite qu'il lui était impossible de savoir s'il évoluait dans un monde ou dans l'autre. Le sol se déroba sous lui tout à coup, une spirale puissante le saisit, l'entraîna dans un entonnoir au fond duquel il entrevit l'effraie. Elle n'était pas empaillée, elle ouvrait des yeux ronds et jaunes dans lesquels il s'immergeait tout entier. Une intolérable vibration lui parcourut la colonne vertébrale.

La première chose qui le frappa, lorsqu'il reprit connaissance, ce fut la qualité du silence, effleuré par des sifflements à peine audibles. Il lui suffisait de maintenir ses bras écartés pour flotter sur les courants aériens. Au-dessus de lui, l'azur dévoilait sa pureté cristalline entre les bancs de nuages. Sous lui, la plaine blanche s'étendait à perte de vue, hachurée par les formes sombres et pétrifiées des bosquets, traversée par la ligne grise et sinueuse d'un cours d'eau. Il se demanda où était passée la chouette, et la réponse lui vint instantanément à l'esprit, évidente, limpide : il était dans le corps de l'effraie, il était l'effraie. Il gardait son cerveau d'homme, sa faculté de raisonner, mais ses bras, ses jambes, ses ongles, ses poils, sa bouche s'étaient métamorphosés en ailes, pattes, serres, plumes et bec. Son œil saisissait les moindres détails à plus d'une sarp de distance. La sensation de légèreté et la caresse du vent sur ses rémiges lui procuraient un sentiment de liberté inouï. Pendant quelques instants, il ne se soucia de rien d'autre que de goûter l'ivresse du vol, piqua vers le sol à la faveur d'une brusque dépression, remonta d'un vigoureux battement d'ailes, se laissa porter par les courants, expérimenta pleinement cette fluidité qui lui faisait toucher le rêve du bien-être absolu.

Il aperçut une troupe de cavaliers qui progressaient le long du cours d'eau et dont les montures crachaient par les naseaux d'éphémères nuages de condensation. Il vola dans leur direction, luttant soudain contre un vent contraire qui l'obligea à décrire de larges courbes. De même, il lui fallut mobiliser toute son énergie pour se stabiliser au-dessus d'eux et résister aux bourrasques qui le poussaient vers l'autre rive du cours d'eau. Bien qu'il se fût rapproché en silence, un cavalier le remarqua et, d'un hurlement strident, prévint les autres. Une centaine de visages se tournèrent aussitôt vers les cieux. Leurs coiffures, leurs armes, leurs vêtements étaient différents de ceux des tribus des steppes. Leurs cheveux rassemblés au sommet de leur crâne ondulaient comme des plumets de casque. Le soleil miroitait sur leurs bras et leurs cuisses nus, enduits d'une épaisse couche de graisse. Une armure en fer leur protégeait les épaules, le torse, le dos, le bassin, et de hautes bottes évasées à partir du genou leur montaient jusqu'à mi-cuisse. Les fourreaux de leurs sabres se recourbaient et s'élargissaient en leur extrémité. Les pointes à trois dents de leurs lances se dressaient à la verticale au-dessus de leurs têtes. Ils portaient en bandoulière des arcs taillés dans une matière qu'il ne réussit pas à identifier. De leurs carquois de cuir, dépassaient des pennes qui n'étaient pas faites de plumes d'oiseaux, mais d'un mélange de cartilages et de poils — des cartilages et des cheveux humains sans doute. En tête de la troupe, chevauchait un homme drapé dans une ample cape noire et coiffé d'un casque cylindrique du même métal doré que les bijoux d'Arthea. Tcholko le dépassa, amorça une courbe puis plongea vers lui en piqué. Il ne distingua pas grand-chose de son visage, dissimulé par le col relevé de sa cape, mais il remarqua, incrusté sur le devant de son casque, un soleil dont les rayons s'allongeaient à la manière de tentacules.

Il perçut un son prolongé, distinct des sifflements du vent, menaçant, entrevit un scintillement devant lui, un éclat de lumière projeté par la pointe d'une flèche. Il cessa de battre des ailes et fut soulevé par un courant ascendant qui le mit hors de portée du trait. L'archer, qui s'était écarté du groupe, poussa un juron et encocha une deuxième flèche. En dépit de sa peur, Tcholko ne commit pas l'erreur de se battre contre le vent, il laissa les spirales l'emporter et l'éloigner de la zone de danger. L'archer manqua encore sa cible, largement cette fois-ci, un ratage qui fut salué par une bordée de rires et de quolibets.

Tcholko continua de s'élever jusqu'à ce que les

cavaliers ne forment plus qu'une tache sombre et instable sur la neige. Là, au-dessus des turbulences, il vola un long moment en suivant une direction qui lui semblait être le sud. Il s'interrogea sur la nature de sa métamorphose, se demanda s'il réintégrerait un jour son corps humain, fut saisi d'une angoisse soudaine qui l'alourdit, le ralentit, le précipita dans un gouffre où l'air était aussi dense et blessant que la roche.

Il revint à lui perché sur la branche basse d'un mélèze dont les aiguilles molles remuaient doucement sous les caresses du vent. Il n'avait pas réinvesti son corps humain cependant, même s'il éprouvait une lassitude, une lourdeur qui lui rappelaient ses sensations d'homme. L'air était ici d'une douceur qui le ramenait plusieurs jours en arrière, dans les forêts profondes de la taïga. Un craquement l'amena à regarder sous lui. Il aperçut une silhouette assise au bord d'un torrent, vêtue d'une robe courte et légère de laine. Longue chevelure noire, peau ambrée, jambes et bras ronds, yeux en amande, paupières lisses.

Ulgak.

Il reconnut l'endroit où, quelques lunes plus tôt, il l'avait surprise en train de se baigner. La jeune Tunguz contemplait rêveusement la surface tumultueuse du torrent. Même si des traces de neige parsemaient la mousse et les rochers, l'hiver ne s'était pas encore déposé sur la taïga. Tcholko ressentit avec une acuité douloureuse la mélancolie d'Ulgak et prit conscience de la cruauté de son propre comportement. Sans nouvelles de lui depuis une douzaine de jours, rongée par l'inquiétude, elle était convaincue qu'il avait été tué par un animal sauvage ou par les guerriers d'un clan dont il aurait violé le territoire, et elle se reprochait amèrement cette disparition, qu'elle mettait sur le compte de son entêtement à lui réclamer une preuve d'amour et de courage. Il la trouvait plus belle et plus émouvante que dans ses souvenirs. Les liens qu'elle avait tissés avec lui résistaient à la séparation, résistaient même à l'idée de la mort. Elle s'était engagée sur le chemin qui les menait de l'un à l'autre avec davantage de détermination que lui.

Le cœur de Tcholko se serra lorsqu'il vit couler des larmes sur les joues encore enfantines d'Ulgak. Il voulut lui parler, lui signaler sa présence, l'assurer qu'il reviendrait après avoir conduit l'étrangère à Raïma, mais seul un ululement bref sortit de son bec. Elle leva la tête et posa sur lui des yeux rougis par le chagrin. Il poussa encore un cri, perçant cette fois-ci, qui resta un long moment suspendu dans le silence de la forêt. Elle s'essuya les pommettes d'un revers de main, se redressa et se rapprocha du mélèze à pas lents, veillant à ne pas l'effaroucher par des gestes brusques. Parvenue sous la branche, elle le fixa avec une attention soutenue, le front barré d'une ride de concentration. Comme la plupart des Tunguz, elle avait l'intime conviction que les dieux utilisaient les animaux pour délivrer leurs messages et elle pensait que cette chouette détenait peut-être les réponses à ses inquiétudes. Tcholko émit un nouveau ululement. Ils étaient si proches l'un de l'autre qu'ils auraient pu se toucher, et pourtant, une barrière infranchissable se dressait entre eux, la double barrière de l'apparence et du langage. En désespoir de cause, Tcholko décolla de la branche afin de se poser sur l'épaule d'Ulgak. Les yeux agrandis de frayeur, elle croisa instinctivement les bras au-dessus de sa tête, recula avec précipitation, perdit l'équilibre, roula sur les cailloux et la mousse. Il eut encore le temps d'entrevoir sa robe déchirée de haut en bas, sa poitrine et son ventre découverts, avant d'être saisi par un tourbillon et d'être propulsé dans un couloir obscur qui n'appartenait ni à l'espace ni au temps.

« Elle sera entièrement remise dans deux jours. »

L'affirmation d'Omaguk aurait pu paraître incongrue devant le corps d'Arthea, aussi blanc et figé qu'un cadavre, mais les odügan jetaient sur l'invisible des passerelles qu'elles étaient les seules à franchir, aussi Tcholko ne remit-il pas en cause le verdict de la vieille femme. De toute façon, ses idées étaient trop embrouillées pour qu'il se hasardât à formuler un jugement. Il se demandait encore s'il avait bien réintégré son enveloppe corporelle comme son épouvantable migraine le laissait supposer.

Il avait repris connaissance dans la yourte quelques instants plus tôt, allongé sur un tapis de laine, couvert de sueur, entièrement nu. Pourtant, il ne se souvenait pas de s'être déshabillé avant la métamorphose. Outre un mal de crâne lancinant, une douleur sourde emplissait tout son corps, comme s'il avait passé cinq jours et cinq nuits d'affilée à dompter des chevaux sauvages. L'effraie, immobile, était toujours perchée sur le coffre. L'obscurité se resserrait autour des braises mourantes. Omaguk avait retiré ses ornements et ses vêtements. Assise en tailleur près du foyer, elle s'éventait doucement à l'aide d'une branche séchée. Les os qui saillaient sous sa peau flétrie et perlée de sueur contrastaient avec l'étonnante rondeur de ses seins et la soie vive de sa chevelure. Sous les rides émergeait la très belle femme qu'elle avait été.

« Les ayi t'ont donné la métamorphose, reprit-elle après avoir soufflé sur les braises. Un présent exceptionnel.

— Un cadeau empoisonné, grommela-t-il. J'en retire surtout des regrets... »

Elle lui lança un regard à la fois bienveillant et moqueur. Lui qui était assez pudique n'éprouva aucune gêne d'être nu devant elle.

« On apprécie rarement d'être placé devant ses contradictions. Mais tu perçois comme une contradiction ce qui n'est qu'une étape nécessaire à ton évolution. »

Elle ajouta, devant son air interrogateur :

« Les ayi t'ont ramené chez toi pour te montrer que tes racines ne seront pas arrachées si tu accomplis la volonté de l'Innommable.

— Comment sais-tu que...

— Il y a de la place pour deux dans le corps d'une effraie... »

Elle poussa ce croassement rauque qui lui tenait lieu de rire. Lorsque le silence se fut rétabli, Tcholko perçut les infimes grattements des flocons sur les cloisons de peau de la yourte.

« Le monde de cette étrangère court un terrible danger, dit encore Omaguk en désignant Arthea d'un mouvement de menton. Et il fait courir sur notre monde un danger plus terrible encore.

— Cela ne se peut pas. Son monde se trouve à des milliers de sarps d'ici.

— Pour quelqu'un qui a trouvé le moyen de les franchir à grande vitesse, les distances ne présentent aucune difficulté.

— Je ne sais rien d'elle, rien de son monde ! s'emporta-t-il en se redressant sur un coude.

— Tu l'as pourtant suivie. Et elle ne t'a pas attiré pour les raisons que tu crois. Tu as vu en elle autre chose que sa beauté.

— Tu es belle aussi, petite mère... »

Les mots étaient sortis spontanément, sincèrement de sa bouche, parce qu'il la trouvait magnifique dans son dénuement, dans ce corps décharné qui faisait ressortir la splendeur de son âme.

« Il y a bien longtemps qu'un homme ne m'a pas dit que j'étais belle, s'exclama-t-elle avec un large sourire qui découvrit ses dents saines. J'ai eu trois maris, tous les trois de braves guerriers qui sont morts au combat, mais les ayi ne m'ont pas permis d'enfanter... »

Une tristesse à peine perceptible dans sa voix, des regrets dissipés par le temps.

« Il en va ainsi dans la vie d'une odügan, poursuivit-elle d'une voix mélancolique. Les membres du clan sont tous ses enfants, sans exception. J'ai sans doute été une mauvaise mère, puisque aucun d'eux n'a survécu. »

Elle s'était tassée sur elle-même, écrasée par le poids de ses souvenirs. Tcholko se souvint que l'odügan du clan de la Laie n'avait pas d'enfant elle non plus. Il allongea le bras, posa la main sur le genou d'Omaguk, respira son odeur âpre, forte, accentuée par la transpiration, prit conscience qu'elle avait dépensé une énergie considérable pour expulser l'abasy du corps d'Arthea.

« Seuls les dieux décident de la vie des hommes, dit-il d'une voix douce.

— Nous, les odügan, sommes justement chargées de traiter avec les divinités de l'en-bas. Mais peut-être les miens sont-ils morts pour que je vous rencontre, toi et cette femme.

— Nos deux vies ne valent pas le sacrifice d'un clan ! » protesta-t-il avec véhémence.

Il refoula à grand-peine son envie de poser la tête dans le creux formé par les cuisses et le ventre plissé de la vieille femme.

« Ce n'est pas vos deux vies qui sont en jeu, petit présomptueux, rétorqua-t-elle d'un ton sec, mais l'avenir de l'humanité, les secrets de la création, le grand rêve d'Art-Toïon-Aga. Tais-toi maintenant, je dois me préparer dans la solitude et le silence.

— Nous n'avons plus qu'un cheval, insista-t-il. Nous ne pouvons pas arriver à Raïma avant ces... comment les as-tu appelés déjà ? soldats de la force noire.

— Garde confiance dans les ayi. Ils t'apporteront

la solution. Et cesse de bavarder, par pitié. Tu es plus fatigant qu'une légion d'abasy. »

Elle lui ébouriffa les cheveux d'un geste empreint de tendresse, puis elle se leva, écarta les tentures et sortit. Une haleine glaciale s'engouffra par l'ouverture, crachant des flocons qui cinglèrent le visage de Tcholko. Avant que les tentures ne se referment, il vit la silhouette menue d'Omaguk se fondre dans la nuit. Il hésita à la suivre et à lui apporter ses vêtements. Il y renonça, car d'une part il n'était pas certain de la retrouver au cœur de la tempête de neige, et d'autre part elle avait exprimé le souhait de se retirer dans la solitude et le silence. Il savait ce que signifiait cette phrase et, même s'il le regrettait, il n'avait pas d'autre choix que de respecter sa décision.

Ils ne revirent pas Omaguk le lendemain ni le jour suivant. L'effraie s'était également volatilisée. Tcholko ne saurait jamais si elle avait été une réalité ou une illusion, une représentation mentale créée et entretenue par l'odügan.

Arthea n'avait aucun souvenir de la vieille femme, doutait même de son existence comme en témoignait sa moue sceptique devant les explications du Tunguz, devant la robe, les bottes, les cannes chevalines, le casque métallique, le masque, les écharpes de prière... Il jugea inutile de lui parler de sa propre métamorphose.

Elle recouvra en un jour un appétit de vivre qui lui enflammait les yeux et lui rougissait les joues. Seules sa maigreur et la profondeur de ses cernes rappelaient qu'elle avait failli être emportée par la maladie. Ils trouvèrent, à l'intérieur d'un coffre de la yourte, des quartiers de viande fumée de renne et des fruits séchés. Tcholko avait fait l'inventaire du sac que lui avait remis Ryak et constaté que les vivres allaient bientôt manquer. Il avait donné les dernières galettes d'épeautre au taïpan, qui avait passé la nuit sans dommage, couché dans la neige et protégé du froid par son épaisse robe de laine. Ils s'étaient rhabillés, car la température de la yourte avait sensiblement baissé avec l'extinction des dernières braises.

« Tu n'as donc aucune reconnaissance pour cette soi-disant vieille femme ! s'exclama Arthea en désignant les morceaux de viande qu'il avait coupés et étalés sur le coffre. Si elle existe vraiment, elle aura besoin de ces réserves pendant l'hiver.

— Elle ne reviendra pas, dit Tcholko.

— Comment le sais-tu ?

— Elle a prononcé la formule du départ. Elle attendait d'avoir accompli sa dernière tâche pour mourir.

— Et tu n'as rien fait pour l'en empêcher ?

— Tu te fais beaucoup de soucis pour une femme dont tu nies l'existence...

— Cette yourte appartenait bien à quelqu'un. Mais peut-être l'as-tu... égorgée pour lui prendre son abri et ses vivres ? C'est bien de cette façon que vivent les nomades des steppes ? »

Il ne s'offusqua pas de son agressivité. Ses réactions traduisaient son désarroi face à un monde dont elle ne connaissait pas les règles.

« Elle t'a sauvé la vie, déclara-t-il calmement. Elle a estimé que le temps était venu pour elle de rejoindre l'au-delà. Comment aurais-je pu m'opposer à la volonté d'une odügan ? »

Il lui tendit un morceau de viande, qu'elle finit par saisir après une courte hésitation. Le goût âpre du renne fumé lui arracha une grimace. Le vent ployait les cloisons et les montants de la yourte.

« Elle m'a aussi confié que ton monde courait un grand danger, poursuivit-il.

— Nous sommes coincés ici avec un seul cheval, murmura-t-elle. Les autres seront à Raïma bien avant nous.

— Les grandes distances ne sont pas un problème pour ton peuple... »

Elle lui jeta un regard étonné tout en mâchant son bout de viande.

« Elle t'a dit ça aussi ? »

Elle fouilla dans l'une de ses moufles, en extirpa le cristal et le plaça sous le nez de Tcholko.

« Notre savoir tient en grande partie dans la connaissance des cristaux. Je n'ai pas été formée à utiliser son énergie, même s'il m'a aidée à supporter l'eau glacée de la Chona. Si nous disposions d'un vaisseau, je ne saurais ni le faire décoller ni le diriger.

— Un vaisseau ?

— Un appareil qui ressemble à un bateau mais qui vole dans les airs.

— Comme un oiseau ?

— L'oiseau utilise ses propriétés cinétiques, nos vaisseaux une énergie plus fine, une association subtile entre le cœur des cristaux et la structure mentale des pilotes. »

Tcholko avala un morceau de viande pour se donner le temps d'assimiler ces révélations. C'était à son tour d'être ébranlé par les paroles d'Arthea. Elle évoquait des pouvoirs magiques qui le dépassaient, qui étaient à mille sarps des rituels des odügan ou des bö des steppes. Elle frotta délicatement le cristal contre sa manche et le remit dans sa moufle.

« L'homme qui t'accompagnait sur les bords du Bahikal était un... pilote ? demanda-t-il après avoir remis un peu d'ordre dans ses idées.

— Un pilote de la reine. Je n'aurais pas dû voler à bord de son vaisseau, car les prêtresses d'Ammu ont leur propre corps de pilotes, mais aucun autre appareil n'était disponible, et la grande prêtresse semblait pressée de m'expédier à Raïma.

— Pourquoi ? »

Elle contempla pendant quelques instants les cannes chevalines et le casque posés sur le coffre où s'était tenue l'effraie. L'armature de la yourte grinçait sous les coups de boutoir du vent.

« Disons que certaines de mes réflexions ne lui ont pas plu et qu'elle a tendance à se débarrasser au plus vite des éléments indisciplinés.

— L'odügan chasse aussi les hommes et les femmes qui font peser une menace sur le clan...

— Je ne faisais peser aucune menace pour les prêtresses d'Ammu, du moins pas au sens où tu entends ce mot. Je ne mettais pas en jeu la survie de mes sœurs. Mais nous étions plusieurs à nous interroger sur le sens véritable de notre fonction, à contester certaines décisions.

— Votre grande prêtresse n'est pas l'intermédiaire entre les dieux et les hommes ?

— En principe, si. Mais je doute qu'elle continue d'incarner la sagesse d'Ammu. »

Ils restèrent un moment à l'écoute des mugissements du vent et des craquements de la yourte. Tcholko avait l'impression d'avoir franchi la frontière d'un monde inquiétant et restait partagé entre le désir d'en apprendre davantage et la peur instinctive de l'inconnu.

« Notre vaisseau s'est écrasé dans une tourbière des environs du Bahikal, reprit Arthea d'une voix monocorde. Leyrias a perdu le contrôle du cristal. C'était pourtant un pilote expérimenté. Je me demande si la force de mon ressentiment n'a pas affaibli son potentiel mental.

— Omaguk aurait dit que cet accident a été voulu par les dieux pour respecter l'ordre secret de l'univers, dit Tcholko. Pour favoriser notre rencontre... »

Arthea écarta les mèches qui lui tombaient sur le front et le dévisagea d'un air perplexe.

« Je refuse d'être un jouet entre les mains de tes dieux, affirma-t-elle. Notre mère Ammu laisse leur liberté à ses enfants.

— Tu regrettes de m'avoir rencontré ?

— Je n'ai jamais dit cela. C'est simplement que je ne suis pas encore habituée aux...
— Aux barbares ? »
Arthea haussa les épaules.
« Je ne sais plus de quel côté se trouve la barbarie... »

VII

« Est-ce que tu t'es déjà transformé en chouette, grand-père ? »

L'épisode de la métamorphose avait fasciné Jahik, qui, les yeux arrondis, la bouche ouverte, en oubliait de remuer sur le rocher malgré la faim et l'engourdissement progressif de ses membres.

« C'est un privilège très rare, répondit le vieil homme. Mais si tu accomplis la quête de vision, tu augmenteras tes chances de goûter cette magnifique expérience.

— L'odügan dit que je suis trop jeune ! » s'écria le garçon.

La fougue de Jahik amena un sourire sur la face ridée du vieil homme.

« Elle éprouve ta patience. Ta détermination sera-t-elle toujours la même lorsque tu auras atteint tes quinze solstices ?

— Elle le sera ! » affirma Jahik.

Bien que son petit-fils ne fût encore qu'un enfant, le vieil homme ne doutait pas un instant de sa volonté, de sa sincérité. Jahik était de ces êtres qu'un désir profond poussait à reculer sans cesse leurs limites, à explorer l'envers des choses. Il aurait pu être un bö si la tradition n'avait pas voulu que le clan de la Laie fût dirigé par une odügan.

« Cette femme, Arthea, a parlé des bateaux volants à Tcholko... » lança le garçon.

Curieux, fougueux et têtu.

« Ils arrivèrent enfin à Raïma. Chargé de ses deux cavaliers, le taïpan avait caracolé sans rechigner pendant douze jours à travers la steppe blanche, du petit matin à la tombée de la nuit, n'ingurgitant pas d'autre nourriture que les feuilles grillées par le gel des rares arbustes qui poussaient sur la rive de la Chona, une alimentation dérisoire en regard des efforts qu'il fournissait. Tcholko décelait la marque d'Omaguk dans son exceptionnelle endurance. L'odügan du clan du Grand Bison lui avait transmis sa mana, l'énergie de ses esprits auxiliaires, avant de s'en aller au-devant de la mort. N'avait-elle pas recommandé au Tunguz de garder confiance dans les ayi ? A l'horizon, la muraille sombre d'un haut plateau se dégageait d'une brume pesante. Le taïpan peinait désormais à s'arracher de la neige molle, haute de cinq pieds.

— Ils n'avaient rencontré personne pendant ces douze jours ?

— Personne de vivant. Ils avaient traversé deux campements rasés où les cadavres se comptaient par dizaines. La progression de ces cavaliers venus de la lointaine Mogohol avait quelque chose d'implacable. C'était comme si le néant lui-même s'était mis en marche... »

L'occasion ne s'était pas présentée à Tcholko d'entretenir Arthea de leur mystérieux guide — il ne l'avait pas provoquée, de peur d'accentuer l'inquiétude de la jeune femme. Ils limitaient d'ailleurs leurs conversations au strict nécessaire, car le simple fait de parler représentait une grosse dépense d'énergie. Bien que rationnés, les vivres s'étaient épuisés au bout de cinq jours.

Par chance, ils avaient aperçu un troupeau de

rennes qui avait entamé trop tard sa migration vers le sud. Piégés par le gel, exténués, faméliques, les cervidés n'avaient même pas cherché à prendre la fuite ou à se défendre lorsque le Tunguz s'était approché d'eux. Ils s'étaient seulement regroupés pour isoler l'un des leurs, un jeune mâle blessé à une patte et qui avait attendu avec résignation le coup de grâce. Tcholko lui avait transpercé la jugulaire, avait recueilli le sang chaud dans le creux de sa paume et l'avait bu avec avidité. Arthea avait refusé de l'imiter, incapable de surmonter son aversion pour une pratique qu'elle assimilait à une régression. Le renne avait poussé un long raire de désespoir, s'était couché dans la neige et avait rendu son dernier souffle. Les autres avaient repris leur marche en avant vers une destination qu'ils n'atteindraient sans doute jamais. S'ils ne mouraient pas de faim, ils tomberaient sous les dents des loups ou des autres prédateurs également surpris par l'hiver.

Arthea avait en revanche accepté de manger la chair crue que Tcholko avait prélevée sur les flancs du renne. Les premiers instants de dégoût passés, elle s'était surprise à lui trouver une saveur agréable, peut-être parce que son corps réclamait avec insistance un apport énergétique et modifiait en conséquence ses goûts, ses habitudes. Tcholko avait rempli le sac avec d'autres quartiers de viande, estimant que la froidure les empêcherait de se corrompre et assurerait leur subsistance jusqu'à Raïma.

Il ne s'était pas trompé sur ce point mais, comme ils étaient dans l'impossibilité d'allumer des feux, il leur avait fallu, pour dégeler la viande, la glisser entre leur peau et la fourrure de leurs vêtements. Ils avaient dormi dans de sommaires abris constitués de blocs de neige tassée. Tcholko avait éprouvé pour Arthea des flambées de désir que la fatigue et la précarité de leur situation avaient rapidement éteintes, même si la jeune femme, par ses frôlements insistants, avait entretenu l'équivoque. Ils s'étaient accoutumés à l'odeur de plus en plus âpre qui imprégnait leurs vêtements.

La Chona décrivait une large courbe pour contourner le plateau et se perdre dans le lointain. Des flocons éparpillés tombaient des nuages qui se déchiraient sur les crêtes rocheuses. Arthea et Tcholko abandonnèrent la rivière sur leur gauche et s'avancèrent vers l'imposante muraille dont les deux extrémités s'évanouissaient dans les brumes lointaines. Leurs casques neigeux donnaient une vague allure de soldats aux pitons dressés sur toute la hauteur de la paroi.

« Il y a un chemin ? demanda Tcholko.

— C'est la première fois que je viens dans cet endroit, répondit Arthea en haussant les épaules.

— Comment sais-tu que nous sommes à Raïma ?

— Je t'ai déjà dit que j'avais étudié les cartes et les particularités de la région avant de partir. La communauté se trouve là-haut... »

Ils découvrirent un passage, l'ancien lit d'un torrent sans doute, qui montait d'abord de manière abrupte avant de serpenter en pente douce entre les promontoires rocheux. Ils mirent pied à terre pour aider le taïpan à franchir la première section, la plus périlleuse, mais au moment de s'engager sur le sol verglacé, le cheval refusa d'avancer. Un comportement insolite, il n'était pas du genre à renâcler devant les difficultés. Tcholko eut beau tirer de toutes ses forces sur les rênes, l'animal ne bougea pas d'un pouce, la tête baissée, les membres tendus. Le vent soulevait par intermittence sa toison de laine, dévoilait sa robe luisante de transpiration, ses côtes saillantes, dispersait les étoiles d'écume qui parsemaient son poitrail et son chanfrein.

Tcholko décida de l'alléger du sac de vivres mais n'eut pas le temps de desserrer les sangles. Le taïpan s'affaissa tout à coup et se raidit à l'issue d'une longue expiration.

« Il est... mort ? » demanda Arthea.

Tcholko s'accroupit, retira une de ses moufles, palpa l'encolure de l'animal, hocha lentement la tête. Il ressentait la même émotion devant sa monture inerte que devant les cadavres de ses amis dans la tourbière d'Ïgahl : une sensation de déchirure, de perte irréparable. Les Tunguz n'ont pas pour habitude de personnaliser leur relation avec leurs animaux domestiques — ni même avec leur animal auxiliaire révélé par la quête de vision, car il s'agit dans ce cas d'une relation symbolique, initiatique —, et jamais Tcholko n'avait ainsi souffert de la séparation d'avec un cheval. Il lui était arrivé de troquer sans aucun regret le taïpan qu'il montait depuis deux cycles contre une peau de renne, une épée ou une faveur. Comme la loi du clan autorisait les guerriers à garder l'animal qu'ils domptaient, il n'était jamais resté longtemps sans monture.

Il ne disposait plus d'aucun moyen de locomotion pour parcourir le chemin du retour jusqu'aux monts du Bahikal mais il s'en moquait pour l'instant. Il se leva et contempla un long moment le cadavre d'où montaient de fines volutes de vapeur. Le taïpan était allé jusqu'au bout de ses forces pour traverser la steppe, puis il avait cessé de lutter, averti par son instinct que ses cavaliers étaient arrivés à destination et qu'il pouvait enfin se laisser mourir.

Arthea posa la main sur l'épaule du Tunguz.

« Je suis désolée », murmura-t-elle.

Tcholko se secoua, dégagea le sac, la dague et le sabre du pillard, tapota le mufle de l'animal, glissa les armes dans son ceinturon, posa le sac sur l'épaule et entreprit l'escalade sans se retourner une seule fois.

Ils mirent davantage de temps que prévu pour gagner la partie supérieure du plateau. La glace rendait fuyant chaque appui, et ils devaient s'agripper aux aspérités pour ne pas être entraînés dans d'incontrôlables glissades entre les rochers aux arêtes saillantes. Le vent projetait dans les moindres passages des tourbillons plus épais que les tempêtes de flocons. D'énormes pierres barraient parfois le chemin, les obligeaient à effectuer des détours périlleux, à emprunter d'étroites corniches, à se coller contre la paroi pour résister aux bourrasques qui tentaient de les précipiter dans le vide.

Ils se réfugièrent dans un renfoncement pour manger et reprendre des forces. Tcholko frotta l'un contre l'autre les morceaux de viande pour les dégeler. Le froid s'insinuait par les coutures distendues de leurs vêtements. Les nuages noirs qui s'amoncelaient au-dessus du plateau préludaient à de nouvelles chutes de neige. Arthea sautillait sur place pour tenter de réactiver sa circulation sanguine.

« Comment vas-tu rentrer chez toi ? demanda-t-elle en tentant de maîtriser le tremblement de ses lèvres.

— Nous ne sommes pas encore arrivés chez toi, répondit-il sans interrompre ses mouvements. Qui sait ce que nous trouverons là-haut ?

— Les tueurs ne sont peut-être pas montés sur ce plateau. Nous avons perdu leurs traces... »

Tcholko lui tendit un morceau de viande attendri par les frottements. Elle grimaça lorsqu'elle y planta les dents. Même si la température ambiante ralentissait sa putréfaction, la chair du renne avait un goût rance prononcé.

« J'en doute, reprit Tcholko. J'ai... vu leur chef. »

Elle cessa de mastiquer et lui lança un regard ébahi.

« Pendant qu'Omaguk expulsait ton abasy, je me suis retrouvé dans le corps d'une effraie, poursuivit le Tunguz. J'ai survolé une troupe de cavaliers armés de lances à trois dents, d'arcs et de sabres recourbés...

— Et tu t'imagines sans doute que je vais te croire ! coupa Arthea, dont la voix se répercuta sur la voûte arrondie du renfoncement.

— Leur chef était vêtu d'une cape noire et coiffé d'un casque cylindrique du même métal que tes bijoux, poursuivit Tcholko. J'ai remarqué un symbole sur le devant de son casque, un soleil avec de drôles de rayons. »

Il n'y avait cette fois aucune trace de défiance ou d'ironie dans le regard d'Arthea.

« Un fils du rayon d'or, murmura-t-elle d'une voix sourde. Tu as dû rêver, Tcholko : qu'est-ce qu'un prêtre de Sa'at ferait avec ces monstres ?

— Il les commande puisqu'il chevauche en tête de leur troupe. Ils n'épargneront pas les femmes de ta communauté. Ils ont traversé les steppes dans l'intention de les tuer...

— J'ai entendu parler d'un complot des fils du rayon d'or quand j'étais enfant. Ils avaient essayé de renverser la reine et de mettre en place un gouvernement solaire. Se pourrait-il qu'ils aient récidivé en utilisant des éléments extérieurs ? Mais pourquoi massacrer les prêtresses des communautés extérieures ? Et quel rapport avec ce poulpe ? »

L'angoisse déformait ses traits, assombrissait ses yeux. Comme chaque fois qu'elle était perturbée, elle sortit le cristal de l'une de ses moufles, le posa sur sa paume ouverte et l'examina avec attention. Les facettes polies de la pierre brillaient sporadiquement au gré de ses mouvements.

« Pourquoi ne m'en as-tu pas parlé plus tôt ? demanda-t-elle sans relever la tête.

— Tu aurais perdu courage, tu n'aurais pas trouvé en toi la force de te battre, de survivre. De plus, tu ne crois pas dans la magie des odügan. »

Elle entortilla une de ses mèches autour de ses doigts.

« Je ne sais plus ce que je dois croire... Assez perdu de temps. Avec un peu de chance nous arriverons à la communauté avant eux. »

Ils atteignirent le sommet de la muraille à la tombée de la nuit. Les formes sombres et tourmentées des arbustes et des rochers ne parvenaient pas à briser la monotonie blanche du plateau. Ils marchèrent pendant plus de deux sarps, peinèrent à se dépêtrer d'un sol instable, durent parfois progresser à plat ventre pour ne pas s'enliser dans la neige molle. La température chuta de plusieurs degrés avec le déploiement des ténèbres, et l'air devint si froid qu'ils eurent rapidement la sensation d'inhaler des pics de glace.

Tcholko proposa de construire un abri pour y passer le reste de la nuit, mais Arthea s'y refusa.

« Nous sommes tout près du but... »

Pourtant, aussi loin que portait le regard, le Tunguz ne distinguait aucun signe de présence humaine sur cette étendue, ni construction ni lumière. Le blanc du sol et le noir de la voûte céleste se repoussaient avec une rare violence. Le vent hurlait de toute sa puissance et soulevait des barrières neigeuses qui parcouraient la largeur du plateau avant de se fracasser sur les reliefs. Plusieurs de ces lames frappèrent de plein fouet Tcholko et Arthea, les renversèrent et les projetèrent une dizaine de pas en arrière. L'air glacial s'engouffrait dans leurs capuches, leur brûlait le front, le nez, les joues, les lèvres, les oreilles, le givre collait leurs cils et transformait le moindre clignement de paupières en épreuve douloureuse.

Tcholko se sentait gagné par une langueur sournoise et annonciatrice de renoncement. Le vent démantelait sa volonté comme les cyclones d'été disloquaient les yourtes. A chaque pas, il manquait de perdre ses bottes dans une neige à la consistance de boue. Il ne distinguait pas le visage d'Arthea mais, à son allure vacillante, il devina qu'elle était elle aussi à bout de forces. Il s'en approcha, la saisit par la taille et l'attira contre lui. Elle comprit qu'il ne servirait à rien de continuer dans ces conditions et baissa la tête en signe de capitulation. A l'aide de la dague, il entreprit de découper des blocs de neige tassée et monta rapidement deux murets parallèles. Puis, alors qu'il entamait la construction de la toiture, sa lame heurta quelque chose de dur. Il crut d'abord être tombé sur un rocher, mais il entrevit une tache rouge sous la blancheur, déblaya la neige tout autour et dégagea peu à peu un corps.

Une femme, vêtue d'une robe écarlate déchirée en plusieurs endroits. Des cheveux couleur de soleil raidis par le gel, des traits pétrifiés, des yeux grands ouverts, qui accentuaient le pathétique de son expression. La gorge tranchée de part en part, les cuisses découvertes et maculées de sang. Du sang également dans les fragments de glace épars.

« Nous sommes arrivés trop tard ! »

Enfoncée dans la neige jusqu'aux genoux, Arthea avait hurlé pour dominer les mugissements du vent. Tcholko distinguait les éclats tragiques de ses yeux dans l'ombre de sa capuche.

« Tu connais cette femme ? demanda-t-il en continuant de découvrir le corps.

— C'est une de mes sœurs, une prêtresse d'Ammu... »

Le cadavre avait été amputé des pieds et des mains. Tcholko avait entendu dire que certaines tribus du soleil levant prélevaient ce genre de trophée sur les corps de leurs ennemis, quand ce n'était pas la tête ou les organes génitaux. Les clans de la taïga ne s'adonnaient pas à cette pratique, car, selon les odügan et les bö, l'esprit d'un guerrier mutilé pouvait errer pendant l'éternité dans les mondes infernaux à la recherche de ses parties manquantes et devenir un abasy particulièrement retors.

Arthea marmonna quelques mots que Tcholko ne comprit pas, se dégagea de la neige et se dirigea d'un pas rageur vers le centre du plateau. Il suivit un moment du regard sa silhouette décroissante, pensant d'abord qu'elle reviendrait vers lui après avoir évacué sa colère, puis, lorsqu'elle ne fut plus qu'une forme incertaine entre ténèbres et blancheur, il empoigna le sac et se lança à sa poursuite.

Ralenti par le poids de son fardeau, il mit du temps à la rejoindre. Elle gardait une allure soutenue, comme possédée par une force surnaturelle, soulevait à chaque foulée des petites gerbes de poudreuse, remontait à intervalles réguliers sa capuche rabattue par le vent.

Il aperçut un deuxième cadavre sur sa droite, dégagé de sa gangue de neige par les bourrasques. Une femme nue, figée en position assise, appuyée contre une congère, la tête posée sur les genoux. Au passage, il remarqua qu'on ne lui avait pas seulement coupé les pieds et les mains mais qu'on lui avait tranché les seins et ouvert le ventre. Plus loin, un troisième corps, puis un quatrième, un cinquième...

Le souffle coupé, les muscles tétanisés, il en appela à ses dernières ressources pour rattraper Arthea. Elle avançait comme une somnambule, les bras écartés, les yeux brouillés de larmes. D'autres cadavres, entassés les uns sur les autres, formaient des monticules grisâtres qu'on aurait pu confondre avec les excroissances rocheuses s'il n'y avait pas eu les taches rouges des pans de tissu rigidifiés par le froid, les halos clairs ou noirs des chevelures.

« L'entrée ! » cria Arthea.

Elle désignait une bouche carrée, un pan de nuit qui se découpait au loin sur la neige et qu'entourait un muret de pierre éboulé. Ils ralentirent instinctivement le pas. Ces femmes n'avaient pas été tuées depuis longtemps, deux ou trois jours tout au plus, et les probabilités étaient fortes que leurs assassins rôdent encore dans les parages. Tcholko posa le sac, tira la dague et le sabre du Kalmouk, fit signe à Arthea de s'immobiliser, ne décela aucun bruit suspect entre les sifflements du vent et les crissements des éclats de glace sur les rochers.

Ils enjambèrent le muret et s'approchèrent de l'ouverture. Les marches enneigées d'un escalier de pierre s'enfonçaient en oblique dans les entrailles du sol.

« Cette entrée reste toujours ouverte ? demanda Tcholko à voix basse.

— En principe non, répondit Arthea, essoufflée. Les communautés extérieures ont pour consigne de s'isoler des populations autochtones. L'accès principal de Raïma se trouve sans doute ailleurs.

— Ces femmes ont pourtant été tuées ici.

— Ce n'est qu'une issue de secours. Elles se sont enfuies par là, mais ces monstres... ces monstres les ont... »

La fin de sa phrase se brisa en sanglots. Il la prit par les épaules et l'étreignit jusqu'à ce que s'apaisent les hoquets qui lui secouaient la poitrine. Le contraste entre la froidure extérieure et la transpiration qu'avait engendrée leur marche éreintante à travers le plateau couvrait leur peau de frissons. Des montants métalliques encadraient les quatre côtés de la bouche d'entrée, larges chacun de cinq pas. Il se demanda ce que les tueurs venus de la lointaine Mogohol avaient fait de leurs montures. Il lui paraissait impossible que des chevaux, fussent-ils agiles et courageux, aient réussi à dévaler un escalier dont les marches avaient la largeur d'un pied. Il n'en discernait pas l'autre extrémité mais il présumait que sa pente ne s'adoucissait pas en contrebas. Sans doute s'étaient-ils introduits dans la communauté par l'accès principal dont parlait Arthea.

Ils s'aventurèrent sur les premières marches tout en veillant à ne pas glisser sur l'épaisse couche de verglas. Ils s'arrêtèrent un peu plus bas pour s'accoutumer à la fois à l'opacité des ténèbres et au silence sépulcral qui étouffait les rumeurs des rafales. Au-dessus d'eux, s'éloignait le carré gris de la bouche d'entrée, souligné par l'infime scintillement du métal. Bien qu'encore froid, l'air était nettement plus supportable qu'au-dehors.

La main en appui sur la paroi de pierre, ils parvinrent jusqu'au pied de l'escalier et s'engagèrent dans un couloir dont ils pouvaient toucher les deux bords en étendant les bras. La lourde odeur de putréfaction qui régnait dans ces lieux ramena Tcholko deux lunes en arrière, au moment de l'abattage des rennes, lorsque les ruisseaux de sang couraient entre les yourtes du campement et que les femmes suspendaient les quartiers de viande au-dessus des bûchers de fumaison.

Son pied envoya rouler un objet qui, après qu'il se fut accroupi pour mieux l'observer, se révéla être une tête. Ils découvrirent l'ombre grise du corps un peu plus loin, recroquevillé contre la paroi, les genoux ramenés contre la poitrine.

« Pourquoi ? Pourquoi ? » balbutia Arthea.

Son murmure, pourtant faible, resta un long moment suspendu dans le silence.

« Nous ne sommes en conflit avec aucun autre peuple, ajouta-t-elle.

— Tu l'as dit toi-même : vos ennemis ne sont pas à l'extérieur de ton peuple, mais à l'intérieur. Et ceux-là sont souvent les plus difficiles à combattre. Une mère ne peut prendre parti pour ses fils qui s'entre-déchirent.

— Mais les nôtres vivent dans la paix et la prospérité. Quand je compare aux...

— Aux barbares ?

— Aux peuples qui vivent dans les steppes du Ciber, ils n'ont aucune raison de se plaindre. Et pourquoi avoir fait appel à ces monstres ? Je ne peux concevoir qu'un prêtre de Sa'at ouvre la porte d'Atlantis à ces monstres...

— Atlantis ? »

Elle se mordit la lèvre inférieure et parut hésiter pendant quelques instants.

« C'est le nom de notre monde. Promets-moi de ne jamais le révéler à l'un des tiens, pas même à ton épouse ou à tes descendants. »

Il ne distinguait pas ses traits mais percevait le poids de son regard sur son front.

« Tu as ma parole. »

Il prononçait ce serment avec d'autant plus de conviction qu'il savait d'ores et déjà que, s'il revenait un jour dans la taïga, il n'éprouverait jamais le besoin de parler à quiconque de cette expédition.

« Mais, grand-père, il a rompu son serment puisqu'il t'a raconté son histoire ! s'exclama Jahik.

— Il n'a pas changé d'avis, expliqua le vieil homme. Il a simplement pensé que le récit de son voyage ne devait pas se perdre avec sa mort. Je te demande à mon tour de garder le secret, Jahik. Quand les temps seront venus, tu transmettras l'histoire de Tcholko à la personne que tu auras choisie, à celle que tu jugeras digne de confiance.

— Pourquoi pas à l'ensemble du clan ?

— Les odügan n'agissent pas autrement. La puissance de leur magie réside dans le mystère, dans le secret...

— De toute façon, je ne me souviendrai jamais de tout ça !

— Il t'en restera toujours quelque chose. A l'extrémité du couloir, une porte battait doucement sur son chambranle, agitée par d'imperceptibles courants d'air. La serrure fracassée pendait contre le bois du panneau... »

Ils la poussèrent et pénétrèrent dans une vaste pièce éclairée par les lueurs mourantes d'une torchère murale qui dévoilaient des corps affalés entre les chaises et les tables renversées, des flaques de sang séché sur les dalles du sol, des peintures murales, deux globes et un croissant posés sur un socle, reliés entre eux par des cercles métalliqués et crantés.

« Il n'y a personne, chuchota Arthea.

— Cette torche est encore allumée, objecta le Tunguz.

— Ça ne prouve rien. Les torches que nous utilisons ont une durée de vie de vingt jours. »

Leurs voix prenaient une résonance étrange dans l'atmosphère désolée de la pièce. Habitué aux structures légères, rondes et flexibles des yourtes, Tcholko ne se sentait guère à son aise à l'intérieur de cette construction de pierre qui ressemblait, en plus ordonnée, à une grotte aux coins angulaires. Ce type d'habitation est incompatible avec l'idée de la liberté que se font les nomades. Il percevait, au-delà de la puanteur de la chair décomposée, une odeur tenace de moisissure qui lui rappelait les effluves des tourbières.

Arthea contourna les cadavres sans leur accorder un regard et s'avança vers les globes. Les lueurs de la torchère se reflétèrent fugitivement sur le cuir humide de sa combinaison, sur ses cheveux mouillés et collés à sa nuque. Après avoir retiré ses moufles, elle tourna lentement une roue métallique munie d'une poignée et dont l'axe s'enfonçait dans l'un des montants du socle. Les globes et le croissant se mirent aussitôt à bouger dans un grincement continu, décrivant des trajectoires qui tantôt les éloignaient les uns des autres, tantôt les rapprochaient. Ce mécanisme fascinait Tcholko, qui ne comprenait pas comment des mouvements aussi complexes pouvaient être déclenchés par le simple fait de tourner une roue. Il n'y décelait aucune magie cependant, seulement une utilisation différente de l'intelligence humaine, et il se remémora les paroles d'Arthea sur les aspirations de l'homme à l'évolution. Il vit les larmes couler sur les joues de la jeune femme et se demanda si elle s'adonnait à un rituel mortuaire. Il craignit également que le bruit ne donne l'alerte aux agresseurs, qui, contrairement à ce qu'elle pensait, n'avaient peut-être pas encore déserté les lieux. Des rais tremblants de lumière fusaient par une porte ouverte sur le mur d'en face et traçaient sur les dalles des cercles approximatifs.

« Regarde, Tcholko. »

Il s'approcha d'Arthea tout en continuant de surveiller l'ouverture opposée. De certains corps ne subsistaient que les troncs auxquels on avait rajouté, dans une volonté de reconstitution grotesque, des têtes, jambes ou bras qui ne leur correspondaient pas. Tcholko présuma que les visiteurs avaient joui un long moment de la souffrance de ces prêtresses avant de les achever et, de nouveau, il entendit le hurlement de la femme de son rêve, il revit son visage enlaidi par l'épouvante et la douleur, et la boule de chaleur gonfla dans son ventre, le feu se répandit jusqu'aux extrémités de ses membres.

« Le globe central, c'est la représentation miniaturisée de la planète sur laquelle nous vivons, la terre », déclara Arthea.

Les paroles de la vieille Ryak du clan du Loup revinrent à la mémoire de Tcholko, *le monde ne se limite pas à ce que capte le regard*, mais il lui fut difficile de concevoir qu'il se promenait en cet instant sur une sphère bleu et vert pareille à celle que lui montrait Arthea. Pour lui, le monde avait toujours été délimité par un horizon plat qui se reculait au fur et à mesure qu'on s'en approchait.

« Là, c'est le soleil, reprit Arthea en montrant le deuxième globe, plus petit et doré. Il est en réalité des milliers de fois plus gros que la terre, mais les énormes distances qui nous séparent nous le font paraître minuscule. Le croissant, c'est Ammu, la lune, la protectrice d'Atlantis. Elle tourne inlassablement autour de la terre comme une mère aimante, vigilante... »

Tcholko comprit qu'elle éprouvait le besoin pressant d'épancher par la parole la détresse engendrée par la découverte de ses compagnes assassinées. Elle se raccrochait à ses connaissances, à son univers familier, comme un guerrier blessé se raccroche au regard de ses compagnons d'armes pour ne pas sombrer dans le désespoir. Elle s'essuya les yeux et le nez d'un revers de manche, tourna à nouveau la roue, pointa l'index sur une figure vert et brun du grand globe.

« Nous sommes ici, au nord du grand continent oriental. Nous avons effectué ce trajet depuis les monts du Bahikal... »

Son index descendit légèrement et s'immobilisa près d'une tache bleue.

« Le lac Bahikal, où tu m'as sauvée des Büryats... »

En regard du temps qu'ils avaient passé à la parcourir, la distance qu'elle indiquait parut dérisoire à Tcholko. Elle donna un quart de tour à la roue. D'autres formes brun et vert défilèrent, puis le globe s'immobilisa, et elle montra une tache dorée perdue au milieu d'une vaste surface bleue.

« Mon pays, l'île d'Atlantis. Le grand lac qui l'entoure est l'océan Atlantique. L'eau y est différente des lacs intérieurs, elle est salée...

— Des anciens m'ont dit que les grandes eaux du Septentrion avaient le même goût que le sel extrait par les tribus altaïennes des mines d'Argaen... Mais que faisaient tes sœurs si loin de leur monde ? »

Arthea ferma les yeux et s'agrippa à la roue pour ne pas défaillir.

« Les communautés sont les observatoires des mondes extérieurs, répondit-elle enfin d'une voix mal assurée. Elles sont chargées de surveiller l'évolution des différents peuples de la terre.

— Comment le pourraient-elles, puisqu'elles ont pour consigne de s'isoler des tribus qui les entourent ?

— Chaque communauté a ses méthodes. Mes sœurs devaient me les enseigner à mon arrivée.

— Aucun guerrier ne les protège ? »

Elle eut un sourire amer.

« Il y a bien longtemps que les hommes atlantes ne sont plus des guerriers, et je suis... j'étais persuadée que c'était là le signe d'une civilisation avancée. Les prêtresses d'Ammu utilisent des armes plus subtiles, les artifices de la féminité, la séduction, l'ivresse des sens, la suggestion mentale, le poison lorsqu'elles jugent nécessaire d'éliminer un témoin. »

Tcholko désigna les corps enchevêtrés d'un mouvement du bras.

« Leurs armes n'ont pas suffi cette fois-ci.

— Elles n'ont affaire en général qu'à des individus isolés. Mais en l'occurrence, on a lancé sur elles une troupe organisée, des tueurs venus d'une contrée lointaine contre lesquels elles n'avaient aucune chance. »

Un voile de terreur glissa sur son visage et son souffle se fit précipité.

« Les fils du rayon d'or sont de nouveau passés à l'offensive, gémit-elle en se tordant les mains. Je dois retourner le plus vite possible sur Atlantis, alerter la reine, la grande prêtresse... Il me faut un vaisseau, un pilote...

— Je doute que nous trouvions des survivants dans ce...

— Des pilotes d'Ammu ont peut-être réussi à se cacher dans les hangars... »

Avant qu'il n'ait eu le temps d'intervenir, elle se mit à courir en direction de la porte opposée, sauta par-dessus les cadavres ou les fragments de corps qui jonchaient les dalles, louvoya entre les chaises renversées et s'engouffra dans l'ouverture. Aiguillonnée par la colère et la douleur, elle oubliait toute notion de prudence, elle réduisait ses chances déjà minimes de renverser le cours des événements par un comportement aberrant.

Tcholko la suivit à distance et déboucha à son tour dans un vestibule éclairé par les flammes vacillantes qui montaient d'un trépied métallique. Il vit Arthea s'engouffrer dans une autre salle en enfilade plongée dans la pénombre. Sur un mur, il aperçut un corps cloué en croix qui occultait en partie une fresque picturale représentant des animaux étranges, des sortes de poissons avec de larges becs. Il se rendit compte que la femme crucifiée était une ancienne et que, comme son corps flétri n'avait provoqué aucun désir chez les agresseurs, ils s'étaient contentés de l'ouvrir de la gorge jusqu'au bas-ventre, tel un renne avant le dépeçage.

Il s'engagea dans la troisième pièce, repéra, dans l'obscurité, la silhouette fuyante d'Arthea, éprouva une sensation soudaine et oppressante de danger, une crispation au niveau du plexus solaire, une tension des muscles. Il s'immobilisa, tourna la tête, discerna, sur sa gauche, deux ombres qui avançaient dans sa direction et brandissaient des objets clairs qu'il identifia comme des lames.

Un cri déchira le silence. Il reconnut la voix d'Arthea, mais n'eut pas le temps de savoir ce qu'il était advenu de la jeune femme. Il lui fallait faire face aux nouveaux arrivants, si proches maintenant qu'il percevait leur souffle et le chuintement de leurs pieds nus sur le carrelage.

VIII

Les deux hommes étaient nus, comme s'ils avaient été surpris dans leur sommeil et qu'ils n'avaient pas eu le temps de se rhabiller. Paupières lourdes, yeux fendus traversés de lueurs vives, pommettes hautes, musculature imposante, entièrement glabres hormis la toison pubienne qui dissimulait en partie leurs organes génitaux. Cependant, à leurs cheveux rassemblés en toupet au sommet de leur crâne, à leurs sabres à la large lame recourbée, à l'odeur de graisse qui émanait d'eux, Tcholko sut immédiatement qu'ils appartenaient à la cohorte des cavaliers mogohol. Dépourvus de leur armure en métal, ils gagnaient en vitesse d'exécution ce qu'ils perdaient en sécurité. Plus ils s'approchaient du Tunguz et plus ils s'écartaient l'un de l'autre, dans le but évident de varier les angles d'attaque et de ne pas se gêner mutuellement au moment de donner l'assaut. Leur allure à la fois assurée et souple, leur calme apparent, la façon qu'ils avaient de manier leurs armes les désignaient comme des combattants expérimentés.

Arthea avait cessé de crier. Tcholko pensa d'abord qu'elle avait été égorgée mais il perçut ses ahanements quelque part sur sa droite et comprit qu'elle se débattait pour tenter d'échapper à un ou plusieurs hommes. Il se demanda s'il en restait d'autres à l'intérieur de la communauté ou bien si ce petit groupe ne constituait qu'une arrière-garde chargée d'éliminer les éventuels curieux (et ceux-là ne devaient pas être nombreux à se présenter sur ce plateau désolé). Ses muscles se tendirent, ses doigts se crispèrent sur les manches de la dague et du sabre kalmouk, son regard se modifia, s'empara, selon les recommandations de l'odügan de la Laie, de la totalité de l'espace afin de solliciter l'appui des esprits auxiliaires de son clan (mais les esprits avaient-ils le pouvoir de soutenir un membre du clan aussi loin de leur territoire habituel ?).

Les deux Mogohol bondirent tous les deux en même temps, l'un frappant du haut vers le bas, l'autre du bas vers le haut. Tcholko leva le sabre kalmouk à l'horizontale au-dessus de sa tête pour parer l'attaque du premier, baissa simultanément la dague pour dévier la lame du second. L'entrechoquement des fers lui endolorit les poignets et les coudes. Il ne chercha pas à entamer une épreuve de force avec eux, conscient qu'il n'avait aucun intérêt à les affronter sur un terrain qui leur était favorable. Ils avaient bénéficié de plusieurs jours de repos tandis qu'il se ressentait encore de la fatigue de son voyage à travers les steppes. Il exploita leur léger déséquilibre pour pivoter sur lui-même et avancer de deux pas. Au passage, il tenta de planter la pointe de la dague dans le cou de l'adversaire le plus proche de lui, mais ce dernier se jeta vers l'arrière et esquiva sa riposte.

Les trois hommes, aussi essoufflés que s'ils venaient d'effectuer une longue course, s'observèrent pendant quelques instants. Les deux Mogohol avaient maintenant compris que leur vis-à-vis n'attendrait pas le coup fatal avec la résignation des membres des tribus qu'ils avaient massacrés tout au long de leur périple. Tcholko chercha des yeux un recoin, un meuble derrière lequel s'abriter mais la pièce était vide. Du coin de l'œil, il entrevoyait, contre le mur de droite, deux silhouettes entremêlées et agitées.

Les Mogohol se consultèrent du regard et se reculèrent de manière à s'éloigner des zones de lumière provenant du vestibule et à se fondre dans l'obscurité. Le silence, de nouveau, ensevelit les lieux, à peine troublé par les halètements d'Arthea. Tcholko tenta de percer les ténèbres du regard mais, ne discernant aucun mouvement autour de lui, se concentra sur les bruits.

Comme si elle épousait le cours de ses pensées, Arthea suspendit sa respiration, et il décela d'infimes frottements derrière lui. Les Mogohol avaient opéré un large mouvement tournant pour le prendre à revers. Il contint l'impulsion qui lui commandait de se retourner, ne voulant pas les avertir qu'il les avait localisés, et se contenta de placer la lame de la dague à la verticale, à hauteur de son abdomen. Il perçut d'autres glissements, plus lointains, sur sa gauche. Le contraste entre son immobilité apparente et l'intensité de son feu intérieur engendrait en lui une telle tension que des douleurs aiguës montaient de ses articulations et se propageaient dans ses membres.

Le sifflement caractéristique d'un fer précéda un bruit de pas précipités. Tcholko feignit de partir d'un côté, bondit de l'autre, tourna sur lui-même, tendit la dague vers l'avant. Emporté par son élan, surpris par le brusque écart de sa cible, le Mogohol vint s'empaler sur la lame à hauteur du bas-ventre. La large extrémité de son propre sabre racla les dalles dans un horrible grincement. La dague ripa sur son os pubien et remonta vers son sternum. Le bras tétanisé par le choc, Tcholko lâcha le manche de son arme. Affolé, déséquilibré, l'autre n'eut pas le réflexe ou le temps de retirer la lame coincée sous ses côtes et s'affala de tout son poids sur le sol. Le fer s'enfonça jusqu'à la garde dans sa cage thoracique et ressortit entre ses omoplates.

Un cri d'Arthea prévint le Tunguz que le deuxième Mogohol était passé à l'attaque. Ayant perdu ses points de repère, il ne chercha pas à savoir d'où surgissait ce dernier, il plongea vers l'avant et roula sur lui-même en tenant le sabre kalmouk à bout de bras. Le tranchant d'un fer taillada son pantalon et le haut de sa botte. Il voulut sauter sur ses jambes mais son adversaire ne lui laissa aucun répit, et il ne dut qu'à un coup de reins désespéré d'échapper au sabre qui s'était de nouveau abattu sur lui. Le Mogohol réduisit l'amplitude de ses gestes, chercha seulement à toucher sa proie à petits coups de poignet secs et répétés. Tcholko fut atteint une première fois au tibia, une deuxième fois à la hanche, une troisième à la poitrine. Les blessures n'étaient pas profondes mais la pression désordonnée et continue de l'autre l'empêchait de riposter. Il se souvint alors d'un épisode de son enfance, de ce renard roux qu'il avait touché à la tête avec une pierre et qui, lorsqu'il s'en était approché pour le ramasser, déjà fier de son exploit, s'était tout à coup relevé et s'était enfui à toutes pattes pour se réfugier dans d'inextricables fourrés. Il cessa de bouger et obtint immédiatement ce qu'il cherchait, un court moment de répit, le temps pour le Mogohol d'évaluer la situation. Bon nombre de guerriers commettaient l'erreur d'anticiper leur victoire, de relâcher trop tôt leur vigilance. Entre ses paupières mi-closes, Tcholko vit le bras de son adversaire se tendre au-dessus de sa tête afin de porter le coup de grâce. Il attendit qu'il eût amorcé son mouvement pour lancer sa jambe et lui écraser les bourses de la pointe de la botte. D'une roulade, il évita la lame courbe qui vint s'échouer sur les dalles avec la douceur d'une plume.

Taraudé par la douleur, recroquevillé sur lui-même, le Mogohol ne fit aucun geste pour contrer le sabre kalmouk, qui vint s'engouffrer dans son flanc et se ficher dans sa colonne vertébrale. L'impact l'envoya heurter le mur le plus proche, contre lequel il s'affaissa en abandonnant une large traînée de sang.

Tcholko se releva avec difficulté. Ses doigts tremblants ne parvenaient plus à serrer le manche de son arme. L'extrémité évasée du sabre du Mogohol avait provoqué des contusions dont certaines l'élançaient à chacun de ses mouvements. En revanche, il ne décela aucune blessure sous les déchirures de son pantalon et de sa botte.

« Tcholko, il y en a un autre ! »

Une autre voix, grave, répondit en écho à celle d'Arthea, suivie d'un claquement, une gifle sans doute. L'homme s'exprimait dans un langage guttural qui donnait l'impression qu'il crachait chacun de ses mots du fond de la gorge. Il n'avait pas tué sa prisonnière, comptant s'en servir de bouclier au cas où les choses ne tourneraient pas à l'avantage de ses comparses.

Tcholko les repéra dans un angle de la pièce. D'un bras, l'homme maintenait Arthea inconsciente, de l'autre, il lui avait posé la pointe d'un couteau sous le menton. Il lâcha une seconde bordée de mots qu'il n'y avait pas besoin de comprendre pour en deviner la teneur menaçante. Tcholko marcha vers eux à pas lents et nota la nervosité croissante du Mogohol, dont le couteau s'enfonça dangereusement dans le cou de sa prisonnière. A la différence des deux autres, il avait ceint autour de sa taille un pan de tissu. Sa terreur indiquait qu'il n'attendait aucune aide, qu'ils n'étaient donc que trois à l'intérieur de la communauté.

Un proverbe du clan dit qu'un lâche s'arrange toujours pour entraîner quelqu'un avec lui dans la mort, de crainte de se retrouver seul devant les démons d'Erlik-Khan. La peur transforme les hommes en êtres imprévisibles, déroutants, et celui-là, avec ses yeux exorbités et ses lèvres retroussées, paraissait résolu aux pires extrémités. Tcholko continua de s'en rapprocher d'une démarche titubante. Accoutumé à l'obscurité, il discernait à présent les détails, les poutres du plafond, les fresques sur les murs, les trépieds des torches éteintes. Quand il fut parvenu à moins de deux pas, le Mogohol lui ordonna de s'arrêter d'un glapissement. Il obtempéra et chercha le moyen de délivrer la jeune femme sans pour autant mettre sa vie en danger. Gagné par la lassitude, il aurait donné n'importe quoi pour écourter l'affrontement et prendre un peu de repos. Il rêvait de s'immerger dans une eau glacée qui aurait fouetté sa peau et apaisé ses plaies. La colère grondait au fond de lui, colère contre un adversaire assez veule pour se protéger derrière une femme, colère contre Arthea qui s'était précipitée d'elle-même dans le piège, colère contre lui-même, enfin, qui voulait à tout prix sauver une étrangère qu'il serait bientôt tenu de quitter. Il l'avait conduite à son lieu de destination, comme convenu, et, même si les choses ne s'étaient pas déroulées comme prévu, même si la communauté avait été décimée, un oiseau-bateau — il ne se souvenait plus du terme exact qu'elle employait pour désigner les engins volants utilisés par son peuple — finirait par se poser à Raïma et la ramènerait sur son monde d'origine. La perspective de cette séparation ouvrait une blessure que ne refermait pas le souvenir vacillant d'Ulgak.

Arthea rouvrit les yeux et fixa Tcholko d'un air hébété. Une lueur de compréhension traversa ses yeux, mais elle ne releva pas la tête et feignit de rester inanimée — la peur de recevoir un nouveau coup ? L'attention du Tunguz fut attirée par le borborygme de l'un des cadavres qui finissait de se vider de son air. Il jeta un regard machinal vers la source du bruit. Le Mogohol exploita aussitôt son relâchement pour prendre l'initiative. Il poussa devant lui le corps de sa prisonnière, détendit le bras, ouvrit la main. Tcholko entrevit un éclair gris. L'espace d'un instant, il demeura pétrifié, comme gelé de l'intérieur, puis l'instinct de survie reprit le dessus et il amorça un pas de côté. Ce fut insuffisant pour esquiver le couteau, qui se planta dans le défaut de son épaule, juste sous la clavicule. Il voulut riposter mais ne réussit pas à soulever son sabre. La morsure du fer le couvrait de sueur froide, la déchirure de sa chair s'agrandissait à chacun de ses gestes. Ses jambes ployèrent tout à coup, le manche de l'arme lui échappa des mains, il fouetta l'air de ses bras, perdit l'équilibre. Lorsqu'il toucha le sol, il eut l'impression que son épaule se disloquait, se détachait de son corps. Le Mogohol se rua sur lui et lui décocha un coup de pied dans les côtes. A l'idée du sort que cette brute réservait à Arthea, il eut un sursaut de révolte, vite éteint par un sentiment d'impuissance, de résignation. Il ne reverrait jamais les siens, ni l'odügan du clan de la Laie ni Ulgak...

Ulgak... Elle l'oublierait, elle en choisirait un autre, la vie poursuivrait son cours dans la taïga... Son adversaire s'assit à califourchon sur lui et retira sans ménagement le couteau de la plaie. Le contact avec sa peau tiède et humide l'écœura. Il ne songea pas à invoquer les auxiliaires du clan, parce qu'il n'en éprouvait pas l'envie, que toute prière lui paraissait superflue. Une dizaine de solstices plus tôt, l'odügan l'avait averti qu'il affronterait des ennemis bien plus dangereux que les bêtes sauvages de la taïga. Il mourrait avant d'avoir contemplé les merveilles qu'elle avait évoquées. Il avait échoué, c'était la seule certitude qui lui restait...

Un choc sourd. La douleur se propagea en ondes concentriques dans son corps.

Il trouva étonnamment long le temps que s'accordait le Mogohol pour lui donner le coup de grâce. Il rouvrit les yeux, entrevit son bourreau figé dans une étrange posture, les mains jointes au-dessus de sa tête, le couteau bloqué à l'horizontale. Il lui fallut un peu de temps pour reconnaître l'objet pointu qui dépassait de son crâne scindé en deux parties : l'extrémité du sabre kalmouk. Il distingua, au deuxième plan, le visage d'Arthea déformé par la haine.

« C'est la première fois que je tue un être humain, marmonna Arthea. Et je dois admettre que j'y ai pris du plaisir... »

Elle aida Tcholko, toujours allongé, à retirer sa veste collée par le sang. Elle avait allumé des torches et trouvé de l'eau, des onguents et des étoffes propres dans une pièce voisine. Elle lava d'abord la plaie, très profonde, puis l'enduisit d'une substance blanche et grasse qui procura à Tcholko un soulagement instantané. Elle déchira ensuite un pan de tissu qu'elle noua autour de l'épaule du Tunguz.

« Tu as perdu beaucoup de sang, mais la pommade empêchera la blessure de s'infecter. »

L'abondance de sa transpiration, le débit saccadé de ses mots et la fébrilité de ses gestes montraient qu'elle n'avait pas surmonté le traumatisme provoqué par son affrontement avec le Mogohol. Les torches étiraient son ombre sur les murs et révélaient des peintures qui figuraient des paysages peuplés d'arbres et d'animaux fabuleux.

« J'ai réagi comme une idiote. Mon imprudence a failli nous coûter la vie...
— Nous nous en sommes sortis, c'est l'essentiel... »

Tcholko avait fourni un effort démesuré pour extirper ces quelques mots de sa gorge. Ses contusions le faisaient souffrir autant, sinon davantage, que sa blessure à l'épaule. Bien que ses forces lui revinssent peu à peu, il restait allongé, de peur d'être saisi par le vertige s'il essayait de se remettre debout. Il lui tardait pourtant de respirer un air lavé de cette insoutenable odeur de charogne et de sang.

« Sans toi, mon esprit errerait désormais dans le monde des enfers... »

L'index d'Arthea vint se poser sur ses lèvres avec la légèreté d'un papillon.

« J'aurai du mal à te rembourser toute ma dette, fit-elle avec un sourire chaleureux. Cet idiot me croyait évanouie. Il m'a suffi de ramasser ton sabre et de lui fendre la tête comme une bûche. J'ai déjà coupé du bois sur Atlantis pour entretenir les foyers sacrés d'Ammu... »

Elle se redressa, se défit de ses bottes, de sa combinaison, déplia une étoffe blanche qu'elle drapa autour de son corps, ne laissant paraître que ses épaules, ses bras et une partie de son ventre. Les flammes teintaient d'or sa peau luisante.

« Je t'ai conduite à Raïma, murmura Tcholko. Où sont les ours blancs et les bijoux que tu m'avais promis ? »

Il avait essayé de donner un tour badin à ses propos, mais c'était un flot d'amertume qui avait coulé de sa gorge. Elle lui jeta un regard où il décela des nuances de déception et de reproche.

« Je ne pourrai pas non plus te payer. Les tueurs ont dépouillé mes sœurs de tous leurs bijoux. Quant aux ours, j'avais entendu dire sur Atlantis que les prêtresses de Raïma allaient régulièrement les observer, mais j'ignore à quel endroit...

— Si je comprends bien, je repartirai d'ici sans cheval et les mains vides.

— J'avais espéré que...

— Que quoi ? »

Elle haussa les épaules et acheva d'ajuster l'étoffe.

« Les problèmes de mon peuple ne te concernent pas, reprit-elle. Je trouverai bien le moyen de te récompenser. Après tout, les barbares ne connaissent pas la véritable valeur des choses... »

Sa voix était trempée dans un mépris qui dressait à nouveau une infranchissable barrière entre eux. Elle était redevenue la femme hautaine, arrogante qu'il avait découverte sur les rives du Bahikal. Leurs deux mondes, comme elle l'avait souvent rappelé, n'étaient pas destinés à se rencontrer.

« Je dois maintenant me rendre aux hangars. Repose-toi en attendant. »

Elle se détourna avec brusquerie et sortit de la pièce. Lorsque le silence eut absorbé le bruit de ses pas, il ferma les yeux et sombra rapidement dans un sommeil agité.

Il se réveilla en sursaut. Ses blessures, sourdes, lancinantes, se rappelèrent instantanément à son souvenir. Il eut l'impression d'avoir dormi toute la nuit, crut qu'Arthea avait définitivement quitté Raïma et l'avait l'abandonné en compagnie des cadavres des Mogohol. Il ressentit la même impression d'abandon et de tristesse que le petit garçon de son rêve. Une large corolle pourpre s'était épanouie sur le pansement de fortune bandé autour de son épaule. Les ronronnements des flammes des torches berçaient doucement l'atmosphère paisible.

Il se releva avec précaution, attendit que se dissipe la sensation de vertige, s'assura que son poignard était resté dans sa gaine et se dirigea d'une allure mal assurée vers une ouverture occultée par une lourde tenture.

Il traversa plusieurs pièces en enfilade, toutes éclairées, les unes décorées de fresques murales surchargées de détails, les autres habillées par une matière lisse et brillante de couleur grise ou rose. Les tables, les bancs, les fauteuils et les lits renversés, les poteries brisées, les tapis souillés, les miroirs fracassés, les tentures déchirées, les objets éparpillés, les corps mutilés ou pendus aux poutres composaient un tableau unique et sinistre qui semblait renvoyé par un miroir aux innombrables faces. Les Mogohol et leur mystérieux guide avaient été animés par la volonté d'annihiler l'esprit même de ces femmes. Il emprunta un couloir où s'infiltraient des courants froids et qui débouchait, une trentaine de pas plus loin, à l'air libre, sur une immense terrasse creusée à même la roche et ceinte d'un muret. Des flocons surgissaient de la nuit comme des insectes affolés. Il prit une profonde inspiration, croisa les bras sur son torse nu pour se protéger de la bise cinglante et se rendit au bord du muret. La neige s'infiltra par les déchirures de sa botte et de son pantalon.

La terrasse, suspendue à une muraille rocheuse — l'une des parois du plateau —, dominait la plaine cernée par les ténèbres. Ce n'était sans doute pas l'entrée principale dont avait parlé Arthea, car on ne pouvait y accéder à pied ou à cheval, mais elle servait peut-être à accueillir les bateaux-oiseaux en provenance d'Atlantis.

Le froid le poussa à revenir sur ses pas. Il remarqua alors une deuxième porte à côté de l'entrée du couloir, l'ouvrit, s'engagea dans un escalier qui s'enfonçait en colimaçon dans une cage exiguë. Un écoulement tiède sous son pansement l'avertit que sa blessure s'était remise à saigner. En arrivant sur le palier inférieur, il aperçut des rais de lumière et entendit la voix d'Arthea. Il poussa une deuxième porte de bois et s'introduisit dans une petite pièce aux murs de pierre qu'éclairaient les flammes d'une torche posée sur un trépied.

Arthea lui tournait le dos, penchée sur une femme brune allongée et enveloppée dans une couverture de laine. Celle-ci eut un geste de recul quand ses yeux se levèrent sur le nouvel arrivant, et elle secoua la tête avec une telle hystérie que sa nuque heurta le sol à plusieurs reprises. Arthea se retourna, les traits déformés par l'inquiétude. Elle se détendit dès qu'elle reconnut Tcholko, serra la femme brune dans ses bras et la berça jusqu'à ce qu'elle eût recouvré son calme.

« Ne crains rien, c'est un ami, chuchota-t-elle. Elle est à bout de forces, ajouta-t-elle à l'attention du Tunguz. Ils l'ont violée pendant plus de trois jours. C'est ce à quoi ils étaient occupés au moment où nous sommes arrivés. Elle est pilote d'Ammu, et ils avaient l'ordre de la garder ici au cas où ils auraient eu besoin de son vaisseau. Les autres pilotes ont été épargnées et réquisitionnées pour transporter les troupes dans le Spitzberg...
— Le Spitzberg ?
— Une région du pôle Nord.
— Quel rapport avec ton monde ?
— Aucun à première vue. Mais son témoignage concorde avec ta... vision, Tcholko : ils sont sous les ordres d'un prêtre de Sa'at. Il semble cette fois que les fils du rayon d'or aient bien préparé leur coup. Non seulement ils suppriment les prêtresses des communautés extérieures, mais ils utilisent leurs vaisseaux. Ils ont patiemment tissé leur toile avant de lancer leur offensive. »

La femme brune gémissait doucement, la tête posée sur la poitrine d'Arthea.

« Elle s'appelle Ivis. Elle est désormais notre seul lien avec Atlantis, mais elle est pour l'instant dans l'incapacité de diriger son vaisseau. Elle a un besoin urgent de repos, comme nous... »

Ils remontèrent à l'étage supérieur en portant Ivis, trop faible pour marcher, l'allongèrent sur un lit dans la première pièce, la moins dévastée et la plus aérée, traînèrent les cadavres des prêtresses dans un couloir adjacent, lavèrent le sol à grande eau, installèrent des matelas et des couvertures supplémentaires. Bien que Tcholko ne se servît que d'un bras pour effectuer l'ensemble de ces tâches, sa blessure à l'épaule le contraignait de temps à autre à observer une pause. Lorsque la pièce fut à peu près vivable, ils cherchèrent de quoi se préparer un repas dans la grande cuisine de la communauté. Les Mogohol avaient largement entamé les réserves alimentaires conservées dans des grands coffres de bois, mais ils avaient laissé suffisamment de vivres pour subvenir aux besoins de trois personnes. Ils réchauffèrent de la viande et des céréales séchées dans un récipient métallique qu'ils posèrent sur le trépied d'une torche, dont Arthea assura qu'il servait aussi bien à l'éclairage qu'à la cuisson des aliments. Ivis refusa d'avaler quoi que ce soit et s'endormit après avoir versé des larmes silencieuses.

Une fontaine dotée d'un mécanisme comparable à celui qui régissait le mouvement des globes leur fournit autant d'eau que nécessaire. Ils remplirent le bassin de pierre et prirent un bain à tour de rôle. L'eau glaciale revigora Tcholko, dissipa sa fatigue et apaisa ses plaies. Ses bottes, sa veste et son pantalon de peau étant pratiquement hors d'usage, Arthea lui dénicha une sorte de longue tunique de couleur jaune dont l'étoffe était d'une incomparable douceur. Il se demanda s'il trouverait, à l'intérieur de la communauté, des vêtements chauds qui lui permettraient de braver les rigueurs de l'hiver pendant le trajet du retour. Il n'en parla pas à Arthea, évitant les sujets qui avaient trait, directement ou indirectement, à leur séparation.

Adossée au mur, Arthea contemplait Tcholko qui dormait paisiblement sur le matelas d'à côté. En dépit de son épuisement, elle n'avait pas trouvé le sommeil, rongée par une inquiétude qui lui comprimait la poitrine et déclenchait, par instants, de véritables spasmes de panique. Les torches, dont elle avait rabattu le clapet de tirage, dispensaient un éclairage diffus. Elle surveillait également Ivis, parfois agitée de crises convulsives au cours desquelles elle repoussait drap et couverture avec les jambes, se protégeait le visage avec les mains et poussait des gémissements déchirants. Les multiples ecchymoses qui parsemaient sa poitrine, son ventre et ses jambes témoignaient du traitement brutal que lui avaient administré ses geôliers.

Arthea se sentait investie d'une responsabilité écrasante, et il lui arrivait de regretter d'être restée en vie après l'accident du vaisseau de Leyrias. Elle n'était qu'une jeune prêtresse qui ne connaissait pas grand-chose de la vie et qui, elle s'en était aperçue au contact de Tcholko, n'avait pas d'autres références que les dogmes et les rites d'Ammu. Éduquée dans le culte de la supériorité lunaire, elle s'était toujours figuré que la lumière atlante brillait comme un phare secret sur le monde extérieur plongé dans les ténèbres de l'ignorance. Or ses certitudes s'étaient effilochées l'une après l'autre, comme des étoffes dont la trame se serait peu à peu dévidée. Elle comprenait désormais que les fils du rayon d'or, les prêtres de Sa'at, s'engouffraient dans les failles d'une civilisation qu'elle avait crue jusqu'à présent intangible, impérissable.

Son regard revint s'échouer sur le visage détendu de Tcholko. Il avait une beauté différente des hommes atlantes, à la fois plus sauvage et plus noble, comme sculptée par les vents des steppes. Les traits étaient rudes, les paupières lourdes, les yeux en amande, les lèvres pleines et cruelles, les mâchoires carrées, le cou puissant, la chevelure noire et lisse, les épaules larges, les muscles saillants sous une peau glabre et mate. L'enfant apparaissait en filigrane sous le masque viril, et c'était cette innocence, cette fraîcheur, qui bouleversait le plus Arthea. En comparaison, les Atlantes paraissaient vieux avant l'âge, comme vidés de leur substance. Les quelques amants qu'elle avait invités sur sa couche lui avaient fait l'effet de coquilles vides. De ces aventures sans lendemain, elle n'avait retiré que désillusion et déception. Qu'était devenu Atlantis, sinon un monde clos, immobile, qui portait en lui les germes de sa décadence, de son anéantissement ?

Sa main vint se poser sur la joue de Tcholko, un contact qui déclencha des frissons à la base de sa colonne vertébrale. Le mépris qu'elle lui avait témoigné n'avait été qu'une armure, non pour se protéger contre lui mais contre elle-même, parce qu'elle avait eu peur de sa propre exigence, de sa propre violence. Elle avait pour habitude de se donner sans retenue, sans calcul, et elle n'avait jamais été payée en retour, comme si personne n'était en mesure de nourrir son feu intérieur, non seulement les hommes qu'elle avait cru aimer, mais aussi la vieille reine Osira, ses supérieures hiérarchiques, ses sœurs, et même — pensée sacrilège — Ammu, déesse lointaine, froide, inaccessible.

Elle devait cependant se ressaisir, battre le rappel de sa volonté, de son énergie, pour déjouer les manœuvres des prêtres. Elle pressentait que leur avènement précipiterait l'humanité tout entière dans un chaos dont elle ne se relèverait pas. Ils ne se contenteraient pas de soumettre Atlantis, ils étendraient leur hégémonie sur les continents extérieurs, ils imposeraient le culte solaire et l'emblème du poulpe aux tribus des forêts, des déserts, des massifs montagneux, des plaines, ils soumettraient les cités qui s'érigeaient sur les embouchures des fleuves, les royaumes qui se développaient en orient et sur les terres arides de l'hémisphère sud... Et ce n'étaient pas les gardes du consort, des soldats qu'on destinait principalement aux cérémonies officielles et au maintien d'un ordre rarement menacé, qui pourraient opposer une quelconque résistance à la troupe — aux troupes ? — d'assassins recrutés par les fils du soleil. Si elle réussissait dans son entreprise, elle demanderait audience à la grande prêtresse et à la reine pour leur soumettre ses réflexions, pour tenter de changer le cours du temps.

Tcholko ouvrit les yeux et posa sur elle un regard d'abord inexpressif, puis étonné. Elle ne retira pas sa main, épousa de la pulpe des doigts les courbes de son nez et de ses lèvres. Elle avait besoin de lui pour mener à bien ses projets. Elle n'ignorait pas qu'il serait condamné à rester sur Atlantis jusqu'à la fin de ses jours, car si la loi autorisait les étrangers à s'établir sur l'île et à jouir des bienfaits de la civilisation atlante, elle leur interdisait de retourner dans leur monde d'origine (les gardes du consort pourchassaient et exécutaient ceux qui dérogeaient à la règle). Elle jugea inutile de lui parler de cette clause, mais se promit de tout mettre en œuvre pour adoucir son exil. Il lui fallait maintenant sceller un pacte avec lui, jouer de l'attirance qu'elle exerçait sur lui, une tâche qu'elle ne considérait pas comme une corvée, loin de là.

Elle se pencha pour capturer les lèvres de Tcholko. Elle eut d'abord le sentiment de lui donner le baiser de la trahison, puis, lorsqu'il se redressa pour mieux emprisonner sa bouche, elle oublia ses remords pour s'abandonner à ses sens.

Ils s'explorèrent mutuellement avec une fièvre décuplée par l'attente, s'arrachèrent leurs vêtements, se ruèrent l'un contre l'autre comme des grands bisons se défiant de la corne et du front...

« Ce qui se passa entre eux ce soir-là dans la communauté de Raïma, tu le découvriras un jour avec la femme qui te fera l'amitié de son corps, dit le vieil homme.

— J'ai déjà vu les rennes couvrir leurs femelles, grand-père ! protesta Jahik.

— Il y a de grandes différences entre les rennes et les êtres humains : les rennes montent leurs femelles parce qu'ils y sont entraînés par leur instinct, l'homme et la femme y ajoutent l'amour, le plaisir. Les rennes ne s'embrassent pas, ne plantent pas leurs ongles dans la peau de leurs femelles, ne mordillent pas les lobes des oreilles ou la tendre chair du cou, n'arrondissent pas les lèvres autour des mamelons, ne se délectent pas de l'amère saveur de la sueur. Il te suffira de savoir que jamais Arthea, la femme d'Atlantis, ne s'était sentie aussi heureuse, aussi comblée. Elle s'était ouverte à la jouissance comme ces vierges des légendes antiques offertes aux hommes pendant les fêtes de la fécondité, elle avait oublié toute notion d'espace et de temps, reliée au grand Être par la seule force de son désir...

— Tcholko s'est échappé pour revenir dans la taïga ? coupa le garçon. Tu as dit que la loi d'Atlantis interdisait aux étrangers de revenir dans leur pays d'origine...

— Il n'est pas encore parti !

— Alors comment est-ce que tu connais son histoire ? Est-ce que tu l'as rencontré... là-bas ? »

Le vieil homme ébouriffa les cheveux de son petit-fils en riant.

« Chaque chose dans l'univers a un ordre, les histoires aussi ! Surtout les histoires. Arthea et Tcholko dormirent de ce sommeil magnifique qui suit l'embrasement des sens. Lorsqu'ils se réveillèrent, le jour s'était invité dans la pièce par l'embrasure de la porte...

Assise sur un coffre, recouverte d'un drap, Ivis les observait d'un œil à la fois curieux et circonspect tout en mangeant un morceau de viande froide.

« Je me sens maintenant assez forte pour diriger le vaisseau, déclara la prêtresse pilote d'une voix mal assurée. Le cristal répond de nouveau à mes sollicitations. »

Arthea se redressa sur un coude et dévisagea Tcholko. Son cou, ses bras et sa poitrine portaient les stigmates de leur joute nocturne.

« En ce cas, nous partons tout de suite.

— Nous ? » s'étonna le Tunguz.

Elle l'embrassa furtivement pour masquer son trouble et raffermir sa détermination.

« Ta présence m'est indispensable, Tcholko. Sans toi, je n'aurai aucune chance d'arrêter les prêtres de Sa'at et leurs alliés. Est-ce que tu veux m'accompagner sur Atlantis ?

— Tu m'as pourtant affirmé que nos mondes n'étaient pas destinés à nous rencontrer. Tu ne crains plus d'introduire un barbare sur ton monde ?

— L'homme que j'aime ne peut pas être un barbare... »

Elle était sincère mais cela ne suffisait pas à la délivrer de son sentiment de culpabilité.

« Et après, quelqu'un pourra me ramener dans la taïga ?

— Qui sait ce qui se passera après ? Qui sait ce que tu gagneras ? »

Tcholko n'hésita pas longtemps. Il avait posé la question du retour par principe, pour ne pas avoir l'air de capituler sans résistance, mais il avait toujours su qu'il la suivrait aussi longtemps qu'elle l'y inviterait, jusque dans les enfers d'Erlik-Khan s'il le fallait.

« Je voudrais manger quelque chose avant de partir », dit-il en repoussant la couverture.

IX

« Le temps est enfin venu de te parler de ces fameux engins volants d'Atlantis. Imagine un appareil qui ressemble effectivement à un bateau, mais en beaucoup plus élégant. Sa proue et sa poupe, longues, recourbées, lui donnent une allure de serpent à deux têtes. La coque incurvée, constituée de lattes de bois parfaitement polies et emboîtées, repose au sol sur des pieds effilés, dont deux servent également de bases aux mâts latéraux, symétriques et dépourvus de voile. Le toit d'un abri se dresse sur quatre montants au milieu du pont, tandis que la partie arrière, légèrement renflée, renferme une cabine...

— S'il n'a pas de voile, comment peut-il voler ?

— Nos bateaux ont des voiles, ils ne volent pas pour autant... »

Le hangar était plongé dans une obscurité qui se resserrait progressivement autour des halos mourants des torches.

Ils avaient jeté les cadavres des prêtresses et des Mogohol dans une fosse commune située sous la terrasse, avaient remis un peu d'ordre dans les pièces, préparé des vivres pour le voyage, condamné les diverses portes qui donnaient accès à la communauté, y compris l'entrée supérieure du plateau, dont ils avaient actionné le mécanisme du volet métallique coulissant. Ils s'étaient revêtus de capes de laine qu'ils avaient trouvées dans l'armoire d'un vestibule épargné par les assaillants, puis ils s'étaient rendus dans le hangar. Tcholko n'avait pas jugé nécessaire de s'équiper d'autres armes que son poignard et la dague.

Ivis avait recouvré, sinon l'intégralité de ses capacités physiques et mentales, du moins une certaine vigueur qui lui avait permis de participer aux diverses tâches et de surmonter les crises nerveuses qui, de temps à autre, lui tiraient des cris et des larmes. Elle portait, autour du cou et par-dessus sa cape, son cristal passé dans une chaînette en or, taillé en pointe comme celui de Leyrias mais plus petit, plus lumineux également, au point qu'il brillait dans la pénombre comme une étoile dans une nuit d'été. Plus âgée qu'Arthea, elle aurait pu être jolie sans le masque de douleur qui durcissait ses traits. Elle ne parlait que lorsqu'elle y était obligée, avec des fêlures dans la voix et une incohérence qui se traduisait par un débit haché et des phrases inachevées. Elle jetait à Tcholko des regards méfiants, hostiles, comme si elle était incapable d'établir une différence entre le Tunguz et les barbares qui l'avaient torturée. A plusieurs reprises, elle avait demandé à Arthea si elle savait ce qu'elle faisait en emmenant cet homme — dans sa bouche, ce mot claquait comme une insulte — sur Atlantis.

« C'est un ami, avait invariablement répondu Arthea. Il m'a sauvé la vie. Nous avons besoin de lui dans les moments difficiles que traverse notre peuple.

— Il n'y a rien de bon à attendre d'un barbare...

— Fais-moi confiance et concentre-toi sur ton cristal. »

Ils étaient montés dans le vaisseau, posé sur une plate-forme ovale, par un petit escalier escamotable qui donnait sur le plancher et dont Ivis avait commandé le retrait en abaissant une manette insérée dans une niche de la coque.

Tcholko avait eu l'impression d'embarquer dans l'un des bateaux de pêche tunguz qui voguaient sur le lac Bahikal. Il n'entendait pas les clapotis des vagues, cependant, il ne sentait pas la caresse du vent sur sa peau, il ne voyait pas le ciel au-dessus de sa tête ni la surface frissonnante de l'eau, et une inquiétude sourde le gagnait, comparable à celle qu'on peut ressentir dans les cauchemars. Sa blessure à l'épaule l'élançait et le démangeait à la fois, signe que les chairs commençaient à se refermer. Arthea, qui l'avait examinée avant de refaire le pansement, avait déclaré qu'elle ne s'était pas infectée, qu'elle était en bonne voie de guérison. Les frôlements des doigts de la jeune femme sur sa peau avaient ravivé un désir que la présence d'Ivis et l'urgence de la situation les avaient empêchés d'assouvir.

La pilote s'était assise sur le siège surélevé de la poupe, devant une roue de bois qui évoquait les gouvernails des bateaux des clans du Bahikal. Elle serrait le cristal entre ses mains jointes et se tenait immobile, les yeux clos, la tête légèrement penchée vers l'avant. Elle portait, sous sa cape grise, une robe pourpre identique à celle qu'avait passée Arthea. Ses cheveux disparaissaient sous une coiffure de tissu, rouge également, dont les larges pans retombaient de chaque côté de sa tête et qu'un large ruban, dans lequel elle avait glissé une plaque métallique dorée et ornée de deux croissants bleus, maintenait plaquée sur son front.

Pas un bruit ne troublait le silence du bâtiment.

Appuyée au bastingage près du sac de vivres, Arthea observait les mains de sa consœur prêtresse, transpercées par l'éclat du cristal. Comme la majorité des enfants atlantes, elle avait rêvé de devenir pilote, une fonction de prestige qui promettait des voyages fabuleux sur tous les continents et océans de la terre. Mais sa famille ne possédait pas de cristal et nul ne lui en avait offert, si bien qu'elle n'avait jamais pu entrer à l'école de pilotage et qu'elle avait dû se contenter d'intégrer les rangs des prêtresses d'Ammu. Ces dernières gouvernaient certes l'île par l'intermédiaire de celle d'entre elles qu'elles élisaient comme reine et qui était secondée — certaines disaient manipulée — par la grande prêtresse, mais les couloirs et les cellules des bâtiments d'Ammu n'offraient ni l'attrait ni l'ivresse des vols dans la plaine céleste infinie. Elle n'avait pas apprécié à sa juste valeur le voyage effectué à bord de l'appareil de Leyrias, parce que, son ambition s'étant reportée sur sa fonction, elle avait considéré cette condamnation à l'exil comme une injustice criante et qu'elle s'était refermée sur elle-même pour ressasser ses rancœurs. Elle enviait les pilotes du pouvoir merveilleux que leur conféraient les cristaux, ces étranges pierres dont personne ne connaissait l'origine et qui étaient devenues les symboles de la civilisation atlante. Elle en possédait un désormais, celui de Leyrias, mais elle ne savait pas l'utiliser et son cerveau n'était plus assez tendre ni assez souple pour mémoriser le réseau des destinations. Elle n'avait pas encore décidé de l'usage qu'elle en ferait à son retour sur Atlantis. L'offrirait-elle à quelqu'un de sa famille, ou attendrait-elle pour l'échanger contre une faveur ou un privilège ?

Elle prenait conscience, avec une certaine amertume, que son conditionnement de prêtresse avait forgé en elle le goût de l'intrigue. Une femme réellement éprise d'un homme n'aurait pas cherché à l'emprisonner dans une cage, fût-elle dorée. Elle éprouvait pourtant pour Tcholko un sentiment aussi pur que l'eau d'un torrent, un amour qui détruisait sa raison, qui chavirait ses sens, qui l'effrayait également pour les bouleversements qu'il provoquait, pour le malheur qu'il appelait. Elle savait pertinemment qu'ils n'étaient pas faits pour vivre ensemble, qu'ils se consumeraient l'un dans l'autre à la vitesse d'un feu d'herbes sèches, mais elle avait envie de se tordre dans ces flammes qui lui meurtriraient l'âme jusqu'à la fin des temps. Elle ramenait un animal sauvage de son expédition, un fauve imprévisible dont la violence et la cruauté pouvaient à tout moment se retourner contre elle et les siens mais qui lui donnait la sensation d'entrer enfin dans la vie.

Elle percevait la nervosité de Tcholko, debout près d'un mât latéral, cette attitude frémissante, inquiète, qui rappelait celle d'un lion ou d'un ours pressentant qu'étaient venus les temps de l'enfermement. Elle faillit le supplier de repartir vers la taïga mais quelque chose l'en dissuada, le plaisir égoïste et puéril, sans doute, d'écarter cette invisible et redoutable rivale qu'était la liberté.

Une lueur intense, aveuglante, jaillit soudain du siège d'Ivis, enveloppa la pilote, éclaboussa le plafond du hangar, révéla les emplacements vides des autres vaisseaux. La vibration des mâts latéraux surprit Tcholko, qui se recula de deux pas.

« Nous allons bientôt décoller, dit Arthea. Le cristal du vaisseau s'est activé. »

Le Tunguz surmonta sa frayeur et fixa l'endroit d'où avait surgi la lumière. Il distingua un petit socle devant le siège, une sorte de coupe annelée, évasée, surmontée d'une sphère d'une largeur de deux mains qui semblait contenir un petit soleil. Il se rendit compte que les rayons étincelants devenaient réfringents au-dessus du vaisseau, se dirigeaient vers des points du plafond où ils frappaient des excroissances métalliques qui, placées à intervalles réguliers, dessinaient une figure géométrique à dix côtés. Deux vantaux s'ouvrirent dans un grincement continu, dévoilèrent une bande de ciel gris, laissèrent passer un filet de clarté qui grossit rapidement pour se transformer en un flot éblouissant. La vibration des mâts latéraux s'amplifia, se communiqua à l'ensemble de la structure. Tcholko crut que les lattes du plancher et de la coque allaient se disloquer et s'agrippa à l'un des montants de l'abri. Des langues d'air froid se faufilèrent sous sa cape, s'enroulèrent autour de ses pieds, chaussés de sandales légères trop petites pour lui, montèrent le long de ses jambes nues, s'insinuèrent sous sa tunique, resserrée à la taille par son ceinturon, lui léchèrent le torse. Les mâts oscillèrent, s'abaissèrent et remontèrent avec une telle rapidité qu'ils donnaient l'impression d'occuper tout l'espace en même temps. Ils produisaient un bruissement indistinct qui évoquait le vol d'un gros insecte. Tcholko les observa attentivement mais ne réussit pas à savoir si chacun d'eux contenait sept ou huit autres mâts ou bien si leur démultiplication apparente était seulement due à la vitesse de leurs déplacements. Ils furent bientôt enveloppés de halos translucides et bleutés qui naissaient de leurs mouvements et qui avaient la forme grossière de voiles, ou plus exactement d'ailes de papillon. Il s'en dégageait une vague odeur minérale, un parfum de roche cuite par le soleil. La magie des Atlantes — leur connaissance, aurait dit Arthea — n'avait peut-être pas grand-chose à voir avec la magie des odügan, car l'une paraissait utiliser les ressources cachées de la matière tandis que l'autre s'enracinait dans les arcanes secrets de l'esprit, mais elles se ressemblaient par les phénomènes extraordinaires qu'elles généraient.

Lorsque les deux vantaux se furent dressés à la verticale et eurent découpé une ouverture rectangulaire sur le plafond, le vaisseau s'éleva avec une lenteur majestueuse. Tcholko vit s'éloigner peu à peu la surface lisse et grise du hangar. Il retint sa respiration, persuadé que l'appareil serait tôt ou tard entraîné par son propre poids et s'écraserait au sol. Il eut un moment de panique pendant lequel il faillit sauter par-dessus le bastingage, mais il s'aperçut qu'il y avait sous lui une hauteur de six hommes, qu'il avait toutes les chances de se rompre les os s'il se lançait maintenant dans le vide.

Le vaisseau franchit l'ouverture et poursuivit son ascension dans la lumière du jour. Le vent le prit en travers et l'entraîna dans une brutale embardée qui faillit déséquilibrer les passagers. Cramponné au montant, le Tunguz se rendit compte qu'ils survolaient la grande terrasse qu'il avait explorée la première nuit. Les vantaux se refermaient, se recouvraient déjà d'un voile neigeux et tourbillonnant tendu par les rafales. L'appareil prit de la vitesse et monta le long de la paroi du plateau.

Malgré son acharnement, le vent ne parviendrait pas à soulever le couvercle gris et uniforme des nuages. C'était l'une de ces journées où il ne neigerait pas, où le soleil ne paraîtrait pas, où la nature se morfondrait dans sa tristesse glacée. Même si l'éclat des cristaux s'était quelque peu estompé, et cela venait peut-être simplement du contraste avec la lumière du jour, Ivis restait concentrée sur la navigation, le décollage et l'atterrissage étant les phases les plus délicates du vol, davantage encore au sortir de ce plateau ouvert à tous les courants aériens.

A mesure qu'ils prenaient de l'altitude, la plaine se dévoilait dans son uniformité blanche. Bordée d'un côté par la muraille rocheuse, elle s'échappait de l'autre, filait d'une traite vers l'horizon qu'elle rejoignait dans un soupir de brume. Seul le cours d'une rivière, la Chona sans doute, jetait une ombre maigre sur cette course immaculée.

Le vaisseau continua de s'élever à la verticale, insensible aux bourrasques, comme s'il évoluait à l'intérieur d'un cylindre. Les halos bleus de ses ailes s'étaient à la fois opacifiés et illuminés, masquant presque entièrement les mâts. Le bruit rappelait à présent le bourdonnement grave d'un essaim de frelons. En revanche, Tcholko ne percevait plus aucune vibration sous ses pieds. Bien qu'il ne fût pas tout à fait rassuré, il commençait à se détendre, à s'alléger du poids encombrant de la peur. Plus le paysage s'élargissait, et moins il redoutait de tomber, comme si la terre cessait d'être une réalité pour devenir une abstraction. Le plateau n'était plus qu'un vague relief qui, n'étaient les lignes sombres des crêtes, aurait pu se confondre avec les plaines environnantes. Tcholko était traversé de sensations très différentes de celles qu'il avait éprouvées dans le corps de l'effraie, et cela tenait probablement au fait qu'il n'était qu'un spectateur passif à bord du bateau-oiseau, qu'il n'avait plus aucune emprise sur la situation, qu'il s'en remettait désormais entre les mains d'une femme qui ne le portait pas dans son cœur. L'air, de plus en plus froid, lui hérissait la peau, lui engourdissait les membres, lui irritait les poumons.

Ils atteignirent les couches basses des nuages, furent environnés d'une brume opaque qui occultait la terre et les cieux. A ces hauteurs, le vent avait cessé de souffler et le vaisseau était suspendu dans un monde qui n'était ni l'en-haut ni l'en-bas, où l'espace et le temps n'existaient plus.

« Entrez dans la cabine, dit Ivis. Il n'y aura rien à voir pendant un bon bout de temps. Inutile de vous geler sur le pont. »

Tcholko lança un regard perplexe à Arthea, toujours adossée au bastingage.

« Ne crains rien, fit-elle avec un sourire. Ivis n'a plus besoin de rester concentrée maintenant que le vaisseau a atteint sa hauteur de croisière. Elle a visualisé notre port de destination.

— L'autre pilote, Leyrias, comment a-t-il perdu le contrôle de son bateau-oiseau ? demanda le Tunguz.

— Il arrive parfois que les pilotes soient perturbés au point que la structure de leur cristal se modifie et désactive l'énergie du cristal de bord. »

Le vaisseau progressait maintenant à l'horizontale,

fendait les nuages comme un cheval écartant les bruyères de la toundra, et l'augmentation graduelle de sa vitesse se traduisait par un sifflement qui les contraignait à hausser le son de leur voix. En l'absence de repères visuels, Tcholko avait toutefois l'impression de se déplacer moins rapidement que sur l'échine d'un taïpan au galop.

« Elle a de quoi être perturbée, dit-il en désignant Ivis.

— C'est une véritable prêtresse d'Ammu, une femme forte et courageuse ! » cria Arthea.

Il comprit qu'elle avait hurlé pour se faire entendre de la pilote et lui prodiguer ses encouragements. Si elle éprouvait ainsi le besoin de stimuler sa consœur, c'était qu'elle doutait de ses capacités, qu'elle n'était pas plus rassurée que lui sous ses dehors sereins.

« Combien de temps durera le voyage ? demanda Tcholko.

— Environ deux jours.

— Elle aura besoin de dormir...

— L'énergie des cristaux dispense les pilotes de sommeil. Et même s'il leur arrive de s'assoupir, le vaisseau peut continuer sur sa lancée pendant une demi-journée. »

Le froid bleuissait les lèvres d'Arthea, rendait sa peau translucide, révélait le réseau de ses veines, éclaircissait le vert de ses yeux. D'une main, elle maintenait fermé le col de sa cape, de l'autre, elle se tenait au bastingage. Ses cheveux flottaient doucement autour de sa tête et tiraient sur son visage des rideaux fugaces qui soulignaient le hiératisme de ses traits. La comparaison avec la beauté vive, insolente, enjouée d'Ulgak s'imposa à l'esprit de Tcholko. L'une couvait un feu dévorant sous son apparente froideur, l'autre cachait une grande douceur sous un caractère résolu et piquant. Il aurait fait preuve de sagesse en priant Ivis de le déposer dans la taïga, mais il n'était pas l'odügan, il avait le droit d'être fou, et d'ailleurs l'odügan n'avait-elle pas prédit ces événements, ne l'avait-elle pas préparé à accomplir ce voyage vers un monde merveilleux ? Ce vaisseau, cette façon de se transporter dans les airs étaient en eux-mêmes des merveilles, et ne serait-ce que pour avoir vécu ces moments, il ne regrettait pas d'avoir quitté Ulgak, même si elle en épousait un autre pendant son absence, même s'il ne devait jamais la revoir. Une partie de lui-même aspirait à retrouver les siens, son univers familier, une autre partie désirait poursuivre l'aventure, découvrir de nouveaux horizons, et cet écartèlement qui allait en s'accentuant provoquait une souffrance pour laquelle, il en était conscient, il n'existait aucun remède, aucune cérémonie de guérison. C'était seulement le prix à payer pour sa transformation, pour son évolution.

Arthea se dirigea vers la porte de la cabine, l'ouvrit, entra dans la petite pièce meublée d'une table ronde et de quatre chaises scellées au plancher. Elle s'assit sur une chaise et se recroquevilla sous sa cape pour essayer de récupérer un peu de sa chaleur corporelle. Tcholko la rejoignit, referma la porte derrière lui et s'installa sur la chaise d'en face. Une lumière teintée de bleu entrait par des lucarnes transparentes et miroitait sur les cloisons enduites d'un vernis brillant. Au plafond pendaient une lanterne en fer forgé de forme pyramidale, pour l'instant éteinte, et deux croissants de lune identiques à ceux qui ornaient la coiffure d'Ivis. Un tapis aux motifs ronds habillait le plancher et offrait un isolement thermique qui rendait l'atmosphère supportable, sinon agréable.

Arthea leva sur Tcholko un regard indécis.

« Tu as toujours le choix, Tcholko, dit-elle d'une voix qu'elle voulait ferme mais où l'oreille de son interlocuteur décela des hésitations. Ivis peut encore te déposer dans les steppes...

— Sans cheval, sans vivres ? Autant me jeter du haut de ce bateau !

— Nous pourrions te donner tous nos vivres. Et tu trouverais sans doute un clan à qui tu achèterais ou volerais un cheval.

— Tu regrettes déjà de m'avoir emmené ? »

Elle sortit une main de sa cape, se pencha par-dessus la table et lui caressa la joue. Ses doigts étaient à ce point glacés qu'il eut la fugitive sensation d'être effleuré par un abasy.

« Tu ne sais rien d'Atlantis...

— Qu'est-ce que je devrais savoir ? »

Elle ouvrit la bouche pour répondre, puis se ravisa et se claquemura dans un mutisme dont elle ne se départit pas jusqu'à l'irruption d'Ivis dans la cabine.

L'appareil était sorti des nuages et survolait une forêt profonde d'où montaient des colonnes éparses de fumée. Un soleil radieux brillait dans le bleu soutenu du ciel. Accoudés au bastingage, Arthea et Tcholko appréciaient la tiédeur de l'air. A la rapidité avec laquelle défilaient les arbres, les clairières et les cours d'eau, le Tunguz pouvait maintenant se rendre compte de la vitesse du vaisseau, dix ou quinze fois supérieure au vol de l'effraie. Elle ne lui procurait aucun vertige cependant, aucune ivresse, car, à cette altitude, les perspectives étaient écrasées, les sensations atténuées.

Ils s'étaient allongés sur le tapis pour passer une nuit inconfortable à l'intérieur de la cabine. Au réveil, ils avaient partagé avec Ivis un repas frugal, composé de galettes de céréales, de viande séchée et d'un peu d'eau. La pilote semblait avoir surmonté son traumatisme, même si ses yeux couleur de terre brûlée étaient parcourus d'éclats sombres qui démentaient l'apaisement apparent de ses traits. Elle participait aux conversations, posait sur le Tunguz un regard où la curiosité supplantait l'hostilité, se lançait dans de violentes diatribes à l'encontre des prêtres de Sa'at, sur lesquels elle appelait la vengeance d'Ammu, la déesse-mère dont la colère serait, assurait-elle, à la hauteur de l'amour qu'elle portait à ses servantes. Le désir de vengeance était le seul sentiment qui l'animait, sa seule source de vie, et Arthea ne se privait pas de l'exploiter pour lui éviter de replonger dans une dépression qui aurait provoqué la chute du vaisseau.

Tcholko estimait qu'ils volaient à une hauteur de quatre ou cinq cents hommes. De temps à autre, le vaisseau se dirigeait vers une barrière montagneuse, piquait tout droit sur les cimes habillées de neige, mais, alors que la collision paraissait inévitable, il bifurquait, contournait l'obstacle, s'engageait dans un passage libre, plongeait dans un défilé. Ivis n'avait nul besoin de manœuvrer pour lui imprimer une nouvelle trajectoire, il exécutait les changements de cap lui-même, comme mû par une intelligence propre. A la question de Tcholko qui s'inquiétait de l'utilité de la roue, Arthea répondit que cette dernière servait principalement à diriger l'appareil lors de l'atterrissage et à pallier les déficiences provisoires des pilotes pendant le trajet.

« C'est grâce au pilotage manuel que Leyrias a évité l'écrasement lors de notre accident au-dessus de la taïga. Il a navigué sur les courants aériens ascendants qui ont amorti la vitesse de notre chute et nous ont permis de nous en sortir vivants.

— Il était pourtant mort quand je suis arrivé sur la grève du Bahikal...

— On ne survit pas à un coup de sabre dans le cœur !

— Qu'as-tu fait du vaisseau ?

— Ce que fait tout Atlante dans les mêmes circonstances : j'ai activé son système d'autocombustion.

— Que se serait-il passé si cet accident avait eu

lieu au-dessus du campement d'un clan, si les nomades vous avaient vus tomber ?

— Ce genre de mésaventure est déjà arrivé à des équipages atlantes. Ils ont été tués ou torturés sur l'ordre des sorciers. Quant à leurs vaisseaux, ils se sont désintégrés d'eux-mêmes. Nous nous arrangeons pour ne laisser aucune trace de notre passage, même involontaire, sur les mondes extérieurs. »

Tcholko la dévisagea avec une telle intensité qu'elle ne put soutenir son regard.

« Toi et les tiens, vous ne m'autoriserez pas à rentrer chez moi, n'est-ce pas ? »

Le contraste était saisissant entre le calme de sa voix et l'éclat de ses yeux.

« Je crains en effet que cela ne soit impossible, avoua-t-elle dans un souffle.

— Et tu m'as offert ton corps en compensation...

— Je me suis donnée à toi parce que j'en avais envie. Parce que je... t'aime, Tcholko.

— On n'aime pas ceux qu'on trahit... »

Elle voulut se rapprocher de lui mais il la repoussa d'un geste du bras et l'envoya heurter le bastingage.

« Je t'ai offert hier de te déposer dans les steppes, dit-elle en réprimant une grimace. Ma proposition tient toujours. »

Il eut un sourire amer.

« Combien avons-nous parcouru de sarps depuis hier ?

— Plus de mille, sans doute.

— Il me faudrait plus de dix solstices pour regagner les monts du Bahikal... Dix solstices, presque toute une vie. Ta proposition n'est pas honnête. »

Il avait prononcé cette dernière phrase avec une intonation menaçante. L'espace de quelques instants, Arthea crut qu'il allait se jeter sur elle et la balancer par-dessus bord. La mort était une manière très répandue de régler les différends dans les mondes extérieurs, et Tcholko avait tué plus souvent qu'à son tour. Il ne bougeait pas cependant, en proie à une lutte intérieure qui lui plissait le front et lui crispait les lèvres. Il avait rasé, avec la lame de la dague, les quelques poils longs et clairsemés qui lui tenaient lieu de barbe. Les morsures du fer avaient laissé des rougeurs sur ses joues. Avec ses yeux luisants, sa crinière noire et son cou puissant, il ressemblait à une bête féroce qu'on aurait affublée de vêtements ridicules.

« J'irai sur ton monde puisque les dieux en ont décidé ainsi, reprit-il d'une voix qui ne trahissait aucune émotion. Mais j'égorgerai tous ceux qui se mettront en travers de mon chemin si je décide d'en repartir.

— Et si tu décidais de rester ? Mon pays a déjà séduit des hommes et des femmes venant de tous les continents.

— Je jugerai de ses charmes sur place.

— Je t'aiderai à les apprécier, si tu le veux. Je... je n'ai pas cherché à t'abuser, Tcholko, j'avais seulement en tête le danger qui guette Atlantis. Je suis sûre que l'odügan prend parfois des chemins détournés lorsque la sécurité du clan est en jeu.

— L'odügan n'est pas une femme, mais la messagère des dieux auprès des hommes. »

Arthea s'avança de nouveau vers lui, et il ne la repoussa pas cette fois-ci, pas davantage qu'il ne se déroba lorsqu'elle se haussa sur la pointe des pieds pour lui voler un baiser.

« Tu m'as dit l'autre jour que les dieux seuls décident de l'avenir des hommes, chuchota-t-elle. Par ma bouche, ils t'ordonnent de vivre le moment présent... »

Les divinités de l'en-bas, les ayi, utilisaient décidément tous les artifices pour parvenir à leurs fins, la voix éraillée d'une ancienne, les cris d'une effraie, les ruses d'une femme...

Il advint que Tcholko contempla l'une des merveilles dont lui avait parlé l'odügan : la cité de Chaldour.

La forêt, d'une densité et d'une variété surprenantes pour un habitué de la taïga, avait cédé la place à une terre nue, brune, craquelée, parsemée de rares îlots de verdure blottis autour des points d'eau. Tcholko avait aperçu les files poussiéreuses des caravanes qui convergeaient vers les puits. La chaleur se faisant accablante, ils avaient retiré leurs capes, et les deux femmes avaient drapé leurs robes de manière à découvrir le ventre et les jambes.

La cité occupait les deux rives du fleuve où naviguaient, dans un désordre indescriptible, d'innombrables bateaux à voile ou à rames.

« Chaldour est l'un des royaumes les plus puissants et les plus évolués du proche-orient, dit Arthea. Nos expéditions de surveillance ont rapporté qu'il rassemblait une armée de plusieurs milliers d'hommes pour se lancer à la conquête des territoires voisins. »

Les habitations n'étaient pas des tentes légères, mais des cubes blancs imbriqués les uns dans les autres au milieu d'un labyrinthe de ruelles sinueuses. D'un côté du fleuve, un large mur ceinturait la cité, percé de plusieurs portes monumentales qui avalaient et recrachaient une multitude grouillante et vociférante. Sur l'autre rive, des hommes nus s'agitaient à l'intérieur de carrières d'où ils extrayaient une terre rouge. Ils la transportaient ensuite dans des hottes en bois près de grandes norias, la mélangeaient avec de la paille dans des bacs, la mouillaient, la piétinaient, la tassaient dans des petites cavités qui ressemblaient à des alvéoles de ruches.

« Des esclaves, précisa Ivis. Les soldats vaincus d'une cité rivale. On les emploie à la fabrication des briques et à la construction des grands monuments. »

Bien que l'esclavage soit une pratique également répandue dans les steppes, les Tunguz n'y recourent qu'à de très rares occasions, principalement lorsque viennent à manquer des hommes dans la force de l'âge au moment des grands travaux de l'été. En outre, les captifs sont considérés comme des membres du clan à part entière au bout de trois solstices, et la plupart d'entre eux prennent racine dans leur nouvelle tribu, en adoptent les coutumes, se marient, font des enfants, finissent par oublier leurs origines.

Le vaisseau survola une tour en construction, érigée à l'écart de la cité et sur les escaliers extérieurs de laquelle s'agitaient des centaines d'hommes qui hissaient d'énormes pierres à l'aide de cordes et de leviers, sous la surveillance de gardes armés de fouets. Ils étaient aidés, sur les passages les plus larges, par de grands animaux que Tcholko n'avait jamais encore vus, gris, massifs, pourvus de défenses recourbées et d'un nez préhensile plus long qu'un bras humain. Ils portaient les pierres avec une facilité déconcertante, soulevaient des nuages de poussière que la brise brûlante ne parvenait pas à disperser et qui les enveloppaient comme des carapaces molles.

« Des éléphants, des pachydermes, comme les mastodontes et les mammouths aujourd'hui disparus, dit Arthea. Les hommes ont appris à les apprivoiser sur les continents orientaux. Ils les utilisent à des fins domestiques et militaires. »

Au pied de la tour, Tcholko distingua une fosse où des suppliciés, suspendus par les poignets à des cordes reliées à un système de poulies, glissaient lentement sur des pieux effilés et luisants. De temps à autre, ils lançaient les jambes en l'air pour retarder le moment où les monstrueuses échardes s'enfonceraient dans leur chair, mais ces contorsions désespérées ne réussissaient qu'à actionner le jeu de poulies et à précipiter leur empalement. Leurs hurlements dominaient les cris des corbeaux qui tournoyaient au-dessus de la fosse, les barrissements des éléphants, les clameurs des esclaves, les glapissements des gardes. C'est alors seulement que le Tunguz prit conscience que le vaisseau ne volait plus qu'à une hauteur de cinquante hommes et que son ombre projetée, comme un poisson au fond d'une rivière, se faufilait avec une incroyable vélocité entre les reliefs.

« Ils ne nous voient pas ? demanda-t-il à Ivis. Nous sommes pourtant tout près du sol.

— Le cristal entoure le vaisseau d'une enveloppe d'invisibilité, répondit la pilote. Une particularité qui nous permet d'étudier en toute discrétion l'évolution des peuples extérieurs. S'ils levaient la tête, ils apercevraient une vague traînée lumineuse dans le ciel, qu'ils prendraient pour un phénomène naturel ou une manifestation de leurs dieux.

— Et l'ombre sur le sol ?

— Ils ne la perçoivent pas comme une ombre, mais comme une brève sensation de fraîcheur. Il faudrait qu'ils soient à notre hauteur pour s'apercevoir de son déplacement.

— Leur tour atteindra peut-être cette hauteur... »

Ivis laissa échapper un petit rire méprisant, retira sa coiffure et secoua ses cheveux humides de transpiration.

« Elle s'effondrera, comme tous les monuments issus de l'orgueil des hommes. Si elle ne tombe pas d'elle-même, nous l'y aiderons.

— Ce qu'elle veut dire, intervint Arthea, c'est que nous veillons à l'équilibre du monde, que nous nous opposons aux civilisations hégémoniques telles que Chaldour. »

De la manche de sa tunique, Tcholko essuya les gouttes de sueur qui ruisselaient sur son front. Le passage, en un jour, de l'hiver rigoureux des steppes à l'été le plus torride qu'il eût jamais connu déclenchait en lui des sensations contradictoires, un malaise persistant qui lui desséchait la gorge. A l'horizon, scintillait la surface d'un lac dont il ne discernait pas les bords.

« Vous agissez comme ces clans qui affaiblissent leurs ennemis en pillant leurs réserves et en dispersant leurs troupeaux », lâcha-t-il entre ses lèvres serrées.

Derrière eux, la cité n'était plus qu'un amas de formes qui dansaient dans les effluves de chaleur. Les halos des mâts latéraux du vaisseau se diluaient dans le bleu aveuglant de la plaine céleste.

« Nous accomplissons la tâche que nous a confiée Ammu, fit Arthea. En échange du don des cristaux, les Atlantes se sont engagés à accompagner l'humanité sur le chemin de son évolution.

— D'où viennent les cristaux ? Ils sont différents des pierres transparentes utilisées par les odügan...

— Ils n'ont pas la même structure, mais nous les appelons cristaux par commodité, parce que nous n'avons pas trouvé d'autre nom.

— Qui vous les a offerts ? » insista Tcholko.

Elle lança un regard de biais à Ivis avant de répondre. La sueur collait ses mèches rousses sur son front et l'étoffe de sa robe sur sa poitrine.

« La légende veut qu'Ammu les ait déposés sur terre lors de son union avec le soleil, qu'ils soient les enfants du jour et de la nuit. Leur nombre est limité, car on n'en trouve ni dans la terre, ni dans l'eau, ni dans le feu des volcans, il a même diminué avec la disparition de certains pilotes et de leurs vaisseaux... »

L'appareil reprit de la hauteur lorsqu'il arriva au-dessus du gigantesque lac traversé de lignes ondulantes et blanches.

« La mer d'Opham ! s'écria Ivis. Demain à l'aube, nous serons sur Atlantis ! »

X

« Du haut du bateau volant, Tcholko contempla un grand nombre de merveilles dont les baleines furent parmi les plus extraordinaires.
— Les... baleines, grand-père ?
— Des animaux marins et géants. Le soleil levant éteignait les dernières étoiles. Le vaisseau piqua tout à coup vers les formes sombres qui hérissaient la surface des flots de gerbes d'écume plus hautes que les sapins... »

La veille, ils avaient traversé la mer d'Opham et gagné un territoire qu'Ivis surnommait le continent noir, non pas à cause de la couleur de la terre, en général ocre et rouge, mais parce que ses habitants avaient la peau noire. Ils avaient survolé des villages de cases aux murs de torchis et aux toitures de paille, d'immenses troupeaux de ruminants gris et faméliques, des fauves à la crinière rousse ou à la robe tachetée, des éléphants aux larges oreilles, des chevaux sauvages au pelage rayé ainsi que d'innombrables espèces animales toutes plus étranges les unes que les autres. Ils avaient également observé des groupes d'hommes noirs et nus qui traquaient, au milieu d'herbes hautes et jaunes, de grands chevreuils qu'Arthea appelait des antilopes.

Ils avaient tour à tour franchi des zones désertiques, des étendues de dunes, des massifs rocheux torturés par le vent, des forêts inextricables que perçait de temps à autre un cours d'eau tumultueux, des chutes majestueuses, des lacs immobiles, des plaines desséchées où se dressaient des arbres solitaires aux larges ramures, des chaînes montagneuses aux pics enneigés... Tcholko avait posé un regard émerveillé sur ces paysages aussi variés qu'insolites. Il n'avait pas eu assez de ses yeux pour contempler les richesses de cette planète — de *sa* planète — dont la taïga et les steppes n'étaient qu'une part infime. S'amusant de son étonnement, Ivis avait précisé, avec l'air supérieur que conférait le savoir, que les continents de l'ouest, du sud et de l'est offraient des sites encore plus extraordinaires. Elle pilotait son vaisseau depuis quinze solstices — elle employait le terme « années » — et elle avait visité toutes les régions du globe, même la grande île perdue au milieu de l'océan Tuamoto, là où des mammifères effectuaient des bonds d'une hauteur de trois ou quatre hommes, où les indigènes à la peau foncée se couvraient le corps de cendres et lançaient des armes qui leur revenaient dans la main après avoir touché leur cible.

« Et dire que chacune de ces peuplades se croit seule sur terre... avait-elle ajouté, condescendante.

— Certaines connaissent les merveilles du monde, avait objecté Tcholko, se souvenant des paroles de la vieille Ryak du clan du Loup. Mais elles préfèrent rester chez elles pour honorer leurs ancêtres et leurs dieux.

— Elles se limitent à leurs superstitions parce qu'elles n'ont pas découvert le secret du voyage.

— Il existe des milliers de façons de voyager... »

Ivis l'avait foudroyé du regard mais n'avait pas répliqué. Elle paraissait de plus en plus intriguée par le Tunguz, près duquel elle venait toujours s'asseoir ou s'accouder lorsqu'elle quittait son poste de pilotage. Elle lui lançait des piques acérées pour, avait-elle confié à Arthea, observer de près les réactions d'un primitif. Le soleil dorait sa peau, alors qu'il rougissait celle de sa consœur, estompait peu à peu son masque de souffrance, lui restituait sa beauté originelle. Tcholko se rendait compte qu'elle se plaçait le plus souvent possible entre Arthea et lui, comme animée par la volonté farouche de ne leur céder aucun moment d'intimité. Elle tirait parti de la situation avec une certaine perversité, parce qu'elle savait qu'ils ne réagiraient pas tant que lui incomberait la responsabilité du vaisseau, et ce comportement signifiait qu'elle ferait payer très cher à l'humanité tout entière ses trois jours de souffrance dans les bâtiments de la communauté de Raïma. Elle soutenait avec une superbe provocante les regards vénéneux d'Arthea, rajustait sa robe avec une impudeur calculée sous les yeux de Tcholko, écourtait ses séances de concentration devant le cristal de bord pour venir se mêler à leurs conversations. Ils n'avaient pas dormi de la nuit, à cause, d'une part, de la chaleur moite qui transformait la cabine et le pont en étuve, et, d'autre part, de la tension engendrée par les agissements de la pilote.

A l'aube, le vent du large avait apporté une odeur d'iode en même temps qu'un peu de fraîcheur.

« L'Atlantique, le grand lac dont je t'ai parlé ! » s'était exclamée Arthea, ravie visiblement de retrouver un océan qu'elle avait cru ne pas revoir avant de longues années.

Ravie, également, de voir ce voyage toucher à sa fin.

Le vaisseau volait à moins de vingt hommes de la surface ondulante, et son ombre paraissait se fondre dans le troupeau qui comptait une dizaine de monstres, les plus grands atteignant une longueur de trente pas, les plus petits ne dépassant pas les six ou sept pas. Ils crachaient des jets d'eau par leurs évents, traçaient un chemin rectiligne entre les lames dansantes et les creux où bouillonnait une écume grise. Leurs queues gigantesques, fourchues en leur extrémité, frappaient les flots avec une force phénoménale, projetaient en l'air des paquets d'eau qui retombaient en pluie et fracassaient le miroir bleu de l'eau. De temps à autre, ils plongeaient tous ensemble dans un tourbillon qui bouleversait l'ordonnancement des vagues, puis réapparaissaient plus loin, comme des îles ruisselantes et noires qui se seraient formées à l'issue d'un bouleversement des fonds océaniques. Tcholko n'aurait jamais pensé qu'il existât des poissons de si grande taille, mais après tout, ils étaient à l'image du milieu dans lequel ils évoluaient, démesurés, extravagants.

Si les légendes tunguz n'y font pas allusion, c'est sans doute parce que les odügan et les bö évitent de perturber les tribus des steppes avec l'évocation de créatures qui défient l'imagination...

« Ce ne sont pas des poissons, dit Arthea, devançant pour une fois Ivis, mais des baleines, des mammifères marins, des animaux qui portent leurs petits dans leur ventre et les allaitent jusqu'à ce qu'ils soient en âge de se débrouiller. »

Elle paraissait fascinée par le ballet nautique des monstres qui ouvraient parfois leur énorme gueule pour avaler d'invraisemblables quantités d'eau.

« Nos sœurs aquatiques, poursuivit-elle. A leur manière, elles sont aussi évoluées que les hommes, peut-être même plus. Elles communiquent par le chant à des milliers de sarps de distance. Leur disparition annoncerait la fin de l'âge de l'humanité. »

Des excroissances grises incrustaient la peau de certaines d'entre elles, les plus grandes, les plus âgées sans doute. Elles étaient d'une grâce, d'une fluidité, d'une légèreté incomparables en dépit de leur masse. Le vaisseau avait réduit sa vitesse pour permettre à ses passagers de mieux les observer, comme s'il y avait une relation secrète entre elles et l'énergie cristalline. Ivis elle-même s'était abîmée dans une observation attentive, presque religieuse.

« Je vais souvent nager en leur compagnie au large d'Atlantis, ajouta Arthea. Elles m'ont enseigné à rester sous l'eau pendant plus d'un quart de levant du soleil.

— Elles ne parlent pas, dit Tcholko. Comment auraient-elles pu t'enseigner quoi que ce soit ? »

Sa question était stupide, il le savait : les odügan n'employaient pas toujours le langage pour délivrer leurs enseignements.

« Elles m'ont permis de les observer, elles m'ont appris à ne pas dilapider mes réserves d'air. Sans elles, je n'aurais pas tenu longtemps dans l'eau de la Chona, et les Kalmouks m'auraient repérée bien avant ton arrivée. Je t'emmènerai avec moi le jour où elles viendront nous rendre visite au large d'Atlantis.

— Tu oublies que ce privilège est réservé aux prêtresses d'Ammu, intervint Ivis d'un ton sec.

— Les prêtresses d'Ammu devront apprendre à partager leurs privilèges avec le peuple atlante, rétorqua Arthea. Et avec les peuples des mondes extérieurs. Ou elles seront balayées par les vents de l'oubli.

— Une parole de déviante, cracha la pilote. Mais une femme qui introduit un barbare sur Atlantis peut-elle comprendre le véritable sens du culte d'Ammu ?

— Tu semblais, il y a peu, t'intéresser de très près à ce barbare... »

Ivis pâlit. La brise marine jouait dans ses cheveux, dans les replis de sa robe, dévoilait sa poitrine légèrement dorée par les éclats de son cristal.

« Contrairement à toi, je n'agis que dans l'intérêt

d'Atlantis, dans l'intérêt d'Ammu, siffla-t-elle en se raidissant sur ses jambes.
— Ce n'est pas le moment d'en débattre. »
Bien qu'il lui en coutât d'endurer les humeurs d'une consœur qui profitait de sa responsabilité de pilote pour exercer un chantage insidieux sur ses passagers, Arthea préférait couper court à la conversation, car les ressentiments d'Ivis risquaient de modifier la structure du cristal, et le chemin était encore long jusqu'à Atlantis. Ivis avait certes des circonstances atténuantes, mais elle se trompait de cible et, comme la plupart des hommes et des femmes ayant souffert dans leur chair, elle s'engageait sur le chemin de l'intolérance, du fanatisme.

Le vaisseau remonta tout à coup, regagna son altitude initiale et reprit sa vitesse de croisière. Les ombres noires des baleines décrurent progressivement, et Tcholko ne distingua bientôt qu'une immensité bleue qui se rayait de quelques traînées blanches en contrebas et de nuages mauves à l'horizon.

La pluie les empêchait de discerner l'île, ou plutôt les îles, dont les formes sombres rompaient la monotonie grise de l'océan. Alors que le soleil atteignait son zénith, un vent violent s'était levé, chargé d'humidité, poussant de gros nuages qui avaient obscurci le jour. Des gouttes tièdes, éparpillées au début, avaient martelé le pont du vaisseau et obligé les passagers à s'abriter précipitamment dans la cabine. Le vaisseau avait plongé dans le cœur tourmenté d'une tempête dont Arthea avait assuré à Tcholko qu'elle ne durerait pas très longtemps, comme tous les orages tropicaux. Ivis n'avait pas déserté son poste de pilotage malgré le déchaînement des éléments. Des éclairs sabraient le ciel, illuminaient furtivement les murailles aquatiques qui se dressaient les unes contre les autres dans un fracas d'écume et d'eau. L'appareil était traversé de petites secousses qui ne menaçaient ni son assiette ni son intégrité mais qui déclenchaient chez Tcholko des réactions instinctives de peur.

« Les pilotes affrontent des tempêtes bien pires que celle-ci, le rassura Arthea. Pendant les deux solstices de la saison des pluies, Atlantis essuie des ouragans qui déracinent les arbres.

— La tempête gronde aussi dans le cœur d'Ivis...

— Elle en veut au monde entier pour ce que les Mogohol lui ont fait subir. Une réaction compréhensible, humaine. Sa blessure s'apaisera avec le temps. »

A peine avait-elle prononcé ces paroles qu'Ivis s'introduisit dans la cabine. Ruisselante, elle maintenait d'une main un pan de sa robe détrempée. De ses cheveux s'écoulaient des rigoles qui sillonnaient ses épaules et ses bras.

« Qu'est-ce qui se passe ? demanda Arthea, alertée par l'air hagard de la pilote.

— Venez voir... »

Ivis ressortit sans attendre leur réponse. Arthea se leva et se rendit à son tour sur le pont, suivie de Tcholko. Les bourrasques pluvieuses qui s'engouffraient sous l'abri central faillirent lui arracher sa robe. Elle dut se raccrocher à l'un des montants pour garder à la fois son vêtement et son équilibre. Le vaisseau gîtait par instants sous les coups de boutoir du vent. Les halos bleutés des mâts latéraux avaient perdu de leur luminosité, et le cristal de bord s'était pratiquement éteint. Les éclairs jetaient des éclats livides sur les gouttes obliques et l'océan déchiqueté.

Tcholko chercha la pilote des yeux, repéra sa silhouette de l'autre côté du pont, en direction de la proue, se rendit compte qu'elle s'était débarrassée de sa robe — ou que le vent la lui avait retirée —, qu'elle brandissait un objet qui ressemblait à une lance et qu'à la faveur d'un éclair il identifia comme une fourche à trois dents. Elle avançait vers sa consœur dans l'intention évidente de lui planter la pointe de son arme dans la poitrine. Arthea n'avait rien remarqué, aveuglée par la pluie, accaparée par ses problèmes de stabilité sur le plancher humide. Le Tunguz lâcha la poignée de la porte et fonça vers le bord opposé de manière à couper la route d'Ivis. Une brutale embardée le projeta contre la cloison de la cabine. Le choc ranima sa blessure à l'épaule et lui coupa le souffle. Il surmonta la douleur, se redressa, vit qu'Ivis avait été précipitée contre le bastingage et qu'Arthea s'était affaissée sur le pont balayé par les trombes.

L'appareil recouvra son assiette mais commença à décrire une trajectoire descendante. La pilote se rétablit sur ses jambes, brandit son trident, s'élança de nouveau vers Arthea. Tcholko franchit en deux bonds la distance qui le séparait des deux femmes et se rua sur Ivis, qu'il percuta de plein fouet au niveau de la hanche. Son trident se ficha dans le bois à quelques pouces de la tête d'Arthea. Ils roulèrent enchevêtrés en direction de la proue. Il essaya de dégainer son poignard dans le mouvement, mais une nouvelle secousse l'obligea à se protéger la tête avec les mains. Son ceinturon se détacha et libéra sa tunique qui se gonfla de vent et lui emprisonna la tête. Malgré les orifices d'évacuation disséminés sur le plancher, l'eau s'accumulait et submergeait progressivement le pont.

Tcholko eut à peine le temps de se dégager de son vêtement qu'un choc lui ébranla la colonne vertébrale, qu'un étau lui comprima la gorge. La prêtresse s'était assise à califourchon sur lui et lui avait glissé le bras autour du cou, qu'elle serrait avec une puissance étonnante, décuplée par la colère, par la folie. Il sentait sur son dos les pointes dures de ses seins, son souffle précipité et chaud, son ventre palpitant et humide. Ses yeux se voilèrent de rouge, il commença à manquer d'air.

« Trop de barbares se sont invités sur Atlantis ! gronda-t-elle. Je ne laisserai pas cette petite idiote en introduire un de plus ! Elle se figure qu'un scorpion ne pique jamais les occupants de la maison dans laquelle il s'est installé ! Ce sera son tour après le tien : il n'y a pas de place pour les traîtresses chez les sœurs d'Ammu... »

Elle pressait de plus en plus fort, lui écrasait les cartilages, lui obstruait la trachée artère. Il tenta une première fois de se dégager mais il ne réussit pas à lui saisir le poignet, à lui écarter le bras, à la désarçonner. Ses pensées lui échappaient, ses forces déclinaient avec une rapidité alarmante. Il espéra une intervention d'Arthea, puis il prit conscience qu'il s'en allait tout doucement au-devant de la mort. Il cessa d'épuiser son énergie en de vaines contorsions, ce qui eut pour effet d'entraîner un léger relâchement de la part d'Ivis. Il en profita pour inspirer un peu d'air et ramener ses cuisses sous son torse. Les genoux de la pilote décollèrent du plancher. Elle pressentit le danger et tenta de resserrer son étreinte. Recroquevillé sur lui-même, il redressa le torse, exploita, pour s'accroupir, la légère oscillation engendrée par le poids d'Ivis, et commença à se relever. Suspendue à son cou, elle lui frappa les jambes et le bassin à coups de talon pour l'amener à s'allonger à nouveau, puis, constatant que cela n'avait aucun effet sur lui, elle le mordit à l'oreille. Il avait l'impression de porter sur son dos une goule des légendes tunguz, un démon femelle qui lui prenait son air et son sang. Le manque d'oxygène rendait lancinantes ses blessures à l'épaule et à l'oreille. Il ne luttait pas seulement contre la pilote, mais contre le vertige, contre le vent, contre le plancher glissant et instable. Il se rapprocha avec une lenteur exaspérante du bastingage, ploya les genoux à deux reprises, réussit à rester debout, agrippa le rebord arrondi.

Devant lui, un trou noir, hachuré de traits lumineux et obliques. Le vide sans doute, à moins que ce ne fût l'abîme de son propre esprit. Il se pencha vers l'avant, passa la tête par-dessus bord, puis la ligne des épaules. Ivis resta accrochée à lui pendant un moment qui s'éternisa. Emportée par son propre poids, elle finit par lâcher prise, glissa vers l'avant, se raccrocha à la tunique du Tunguz, qui céda dans un craquement prolongé, voulut enrayer son basculement d'un coup de reins, tenta de saisir le rebord du bastingage. Ses doigts ripèrent sur le bois humide, et Tcholko acheva de la renverser comme il l'aurait fait d'un sac d'épeautre. Elle lui empoigna les cheveux pour l'entraîner avec elle dans sa chute, mais il se bloqua sur ses jambes et se débarrassa d'elle d'un mouvement d'épaule. Elle lui arracha une mèche et un morceau de cuir chevelu avant d'être happée par le vide. Elle s'éloigna du vaisseau en poussant un hurlement déchirant. Il discerna dans la grisaille la gerbe blanchâtre soulevée par son corps désarticulé. Elle ne remonta pas à la surface des flots, probablement brisée par l'impact.

Il observa un moment les vagues furieuses en reprenant son souffle. Un filet tiède s'immisçait entre les rigoles qui couraient le long de ses joues et de son menton. Le sang se ruait par saccades dans son cou, sous son crâne, martelait ses tympans, jaillissait des plaies de son oreille et de son cuir chevelu.

« Qu'est-ce que tu as fait ? »

Arthea s'avançait vers lui d'une démarche hésitante. Elle ne cherchait plus à lutter contre le vent, qui la dévêtait un peu plus à chaque pas. Il ouvrit la bouche pour répondre mais aucun son ne sortit de sa gorge. Sa propre tunique, fendue de haut en bas, flottait de chaque côté de ses épaules.

« Tu as jeté Ivis par-dessus bord ? » cria-t-elle.

Il répondit d'un hochement de tête. Elle le rejoignit, se retint au bastingage, le buste légèrement penché vers l'arrière pour compenser l'inclinaison du pont, le fixa avec une incrédulité mêlée de colère.

« Idiot, nous n'avons plus de pilote ! »

Il aurait voulu se justifier, lui dire qu'Ivis avait voulu les tuer tous les deux, mais sa gorge douloureuse lui interdisait de parler. Il n'eut même pas la volonté de lui montrer le trident toujours planté dans le bois à l'endroit où elle s'était tenue quelques instants plus tôt. Elle l'examina plus attentivement, remarqua le sang qui coulait de son oreille, de ses cheveux, les traces de strangulation sur son cou, les griffures sur son dos.

« Ma tête a heurté le bas du montant et j'ai perdu connaissance, reprit-elle d'une voix radoucie. Est-ce qu'Ivis... »

Les mugissements du vent, le crépitement de la pluie, le grondement de l'océan emportèrent la fin de sa phrase. Il lui fit signe qu'il ne pouvait pas parler pour le moment.

« Nous allons nous écraser dans l'Atlantique, dit-elle d'une voix forte. Le cristal de bord s'est désactivé et le vaisseau a déjà amorcé sa descente. J'ignore à quelle distance nous sommes de l'île. Est-ce que tu sais nager ? »

Il acquiesça d'un clignement de paupières, qu'il pondéra d'une mimique signifiant que la nage n'était pas son point fort.

« L'eau est froide au large, mais supportable. Je t'aiderai si je peux. Débarrassons-nous de tout ce qui pourrait nous entraver, vêtements, chaussures... »

Joignant le geste à la parole, elle fit passer ce qui restait de sa robe par-dessus sa tête et se pencha pour délacer ses sandales. Il l'imita, ne garda sur lui que le pansement noué autour de son épaule et son ceinturon, qu'il récupéra près du bastingage opposé et boucla autour de sa taille après avoir vérifié que la gaine contenait toujours le poignard. Malgré la tiédeur de la pluie, il grelottait de tous ses membres et se sentait aussi faible qu'un nouveau-né. Il aimait se baigner dans les torrents et les lacs de la taïga, mais là-bas, il ne perdait jamais les berges de vue et, même s'il lui était arrivé de se laisser porter par les flots sur une distance d'une demi-sarp, il n'avait jamais été placé dans l'obligation de nager pour sauver sa vie, encore moins dans un océan en furie. Il rivait son regard sur la chevelure flamboyante d'Arthea : les baleines lui avaient enseigné l'art de survivre dans l'eau, et il espérait qu'elle le guiderait dans un élément inconnu pour lui comme il l'avait guidée dans les steppes.

L'appareil piquait vers l'océan, les obligeant à se désaxer pour contrebalancer une déclivité de plus en plus prononcée. Le vent le ballottait d'un côté sur l'autre, des éléments de sa coque commençaient à se disjoindre, des craquements sinistres retentissaient de la poupe à la proue, la porte de la cabine claquait contre la cloison, les mâts latéraux avaient cessé de vibrer et s'étaient figés à l'horizontale.

« Il faudra sauter juste avant qu'il ne touche l'eau ! » hurla Arthea.

Elle lançait de fréquents coups d'œil par-dessus le bastingage pour surveiller la progression de l'appareil, dont la vitesse augmentait de manière inquiétante. Le toit de l'abri s'envola dans un grincement bref et strident, la proue se replia brusquement sur elle-même et son extrémité vint s'écraser sur l'avant du pont dont les lattes se brisèrent comme des branches mortes. Des éclats de bois crissèrent sur les cloisons de la cabine et la partie surélevée de la poupe.

« Maintenant ! »

Les deux mains en appui sur le rebord, Arthea se lança par-dessus le bastingage. Tcholko sauta à son tour sans prendre d'élan. Le vaisseau le dépassa, le frôla, heurta presque aussitôt la surface de l'océan sur laquelle il se disloqua. La rapidité avec laquelle il prit lui-même contact avec l'eau le surprit. Étourdi, il s'enfonça d'une hauteur de plusieurs hommes dans l'élément froid et mouvant. Un réflexe respiratoire l'entraîna à ouvrir la bouche, à ingurgiter un liquide saumâtre qui lui irrita la gorge et le fit suffoquer. Il voulut battre des pieds et des mains pour remonter à la surface mais, envahi par un début de panique, taraudé par ses blessures, il ne parvint pas à rétablir la coordination entre son cerveau et ses muscles. Il cherchait de l'air, et c'était l'eau qui s'infiltrait par ses narines, par sa bouche. Il se débattit avec l'énergie du désespoir, conscient de l'inefficacité de ses poussées désordonnées. Ses poumons n'étaient plus que deux aiguilles enflammées qui lui crucifiaient la poitrine.

Résigné, soulagé, il cessa de s'agiter, et l'eau se déversa aussitôt dans son corps, pressée d'envahir un territoire désormais sans défense. Il ferma les yeux en signe de capitulation et sombra dans les noirceurs océanes. Il éprouvait une sensation de légèreté, de liberté, qui abolissait ses douleurs et ses chagrins. La femme de son rêve vint lui rendre visite, et son visage, vierge de souffrance, s'éclairait d'un sourire chaleureux. Il acceptait enfin de reconnaître comme mère celle qu'il s'en allait rejoindre dans les mondes de l'au-delà. Puis il revit avec une incroyable netteté le regard d'Ulgak, à la fois plein d'amour et de reproche. Il l'emporterait comme un regret dans son gigantesque tombeau.

Une forme claire au-dessus de lui, qui évolue au milieu des ténèbres avec la grâce d'un oiseau. Une divinité de l'en-bas, sans doute, une forme-pensée d'Art-Toïon-Aga...

Un léger feu sur sa joue, un hoquet, une eau salée qui lui emplit le palais, les narines, force le passage de ses lèvres, dégouline sur son menton. Le feu s'étend sur l'autre joue. Encore cette eau, écœurante, qui monte de son ventre, de sa poitrine, de sa gorge, jaillit de sa bouche, lui donne l'impression de régurgiter toute l'amertume de son âme. Un bruit entrecoupé de grondements, de sifflements, de crépitements.

« Ol... ko... »

Ouvrir les yeux.

Ses paupières refusèrent d'abord de se soulever. Cils collés par le sel, fatigue pesante, pensées éparses... Quelque chose le tirait vers le fond, mais un bras glissé sous ses aisselles le maintenait en surface. Il prit alors conscience qu'il respirait entre deux vomissements. Il cracha encore de l'eau, emplit ses poumons d'air, ouvrit les yeux, aperçut d'abord le visage d'Arthea, rongé par l'inquiétude, entrevit, au second plan, le ballet des dunes grises et ondulantes sur les crêtes desquelles voguaient des débris de bois. Il comprit que la jeune femme avait plongé dans les entrailles océaniques pour le ramener à la vie. Il était exténué, cependant, ses blessures l'élançaient, et il ne se sentait pas la force d'affronter la colère des flots. Le ciel était toujours aussi sombre et la pluie continuait de tomber. Les éclairs, en revanche, avaient perdu de leur intensité.

« Tcholko ? »

Une vague les submergea. Tcholko battit frénétiquement des bras et des jambes, cribla de coups Arthea, qui ne relâcha pas son étreinte jusqu'à ce qu'ils aient regagné la surface.

« Nous pouvons nous en sortir si tu te calmes ! cria-t-elle. L'île est à moins de deux sarps. La tempête va bientôt s'éloigner.

— Fatigué... » fit Tcholko.

Sa voix s'était frayé un passage difficile dans sa gorge.

« Je resterai à tes côtés, fit Arthea. Garde l'air le plus longtemps possible dans tes poumons avant d'expirer. »

Il acquiesça d'un hochement de tête et profita d'une accalmie provisoire pour prendre une profonde inspiration.

Ils ne cherchèrent pas à se diriger vers l'île tant que dura la tempête, mais seulement à se maintenir en surface. D'énormes masses d'eau s'abattirent sur eux, de puissants tourbillons les happèrent, les séparèrent, les rejetèrent à plusieurs dizaines de pas l'un de l'autre. C'était toujours Arthea qui faisait l'effort de revenir vers Tcholko. De son côté, il s'appliquait à garder la tête hors de l'eau, à respirer calmement, à dominer sa peur. Lorsqu'elle surgissait à ses côtés, il ressentait un immense soulagement en même temps qu'un net regain d'énergie. Elle lui prenait la main, l'encourageait d'un sourire, d'un baiser au goût de sel, le préparait à la séparation suivante, puis une vague les désunissait, l'entraînait dans un nouveau cycle de solitude et d'angoisse.

De son corps, Tcholko n'avait plus qu'une perception floue. Ses bras et ses jambes, qu'il remuait de façon mécanique, ne lui appartenaient plus. Il ne savait pas si cet engourdissement était dû au froid ou à la lassitude, mais il lui semblait se fondre dans l'élément eau comme il s'était identifié à l'élément air lorsqu'il s'était retrouvé dans le corps de l'effraie. Il abandonnait peu à peu ses réflexes de terrien, forgés par la pesanteur et la station debout, pour s'adapter à la fluidité de l'océan. Cela se traduisait par une utilisation différente de l'énergie musculaire, par une décontraction progressive qui lui donnait la sensation d'évoluer dans un milieu familier.

Comme l'avait annoncé Arthea, la tempête s'apaisa. Des colonnes de lumière trouèrent les nuages déchirés, le vent tomba, les débris du vaisseau se dispersèrent mollement sur les vagues aux courbes douces.

« Atlantis ! » s'exclama la jeune femme en désignant la terre qui apparaissait maintenant avec une netteté telle qu'ils pouvaient distinguer les croissants dorés des plages, les taches vertes des forêts, les lignes brisées des chaînes volcaniques.

Le sel semblait avoir blanchi sa peau, délavé ses yeux, décoloré ses cheveux.

« Comment te sens-tu ? demanda-t-elle à Tcholko.

— A peu près comme un poisson égaré sur la terre... »

Elle renversa la tête en arrière et rit en frappant l'eau du plat de la main.

« Je n'avais pas imaginé notre arrivée sur Atlantis comme ça ! Nous en avons encore pour un bon moment avant d'atteindre les côtes.

— Sans toi, mon âme errerait maintenant dans les mondes infernaux... » murmura-t-il.

Sa gorge le brûlait toujours, mais il avait recouvré un usage à peu près normal de la parole.

« Garde tes forces pour nager... »

L'île paraissait reculer au fur et à mesure qu'ils progressaient, une fuite perpétuelle qui avait quelque chose de décourageant. Concentré sur ses mouvements, Tcholko évitait de regarder devant lui. La blessure de son épaule s'était réveillée, et il ne réussissait plus à décontracter ses muscles, de plus en plus durs, gagnés peu à peu par les crampes. A ses côtés, Arthea nageait avec une grande aisance. Elle le distançait parfois, l'attendait, s'assurait de son état d'une interrogation muette. Il lui faisait signe que tout allait bien, mû par la volonté puérile de s'en sortir sans son aide. A maintes reprises, il faillit renoncer, se laisser couler, en appela à tout son orgueil pour continuer. Non seulement le sel lui tiraillait la peau et irritait ses plaies, mais son odeur et son goût saumâtres le maintenaient au bord de la nausée.

Les derniers nuages désertaient le ciel et le soleil brillait de tous ses feux. Ils aperçurent au loin les formes scintillantes de grands animaux qui effectuaient au-dessus de l'eau des bonds prodigieux.

« Des dauphins, des mammifères marins plus petits que les baleines, précisa Arthea. Ils aiment jouer avec les hommes. »

De fait, les dauphins se rapprochèrent, tournèrent autour d'eux, les effleurèrent de leurs flancs lisses ou de leurs queues, poussèrent des cris aigus et syncopés qui ressemblaient à des rires enfantins. Ils rappelaient à Tcholko les poissons au large bec des fresques murales de la communauté de Raïma. Les premiers instants de méfiance passés, il sut qu'il n'avait rien à craindre d'eux, et même qu'ils viendraient à son secours s'il essuyait une défaillance. Rasséréné, il oublia sa fatigue et fendit les flots avec une vigueur nouvelle.

Ils atteignirent la plage au moment où le soleil entamait son dernier quart de couchant. Ils restèrent un moment allongés sur le sable brûlant, au milieu des débris du vaisseau déposés par la marée montante. Après les avoir accompagnés jusqu'à la terre ferme, les dauphins s'en étaient repartis vers le large.

Ils se gorgèrent jusqu'au crépuscule de la chaleur déclinante de l'astre du jour. Bien qu'elle eût l'habitude des séjours prolongés dans l'océan, Arthea, exténuée, estimait qu'ils s'étaient échoués au nord de l'île, la partie la plus sauvage du littoral. Elle avait beau se répéter que la situation était urgente, qu'elle devait au plus tôt se rendre à Sephren, la capitale, pour alerter la reine, la grande prêtresse et le consort royal, elle ne parvenait pas à prendre la décision de se relever. Elle se moquait d'avoir perdu le cristal de Leyrias, la seule richesse qu'elle eût un jour possédée. Elle regardait Tcholko, immobile à ses côtés, fixait sa poitrine qui se soulevait à intervalles réguliers : le sel avait creusé ses blessures à l'épaule, à la tempe, à l'oreille, ses côtes et ses hanches saillaient sous sa peau crevassée, mais il vivait, c'est tout ce qui lui importait.

La brise nocturne, porteuse de fraîcheur, les tira de leur léthargie. Tcholko se rendit alors compte que l'océan lui avait pris son ceinturon et son poignard. Il débarquait sur ce monde inconnu aussi nu et désarmé qu'au jour de sa naissance. La pénombre assiégeait déjà le grand volcan aux versants abrupts qui dominait l'extrémité de l'île. Des arbres aux feuilles tombantes bordaient le sable et formaient la lisière d'une forêt d'où montaient des cris et des bruits étranges.

« On vient... » chuchota Arthea.

Elle désignait les silhouettes munies de torches qui surgissaient sur la plage et couraient dans leur direction.

XI

« Grand-père, est-ce que j'aurai un jour la chance de monter dans un bateau volant ?

— Les dieux en décideront, Jahik. Mais les voyages en bateau volant ne sont pas toujours de tout repos. Au moins, quand tu gardes les pieds sur la terre ferme, tu ne tombes que de ta hauteur ! L'essentiel, dans notre histoire, est que Tcholko et Arthea aient pu atteindre Atlantis, ce monde que le Tunguz s'imaginait extraordinaire et qui, lorsqu'il entra dans le village des pêcheurs, lui parut finalement assez proche des campements nomades des steppes... »

D'immenses torches éclairaient les maisons regroupées au pied du volcan et se reflétaient dans les flaques abandonnées par la pluie. La digue du port abritait les bateaux dont les mâts s'entrechoquaient doucement sous l'effet de la houle. Sur les terrasses, des anciens ravaudaient des filets qui pendaient sur des fils tendus entre les toits et les troncs des palmiers. Cette atmosphère à la fois laborieuse et paisible raviva en Tcholko le souvenir des soirées d'été dans le campement de la Laie. Les enfants allaient nus, les hommes et les adultes, jeunes ou vieux, étaient peu vêtus : un pagne plus ou moins remonté sur les cuisses pour les deux sexes, une sorte de gilet léger pour les femmes qui leur voilait la poitrine et laissait le ventre découvert, un maillot flottant et très échancré pour les hommes. Ils ne portaient pas de chaussures et, tandis que certains arboraient de larges chapeaux de paille, les autres avaient tressé ou natté leurs longues chevelures, brunes pour la plupart. Tous étaient minces, maigres même, et avaient le teint hâlé.

Durant le trajet, les pêcheurs avaient jeté des regards de convoitise sur Arthea, mais s'étaient abstenus de toute réflexion grivoise, de tout geste équivoque. Ils s'étaient figés dans une attitude respectueuse lorsqu'elle leur avait annoncé qu'elle était prêtresse d'Ammu. Ils avaient raconté qu'ils avaient vu le vaisseau tomber alors qu'ils fuyaient la tempête et que, sur l'ordre du chef du village, ils avaient organisé une expédition pour recueillir les éventuels survivants. Ils s'étaient immédiatement aperçus que Tcholko était un homme des mondes extérieurs, un barbare, et l'avaient considéré avec méfiance et mépris. Le Tunguz s'était senti humilié devant eux, non pas parce qu'ils étaient plus nombreux que lui — il avait affronté plus de dix adversaires simultanément dans la tourbière d'Ïgahl — mais parce que sa nudité lui donnait un sentiment d'infériorité. Il n'avait pas eu d'autre choix que d'endurer leurs regards intrigués et dédaigneux, cette façon qu'ils avaient de le jauger comme une bête malfaisante. Ils lui ressemblaient pourtant davantage qu'ils ne le croyaient. Ils avaient beau appartenir à la civilisation atlante, ils vivaient de la même manière que les tribus des steppes, ils pêchaient le poisson quand les clans élevaient des troupeaux et chassaient les animaux sauvages, ils ravaudaient les filets et réparaient leurs bateaux quand les nomades affûtaient leurs armes et tannaient les peaux... Que ce fût dans la taïga ou sur cette île perdue au milieu de l'Atlantique, les êtres humains passaient l'essentiel de leur temps à se nourrir, à se vêtir, à s'abriter, et seuls changeaient la couleur des yeux, les tissus, les aliments, les matériaux, les croyances.

La maison du responsable du village donnait sur le port. Pas très grande, elle ne se différenciait des autres que par un jardin intérieur orné de massifs fleuris et d'une fontaine centrale dont le babil composait un fond sonore enchanteur. Arthea et Tcholko furent introduits dans une première pièce aux murs blancs et au sol pavé de pierres plates et rouges, meublée en tout et pour tout d'une table basse et de deux fauteuils en rotin dans lesquels avaient pris place un vieillard au visage buriné, vêtu des mêmes pagne et maillot que les villageois, et un homme gras, coiffé d'un casque semblable à celui que portait le chef des cavaliers mogohol. Les épaules de ce dernier étaient recouvertes d'une plaque métallique et d'une cape noire, ses bras et ses poignets cerclés de bracelets, son ventre soutenu par une large ceinture d'où pendaient des chaînes et un pan de tissu blanc et plissé, ses pieds chaussés de sandales à larges lanières. Ses yeux noirs et luisants se posèrent sur Arthea, s'attardèrent sur son corps avec une insistance malveillante, ses lèvres molles s'étirèrent en un petit sourire. Elle blêmit mais ne chercha pas à se soustraire à ce regard qui la fouillait, qui la brûlait. Le vieillard semblait incommodé, écrasé, même, par la présence de son encombrant voisin. Les lueurs des torches dansaient sur son crâne chauve, creusaient ses rides, soulignaient sa maigreur. Il ressemblait à Ryak, à Omaguk, à toutes ces anciennes sur lesquelles la mort avait déjà étendu la main.

Le gros homme s'agita dans son fauteuil, faisant tinter ses bracelets et les chaînes de sa ceinture.

« Ces gens prétendent que tu es une prêtresse d'Ammu, déclara-t-il. Je ne peux guère en juger pour l'instant, étant donné ta tenue... ou ton absence de tenue ! »

La dureté tranchante de sa voix contrastait avec

ses formes rondes et ses gestes onctueux. Le soleil gravé sur son casque capta un éclat de lumière.

« Je reconnais bien là l'humour d'un prêtre de Sa'at ! » riposta Arthea.

Elle prenait conscience, devant cet homme bouffi d'arrogance, que les filles d'Ammu avaient eu tort de laisser le contrôle des villages et des villes mineures aux prêtres solaires. Elles avaient cru qu'il leur suffisait de régner sur Sephren pour perpétuer le culte lunaire et maintenir l'harmonie sur Atlantis. Elles avaient abandonné les campagnes et le littoral aux sectateurs de Sa'at, qui en avaient profité pour tisser une gigantesque toile autour de la capitale. Coupée d'éventuels renforts — encore eût-il fallu que la population de l'île prît les armes pour défendre sa reine —, la garde du consort, qui était le seul garant des institutions atlantes, ne pèserait pas bien lourd face à la horde des cavaliers mogohol. Elle n'aimait pas être offerte au regard libidineux de ce prêtre qui, à en juger par l'attitude du vieil homme assis à ses côtés, était le véritable responsable du village, mais elle abhorrait encore plus son air triomphal.

« Ce n'est pas de l'humour, ma belle, mais la réalité : tu te présentes à nous dans tes atours de femme, mais sans tes parures d'Ammu. Et ce n'est, ma foi, pas désagréable... »

Cette trivialité traduisait mieux que tout discours l'impudence des fils du rayon d'or : pressés de secouer le joug d'Ammu, ils se considéraient déjà comme les maîtres d'Atlantis. Ils n'œuvraient pas pour instaurer un monde meilleur — si elle n'avait pas touché la perfection, la société atlante avait atteint un degré d'évolution inégalé sur la terre — mais pour mettre en place un pouvoir basé sur la force, sur l'esprit de conquête.

Elle s'efforça de garder son calme.

« Nous avons dû retirer nos vêtements lorsque notre vaisseau s'est abîmé en mer.

— D'où veniez-vous ? »

Elle marqua un moment de pause avant de répondre, le temps de chercher une explication plausible.

« Du moyen-orient. Nous rentrions d'une mission de surveillance de la cité de Chaldour. »

Le prêtre se tourna vers Tcholko.

« Ce barbare ne vient pas des royaumes moyen-orientaux. Il a plutôt le type extrême-oriental et...

— Un esclave chaldourien, coupa Arthea. Il nous a sauvées de la mort, ma consœur pilote et moi. En récompense, nous lui avons proposé de l'emmener avec nous sur Atlantis, comme la loi nous le permet. Et d'ailleurs, cette même loi n'autorise pas les prêtres de Sa'at à interroger les prêtresses d'Ammu ! Une mère n'a pas de comptes à rendre à son fils ! »

Le ton courroucé d'Arthea eut pour seul résultat de déclencher un sourire venimeux sur la face de son vis-à-vis. Mal à l'aise, le vieillard se tortillait sans cesse sur son siège. Les villageois s'étaient statufiés derrière les deux naufragés. Même s'ils ne saisissaient pas toutes les subtilités de la conversation, ils devinaient que la lune et le soleil, les deux piliers de leur culte, s'affrontaient par l'intermédiaire de leurs représentants. Les grondements lointains des vagues, les cris des enfants, les rires des femmes et les grincements des mâts se faufilaient par la porte restée ouverte. Des relents salins s'immisçaient dans les parfums capiteux colportés par la brise nocturne.

« Tu n'es pas ma mère et je ne suis pas ton fils. J'administre ce village — il désigna le vieillard d'un mouvement de menton — en collaboration avec Tepheh. Tu es sous notre juridiction et tu as des comptes à nous rendre.

— Nous... nous ne voulons pas vous offenser, intervint le vieillard, visiblement effaré par la tournure que prenait l'échange. Mais... euh, la présence de ce barbare... enfin nous...

— Ce que Tepheh veut dire, c'est que nous n'acceptons pas les barbares sur notre territoire, dit le prêtre en se dressant sur ses jambes épaisses. Vous autres, les femmes d'Ammu, vous avez fait preuve de trop de tolérance, de trop de négligence. »

Il s'avança d'une allure pesante vers Arthea. Sa cape noire flottait derrière lui, ses pectoraux affaissés et son ventre mou tremblaient à chacun de ses pas. Elle ne baissa pas les yeux lorsqu'il fut tout près d'elle et qu'il la toisa de bas en haut. Elle avait l'impression que son regard lui écorchait le visage et la poitrine.

« Cet homme est sous ma protection, articula-t-elle. Et je veux regagner Sephren le plus rapidement possible. »

Il éclata d'un rire étranglé.

« Tu n'es pas en position de vouloir, ma belle ! Tu ne quitteras pas ce village tant que je n'aurai pas de renseignements précis sur ce barbare et sur toi. A ma connaissance, aucun vaisseau n'a décollé cette année à destination de Chaldour.

— Comment le saurais-tu ? Nous ne prévenons pas les taureaux de chacun de nos déplacements... »

Il pâlit, leva le bras pour la gifler, suspendit son geste. Elle se mordit les lèvres, consciente qu'elle n'avait rien à gagner à le provoquer. Les prêtres de Sa'at détestaient ce surnom de *taureaux* dont les affublait la population et qui trouvait son origine dans la cosmogonie atlante. Pour apaiser l'énergie destructrice de Sa'at, son fils et consort, la déesse de la lune l'expédiait combattre un taureau dans un mystérieux labyrinthe. Vainqueur à chaque affrontement, il se tenait tranquille jusqu'à ce qu'il eût reconstitué ses forces et que sa mère le renvoyât tuer un nouveau taureau.

Le bras du prêtre retomba le long de sa hanche.

« Nous avons un excellent réseau d'informateurs. Ils nous apprendront tout de toi...

— Tu ne connais même pas mon nom. »

Il la détailla de nouveau avec une crudité offensante.

« Je suppose que tu ne me le diras pas. Mais il ne leur sera pas très difficile d'identifier une prêtresse rousse de la tête aux...

— Tu regretteras amèrement de m'avoir traitée de la sorte ! Lorsque la reine apprendra à quel...

— Qui le lui rapportera ? Toi ? Ton barbare ? »

Le ton était devenu menaçant, le ton d'un homme qui se grisait de son sentiment de supériorité.

« Dans deux jours commence la fête du soleil, reprit-il avec une soudaine emphase. Trois pêcheurs ont été sélectionnés pour participer aux épreuves physiques. Avec un peu de chance, l'un d'eux en sortira vainqueur et aura le privilège de défier Saïfin, l'actuel consort. Ce serait un grand honneur pour ce village, n'est-ce pas, Tepheh ? »

Le vieil homme opina d'un bref hochement de tête.

« Le prétendant n'aura pas la partie facile face à Saïfin », poursuivit le prêtre.

Arthea avait rencontré Saïfin à plusieurs reprises dans les couloirs du palais royal. Elle éprouvait une méfiance viscérale vis-à-vis de cet homme, un ancien pilote qui ne souriait jamais et menait sa garde d'une main de fer. Cela faisait vingt et un ans qu'il occupait le poste honorifique de consort. Les épreuves physiques de la fête du soleil se déroulaient chaque année mais les défis au consort n'étaient lancés que tous les sept ans. Saïfin avait donc survécu à trois affrontements et s'apprêtait à livrer son quatrième. Nul ne savait dans quel endroit se disputaient ces combats singuliers, ni ce qu'il advenait du perdant. Le vainqueur, qui revêtait le masque et l'habit réservés à sa fonction, avait pour consigne formelle de garder le secret.

« Ce barbare et toi resterez dans le village jusqu'à la fin des épreuves et la proclamation du nouveau ou de l'ancien consort, déclara encore le prêtre en s'adressant à Arthea.

— Mais, seigneur Horis, nous ne pouvons garder une servante d'Ammu contre son gré... » protesta le vieil homme.

Le prêtre pivota sur lui-même avec une extrême vivacité en dépit de sa corpulence. Sa cape et son pagne s'enroulèrent l'un autour de ses épaules, l'autre autour de ses cuisses.

« J'en prends la responsabilité, Tepheh ! Ordonne à tes hommes d'aller les enfermer dans le caveau du temple de Sa'at. »

Le vieil homme se frotta le menton mais s'abstint de discuter. Il évita de poser ses yeux sur les deux rescapés : en cédant aux exigences d'Horis, il violait la loi de l'hospitalité et s'opposait à la volonté de la Lunemère. Les temps avaient changé depuis que ce prêtre s'était installé au village, et il n'avait pas d'autre choix que de le regretter. D'un geste du bras, il fit signe aux pêcheurs massés dans l'entrée d'escorter leurs hôtes — un mot qui avait une étrange résonance dans les circonstances — jusqu'au temple de Sa'at.

Tcholko avait repéré un couteau accroché sur un mur. Il lui suffisait de s'en emparer, de foncer sur le gros homme, de lui placer le tranchant de la lame sur la gorge. Il consulta Arthea du regard, comprit, au froncement de ses sourcils, à la légère oscillation de sa tête, qu'elle le suppliait de rester tranquille. Elle avait sans doute raison : les pêcheurs, forts de leur nombre, pouvaient se métamorphoser en bêtes féroces si on leur offrait l'occasion de se laver de leur honte et de leur frustration.

« Pouvez-vous nous procurer des vêtements, de la nourriture, de l'eau, des onguents pour soigner nos blessures ? demanda-t-elle.

— Pourquoi cacher ce corps magnifique ? rétorqua le prêtre. Ce n'est pas tous les jours qu'une servante d'Ammu s'abaisse à dévoiler ses charmes. Je laisse les autres requêtes à la discrétion de Tepheh... »

Un rayon de lune se glissait par la lucarne et saupoudrait d'argent les murs et le sol du caveau. Les pêcheurs avaient apporté des pains, des poissons séchés, une cruche d'eau, un petit pot empli d'une substance grasse et deux couvertures de laine, puis avaient refermé la lourde porte de fer. Le grincement du verrou avait résonné un long moment dans le silence nocturne.

Arthea et Tcholko avaient d'abord étanché leur soif, puis elle avait étalé l'onguent sur les blessures du Tunguz, insistant sur la plaie de son épaule qui commençait à suppurer. Elle avait ensuite versé un peu d'eau sur les parties les plus tendres de son propre corps afin de diluer le sel et d'apaiser les démangeaisons. Ils avaient mangé les pains et les poissons, s'étaient allongés sur les couvertures mais, malgré leur épuisement, n'avaient pas trouvé le sommeil. L'humidité qui montait du sol de terre battue exhalait une âcre odeur de moisissure. Le caveau était situé dans les sous-sols du temple, une construction à colonnades dont le volume et la complexité contrastaient avec la modicité des maisons du village. De temps à autre, l'ombre furtive d'un rat se glissait dans l'obscurité et disparaissait après avoir dérobé quelques miettes de pain.

« Mon monde ne t'apparaît pas sous son meilleur jour, soupira Arthea. Les taureaux ne laissent rien au hasard.

— Tu aurais dû me laisser l'égorger ! grogna Tcholko. Nous sommes maintenant coincés dans ce trou à rats ! »

L'enfermement dans cette pièce exiguë et son sentiment d'impuissance lui vrillaient les nerfs, et les auxiliaires du clan étaient trop loin désormais pour lui venir en aide. Il se sentait dans la peau de l'un de ces chevaux sauvages qu'on poussait dans les enclos pour les dompter et qui ruaient jusqu'à ce que la bave leur dégouline de la bouche et des naseaux. Il ne comprenait pas l'opposition entre les prêtres solaires et les prêtresses lunaires. Ils se disputaient leur peuple comme les corbeaux se disputaient une charogne, alors que les odügan et les bö ne se souciaient que de l'intérêt des clans.

« Ils étaient trop nombreux, dit Arthea. Nous n'aurions eu aucune chance de leur échapper.

— Quelles chances nous reste-t-il maintenant ?

— Je convaincrai Tepheh, le chef du village, de nous libérer lorsqu'il viendra nous rendre visite.

— Il est sous l'influence du prêtre...

— Il reste attaché au culte lunaire. Les Atlantes vivent dans la paix depuis des temps immémoriaux. Ils n'accepteront pas si facilement le joug des fils du rayon d'or.

— Il suffira aux prêtres d'exalter l'esprit guerrier qui sommeille en chaque homme et de le diriger contre un adversaire désigné. Contre ceux que vous appelez les barbares, par exemple... »

Arthea se redressa et fixa la lucarne pourvue de barreaux qui découpait un pan de nuit étoilée.

« Tu viens à ta façon de décrire la relation entre Ammu et Sa'at dans la légende atlante, dit-elle d'une voix traînante. Sa'at a été gangrené par la violence du monstre qui l'a emprisonné dans ses tentacules. Sa mère l'a sauvé de la mort, mais il est devenu tourmenté, destructeur, et elle l'envoie combattre un nouveau taureau à chaque fois qu'il se montre d'humeur belliqueuse... Les servantes d'Ammu n'ont pas su proposer d'adversaire aux fils du rayon d'or, et ils se sont retournés contre le culte lunaire. Qu'adviendra-t-il de notre civilisation lorsqu'ils seront parvenus à leurs fins ? Est-ce que les cristaux continueront de nous donner leur énergie ? »

Elle était au bord des larmes, comme oppressée par le poids d'une responsabilité qui la dépassait, qui l'écrasait. Il l'entoura de ses bras et l'attira contre lui. Ils restèrent un long moment enlacés, puis ils firent l'amour avec une douceur lancinante, bercés par les murmures des vagues et les cris lointains des mouettes.

Les pêcheurs ne se manifestèrent qu'au milieu de l'après-midi suivant. La chaleur avait transformé le caveau en fournaise. Depuis le lever du jour, Tcholko avait passé l'essentiel de son temps agrippé aux barreaux de la lucarne, essayant de respirer un air un peu moins étouffant. Comme le temple avait été édifié sur les hauteurs du village, il apercevait les toits en terrasse des maisons, les taches vertes des palmiers, la forêt de mâts des bateaux, la mer qui épousait le ciel à l'horizon, la masse grise du grand volcan, les hommes, les femmes, les enfants qui vaquaient à leurs jeux ou à leurs occupations. Il se raccrochait à ces bribes de paysage pour se donner l'illusion qu'il était encore libre. Sa blessure à l'épaule avait cessé de suppurer, ses plaies à l'oreille et au cuir chevelu s'étaient recouvertes de croûtes épaisses et brunâtres. Arthea, quant à elle, restait assise sur la couverture, prostrée contre le mur, perdue dans ses pensées. Elle avait versé des larmes silencieuses avant de s'endormir dans ses bras.

La porte s'ouvrit dans un grincement et livra passage à un groupe d'hommes armés les uns de harpons, les autres de couteaux. Tepheh se tenait au milieu d'eux, coiffé d'un large chapeau de paille qui dissimulait en partie son visage. Il portait un panier chargé de fruits et de pains ainsi qu'une cruche d'eau. Il lança un regard en direction de la porte, comme s'il craignait d'être suivi. La sueur ruisselait sur son front et collait ses vêtements à sa peau. En dépit de la chaleur, Arthea s'entoura de la couverture avant de s'avancer vers les visiteurs.

Tepheh posa le panier et la cruche dans le carré de lumière que, par la lucarne, le soleil projetait sur le sol. Ses yeux fuyants ne parvenaient pas à se poser sur la jeune femme. Ses accompagnateurs, des hommes dans la force de l'âge, trituraient avec nervosité les manches de leurs harpons ou de leurs poignards.

« Tu es venu sans ton ami le taureau ? » attaqua Arthea.

Elle retrouvait, devant ces pêcheurs timorés, son arrogance de prêtresse, sa combativité, ses réflexes conditionnés par des années d'apprentissage dans l'enceinte du grand temple d'Ammu.

« Ce... ce n'est pas mon ami, bredouilla Tepheh.

— Ton supérieur, alors ? »

Le vieil homme retira son chapeau et s'essuya le crâne d'un revers de main.

« Tu exécutes ses ordres, insista Arthea.

— Il nous a promis le fer et le feu si nous refusions de lui obéir...

— Avec quelles armes ? Avec quels soldats ?

— Il nous a dit que les fils du rayon d'or rassemblaient une armée bien plus forte que la garde du consort.

— Vous avez donc perdu confiance en la bienveillance et la générosité de votre mère Ammu ? »

Tepheh baissa les yeux pour échapper à la pression du regard de son interlocutrice.

« Notre mère Ammu se désintéresse de nous, finit-il par répondre après s'être éclairci la gorge. Nous n'avons jamais l'occasion de nous rendre à Sephren et d'assister aux fêtes de la lune. Le seigneur Horis dit qu'elle nous a oubliés tandis que le soleil continue de nous offrir ses bienfaits...

— Le consort expédie pourtant ses vaisseaux dans tous les villages et les villes mineures pour amener leurs habitants à Sephren à l'occasion des fêtes de la lune.

— Ils ne nous emmènent qu'aux fêtes du soleil.

Les pilotes nous disent que les prêtresses n'ont qu'à venir nous chercher avec leur propre flotte si elles veulent nous voir à leurs fêtes. A pied, l'aller et le retour nous prendraient plus de six jours. Nous sommes des pêcheurs, nous ne pouvons pas nous absenter aussi longtemps... »

Elle fit le rapprochement entre les paroles du vieillard et l'affluence régulièrement décroissante aux assemblées d'Ammu. La grande prêtresse avait évoqué cette désaffection lors d'une cérémonie de la pleine lune mais, aux quelques voix qui s'étaient élevées pour remettre en cause les règles archaïques du culte, elle avait répliqué qu'on ne changeait pas une tradition vieille de plus de deux millénaires. Les jours suivants, les contestataires avaient été exilées dans les communautés extérieures.

« Je reconnais que les filles d'Ammu vous ont négligés et que les taureaux ont comblé un manque, déclara-t-elle. Mais croyez-vous vraiment qu'ils œuvrent pour votre bonheur ? Ne voyez-vous pas qu'ils se servent de vous pour prendre le pouvoir ?

— En quoi se serviraient-ils de nous ? Le seigneur Horis ne nous demande pas de combattre...

— Ils utilisent une arme bien plus redoutable que ces harpons, que ces couteaux, que les lances de la garde du consort : la manipulation des esprits. Votre passivité est la clef de leur avènement. Quant à leurs armées... »

Elle hésita à les entretenir des cavaliers mogohol, de peur qu'ils ne courent aussitôt prévenir le prêtre. Tant qu'ils ne seraient pas passés à l'action, les fils du rayon d'or élimineraient systématiquement les individus qui lèveraient un coin du voile sur leur complot. Cependant, dans la situation où elle se trouvait, elle n'avait pas d'autre choix que de prendre des risques.

« Tcholko a vu une centaine de cavaliers armés jusqu'aux dents et guidés par un taureau. Des Mogohol, les guerriers les plus féroces des grandes plaines du continent oriental...

— La parole d'un barbare ne vaut pas grand-chose, l'interrompit un des pêcheurs.

— J'ai moi-même suivi leurs traces, rétorqua Arthéa sans se départir de son calme. J'ai vu des villages dévastés, des enfants décapités, des femmes éventrées, des hommes crucifiés. J'ai vu mes sœurs assassinées, j'ai croisé quelques-uns de ces monstres dans les bâtiments de la communauté de Raïma. Ils ont violé une prêtresse pilote pendant trois jours et trois nuits. Que se passera-t-il lorsque ces hommes seront lâchés sur Atlantis ? Qui les empêchera de commettre leurs atrocités ? Vous ? »

Ébranlés par les paroles d'Arthea, les pêcheurs se consultèrent du regard.

« Si ces hommes existent, rien ne prouve qu'ils viendront jusqu'ici, argumenta Tepheh.

— Ils ont réquisitionné les vaisseaux de Raïma pour se rendre, eux et leurs chevaux, sur le Spitzberg. Lorsque les taureaux leur en donneront l'ordre, ils fondront sur Atlantis en moins d'un jour.

— Que seraient-ils allés faire au pôle ? s'étonna le vieillard.

— C'est là que prend racine le culte solaire... » fit une voix.

Horis s'introduisit dans la pièce, escorté de quatre individus armés de tridents, des pêcheurs, comme en attestaient leurs vêtements, jeunes, robustes, des esprits faibles qu'il lui avait été facile de fanatiser. Le prêtre s'avança d'une démarche dandinante jusqu'au centre du caveau. Une odeur de graisse s'exhalait de sa peau luisante de transpiration. Il fixa tour à tour Tepheh, Arthea et Tcholko.

« Pour une fois, j'aurai pris de vitesse notre réseau d'informateurs... »

Sa respiration haletante ne facilitait pas son élocution.

« Je me suis méfié de toi depuis le début, poursuivit-il, s'adressant à Arthea, ponctuant chacun de ses mots d'expirations sifflantes. Je ne puis malheureusement pas vous laisser en vie, toi et ton barbare.

— Vous n'allez pas la... tuer, seigneur Horis ! s'interposa Tepheh.

— Tu te fais bien du souci pour une femme qui ne connaissait même pas l'existence de ton village. Rassure-toi, Tepheh, tu seras épargné, même si tu en sais autant qu'elle. Il me suffira que tes hommes et toi restiez dans vos maisons jusqu'à ce que s'accomplisse la volonté de Sa'at.

— Mais, seigneur Horis... »

Le bras du prêtre se détendit comme la lanière d'un fouet. La gifle, retentissante, imprima une marque rouge vif sur la joue de Tepheh, que l'impact fit chanceler et reculer de trois pas.

« Déguerpis immédiatement avec tes hommes, ou tu subiras le même sort que ces deux-là ! glapit Horis.

— Je vous interdis... vous interdis, vous m'entendez, de... »

Le rire tonitruant du prêtre empêcha Tepheh d'achever sa phrase. Ses chaînes et ses bracelets cliquetèrent au rythme des secousses de son ventre.

« Il est un peu tard pour m'interdire quelque chose, tu ne crois pas ? Mais je te permets d'assister au spectacle. Tu constateras que le sang d'une fille d'Ammu coule aussi bien que le nôtre. »

Il s'écarta et, d'un geste de la main, ordonna à ses complices d'exécuter la sentence. Les pêcheurs sortirent du caveau, la tête basse. Les uns s'éloignèrent sans demander leur reste, mais les autres, dont Tepheh, restèrent regroupés près de la porte.

Les quatre bourreaux se déployèrent en ligne sur toute la largeur de la pièce et levèrent leurs tridents. Tcholko saisit Arthea par le bras et la tira derrière lui.

« Ce barbare n'est pas ordinaire ! gloussa Horis. On m'a toujours dit qu'ils avaient l'habitude de se cacher derrière leurs femmes.

— La barbarie n'est pas de son côté, taureau ! » cria Arthea.

Elle regrettait amèrement d'avoir attiré le Tunguz dans ce piège. Elle avait rencontré un homme nu, sauvage et fier dans une nature magnifique, elle quitterait un homme nu, désespéré, humilié, dans un caveau sordide. Elle percevait avec une acuité effarante les battements du cœur de Tcholko, la tension de ses muscles, l'énergie qui circulait dans son corps. Il se battrait jusqu'à son dernier souffle, comme un fauve cerné par une meute de chasseurs. Elle rejeta la couverture, se plaça à ses côtés, surmonta sa peur pour fixer les visages haineux des jeunes exécuteurs. Elle discerna la silhouette épaisse du prêtre sur sa droite, de vagues mouvements au second plan.

Un premier trident piqua sur le torse de Tcholko, qui l'esquiva d'un pas de côté et, dans le même mouvement, empoigna la hampe. Les dents métalliques crissèrent contre le mur du caveau, arrachèrent des éclats de pierre. Pendant quelques instants, le pêcheur et le Tunguz, arc-boutés sur leurs jambes, se livrèrent une épreuve de force, chacun essayant de tirer à lui le trident. Surpris par la réaction du barbare, inquiets également, les trois autres marquèrent un temps d'hésitation.

« Qu'est-ce que vous attendez pour tuer cette femme ? » glapit Horis.

Deux d'entre eux se tournèrent vers Arthea mais ils n'eurent pas le temps de frapper. Des harpons, surgis de l'arrière, se fichèrent entre leurs omoplates. Puis des cris retentirent, des ombres se répandirent dans le caveau et les achevèrent à coups de couteau. Cerné par trois hommes, le quatrième fut renversé et embroché par son propre trident. Quant à l'adversaire de Tcholko, il lâcha la hampe de son arme et se précipita vers la porte. Un croc-en-jambe l'envoya rouler sur la terre battue. Il n'eut pas le temps de se relever. Tepheh lui enfonça un harpon dans la cage thoracique avec une telle force qu'il le transperça de part en part et le cloua sur le sol.

Surpris par la brièveté du combat, pétrifié, Horis contemplait avec incrédulité les cadavres de ses assistants. Il n'avait pas eu le réflexe de fuir pendant qu'il en était encore temps, et les hommes de Tepheh lui coupaient maintenant le chemin. La peur avait changé de camp.

Tcholko montra les pêcheurs d'un geste du bras.

« Ceux-là ont trouvé un adversaire », fit-il avec un large sourire.

Sa blessure s'était remise à saigner mais il ne s'en souciait pas. Tout ce qui lui importait, c'était de sortir au plus vite de cet irrespirable caveau.

« Tout n'est peut-être pas perdu... » murmura Arthea en ramassant la couverture.

Elle l'enroula autour d'elle et fendit les rangs des villageois qui entouraient le prêtre.

« Tu paieras cher cette trahison, Tepheh, cracha Horis en fixant le vieillard.

— Nous avons déjà payé très cher notre aveuglement. Ce village a cessé de vivre depuis que vous vous y êtes installé. Je vous ai simplement vu tel que vous étiez, seigneur Horis.

— Ce n'est pas une poignée de gueux qui arrêtera notre armée !

— Pourquoi voulez-vous mettre l'île à feu et à sang ? »

Sans la regarder, le prêtre désigna Arthea d'un mouvement de tête. Le voile jaune qui tombait sur ses yeux et sa transpiration abondante trahissaient la terreur qu'il s'évertuait à cacher derrière une façade provocante.

« Demandez-le à elle, à ses semblables ! Elles se croient les seules dépositaires du savoir atlante.

— Que représente le poulpe ? » intervint Arthea.

Un rictus déforma la bouche d'Horis.

« La partie du savoir qui vous a échappé, ou plutôt que vous vous êtes empressées d'oublier...

— Quel rapport avec le Spitzberg ? Avec l'Hyperborée ?

— Le même rapport qu'il y a entre un arbre et sa terre... »

Puis Horis se tut, et il fut évident qu'ils n'en tireraient aucun renseignement supplémentaire. Lorsque se posa la question de savoir ce qu'ils devaient faire de lui, les pêcheurs prirent la décision de l'exécuter, non pas par désir de vengeance — c'est ce qu'ils prétendirent — mais parce qu'ils avaient franchi un point de non-retour et qu'ils n'avaient pas intérêt à laisser un témoin en vie.

Arthea ne s'opposa pas à leur résolution. A l'annonce du verdict, Horis tomba à genoux et poussa des gémissements d'enfant. Tepheh ne laissa à personne d'autre le soin d'exécuter la sentence. Son bras ne trembla pas au moment de plonger le couteau dans le cœur du gros homme.

XII

« Tcholko comprit qu'il n'avait encore rien vu d'Atlantis lorsque le bateau volant du consort atterrit sur la place centrale du village au début de l'après-midi. Beaucoup plus grand que l'appareil piloté par Ivis, il était surmonté d'une bâtisse de bois qui occupait une grande partie du pont et contenait une cinquantaine de passagers. Au sol, il reposait sur les bases de ses quatre mâts latéraux aussi hauts que de grands mélèzes et sur deux pièces de bois placées à l'avant ressemblant à des quilles de bateaux. Des filins d'acier reliaient les mâts les uns aux autres et se rejoignaient à l'extrémité de l'étrave, une avancée mince et incurvée pratiquement aussi longue que le reste de la coque. Imagine un peu la puissance qu'il faut pour soulever et maintenir une telle masse dans les airs. Dix mille aigles volant ensemble ne seraient pas certains d'y parvenir.
— Je n'ai pas compris l'histoire de la lune, de son fils et du taureau... »

Le vieil homme regarda son petit-fils avec étonnement. Il avait cru l'impressionner avec la description de ce grand vaisseau, et voilà que le garçon réclamait des précisions sur les légendes atlantes. Cet intérêt prouvait que Jahik se préoccupait de l'envers des choses plutôt que de leur apparence, de l'esprit des peuples plutôt que de leurs réalisations, et le vieil homme en éprouva une joie profonde, qui brilla dans l'hiver de sa vie comme un soleil d'été et chassa de ses os la douleur réveillée par un froid de plus en plus vif.

« Chaque peuple se fonde autour de légendes, et c'est aussi et surtout ce qui différencie l'homme du renne ou des autres animaux. Nous, les Tunguz, avons quatre dieux majeurs et des divinités intermédiaires, les Atlantes ont deux dieux majeurs, le soleil et la lune, et un dieu mineur, Sa'at.

— Pourquoi sa mère la lune l'envoie-t-elle affronter un taureau ?

— Parce qu'il a de la violence en lui et qu'il ferait courir un grave danger sur les hommes s'il n'utilisait pas ses forces à combattre un animal.

— Il pourrait mourir d'un coup de corne !

— Ammu sait qu'il vaincra à chaque combat. C'est une simple ruse de mère pour détourner la colère de son fils.

— Pourquoi est-il en colère ?

— Il a gardé en lui un peu de la force destructrice du monstre qui l'a emprisonné dans ses tentacules.

— Des tentacules ? Comme le plou... le poulpe ? »

Le vieil homme acquiesça d'un air admiratif. Malgré son jeune âge, Jahik ne restait pas à la surface du récit.

« Tu te fiches de mon beau bateau volant si je comprends bien...

— Il est plus grand et plus beau que l'autre, mais il vole de la même manière, avec les cristaux.

— Tcholko, lui, était moins blasé que toi. Il le contemplait avec admiration. Les hommes d'équipage vêtus de rouge déployaient la somptueuse passerelle d'embarquement. A ses côtés, Arthea se demandait pourquoi le consort envoyait sa flotte pour inviter la population aux fêtes du soleil et ne le faisait pas pour les fêtes de la lune. »

« C'est un homme, comme les prêtres... » lança Tcholko.

Ils se tenaient au milieu des cinquante villageois désignés par Tepheh, regroupés sur la place et composés en majorité de femmes (Arthea avait expliqué au Tunguz que les jeux solaires étaient principalement destinés au public féminin de l'île, à qui on offrait une fois par an l'occasion d'assister aux épreuves de lutte, de course et d'adresse disputées par les hommes). Elle portait une robe courte et un bustier dont le bleu vif faisait ressortir le blanc de sa peau et le feu de sa chevelure, Tcholko un pagne et un maillot échancré de couleur grise ainsi qu'un chapeau dont le large bord lui cachait le haut du visage. Ils s'étaient lavés, soignés et restaurés dans la maison de Tepheh, qui leur avait proposé d'embarquer à bord du vaisseau du consort pour gagner Sephren. Les trois concurrents sélectionnés par Horis pour participer aux jeux solaires ayant été tués dans le caveau du temple, Tepheh les avait remplacés par trois pêcheurs de son choix. Il avait également décidé, en accord avec Arthea, d'armer les onze autres hommes de la délégation, qui formeraient une sorte de garde personnelle pour la prêtresse et se tiendraient prêts à intervenir en cas de nécessité dans les rues de la capitale. Ils s'étaient donc munis de couteaux qu'ils avaient dissimulés dans leurs pagnes. Arthea les avait persuadés d'accepter parmi eux Tcholko, le barbare envers lequel ils témoignaient toujours autant de méfiance et de dédain.

La chaleur était écrasante en ce début d'après-midi. Un silence profond régnait sur le village, qui d'habitude bruissait des cris d'enfants et des piaillements des mouettes. L'océan lui-même était d'un calme plat. Les habitants qui ne participaient pas au voyage s'étaient agglutinés sur les terrasses et aux fenêtres de leurs maisons. La rumeur de la mort du prêtre, cet homme qui les avait tenus pendant des années sous sa coupe, s'était répandue comme un incendie dans les herbes sèches de la toundra. Ils avaient approuvé la décision de Tepheh, même si elle risquait d'entraîner de funestes conséquences, parce qu'ils n'avaient jamais porté le seigneur Horis dans leur cœur et qu'ils avaient le sentiment d'avoir en partie recouvré leur dignité, leur honneur. La mort des assistants du prêtre avait provoqué la détresse de quatre familles qui avaient clos leurs volets et s'étaient renfermées sur leur douleur après avoir promis à Tepheh qu'elles n'intenteraient aucune action contre leurs meurtriers.

Les villageois contemplaient avec une certaine inquiétude le vaisseau du consort, ces hommes en rouge qu'ils ne voyaient qu'à de très rares occasions et qui étaient les gardiens, parfois impitoyables, de la loi atlante. Quelque part dans un recoin de leur esprit, il était inscrit que le meurtre d'un homme, prêtre de surcroît, était passible de la peine de mort.

Le pilote, vêtu d'une tunique et d'un pagne noirs, descendit par la passerelle et se dirigea vers Tepheh. Foulée ample, bras musculeux, crâne rasé, large ceinturon de cuir, l'allure d'un homme habitué à commander. Le cristal qu'il portait autour du cou était à la fois plus gros et plus brillant que celui d'Ivis.

« Votre prêtre n'est pas avec vous ? demanda-t-il sans préambule lorsqu'il fut parvenu à cinq pas du responsable du village.

— Il est parti ce matin pour une affaire urgente, répondit Tepheh d'une voix aussi ferme que possible. Il nous a chargés de vous dire qu'il se débrouillerait pour se rendre à Sephren par ses propres moyens. »

Le pilote fronça les sourcils. Les hommes d'équipage, postés de chaque côté de la passerelle, paraissaient minuscules à côté de l'appareil dont la longueur totale avoisinait les cent pas et la hauteur une trentaine de pas. Percés de nombreux hublots, les compartiments s'étageaient sur trois niveaux qui allaient en décroissant et dont le sommet avait la forme d'un toit à double pente. La coque convexe en son milieu était constituée de planches parfaitement polies et enduite d'une substance brillante.

« Une affaire urgente ? Alors que la fête du soleil débute demain ? Où donc est-il allé ?

— Le seigneur Horis n'a aucun compte à me rendre... »

Tcholko décela d'infimes hésitations dans la voix de Tepheh. Il comprenait d'autant mieux la nervosité du vieil homme que la chaleur et l'attente commençaient à l'exaspérer. Il avait l'impression de manquer d'air sur cette île au climat oppressant, il regrettait les morsures vivifiantes des grands vents de la taïga.

Le pilote se frotta le crâne et laissa errer son regard sur les maisons basses qui encerclaient la place, sur le port qui se devinait entre les frondaisons des palmiers, sur les pentes austères du grand volcan, sur les taches blanches et mouvantes des mouettes.

« Vos gens ne m'ont pas l'air bien gais, reprit-il en fixant Tepheh d'un air soupçonneux. Nous sommes pourtant à la veille d'une fête qui couronnera un nouveau consort...

— Ou confirmera l'ancien... » corrigea le vieil homme.

Le pilote balaya l'intervention d'un revers de main. Les semelles de ses sandales montantes claquèrent sur les pierres de la place.

« Vous ne donnez pas l'impression d'aller à une fête mais à un enterrement.

— Nous avons perdu quatre des nôtres ces jours-ci, plaida Tepheh. Nous sommes encore en deuil.

— Accident de pêche ?

— Ils n'ont pas eu le temps de s'abriter de la tempête d'hier. Trois d'entre eux avaient été choisis pour participer aux jeux... »

Une gravité empreinte de compassion figea les traits du pilote.

« Tant pis pour le prêtre, dit-il après un petit moment de silence. Nous n'avons pas le temps de l'attendre... »

L'embarquement s'effectua rapidement, comme si l'équipage était maintenant pressé de quitter cet endroit frappé de malédiction.

Arthea et Tcholko passèrent inaperçus parmi les cinquante passagers qui se répartirent sur les trois niveaux des compartiments. Ils grimpèrent avec Tepheh et quelques femmes dans la cabine supérieure. Le revêtement turquoise des cloisons et du plafond, l'or des lustres et des lanternes où dansaient de petites flammes blanches, le pourpre des tissus qui habillaient les fauteuils scellés au plancher donnaient à l'appareil une touche luxueuse bien différente de l'aspect sommaire du vaisseau d'Ivis.

Il décolla avec une douceur et une facilité surprenantes pour un engin de son volume et de son poids. Ses mâts s'abaissèrent et se relevèrent en silence, générant de somptueux halos où deux couleurs, le blanc et le mauve, s'entrelaçaient dans d'incessants jeux de lumière. La vitesse avec laquelle il monta dans les airs et dépassa le cratère du volcan sidéra Tcholko, d'autant qu'il ne ressentait aucun symptôme physique lié à cette brutale ascension. Le village ne fut au bout de quelques instants qu'une tache claire coincée entre le bleu de l'océan, le gris du volcan et le vert de la forêt.

Le vaisseau longea le littoral, survola d'autres anses bordées par les croissants dorés des plages, d'autres villages perchés sur de hautes falaises ou nichés au cœur des criques rocheuses, puis il décrivit une large boucle et se dirigea vers l'ouest.

Assis à côté d'un hublot, Tcholko s'efforçait de ne

rien perdre du paysage, de l'inscrire à jamais dans son esprit. Il avait le pressentiment qu'il partirait bientôt de ce monde, mais il ne savait pas si c'était pour rejoindre le clan de la Laie ou pour être précipité dans le domaine d'Erlik-Khan. Il lança un bref regard à Arthea, en grande conversation avec Tepheh. Elle était plus belle que jamais dans ses vêtements dont la sobriété mettait en valeur sa silhouette et son teint, mais il paraissait inconcevable au Tunguz de partager l'existence de cette femme. Ils ne le souhaitaient d'ailleurs ni l'un ni l'autre, elle parce qu'elle n'était pas faite pour être une épouse, lui parce qu'il ne s'imaginait pas vieillir sur une terre brûlante et cernée par les eaux. Il ne parvenait plus à se remémorer le visage d'Ulgak, en déduisait que leurs liens occultes s'étaient rompus, qu'elle avait perdu patience et en avait choisi un autre. Il en éprouvait des regrets, bien sûr, mais il souffrait surtout de s'effacer de la mémoire du clan, n'ayant plus là-bas ni parent ni ami pour entretenir son souvenir. Il n'était plus rien dans la taïga, il n'était qu'un barbare sur Atlantis, un homme qui n'avait ni passé ni avenir, seulement un présent qui ne lui appartenait pas. L'odügan avait-elle vu la cruauté de ce destin dans sa vision ? Les divinités de l'en-bas s'étaient-elles faites les complices des démons d'Erlik-Khan pour l'entraîner dans un voyage dont ils connaissaient l'absurde issue ?

Le vaisseau survola une chaîne montagneuse dont un sommet crachait une épaisse fumée blanche. Tcholko avait un jour assisté à une éruption volcanique non loin du Bahikal. Des rochers gros comme des chevaux avaient été projetés dans les airs, des torrents de lave avaient dévalé les pentes et enseveli le campement que les membres du clan, prévenus par l'odügan, avaient déserté à temps. Quelques rennes affolés avaient été emportés par les coulées incandescentes. Agé de sept ou huit solstices,

Tcholko avait gardé du terrible spectacle une impression d'épouvante qui resurgissait devant la colonne de fumée vomie par la bouche ronde du cratère.

« Nous le surnommons le Mont Bougon, dit Arthea en se penchant sur lui. Il est toujours en train de fumer mais jamais il ne laisse éclater sa colère. Une petite coulée de lave de temps à autre, rien de bien méchant. Nous le surveillons en permanence.

— Personne ne peut prévoir les réactions de la nature, objecta Tcholko.

— La grande différence entre les religions des steppes et le culte lunaire, c'est justement la position de l'être humain par rapport à son environnement. Les bö et les odügan utilisent certains pouvoirs de la nature à des fins de guérison ou de prédiction, mais ils la considèrent comme une déesse inaccessible. Les prêtresses d'Ammu ont eu une autre approche : elles se sont élevées au-dessus de ses lois en l'étudiant, en la domestiquant et se servant de ses propriétés les plus subtiles. Sans cette démarche, qui s'apparente à un sacrilège chez les sorciers des mondes extérieurs, il serait en théorie impossible de faire voler ce vaisseau.

— Il est en principe impossible de voler dans le corps d'une effraie ! » répliqua le Tunguz.

Un faux mouvement réveilla la douleur de son épaule. Il vérifia d'un coup d'œil que le bandage confectionné par les femmes du village ne se rougissait pas de sang. Le vaisseau avait traversé le rideau de fumée qui montait du cratère. De l'autre côté de la chaîne montagneuse, se dévoilait un paysage varié, une mosaïque de forêts, de marécages, de bandes de terre pelée, de collines sombres, une palette de tons qui oscillaient entre les verts, les noirs et les bruns. Les halos masquaient entièrement les mouvements des mâts latéraux et emplissaient la cabine d'une lumière tantôt mauve, tantôt blanche.

« J'ai encore du mal à croire qu'une telle chose ait

été possible, dit Arthea à voix basse. Et pourtant, tu as vu ce prêtre à la tête des cavaliers mogohol, tes dires ont été confirmés par le témoignage d'Ivis. Toutes mes croyances, toutes mes convictions ont été ébranlées. Je n'ai plus aucune certitude à présent. Je... »

Elle s'assura que Tepheh ne l'écoutait pas avant de poursuivre.

« J'en suis arrivée à la conclusion que nous devons rompre notre isolement, échanger nos connaissances avec les autres peuples, ou nous disparaîtrons. Je dis bien échanger, c'est-à-dire prendre autant que donner. Nous avons encore tellement de choses à découvrir.

— Les tiens ne te suivront pas...

— Je me battrai pour les convaincre. Les servantes d'Ammu ont eu le tort de se replier sur elles-mêmes, de couper Atlantis du reste du monde. Moi-même j'avais peur d'affronter la violence, la barbarie, et pourtant je me suis enrichie à ton contact. Nous avons un besoin urgent de nous régénérer. Les prêtres sont aussi animés par la volonté de sortir l'île de son isolement, mais pas pour les mêmes raisons... »

Elle se mordit les lèvres pour ne pas ajouter que c'était déjà trop tard. Elle voulait encore croire qu'elle pouvait infléchir le cours d'un destin qui semblait écrit.

Deux hommes d'équipage s'introduisirent dans la cabine et procédèrent à une rapide inspection des passagers. Tcholko s'arrangea pour se dissimuler sous son chapeau et Arthea, qui craignait que sa rousseur peu commune ne la désigne à leur attention, se rencogna dans son fauteuil. Elle ne bougea pas lorsqu'elle sentit, sur son front, la brûlure d'un regard insistant. Tcholko observa discrètement les deux hommes, figés dans l'allée qui séparait les rangées de sièges. Leurs tuniques rouges, étranglées à la taille par de larges ceintures, leur descendaient jusqu'aux genoux. Leurs yeux luisaient dans le triangle de pénombre dessiné par les pans relâchés de leurs coiffures de tissu. Ils ne portaient apparemment aucune arme. Un silence crispant tomba sur la petite pièce, qui se prolongea et mit au supplice les nerfs de Tepheh et des villageoises. Le Tunguz se rendit compte que les hommes d'équipage étaient davantage intéressés par les formes d'Arthea qu'intrigués par la couleur de ses cheveux ou par son allure, qui n'avait pourtant rien de celle d'une femme de pêcheur. Lorsqu'ils l'eurent examinée de la tête aux pieds, ils sortirent et s'engagèrent en riant dans l'escalier qui menait à l'étage inférieur.

L'azur lumineux du ciel et le bleu plus dense de l'océan scindaient l'horizon. Tcholko se leva et se rendit près d'un hublot de la cloison du fond. Il vit qu'Atlantis avait la forme générale d'un grand croissant dont les cornes se brisaient et s'émiettaient en une série d'îlots décroissants. Il apercevait également les fonds marins qui donnaient à l'eau des nuances tantôt vertes, tantôt brunes.

« Notre monde est beau, n'est-ce pas ? »

Il se retourna et sourit à Arthea, qui s'était approchée dans son dos.

Ce monde était splendide, mais ce n'était pas le sien.

Une foule joyeuse se répandait dans les rues et sur les places de Sephren. Érigée sur la pointe méridionale de l'île, la capitale atlante était dominée par ses deux tours, la tour de la lune, la plus haute, la plus large également, et la tour du soleil, plus petite et deux fois plus étroite. La première, coiffée de trois terrasses superposées et recouvertes de toits cylindriques, présentait sur ses flancs des ouvertures surmontées de tourelles et soulignées de balcons. Le sommet de la seconde était en forme de lotus, précisa Arthea, la fleur qui se déployait avec le soleil et se refermait au crépuscule. Elles se dressaient au milieu du palais royal, un ensemble de constructions dont la complexité et l'harmonie subjuguèrent Tcholko. Les ruelles, les passerelles, les ponts, les escaliers, les places reliaient entre eux les bâtiments blancs à colonnades et, avec les jardins et les fontaines, cassaient la rigueur géométrique de l'ensemble. Le palais comportait de nombreux logements, renfermait donc une partie de la ville à l'intérieur de son mur d'enceinte, mais, malgré son gigantisme, il ne pouvait contenir toute la cité qui, coincée entre la mer d'un côté et un lagon de l'autre, se répandait comme une végétation folle dans la forêt environnante et sur les pans du volcan proche.

Le vaisseau s'était posé sur une aire de stationnement extérieure, au milieu d'appareils de toutes tailles, dont les uns étaient frappés d'un croissant de lune, les autres d'un soleil, d'autres encore d'une tête de taureau. Certaines proues avaient la forme de dauphin, d'hippocampe, de poisson ou d'oiseau. Les passagers en provenance des villes mineures et des villages se dispersaient par petits groupes dans les ruelles, se mêlaient à la population de la capitale, se pressaient devant les étals des marchands, dans les échoppes, autour des musiciens qui soufflaient dans des conques, frappaient sur des tambourins ou pinçaient les cordes de petits instruments dont les caisses de résonance étaient des carapaces de tortues. Les femmes qui venaient de l'intérieur des terres portaient des robes amples et transparentes, les habitantes des marais des pantalons bouffants resserrés aux chevilles et des corsages à manches longues, les villageoises du littoral des pagnes et des gilets ou des bustiers qui dévoilaient en grande partie leur peau brune. La plupart d'entre elles s'étaient parées de boucles d'oreilles, de colliers, de broches et de bagues en or sertis de pierres précieuses. Des tourbillons de couleurs et de bruits se répandaient dans Sephren, submergeaient les escaliers, les places, les jardins. Des parfums de fleurs et d'épices embaumaient l'air salin.

Tandis que Tepheh, les villageoises et les trois participants aux jeux solaires se fondaient dans la cohue, Arthea, Tcholko et les onze autres pêcheurs se dirigèrent vers le quartier des prêtresses.

Arthea avait choisi de contacter d'abord la grande prêtresse, qui était la véritable gouvernante de l'île alors que la reine n'en était que la représentante officielle. Elle aurait pu alerter les compagnons de la reine, ces jeunes Atlantes des deux sexes qui consacraient quelques années de leur existence au service de leur souveraine, mais d'une part elle doutait de leurs capacités, d'autre part elle craignait que les prêtres de Sa'at n'aient glissé des partisans dans leurs rangs. Elle estimait disposer de six ou sept jours, le temps que s'achèvent les fêtes solaires et la cérémonie d'intronisation du consort.

Six ou sept jours, c'était un délai très court pour organiser la défense d'Atlantis face à la horde mogohol ainsi qu'aux éventuelles autres troupes rassemblées par les fils du rayon d'or. Les servantes d'Ammu pourraient compter sur la garde du consort, forte de trois cents hommes, à laquelle s'ajouteraient les compagnons de la reine et les volontaires, mais la population atlante n'avait jamais été placée dans l'obligation de livrer bataille depuis qu'elle habitait l'île et les défenseurs risquaient de manquer à la fois de métier et de courage face à des combattants aguerris.

Ils empruntèrent une succession de ruelles et débouchèrent sur une large avenue pavée qui longeait d'un côté l'océan et de l'autre le mur d'enceinte du palais, lequel servait également de digue lors des marées d'équinoxe. Tcholko se demanda comment des hommes avaient pu tailler et hisser les énormes blocs de pierre qui avaient servi à sa construction. Les promeneurs, moins nombreux que dans la ville basse, s'éparpillaient sur la plage de sable fin, s'asseyaient à l'ombre des palmiers, se roulaient dans les vagues, s'allongeaient au soleil. Leur insouciance semblait incompatible avec une quelconque notion de danger, comme le bleu limpide du ciel et de l'eau paraissait inconciliable avec l'idée de tempête, et pourtant la tempête avait soufflé deux jours plus tôt, la horde mogohol avait semé la désolation dans les steppes, massacré les prêtresses de Raïma, réquisitionné des vaisseaux. La douceur du climat et la facilité apparente de leur vie ne préparaient pas les Atlantes à la guerre, contrairement aux clans, que les rigueurs de la taïga contraignaient sans cesse à se battre, non seulement contre les tribus ennemies, mais également contre une nature qui se montrait le plus souvent hostile et dispensait ses bienfaits avec parcimonie. Tcholko estima que l'harmonie, l'absence de conflits faisaient à la fois la grandeur et la fragilité de la civilisation atlante. Incapable de se défendre, l'île était à la merci des peuples que l'esprit conquérant poussait sans cesse à la recherche de terres nouvelles. L'immensité de l'Atlantique l'isolait et la protégeait pour le moment mais, tôt ou tard, les tribus des continents occidentaux ou orientaux s'aventureraient sur l'océan, la découvriraient et la soumettraient par les armes. En ce sens, les prêtres de Sa'at n'avaient fait que devancer un processus inéluctable.

Ils arrivèrent près d'un escalier monumental au pied duquel se dressait un cordon de gardes du consort armés de lances. Leurs casques, entourés d'un bandeau de tissu, étaient constitués d'un métal tressé et souple dont les pans flottaient sur leurs épaulières rigides. Un masque de cuir leur protégeait le nez et les pommettes. Un cercle métallique doré, frappé d'un large soleil, incrusté dans leur tunique rouge vif, leur recouvrait la poitrine. A l'arrogance coutumière avec laquelle ils filtraient les visiteurs, s'ajoutaient une brutalité et un zèle révélateurs d'une grande nervosité. Ils avaient reçu à l'évidence des consignes très strictes. Les parties supérieures des deux tours et quelques toits apparaissaient au-dessus de la ligne horizontale du rempart. Des petits groupes déçus s'en repartaient en direction de la ville basse.

Après avoir hésité pendant quelques moments sur la conduite à suivre, Arthea décida de jouer de son autorité de prêtresse. Peut-être ne laisseraient-ils pas entrer ses accompagnateurs, mais elle serait en sécurité dans l'enceinte du palais, et elle rejoindrait Tcholko et les pêcheurs après son entrevue avec la grande prêtresse. Elle s'avança vers les gardes qui entrecroisèrent immédiatement leurs lances pour lui barrer le passage.

« Je suis Arthea, prêtresse d'Ammu. »

Un officier, reconnaissable au liséré noir qui bordait l'encolure de sa tunique, s'approcha et l'examina de la tête aux pieds avec un sourire dubitatif.

« On nous a fait le coup à plus de cent reprises depuis ce matin, dit-il. Tout le monde veut visiter les tours de la lune et du soleil. Le palais est fermé au public pendant toute la durée des fêtes du soleil. Faudra revenir une autre fois...

— Je ne vous demande pas de me laisser passer, je vous l'ordonne ! » fit Arthea d'un ton cassant.

Le sourire de l'officier se transforma en rictus.

« Une petite villageoise n'a rien à m'ordonner !

— Il te suffit de contacter une permanente administrative pour t'assurer de mon identité.

— Les femmes d'Ammu sont toutes consignées dans leurs quartiers. »

Arthea se mordit la lèvre inférieure. Elle avait oublié que ses sœurs restaient enfermées dans leurs appartements pendant les fêtes solaires, car la coutume voulait qu'elles s'effacent durant trois jours devant les taureaux, qu'elles leur abandonnent pour un temps très court les rues de Sephren afin de leur donner l'illusion d'exercer le pouvoir et de calmer leurs velléités revendicatrices.

« Que l'un de tes hommes m'accompagne jusqu'à la tour de la lune, proposa Arthea. Si j'ai menti, il me ramènera ici, et tu feras de moi ce que bon te semblera.

— Je choisirais un châtiment plutôt sympathique ! s'esclaffa l'officier en lorgnant la poitrine de la jeune femme. Dommage pour moi, je n'ai pas de temps à perdre avec ces foutaises. Fiche-moi le camp.

— Laisse-moi passer, ou tu le regretteras ! »

Les traits de l'officier se durcirent. Il agrippa Arthea par le bras et la tira brutalement contre lui jusqu'à ce que leurs deux corps s'entrechoquent. Tcholko, qui se tenait à trois pas d'eux, glissa la main dans son pagne et empoigna le manche du couteau. Attirés par les éclats de voix, les badauds s'agglutinaient autour d'eux. Les onze pêcheurs, visiblement terrorisés, guettaient la première occasion de tourner les talons.

« J'ai le pouvoir de te boucler dans une geôle jusqu'à la fin de la fête, ma belle ! glapit l'officier. Et d'envoyer mes hommes te rendre une petite visite tous les quarts de soleil ! »

Son haleine chaude enveloppait Arthea comme une ombre malfaisante, et la boucle de son ceinturon la blessait au ventre. Elle se contint pour ne pas lui cracher au visage et baissa la tête en signe de soumission. L'autre maintint un moment son étreinte puis la relâcha avec un petit rire de mépris. Elle se recula en se tenant le bras. La boucle du ceinturon avait imprimé une marque rouge vif au-dessus de son nombril. Elle fit signe à Tcholko de la suivre et prit la direction de la ville basse.

Ils errèrent tout l'après-midi dans les ruelles à la recherche d'un passage qui leur permît de pénétrer dans l'enceinte du palais sans attirer l'attention des gardes, postés devant toutes les portes du rempart. Le consort n'avait pourtant pas pour habitude de déployer massivement ses troupes, même les jours de grande affluence. Il se contentait d'exercer une surveillance discrète, et ses hommes n'avaient à intervenir qu'en de très rares occasions, le plus souvent pour arrêter deux villageois ivres qui en venaient aux mains ou urinaient dans le bassin d'une fontaine.

Arthea se demanda si Saïfin n'avait pas été averti du complot des prêtres solaires et n'avait pas préparé sa riposte. Cette hypothèse avait le mérite de fournir une explication plausible à la surexcitation des gardes, à l'atmosphère pesante qui sous-tendait, comme un bourdon grave, la rumeur joyeuse de la cité. Elle avait l'avantage, également, de faire renaître un peu d'espoir. Au crépuscule, alors que la foule commençait à s'écouler vers l'enceinte dressée au pied du volcan, Arthea confia à Tcholko qu'elle avait l'intention de retourner voir l'officier et de lui demander de l'introduire près du consort.

« Son rôle ne consiste pas simplement à maintenir l'ordre, mais à protéger Atlantis contre une éventuelle agression extérieure. S'il n'a pas été informé et si je réussis à le convaincre, il contactera la grande prêtresse. »

Ils s'étaient assis sur la margelle d'un bassin empli d'une eau claire où s'ébattaient des tortues et des poissons aux couleurs vives. La brise ployait les flammes des torches qui étiraient les ombres des palmiers sur les murs et sur les pavés. Affamés, les onze pêcheurs s'étaient dispersés dans les auberges environnantes, où l'on servait à profusion des plats à base de poisson et des pichets d'un vin capiteux, cultivé, selon Arthea, sur les coteaux de la chaîne volcanique. Une femme était sortie d'une maison pour leur en proposer deux gobelets. Tcholko avait été surpris par le goût à la fois sucré, terreux et boisé du vin, très différent de l'alcool de baies fabriqué par les clans. Il se sentait gagné par une ivresse sournoise, dangereuse, qui lui donnait une impression d'invincibilité fallacieuse, contradictoire avec ses difficultés grandissantes à coordonner ses pensées et ses gestes. Des chants retentissaient alentour, ponctués par les notes basses et prolongées des conques.

« Je ne crois pas que ce soit une bonne idée », dit le Tunguz d'une voix qu'il ne reconnaissait pas.

Arthea fouetta du plat de la main l'eau du bassin. Les poissons affolés s'égaillèrent en traçant des sillons colorés et fugaces.

« Nous avons déjà perdu deux jours depuis notre arrivée sur Atlantis, et le temps presse.

— Lorsque l'odügan s'adresse aux divinités de l'en-bas, elle se rend seule dans leur monde. Les démons se cachent dans les corps des intermédiaires.

— Tu insinues que le consort...

— Les prêtresses ont leur reine, les prêtres ont besoin d'un roi. »

Après avoir vidé son gobelet, Arthea accompagna du regard les hommes et les femmes qui traversaient la petite place et se dirigeaient vers le volcan dont la masse assombrie se découpait sur le ciel empourpré. L'air encore chaud s'imprégnait d'une moiteur qui poissait les vêtements et réveillait l'ardeur des moustiques. Des lézards translucides, tapis dans la pénombre, guettaient les insectes attirés par les lueurs des torches.

« Impossible ! reprit la jeune femme, les yeux brillants. Le consort prête le serment d'allégeance lors de son intronisation.

— Pour occuper un corps, un démon est prêt à tous les mensonges.

— Cesse donc de comparer ce qui n'est pas comparable ! » cria-t-elle.

Son éclat surprit les passants, qui se retournèrent et la dévisagèrent d'un air inquisiteur.

« Tes démons n'existent pas sur Atlantis », poursuivit-elle à voix basse.

Il la trouva désirable dans la colère qui lui enflammait les joues, qui lui tendait le cou, qui lui gonflait la poitrine. Pendant un court instant, il ne songea qu'à la posséder, à oublier sa détresse dans ses bras.

« Là où il y a un homme, il y a un démon, murmura-t-il sans la quitter des yeux.

— Ce sont tes croyances, pas les miennes. »

Il ne lui répondit pas, ayant remarqué qu'un passant s'approchait d'eux. Il reconnut la silhouette et la démarche reconnaissables entre toutes de Tepheh. Le vieil homme avait visiblement abusé du vin, comme en témoignaient ses yeux troubles et son allure titubante. Il plongea la main dans le bassin et s'aspergea d'un peu d'eau.

« Où sont les autres ? demanda-t-il en se redressant.

— Partis manger, répondit Arthea.

— Je vous ai cherchés dans toute la ville... Avez-vous pu parler à la grande prêtresse ?

— Les gardes du consort ont bouclé toutes les entrées de la ville haute. »

Un vague sourire flotta sur les lèvres fendillées de Tepheh. Les premières étoiles s'allumaient dans un ciel encore clair.

« Ils ne connaissent sûrement pas tous les passages du palais... lâcha le vieil homme.

— Que veux-tu dire ? »

Arthea s'était levée d'un bond.

« Quand j'étais jeune, de nombreux hommes de l'île ont été réquisitionnés pour consolider les fondations des bâtiments. Ils s'enfonçaient dans la terre et...

— Viens-en au fait ! » s'impatienta la jeune femme.

Tepheh retira son chapeau et s'assit à son tour sur la margelle, comme épuisé par son errance dans les rues de la ville basse. Des auréoles sombres maculaient son pagne et son maillot. Ses rides s'étaient encore creusées, ses joues évidées, son cou desséché.

« Je dois être l'un des derniers de l'île à connaître les entrées secrètes du palais royal.

— Pourquoi ne l'as-tu pas dit plus tôt ?

— Parce que je pensais que vous n'auriez aucune difficulté à entrer. Si tu es vraiment une prêtresse, comme tu l'affirmes...

— Je ne te permets pas d'en douter !

— C'est que... rien ne me l'a encore prouvé... »

Certains hommes avaient le vin gai, lui l'avait amer et soupçonneux. Peut-être son ivresse l'entraînait-elle à regretter l'exécution du prêtre ? Après tout, il avait vécu pendant plus de dix solstices dans cette forme de confort qu'est la lâcheté.

« Conduis-nous immédiatement à l'une de ces entrées. »

Tepheh leva les bras au ciel.

« Les fêtes commencent ce soir et je ne veux pas en manquer le début...

— Vieil ivrogne ! siffla Arthea. Tu perds aussi vite ta dignité que tu l'as regagnée...

— Une Atlante qui se donne à un barbare n'a aucune leçon... »

Tcholko ne lui laissa pas le temps de finir sa phrase. Il le saisit par l'épaule, le tira en arrière, le plongea dans le bassin et lui maintint pendant un petit moment la tête sous l'eau. Il relâcha sa pression, laissa Tepheh tousser, cracher, et demanda :

« Tu es prêt à nous y conduire ?

— Je ne reçois pas d'ordres d'un barb... »

Un deuxième séjour dans l'eau, plus long que le premier, le mit dans de meilleures dispositions.

XIII

Tepheh les entraîna en maugréant dans un dédale de ruelles sombres et désertes. Arthea avait jugé préférable de ne pas prévenir ses onze gardes du corps. Probablement imbibés de vin, ils auraient risqué de manquer de discrétion, de s'avérer plus encombrants qu'utiles. De surcroît, la terreur les avait paralysés lors de son altercation avec l'officier de la garde, ce qui laissait planer un sérieux doute sur leurs capacités de réagir face à l'adversité.

Les ruelles se resserraient, traversaient des courettes où s'entassaient des monticules de déchets pris d'assaut par les rats. Arthea n'avait encore jamais mis les pieds dans ces quartiers reculés de Sephren. Originaire d'un village de l'intérieur, elle avait passé toute son adolescence dans le bâtiment d'Ammu, situé près de la tour de la lune, et les rares incursions qu'elle avait effectuées en compagnie de ses sœurs dans la ville basse ne lui avaient pas permis d'en explorer tous les recoins. Elle avait toujours considéré Sephren comme le joyau de la civilisation atlante, et elle se rendait compte, à la faveur de cette expédition dans les entrailles de l'agglomération, que la capitale cachait sa misère, sa décrépitude comme une vieille femme dissimule ses rides sous une épaisse couche de fard. Les murs des habitations se couvraient d'une lèpre verdâtre, des ronces dépassaient des toitures effondrées, des herbes folles poussaient entre les pavés disjoints des ruelles, la lumière des étoiles débusquait des mares putrides à la surface desquelles flottaient des formes indistinctes, les effluves d'iode s'effaçaient derrière les odeurs fétides d'urine, d'excréments, de putréfaction. Elle avait l'impression d'avoir franchi la porte d'un autre monde, d'errer dans un univers en décomposition. Sephren était rongée de l'intérieur sous ses dehors chatoyants, à l'image du culte d'Ammu dont les prêtres de Sa'at sapaient dans l'ombre les fondements.

« Tu sais où tu vas ? demanda-t-elle à Tepheh.

— Je reconnais les lieux, répondit le vieil homme d'un ton agacé. J'ai parcouru ce trajet des centaines de fois. »

Ils s'enfoncèrent dans des venelles si étroites qu'ils ne pouvaient s'y tenir de front, longèrent des bâtiments en ruine mangés par une végétation luxuriante, arbres torturés, ronces, buissons aux fleurs écarlates, lianes... Des petits singes sautaient de branche en branche en poussant des cris stridents.

« Qu'est-ce que c'est, un singe, grand-père ?

— Un animal qui ressemble à l'être humain, et qui est couvert de poils de la tête aux pieds.

— Comme les hommes qui avaient peur du poulpe dans la grotte ? »

Le vieil homme observa un petit moment les points sombres qui se déplaçaient sur la grève du lac. Des loups, une horde d'une dizaine d'individus. Le disque solaire, toujours voilé par les nuages, entamait sa course descendante. Il ne leur restait plus beaucoup de temps avant la tombée de la nuit.

« Tu n'as pas faim, Jahik ? »

Le garçon eut une grimace signifiant qu'il pouvait tenir le coup mais qu'il ne dirait pas non si on lui proposait à manger. Le vieil homme sortit alors de la poche de sa veste une petite boîte en bois qu'il ouvrit et tendit à son petit-fils. Elle contenait des galettes de farine d'épeautre sauvage farcies de morceaux de viande.

« Je les ai cuites ce matin, dit le vieil homme. Elles sont bonnes au moins ? »

Jahik ne pouvait pas répondre, car il n'y avait plus de place pour les mots dans sa bouche. Le vieil homme posa la boîte à portée de main de l'enfant et reprit le cours de son récit.

Les singes n'étaient pas les seuls habitants des bas-fonds de Sephren. Alors que Tepheh, Arthea et Tcholko se trouvaient au milieu d'une ruelle, des ombres se dressèrent devant eux et leur barrèrent le passage. Des hommes et des femmes, vêtus de haillons, munis de bâtons et de frondes. Tcholko s'aperçut que d'autres avaient surgi dans leur dos pour leur interdire de rebrousser chemin. Il se retint de sortir son couteau, car il valait mieux qu'ils ne le croient pas armé.

Une femme se détacha du groupe et se planta devant eux. Agée d'une quarantaine de solstices, elle portait une robe déchirée qui révélait partiellement sa peau noire, sa poitrine volumineuse, ses épaules et ses cuisses puissantes. Un large turban retenait sa chevelure et faisait ressortir la rondeur de son visage, la largeur de son nez, l'épaisseur de ses lèvres. La blancheur de ses yeux et de ses dents tranchait sur le fond des ténèbres. L'extrémité de son long bâton avait été taillée en pointe et durcie dans les braises. Tcholko remarqua que les autres, qui demeuraient dans la pénombre, présentaient des caractéristiques physiques disparates : les uns étaient grands et larges d'épaules, d'autres petits et menus, certains avaient le teint et la chevelure clairs, d'autres la peau et les cheveux foncés.

« Nous ne pensions pas que des Atlantes viendraient nous rendre visite en ce soir de fête ! » déclara la femme noire.

Sa façon d'accentuer la dernière syllabe de chacun de ses mots lui donnait une intonation à la fois chantante et traînante. Tout à fait dégrisé désormais, Tepheh cherchait une issue parmi les éboulis, mais les murs à demi effondrés formaient d'infranchissables barrières de chaque côté de la ruelle. Au loin grondait la rumeur des spectateurs rassemblés dans l'arène de Sa'at. La lune ne paraissait pas dans le ciel criblé d'étoiles : les prêtres choisissaient une nuit de lune noire pour donner le coup d'envoi de leur fête. Les singes faisaient un raffut de tous les diables dans les arbres environnants, agités par une brise marine qui ne parvenait pas à chasser les odeurs.

« Qui êtes-vous ? » demanda Arthea.

La femme noire la toisa en silence pendant un long moment.

« Les prisonniers d'Atlantis, répondit-elle enfin.

— Pourquoi prisonniers ? Vous avez commis des crimes ?

— Un seul : celui d'avoir tenté de revoir notre monde natal. Nous sommes ceux que vous appelez les barbares et que vous condamnez à l'exil perpétuel. Les gardes du consort ont tué la plupart de ceux qui ont voulu quitter cette île, mais quelques-uns ont réussi à leur échapper et se sont réfugiés dans les quartiers abandonnés de Sephren. Nous en sommes réduits à manger les restes et les rats. Nous construisons un bateau qui nous emmènera bientôt de l'autre côté de l'océan.

— Les vaisseaux vous repéreront et vous couleront... »

Les lèvres de la femme noire s'étirèrent en une moue ironique.

« D'ici là, nous aurons trouvé le moyen de clouer au sol les vaisseaux atlantes.

— Le consort aura été prévenu avant.
— Nous n'avons pas pour habitude de laisser des témoins derrière nous. Nos vêtements, nos chaussures nous sont fournis par les visiteurs imprudents. »

Tepheh jetait des regards haineux à Tcholko et Arthea, coupables à ses yeux de l'avoir entraîné dans une aventure où il risquait de perdre la vie.

« Nul ne vous a obligés à venir sur Atlantis, avança Arthea.

— Le malheur nous y a poussés, fit la femme noire. Nous pensions connaître une vie meilleure, et nous nous sommes desséchés, comme des arbres dont on aurait coupé les racines.

— Les Atlantes n'en sont pas responsables.

— Nous avons commis une erreur mais ils sont coupables de nous retenir sur cette île contre notre gré.

— La grande prêtresse craint que vous ne brisiez le secret et que...

— Que nous importent Atlantis et ses secrets ! l'interrompit la femme noire d'une voix gonflée de fureur. Que nous importent les putains d'Ammu, les taureaux de Sa'at, les cristaux, les vaisseaux ! Nous voulons seulement rentrer chez nous, respirer un air familier, parler notre langue, embrasser les nôtres. J'ai abandonné deux enfants pour courir après une chimère. J'ai tant pleuré que je n'ai plus de larmes à verser... »

Son visage ressemblait en cet instant au masque tragique de l'odügan, ce morceau de cuir lisse et percé de trois trous qui maintenait à l'écart les féroces démons de l'örgiski. Les autres brandissaient leurs bâtons, imprimaient un mouvement tournant à leurs frondes, ponctuaient son discours de grognements qui se mêlaient aux hurlements stridents des singes pour exciter leur agressivité.

« Notre mort ne changera rien à votre problème », plaida Arthea.

La femme noire eut un petit rire qui secoua sa forte poitrine.

« Les Atlantes nous ont appris le goût du secret ! Que feras-tu si nous te libérons, sinon courir prévenir le consort ? Nous ne sommes pas assez nombreux pour contenir une attaque massive des gardes. Les morts ne parlent pas. »

En son for intérieur, et même s'ils projetaient de l'exécuter, Arthea ne pouvait s'empêcher de les approuver. Ils se battaient à leur manière pour reprendre une liberté que les prêtresses d'Ammu leur avaient confisquée. Les Atlantes avaient témoigné d'un orgueil insensé en se figurant que leur civilisation se substituerait aux notions fondamentales d'origine, de racines. Ces hommes et ces femmes avaient un jour choisi de venir sur Atlantis, qui leur était alors apparue comme un jardin de délices, mais ils n'y avaient pas trouvé le bonheur promis, le paradis s'était transformé en enfer, le rêve en cauchemar. Combien avaient tenté de traverser l'océan à bord d'une embarcation de fortune ? Combien avaient été engloutis par les flots, dévorés par les requins, exécutés par les gardes du haut des vaisseaux ? Combien avaient trouvé refuge au milieu de ces ruines insalubres ?

« Nous sommes plusieurs prêtresses à penser que nous devrions rétablir les relations avec les mondes extérieurs », dit Arthea, consciente que son argument résonnait comme une tentative désespérée de sauver sa peau.

Du plat de la main, la femme noire se frappa le haut de la cuisse.

« Toi une putain d'Ammu ? Elles sont toutes enfermées dans la ville haute !

— Moi exceptée, rétorqua Arthea. Je reviens de voyage et les gardes m'ont interdit de rejoindre le quartier des prêtresses. Nous cherchions une entrée discrète...

— C'est ta sortie qui sera discrète ! »

Les autres éclatèrent de rire et firent tournoyer leurs frondes de plus belle. Les sifflements des lacets de cuir s'amplifièrent et dominèrent le vacarme des singes.

« Si tu es vraiment une de ces catins lunaires, ta mort n'en sera que plus réjouissante ! gloussa la femme noire.

— Tout meurtre est une défaite de l'humanité », fit Arthea en détachant chacun de ses mots.

Son interlocutrice lui décocha un regard mauvais.

« Nous n'avons pas de leçons à recevoir d'une Atlante. Les prêtresses des communautés extérieures n'hésitent pas à éliminer les curieux. Oh, elles ne font pas couler le sang, bien sûr, elles agissent comme les serpents dont un intrus viole le territoire : elles l'hypnotisent avant de cracher leur venin. »

Elle soulignait les contradictions des servantes d'Ammu, dont l'obsession du secret les conduisait à renier leur propre enseignement.

« Maudits barbares ! » grommela Tepheh.

Une pierre jaillit d'un lacet de cuir et frappa son chapeau, qui fut arraché de sa tête et alla heurter un mur. Le vieil homme poussa un long gémissement, s'agenouilla et se recroquevilla sur les pavés disloqués, les mains croisées sur sa nuque, les coudes collés aux tempes. La mort pouvait surgir à tout moment de la nuit, invisible, imparable.

Tcholko renonça à tirer son couteau, une arme inutile dans ce genre d'affrontement. Le loup lui-même se sert parfois d'autres arguments que ses griffes et ses crocs : ne le voit-on pas composer avec le mâle dominant d'un troupeau de rennes lorsque la faim le tenaille et que le rapport de forces ne lui est pas favorable ?

Il retira son chapeau et s'approcha de la femme noire pour qu'elle pût distinguer ses traits à la lueur ténue des étoiles.

« Vous vous apprêtez à tuer l'un des vôtres, fit-il en promenant son regard sur les hommes et les femmes disséminés dans les ténèbres. Je suis moi-même un barbare, un Tunguz de la taïga, et j'appartiens au clan de la Laie. »

Les tournoiements des bras des frondeurs perdirent aussitôt de leur amplitude, et les singes cessèrent leur tapage. Deux rides verticales se creusèrent au coin des sourcils de la femme noire, qui examina Tcholko avec une attention soutenue.

« Si tu n'es pas atlante, ce que je crois, qu'est-ce que tu fiches avec elle ? marmonna-t-elle sans le quitter des yeux. Elle t'a ensorcelé avec son ventre ?

— Elle vous a dit la vérité : elle souhaite qu'Atlantis rétablisse les échanges avec les mondes extérieurs.

— De quel pouvoir se réclame-t-elle ? Les gardes n'ont même pas daigné la laisser entrer dans la ville haute.

— Elle essaie de sauver Atlantis de la destruction. »

La femme noire eut un large sourire qui découvrit ses dents régulières.

« La destruction d'Atlantis arrangerait nos affaires...

— Au début, peut-être, mais les ennemis d'Ammu ne se contenteront pas de soumettre cette île », dit Tcholko.

Il s'interrompit un moment et attendit que le silence, à peine troublé par les soupirs plaintifs de Tepheh et le frissonnement des arbres, s'installe durablement dans la ruelle.

« Ils voleront à bord des vaisseaux pour semer le malheur sur les mondes extérieurs, sur ton monde, sur le mien, sur les leurs, reprit-il en désignant les silhouettes figées dans l'obscurité. Le néant sort de sa tanière et fera pleuvoir une pluie de pleurs et de sang sur l'humanité tout entière.

— Le néant est déjà dans nos cœurs, murmura la femme noire.

— Il vous reste l'espoir. Les ennemis d'Ammu sont animés par une force ténébreuse qui ne laisse aucune place à l'espoir.

— Je ne suis pas obligée de te croire... »

Elle se dandinait d'une jambe sur l'autre, un mouvement qui traduisait sa perplexité, son indécision. Elle avait cru tendre une embuscade à un petit groupe d'Atlantes pour les dépouiller et les assassiner, comme tous ceux qui, avant ces trois-là, s'étaient fourvoyés dans les ruines de Sephren, et elle se retrouvait devant un barbare qui lui tenait des propos inquiétants sur l'avenir de l'humanité. Elle était partagée entre son intuition, qui l'inclinait spontanément à ajouter foi aux paroles de cet homme — lequel paraissait droit, incapable de mentir —, et une méfiance exacerbée par des années de clandestinité dans ces quartiers à l'abandon. Elle pressentait que s'ouvraient de nouvelles possibilités, de nouvelles portes, mais les responsabilités dont l'avaient investie ses compagnons d'infortune avaient forgé en elle des réflexes, des habitudes qui s'opposaient aux changements. Cela faisait maintenant une dizaine d'années qu'elle avait été proclamée reine de cette armée d'infortune, forte de deux cents membres — après avoir égorgé dans son sommeil le roi précédent, un soudard originaire des forêts profondes de la pointe occidentale du continent oriental, une brute sanguinaire dont les ordres et les désirs allaient trop souvent à l'encontre de l'intérêt général —, et jamais elle ne s'était sentie aussi désemparée, aussi hésitante. Elle était pourtant consciente que les atermoiements étaient incompatibles avec sa fonction, que l'ordre et la discipline reposaient en grande partie sur la détermination, sur la vitesse d'exécution, sur quelques règles simples et strictes dont l'observance avait permis de limiter les pertes humaines et d'accélérer la construction du bateau. Elle n'entrevoyait qu'une solution, qui ne lui plaisait pas, parce qu'elle en appelait à un arbitrage extérieur et risquait de remettre en cause sa légitimité, sa souveraineté. Elle ne se faisait guère d'illusions sur la loyauté de ses sujets, qui lui avaient jusqu'à présent témoigné une fidélité sans faille mais qui sauteraient sur la première occasion de la renverser et de briguer son misérable trône.

« Qu'est-ce que nous gagnerions à vous épargner ? »

Ce fut Arthea qui répondit :

« Votre liberté. Si nous parvenons à repousser les forces ténébreuses dont vous parlait Tcholko, les prêtresses d'Ammu seront tenues d'évoluer, d'ouvrir Atlantis aux mondes extérieurs.

— Ta conviction n'est pas une garantie.

— Votre bateau non plus n'est pas une garantie : les colères de l'océan atlantique coulent la plupart des embarcations qui s'essaient à la grande traversée.

— Nous sommes prêts à prendre le risque... »

Tcholko devina que leur interlocutrice tentait justement d'évaluer les risques présentés par l'une ou l'autre alternative. Dans un cas, elle pariait sur l'achèvement et la solidité d'un bateau construit dans la clandestinité avec des matériaux de récupération, dans l'autre, sur la victoire des forces atlantes opposées à de mystérieux adversaires et sur le non moins hypothétique revirement d'attitude des prêtresses d'Ammu.

« Suivez-moi », dit-elle soudain.

Le Tunguz sut alors qu'elle venait d'opter pour la seconde solution.

Elle s'appelait Mayalé et venait d'une région désertique du continent noir que Tcholko et Arthea avaient survolé à bord du vaisseau d'Ivis. Elle avait surpris un couple d'Atlantes en train de se désaltérer à la source où elle se rendait quotidiennement afin de remplir d'eau ses calebasses. Émerveillée par leur peau blanche, par leurs cheveux clairs et lisses, par leurs bijoux plus brillants que les rayons du soleil, par les couleurs et la finesse de leurs vêtements, par le gigantisme du vaisseau posé à quelques pas de là, elle les avait pris pour des dieux. Ils s'étaient adressés à elle dans sa langue et, par jeu sans doute, l'avaient invitée à se rendre sur leur île. Elle avait accepté, persuadée qu'elle réaliserait tous ses souhaits dans le pays fabuleux du Père du monde, qu'elle reviendrait ensuite dans son village et qu'elle ferait profiter les siens, non seulement sa famille proche mais son peuple, de ses nouveaux pouvoirs. Voilà pourquoi elle avait abandonné ses deux enfants, l'un âgé de quatre ans et l'autre de quelques mois, qu'elle nourrissait encore de son lait. Elle se souvenait que ses seins s'étaient vidés comme des outres sèches et qu'elle avait ressenti longtemps la douleur du manque. La désillusion avait été à la hauteur de ses espérances, énorme, cruelle. Elle avait essayé de s'enfuir une première fois à la nage, une entreprise aussi désespérée que stupide. Elle n'avait pas réussi à franchir la grande barrière de corail qui ceinturait l'île de part en part. Elle avait ensuite travaillé pendant dix ans dans une ferme de l'intérieur, puis elle avait effectué sa seconde tentative en se cachant à bord d'un vaisseau de ravitaillement. Découverte par l'équipage, elle avait été arrêtée par les gardes du consort, leur avait échappé alors qu'ils l'escortaient vers la grande salle des jugements et des exécutions, s'était réfugiée dans les quartiers antiques de Sephren où elle avait été recueillie par les autres proscrits. Elle avait participé à de nombreuses opérations de ravitaillement dans la ville basse, tué plus de cinquante Atlantes, fait preuve d'une telle détermination, d'une telle inflexibilité, qu'elle avait gagné l'estime de ses compagnons et qu'elle s'était vu confier la tâche d'éliminer et de remplacer le tyran qui les gouvernait. Elle avait accepté avec, en tête, le projet d'achever le bateau dont la construction avait été abandonnée pendant le règne de son prédécesseur. Elle ajouta que son cœur s'était durci avec l'âge et qu'elle n'avait plus avec les hommes que des relations épisodiques et purement physiques. Elle n'espérait plus qu'une seule chose désormais : revoir ses enfants avant de mourir.

« Ils ont grandi sans moi, ils ont pris femme, ils m'ont peut-être donné des petits-enfants... »

Après avoir parcouru un dédale de sentiers envahis par la végétation, ils s'étaient introduits dans une maison en ruine, avaient descendu un escalier étroit qui partait de l'ancienne cuisine et donnait dans un réduit obscur, puis ils avaient actionné un petit mécanisme dissimulé par une pierre dans une niche. Un pan de mur avait pivoté sur lui-même et dégagé une étroite ouverture. Tcholko avait aperçu, à la lueur des torches, le jeu compliqué de poulies et de chaînes métalliques mis en branle par le mécanisme. Le mur avait réintégré son emplacement initial dans une succession de grincements suivis d'un claquement.

Ils parcoururent une première galerie à la voûte arrondie et recouverte de mousse, séparée en deux par un profond caniveau où croupissait une boue noirâtre, nauséabonde.

« Les égouts de l'ancienne ville basse, expliqua Mayalé. Ils recueillaient les déchets organiques des habitants de Sephren. Les Atlantes ont beau se vanter de leur civilisation éclairée, ils pissent et chient comme nous, ajouta-t-elle en lançant un regard de biais à Arthea. Et nous pataugeons à longueur de temps dans leur merde ! »

Les parois et la voûte répercutaient sa voix puissante ainsi que les claquements de leurs pieds nus ou de leurs sandales sur les pierres descellées. La troupe grossissait au fur et à mesure qu'ils enfilaient les galeries et progressaient dans le cœur du réseau souterrain. Ils furent bientôt escortés ou précédés par plus de cent hommes et femmes dont certains, munis de torches, ouvraient la marche et dont les autres écartaient à coups de bâton les nombreux rats attirés par le tapage.

« Les Atlantes n'ont pas produit que de la... merde », fit Arthea à voix basse, comme si elle s'adressait à elle-même.

La réflexion n'échappa pas à l'attention de Mayalé.

« A force de côtoyer le ciel, ils ont oublié de regarder la terre. »

Les halos mouvants des torches révélaient les radicelles entre les pierres des murs, les feuilles brunes et rabougries de plantes rampantes qui se faufilaient dans les moindres interstices, les bouches des passages transversaux d'où surgissaient des silhouettes alertées par le bruit et éblouies par l'éclat des flammes. Des hommes et des femmes dans la force de l'âge, des vieillards mais aussi des enfants : les proscrits d'Atlantis avaient fondé des familles, comme pour affirmer la permanence de la vie dans ce cloaque répugnant. Beaucoup avaient gardé leurs caractéristiques physiques d'origine, mais quelques-uns avaient de grands yeux ronds, un nez allongé, une peau couleur de cire, une maigreur maladive qui préludaient à l'émergence d'un type nouveau et commun. L'apparition de ces derniers accrut l'épouvante de Tepheh, qui voulut revenir sur ses pas mais que des mains fermes contraignirent à suivre le mouvement. Si les uns portaient des guenilles qui les vêtaient de manière purement symbolique, d'autres allaient entièrement nus, le corps couvert d'une épaisse couche de crasse et constellé de plaies purulentes. Ils vivaient dans des conditions d'hygiène déplorables. La chaleur moite qui régnait sur les entrailles de Sephren et le voisinage des rats favorisaient probablement les infections, les contagions, et Arthea s'étonnait qu'ils eussent survécu aussi nombreux et aussi longtemps dans un tel environnement.

Ils arrivèrent devant une gigantesque salle où débouchaient une vingtaine d'autres galeries. S'y entassaient des lits de fortune — des herbes rassemblées en bottes le plus souvent, des matelas de tissu dérobés dans la ville basse quelquefois —, des tables fabriquées avec des poutres, des souches qui servaient de tabourets, des trépieds métalliques de cuisson et, tout au fond, un vieux fauteuil en bois trônant sur une estrade décorée d'un tissu aux couleurs passées. Des torches murales disposées tous les cinq pas sur des piliers ronds dispensaient un éclairage incertain et donnaient aux murs humides l'allure de miroirs aveugles. Ici régnait une ambiance de ruche générée par les incessants va-et-vient autour des chaudrons posés sur les trépieds, dominaient le fumet caractéristique de viande bouillie et une odeur diffuse de moisissure et de putréfaction.

La rumeur, colportée par les enfants qui avaient couru de toutes leurs petites jambes dans les arcanes du réseau souterrain, avait précédé l'arrivée de Mayalé et de ses prisonniers. Les occupants de la grande salle cessèrent leurs activités et se pressèrent autour de leur reine en poussant des cris de joie. Tcholko eut l'impression d'être revenu dans la grotte de la faille une quinzaine de jours plus tôt.

Quinze jours, déjà. Cela faisait donc une lune qu'il avait quitté le campement, qu'il avait étreint Ulgak avant de se jucher sur le taïpan. Le clan avait certainement entrepris son voyage vers les contrées du sud. Les images de la grande migration lui revinrent en mémoire, avec une précision implacable, douloureuse... La longue caravane s'étirait sur les plaines à peine blanchies par les neiges... Les hommes convoyaient le troupeau de rennes et scrutaient l'horizon... L'odügan, les femmes, les enfants et les vieillards ingambes marchaient au centre, protégés sur les côtés par les chevaux qui traînaient les brancards de bois et de peau chargés des sacs de vivres, des vêtements, des couvertures... Le ciel était clair, le vent vif, l'atmosphère à la fois grave et joyeuse, grave parce qu'ils seraient exposés au danger pendant une dizaine de jours sur ces étendues plates et dépourvues d'abris naturels, joyeuse parce qu'ils accomplissaient un rituel qu'ils avaient préparé tout au long de l'été et qui était l'essence même de leur vie de nomades... Le soir venu, ils montaient les yourtes, chantaient autour des feux sur lesquels grillaient des quartiers de renne, et les braises volaient dans l'air pur comme des prières adressées aux esprits auxiliaires du clan...

Il fut empli d'une nostalgie poignante qui lui serra le cœur et décupla son désir de rejoindre au plus vite les siens. Il ressentit une compassion infinie pour ces hommes et ces femmes qui, très loin de chez eux, croupissaient avec les rats dans les égouts de Sephren.

Mayalé rétablit le silence d'un geste du bras.

« La capitale de mon royaume ! fit-elle avec une grandiloquence teintée d'ironie. C'est ici que nous mangeons, que nous dormons, que nous procréons, que nous mourons, que nous réglons nos affaires.

— Où est votre bateau ? » demanda Tcholko.

Il avait posé cette question de façon purement machinale, avant tout pour desserrer l'étau qui lui comprimait la poitrine, mais elle le considéra pendant quelques instants d'un air soupçonneux.

« Dans un endroit où il lui sera facile d'appareiller, finit-elle par répondre. A l'origine, le réseau des égouts évacuait les déchets dans l'océan.

— Il vous faudra beaucoup de tissu pour fabriquer les voiles...

— Elles sont prêtes.

— Sera-t-il assez grand pour transporter tout le monde ? »

Le silence de Mayalé fut plus éloquent qu'une longue explication : l'embarquement impliquerait des choix déchirants, des injustices, des affrontements sanglants, et c'était peut-être l'une des raisons pour lesquelles elle avait prêté une oreille attentive aux arguments d'Arthea et de Tcholko.

Elle se fraya un passage jusqu'au fond de la salle, grimpa sur l'estrade, s'assit dans le fauteuil et leva son bâton pour signifier qu'elle avait quelque chose d'important à déclarer. Elle n'était qu'une souveraine de pacotille régnant sur un univers pitoyable, mais Tcholko lui trouvait de la grandeur, comme si sa fonction l'avait poussée à s'élever au-dessus de sa condition. Les flammes des torches et des trépieds paraient d'or ses haillons, sa peau noire, le bois de son trône, sculptaient les trognes de ses sujets rassemblés devant l'estrade, révélaient les chapiteaux des piliers de soutènement, effleuraient les voussures de pierre rongées par l'humidité.

« Cet homme et cette femme, un barbare et une put... prêtresse d'Ammu m'ont fait part d'événements qui pourraient infléchir le cours de notre destin, dit-elle. Je dois consulter le chasseur de rats avant de prendre une décision.

— A mort la putain atlante ! hurla une voix grave.

— Le chasseur de rats est un démon ! » cria une femme.

Des clameurs ponctuèrent cette double intervention. Mayalé écarta les bras pour rétablir le calme.

« Le chasseur de rats est l'œil et l'oreille de la ville haute, reprit-elle avec force. Il nous a rendu service à plusieurs reprises, et ce serait une erreur fatale que de s'en faire un ennemi.

— La putain atlante n'est pas notre amie ! intervint un homme au crâne chauve et à la barbe noire.

— Je n'ai jamais prétendu qu'elle l'était, et je vous la livrerai sans hésitation si elle m'a menti. Mais si elle a dit la vérité, nous serons de retour chez nous plus tôt que prévu.

— Nous savons ce que valent les promesses des Atlantes ! » lança un vieillard.

Hochements de tête et murmures saluèrent ses paroles.

« Ils ne nous ont rien promis, ils nous ont simplement emmenés sur leur île tout en sachant que nous ne pourrions pas en repartir. Ils croyaient que nous rejetterions notre passé pour nous fondre dans leur civilisation, mais nous ne sommes pas des animaux qu'on dresse avec une poignée de grains ou la promesse d'une caresse. Cette femme prétend que les prêtresses d'Ammu changeront d'avis à notre sujet si nous l'épargnons et la laissons entrer dans la ville haute.

— Mensonges ! Elle nous dénoncera au consort !

— Elle est de leur race maudite ! Elle mérite la mort ! »

Mayalé rencontra cette fois les plus grandes difficultés à rétablir le calme.

« Je n'avais pas l'intention de vous consulter, seulement de vous informer de ma décision. Si je me suis trompée, vous serez en droit de me demander des comptes, de me déchoir, d'élire une nouvelle souveraine. Après le repas, je conduirai cet homme et cette femme devant le chasseur de rats. Vous garderez celui-ci — son index se pointa sur Tepheh — en otage, et vous l'exécuterez si je ne suis pas revenue avant l'aube. »

Les yeux du vieux pêcheur s'agrandirent de terreur à la perspective de passer la nuit au milieu de barbares qui vouaient une haine farouche aux Atlantes. Il fixa Arthea d'un air suppliant mais elle resta indifférente, silencieuse, et il pesta intérieurement contre les prêtresses et leur déesse, regretta d'avoir pris leur parti contre le seigneur Horis, se promit que s'il sortait vivant de là, il deviendrait le plus fidèle et le plus féroce partisan de Sa'at et de ses taureaux.

« Ordonne au moins à quelques-uns de t'escorter, suggéra un homme.

— Vous connaissez aussi bien que moi les règles fixées par le chasseur de rats.

— Nous ne pouvons te laisser seule avec ces deux...

— Ne vous faites pas de souci pour moi, coupa Mayalé. J'ai encore des ressources. Et maintenant, mangeons. »

Ils prirent donc place autour des grandes tables et mangèrent, dans des écuelles en bois, les morceaux de viande qui avaient mijoté dans les immenses chaudrons.

« Elle venait d'où, cette viande ? demanda Jahik.

— De l'endroit où ils habitaient, répondit le vieil homme.

— C'était du... rat ? »

Le garçon grimaça et reposa dans la boîte la galette qu'il venait tout juste de saisir entre le pouce et l'index.

« Il fallait bien que les proscrits de Sephren se nourrissent, et, avec les singes, les rats étaient les seuls animaux de leur terrain de chasse.

— Tcholko en a mangé ?

— Il avait faim...

— Arthea aussi ?

— Elle a lutté contre son dégoût pour ne pas froisser ses hôtes. »

Jahik reprit la galette et mordit dedans à pleines dents.

« Moi aussi je lutte contre mon dégoût pour ne pas te froisser, grand-père », dit-il la bouche pleine.

Le vieil homme éclata de rire. Il entrevit, sur la bouille malicieuse de son petit-fils, une expression qui lui rappela sa mère, cette femme à la fois lointaine et intime qui venait de temps à autre le visiter en rêve.

XIV

« Drôle de personnage que le chasseur de rats : c'était un petit homme à la face allongée et vêtu de peaux de rats cousues les unes aux autres. Il vivait dans les sous-sols de la ville haute dont il connaissait tous les secrets. Pour seul compagnon, il avait un chat qui restait le plus souvent perché sur son épaule. A force de côtoyer les rongeurs, il avait fini par leur ressembler, et il n'avait nul besoin d'une torche ou d'un quelconque système d'éclairage pour voir dans l'obscurité. Il s'exposait rarement à la lumière du jour, dont l'éclat lui blessait les yeux, et il veillait avec une jalousie féroce sur les limites de son territoire constitué de galeries, de salles souterraines, de grottes naturelles, de murs de fondation. La reine Osira l'avait recruté, dans un premier temps, pour enrayer la prolifération des rats, de plus en plus nombreux et agressifs dans l'enceinte du palais, mais, s'il continuait d'exercer sa charge avec une remarquable efficacité, il avait fini par s'identifier à ce royaume de ténèbres dont il s'était institué le souverain.

« Lorsqu'ils s'étaient installés dans les quartiers abandonnés et les égouts de la ville basse, les proscrits lui étaient apparus comme des intrus, comme des rivaux, et il les avait attirés par petits groupes dans les innombrables pièges que recelaient les sous-sols, les trappes, les oubliettes, les boyaux qui ne débouchaient sur nulle part et dont ils ne retrouvaient jamais la sortie. Puis, une délégation lui avait demandé audience et proposé un traité : les proscrits circonscrivaient leur territoire aux anciens égouts, s'engageaient à respecter les frontières de son domaine, lui demandaient en contrepartie d'adopter à leur encontre un comportement sinon bienveillant du moins neutre. Il avait accepté leurs conditions et, comme ils étaient devenus ses frères de ténèbres, il les avait pris en sympathie, les prévenant à plusieurs reprises d'une descente imminente des gardes du consort dans leur refuge, leur offrant les centaines de rats qu'il chassait quotidiennement, les guidant jusqu'à la galerie qui donnait sur l'océan et leur servait d'atelier pour la construction du bateau. Il n'avait assorti sa collaboration que d'une clause, très stricte : si les proscrits souhaitaient le rencontrer dans son royaume, ils devaient l'en avertir par l'intermédiaire d'un système de tuyaux qui transportait le son jusqu'à son repaire et ne se déplacer qu'en comité restreint.

— Je n'aimerais pas vivre comme un rat ! » s'écria Jahik.

Le garçon avait un autre point commun avec son grand-père : il détestait l'atmosphère oppressante des souterrains. Mais quel Tunguz, quel nomade des steppes se serait senti à son affaire dans un lieu où le ciel n'existait pas, où le vent ne soufflait pas, où les oiseaux ne chantaient pas ?

« Il avait consenti à recevoir l'ambassade conduite par Mayalé et limitée à trois personnes. Lorsque sa voix avait retenti par l'embout de l'ancienne canalisation d'eau, Tcholko avait eu l'impression d'entendre le couinement d'un rat qu'une magicienne aurait doué de la parole. Ils s'étaient alors munis d'une torche et, sous la conduite de la reine des proscrits, avaient emprunté l'une des galeries qui partaient de la grand-salle. Arthea était restée sourde aux jérémiades de Tepheh qui, devant son inflexibilité, s'était mis à l'agonir d'injures jusqu'à ce qu'un homme le réduise au silence d'un coup de poing sur le crâne. »

Ils s'enfoncèrent dans un dédale de tunnels aux voûtes et aux parois étayées par des poutres vermoulues, escaladèrent des éboulis de terre et de pierres, se faufilèrent dans des goulets étranglés, pataugèrent dans des flaques boueuses. Arthea s'arrêta à deux reprises pour régurgiter son repas, et Tcholko dut se battre avec énergie contre la terreur qui précipitait son souffle et lui glaçait le sang. Il se sentait étouffer comme à chaque fois qu'il déambulait dans les profondeurs du sol, mais il percevait une autre énergie dans ces passages dont la torche révélait furtivement les contours, une présence maléfique, terrifiante, un souffle silencieux qui semblait s'exhaler des enfers d'Erlik-Khan.

Leur hôte les attendait au bout d'une galerie bouchée par un mur criblé de petites cavités dont l'une contenait la sculpture d'un rat d'une hauteur de deux pouces. La lumière de la torche débusqua d'abord les yeux du chat perché sur son épaule, puis sa silhouette, tellement menue que Tcholko crut l'espace d'un instant se retrouver devant un enfant. Son visage pointu, mangé par une barbe poivre et sel, disparaissait en partie sous un large couvre-chef formé de plusieurs peaux de rongeurs dont les têtes et les pattes antérieures lui bordaient le front et les joues. D'autres peaux superposées avaient servi à confectionner son ample cape, son pantalon, ses bottes, traversés à intervalles réguliers par des franges de queues. Il répandait, à plus de vingt pas à la ronde, une odeur pestilentielle qui raviva la nausée d'Arthea. Tcholko se rendit compte que, même si quelque chose de bizarre, voire de malsain, se dégageait de cet homme, l'énergie maléfique ne rayonnait pas de lui.

Sans dire un mot, le chasseur de rats glissa la main dans la cavité et tourna la tête de la sculpture. Le mur s'escamota dans un chuintement prolongé et s'ouvrit sur une petite pièce meublée de quelques chaises et d'une table en bois.

« Dois-je éteindre la torche ? demanda Mayalé.

— Ce ne sera pas nécessaire, répondit le chasseur de rats en s'effaçant pour les inviter à entrer. La lumière des torches ne me dérange pas. »

Comme lorsqu'elle s'était élevée de l'ancienne canalisation d'eau, sa voix aigrelette évoquait une succession de couinements qui s'organisaient en syllabes, en mots, en phrases. L'extrême mobilité de ses yeux et la vivacité de ses gestes complétaient la ressemblance avec un rongeur. En toutes circonstances, son chat, dont la maigreur et le pelage terne illustraient un goût très modéré pour l'exercice, restait posé sur son épaule comme une excroissance poilue et vivante. Sans la protection de son maître, il n'aurait probablement pas survécu très longtemps au milieu d'ennemis héréditaires nettement plus agressifs et vigoureux que lui.

D'un geste, le chasseur les pria de s'asseoir. Les murs et le plafond bas de la pièce s'ornaient de pierres plates et lisses sur lesquelles se devinaient les couleurs passées de fresques. En dépit de l'éclairage imprécis de la torche, Tcholko reconnut les formes approximatives de grands mammifères marins et d'un vaisseau entouré d'étoiles. Un monticule de cadavres de rats s'élevait à côté d'une ouverture qui donnait sur un étroit couloir.

« En quoi puis-je t'être utile, reine Mayalé ? » demanda le chasseur en se laissant choir à son tour sur une chaise.

L'emphase avec laquelle il avait prononcé le titre de la souveraine des proscrits montrait qu'il attachait une grande importance au protocole. Son regard furtif, incapable de se fixer quelque part, volait sans cesse de l'un à l'autre de ses visiteurs.

« Cette femme, une prêtresse d'Ammu, et cet homme, un barbare, affirment qu'Atlantis est menacée de destruction, déclara Mayalé.

— Voilà une nouvelle de nature à te réjouir !

— Ils ont pu me mentir dans l'espoir que je les épargne. Ils prétendent d'autre part que les forces de destruction se répandront sur les continents occidentaux et orientaux.

— En quoi cela me concerne-t-il, reine Mayalé ? »

Il avait posé la question avec une négligence affectée et pourtant, la fixité soudaine de son regard trahissait un vif intérêt. Oscillant entre répulsion et fascination, Tcholko était traversé de brutales envies de lui trancher la gorge avec son couteau. Arthea jugeait grotesques cet homme et cette femme qui régnaient l'un sur un peuple de rats et l'autre sur une poignée de barbares, qui jouaient leur rôle de souverain avec une gravité ridicule et qui, pourtant, tenaient en cet instant précis le sort d'Atlantis entre leurs mains.

Mayalé planta la torche entre deux dalles descellées.

« Je n'ai pas suffisamment d'éléments pour prendre une décision, chasseur de rats. C'est pourquoi je suis venue te demander des conseils.

— Je ne suis pas certain de pouvoir te les donner...

— Tu es l'œil et l'oreille de la ville haute.

— Je sais beaucoup de choses, il est vrai, mais qu'aurais-je à gagner à te dévoiler mes secrets ? »

Mayalé se donna une tape puissante sur la cuisse. Le claquement fit tressaillir le chat. C'était sa manière à elle de prévenir l'interlocuteur qu'elle allait prononcer des paroles importantes. L'odügan ne procède pas autrement lorsqu'elle secoue les clochettes de sa robe et frappe son tambour avant d'annoncer une prédiction.

« Si cet homme et cette femme disent vrai, tu seras débarrassé de nous plus tôt que prévu.

— Et que disent-ils ? »

Exaspérée par leur petit jeu, incapable de se contenir, Arthea se leva et s'avança vers la chaise du chasseur de rats.

« Nous perdons notre temps ! gronda-t-elle. Les taureaux sont sur le point de renverser le culte d'Ammu ! »

Le chasseur de rats la dévisagea, sourit et dévoila deux énormes incisives qui lui donnaient une expression cruelle, inquiétante.

« Ce n'est pas la première fois qu'ils s'y essaient.

— Cette fois, ils ont mis toutes les chances de leur côté : ils se sont alliés avec des hordes guerrières qui sèment la terreur sur les mondes extérieurs. Leur symbole, une sorte de poulpe...

— Le savoir caché », coupa le petit homme.

Il poursuivit, devant l'air interrogateur d'Arthea :

« Le savoir offert aux Atlantes comportait deux aspects. Les prêtresses d'Ammu ont développé l'un et rejeté l'autre. Ce faisant, elles ont figé l'évolution. La séparation des contraires entraîne le tarissement de la source. »

Ces paroles ranimèrent la voix d'Omaguk, l'odügan du clan du Grand Bison, dans l'esprit de Tcholko : *l'univers est fait d'opposés, l'être humain se perd s'il refuse d'être le chaudron où bouillent les contraires.* La vieille Samoïed n'avait pas eu besoin d'effectuer un long voyage à bord d'un bateau volant pour être instruite d'événements qui se déroulaient à plusieurs milliers de sarps de sa yourte.

« Deux aspects ? s'étonna Arthea.

— Répondre à cette question reviendrait à connaître l'histoire d'Atlantis, et je n'ai pas encore réussi à reconstituer toute la trame. Je sais seulement que l'un est lumineux, sec et chaud comme les cristaux, que l'autre est sombre, humide et froid comme les grands fonds océaniques. Le deuxième est dangereux, car porteur d'une force dynamique qui peut pousser l'être humain aux pires excès mais, sans lui, le premier se vide de sa substance. Les prêtresses d'Ammu ont vidé le savoir de sa substance parce qu'elles ont eu peur de succomber à leurs propres faiblesses, de réveiller leurs propres démons. Il n'y a pas de procréation sans l'union d'un homme et d'une femme.

— Un monde administré par les taureaux serait pire !

— Également incomplet. Les cristaux perdraient leur pouvoir, et il manquerait l'un des deux éléments fondamentaux. »

L'attention figeait les traits de Mayalé, soulignés par les lueurs mouvantes de la torche : elle ne connaissait des cultes atlantes que les célébrations officielles, les assemblées de pleine lune, les fêtes du soleil, les jeux athlétiques, les légendes... A l'aune de la conversation qui se tenait entre la prêtresse et le chasseur, elle s'apercevait que les pouvoirs occultes à l'œuvre sur Atlantis avaient d'étranges similitudes avec les forces primordiales invoquées par les griots et les sorciers de sa terre natale.

« J'ai vu un homme mourir pour avoir simplement levé les yeux sur le symbole du poulpe, reprit Arthea. Les taureaux établiront leur pouvoir sur la terreur.

— Quelle différence avec les prêtresses ? Elles l'ont établi sur la peur...

— Elles ont commis l'erreur de couper Atlantis des mondes extérieurs mais, à quelques exceptions près, elles ont évité les bains de sang. Les taureaux et leurs séides n'hésiteront pas à exterminer des peuples entiers. Tcholko et moi avons suivi leurs traces dans les steppes, et nous savons de quelles horreurs ils sont capables. »

Le chasseur de rats se leva et fit quelques pas entre les chaises. Il entrecoupait ses foulées menues, sautillantes, de brusques volte-face qui soulevaient les queues de sa cape.

« Qu'est-ce que tu proposes ? demanda-t-il en se tournant vers Arthea.

— Je dois prévenir la reine et la grande prêtresse. Elles ordonneront au consort de...

— Ne compte pas sur le consort, l'interrompit le petit homme. Les taureaux lui ont promis le trône d'Atlantis. Je me suis... invité à quelques rencontres entre Saïfin et le grand prêtre de Sa'at. »

Les révélations du chasseur de rats pétrifièrent Arthea. Elle avait refusé d'écouter Tcholko dans la ville basse, et pourtant, à l'aide de sa seule intuition, il était arrivé aux mêmes conclusions que le petit homme.

« Peut-être les compagnons de la reine... balbutia-t-elle.

— Ils sont consignés dans leurs quartiers pendant toute la durée de la fête. Hormis les quatre ou cinq d'entre eux qui participent aux jeux, ils ne pourront pas en sortir : les gardes du consort bouclent toutes les entrées de la ville haute.

— Qu'est-ce que les prêtres attendent pour passer à l'attaque ? demanda Tcholko.

— Le couronnement du nouveau consort. De l'ancien, devrais-je dire. Le vainqueur des jeux n'aura aucune chance face à Saïfin.

— L'issue d'un combat n'est jamais certaine, objecta le Tunguz. Ils auraient pu couronner Saïfin sans courir ce risque, même minime. »

Le chasseur de rats s'approcha de lui avec une telle rapidité qu'un réflexe le poussa à tendre les bras pour anticiper la collision. Mais le petit homme s'arrêta net à quelques pouces de ses mains. Surpris, le chat dut enfoncer ses griffes dans la cape de peau pour se maintenir en équilibre.

« Le pouvoir ne se prend pas seulement avec des soldats, fit-il, le menton levé sur son vis-à-vis, les lèvres retroussées sur ses incisives. Ce sont les croyances qui le fondent, qui le légitiment, ou il s'écroule comme un vulgaire château de sable. Les taureaux ne remettront pas en cause leurs coutumes. Ils attendront la fin des fêtes du soleil pour proclamer leur roi. »

Tcholko n'éprouvait plus la même répulsion à l'encontre de son vis-à-vis, qu'il dépassait de deux bonnes têtes. Il décelait de la noblesse et de la sagesse sous ses apparences repoussantes.

« Et si le vainqueur des jeux triomphait de Saïfin ? insista le Tunguz.

— Le consort connaît parfaitement le labyrinthe où a lieu le combat. Il a de surcroît l'appui des prêtres et manie très bien les armes. Le malheureux qui lui sera opposé n'aura même pas le temps de comprendre les règles du jeu. A moins que... »

Le chasseur marqua un temps de pause et plongea son regard acéré dans celui de Tcholko. Le chat lui-même le fixa avec une intensité accrue, comme s'il épousait les pensées de son maître.

« A moins que nous ne changions nous-mêmes les règles du jeu... Saïfin s'est déjà installé dans le labyrinthe, revêtu de ses attributs de taureau. Nous pouvons peut-être donner un coup de pouce au vainqueur des jeux.

— Nous ? »

Tcholko avait très bien compris où voulait en venir son interlocuteur, mais il avait besoin d'un sursis pour se ménager un temps de réflexion.

« Les Atlantes ont perdu depuis longtemps leur instinct guerrier, répondit le chasseur de rats. Seul un barbare est capable de venir à bout de Saïfin.

— Avec quelles armes ?

— Je garde une lance et une dague déposées en ces lieux par les premiers habitants de cette île.

— Où est le labyrinthe ?
— Tout près d'ici, dans les fondations de la ville haute.
— Ma blessure à l'épaule n'est pas encore cicatrisée.
— Je te crois capable de surmonter ce handicap.
— Que se passera-t-il ensuite ? »

Le chasseur de rats revint s'asseoir sur sa chaise, ferma les yeux et s'absorba un long moment dans le silence.

« Si Saïfin te tue, rien n'empêchera les taureaux de prendre le contrôle d'Atlantis, dit-il enfin. Si tu réussis à l'éliminer, le vainqueur des jeux sera proclamé consort. Nous n'aurons alors que très peu de temps pour le soustraire à l'autorité des prêtres et préparer la défense de l'île.

— La garde lui obéira ?
— En principe, elle ne prend les ordres de personne d'autre que le consort, ancien ou nouveau.
— Je croyais que les prêtresses d'Ammu ne valaient pas mieux que les taureaux, ironisa Arthea. Il me semble pourtant que tu prends parti... »

Le chasseur de rats lui décocha un regard aigu.

« Je n'agis pas dans le but de conforter le pouvoir des prêtresses, mais dans l'espoir qu'elles tireront les conclusions de cette crise. Qu'elles continuent d'ignorer le savoir caché, qu'elles persistent dans leur splendide isolement et, tôt ou tard, la religion du poulpe supplantera le culte d'Ammu. De plus, je le confesse, je n'éprouve aucune sympathie pour les taureaux.

— Si nous réussissons dans notre entreprise, je convaincrai la grande prêtresse et la reine de la nécessité d'un changement.

— Le cœur de la grande prêtresse est plus dur que la lave refroidie d'un volcan. Quant à la reine, c'est une vieille femme sans caractère. Elle ne prendra aucune initiative.

— On ne peut nier certaines évidences ! s'exclama Arthea.

— Les évidences ne sont pas les mêmes pour tout le monde... »

Arthea saisit les mains de Tcholko. Le halo de la torche enflammait sa chevelure et pailletait d'or le vert de ses yeux.

« Rien ne t'oblige à combattre Saïfin...

— Les ayi m'ont expédié sur Atlantis dans ce but », dit-il avec un sourire.

Il l'affirmait avec d'autant plus de force que cela lui apparaissait maintenant comme une évidence. Depuis qu'il avait quitté le campement de la Laie, les ayi lui avaient dépêché des messagères pour le remettre sur le chemin de sa destinée à chaque fois qu'il s'en était écarté. Tout en respectant sa liberté, la vieille Ryak, l'effraie, Omaguk, la nature même l'avaient préparé à ce lointain affrontement dans les sous-sols d'une cité perdue au milieu de l'océan Atlantique. Son voyage n'avait pas été le fruit d'une succession de hasards, il relevait de l'ordre secret des choses, de l'agencement des mondes invisibles.

« Saïfin est dangereux, ajouta Arthea.

— Le labyrinthe l'est davantage, renchérit le chasseur de rats. Le consort essaiera de t'illusionner, de t'entraîner vers l'une des innombrables trappes qui parsèment les couloirs et dont le fond est tapissé de pieux en fer. Attention aussi à ne pas te fourvoyer dans la salle des crânes. »

Mayalé vint les rejoindre au centre de la pièce. Son bandeau dénoué libérait en partie sa chevelure crêpue. Elle se frappa la cuisse du plat de la main.

« Je tiens ma réponse, dit-elle. Je dois retourner près des miens avant qu'ils n'exécutent leur otage. Nous le garderons jusqu'à ce que la situation se soit décantée. Je te salue, chasseur de rats.

— Je te salue, reine Mayalé. »

Elle se tourna vers Arthea et ajouta :

« J'espère sincèrement que je ne me suis pas trompée sur ton compte... »

Elle s'inclina devant eux et sortit sans reprendre sa torche. Le mur se referma sur sa silhouette avalée par la pénombre de la galerie.

Après avoir posé l'oreille sur l'embout d'une canalisation, le chasseur glissa le bras dans la niche et tourna la tête de la sculpture du rat. Les mêmes causes produisant les mêmes effets, le mur s'escamota dans un murmure à peine audible. Le chasseur rabattit le haut de sa coiffure sur ses yeux pour ne pas être blessé par la clarté qui s'engouffrait par l'ouverture. Le jour était levé, depuis peu sans doute comme l'indiquaient les teintes roses et argentées des rayons du soleil qui éclaboussaient la longue pièce.

Ils avaient, avant d'arriver devant ce rat en pierre, parcouru plusieurs galeries, gravi des escaliers étroits et taillés directement dans les parois de précipices noyés de ténèbres. Le chasseur avait expliqué que ces gouffres avaient été creusés bien avant l'installation des Atlantes sur l'île et que nul n'en connaissait la profondeur. La lumière de la torche n'était pas parvenue à transpercer l'obscurité presque palpable dont ils étaient emplis. L'énergie maléfique avait de nouveau pénétré Tcholko jusqu'au fond de l'âme. La lance et le glaive remis par le chasseur lui paraissaient dérisoires face à une telle puissance. C'étaient pourtant des armes légères, effilées, plus fines et mieux forgées qu'un Tunguz n'en eût jamais rêvé, mais il ne pouvait se défaire de l'impression qu'il était convié à un impossible combat.

« La salle des dauphins », chuchota Arthea.

Les fresques aux murs représentaient effectivement des dauphins, dessinés de manière tellement réaliste que la pièce semblait être cernée par l'océan.

Au centre, trônait la statue d'un autre mammifère marin, posée sur un socle doré, façonnée dans un métal gris que rosissait délicatement la lumière du jour. Des lignes ondulées et blanches striaient le bleu soutenu et brillant du carrelage, s'échouaient sur le bas des piliers de soutènement ronds et lisses, donnaient à l'ensemble un effet de vagues s'échouant sur des récifs. Une lune ronde et claire occupait une grande partie du plafond bleu pâle tandis que le soleil se faisait tout petit dans un coin. Des colonnes de lumière tombaient de vitraux dont les motifs complexes et colorés émerveillèrent Tcholko.

Le mur coulissa de nouveau, regagna son emplacement initial, se recala avec une telle perfection qu'il leur fut impossible de distinguer le moindre interstice, le moindre linéament.

« J'ignorais l'existence de ce genre de passage ! s'exclama Arthea.

— Les Atlantes ne sont pas nombreux à connaître tous les secrets de la ville haute, dit le chasseur à voix basse. Les prêtresses d'Ammu ont oublié jusqu'à l'existence des sous-sols. Quant aux taureaux, ils empruntent seulement les chemins qui les mènent à la salle des crânes.

— De quelle manière commandes-tu l'escamotage du mur à partir de cette salle ?

— Il est certains secrets qu'il vaut mieux garder pour soi...

— Et si des prêtres s'étaient trouvés dans cet endroit ?

— Je l'aurais su, et nous aurions suivi un autre itinéraire, plus long, plus dangereux. »

Le personnage du chasseur de rats cadrait mal avec la magnificence de la salle des dauphins. A la faveur du jour, on pouvait discerner les petits poils blancs hérissés au bout de son nez, les multiples boursouflures de sa peau blafarde (des morsures?), le jaune de ses larges incisives, le noir de ses ongles, l'aspect graisseux des rares cheveux qui dépassaient de son couvre-chef et se confondaient avec les queues de rats. La lumière agressive provoquait un tremblement permanent de ses paupières mi-closes.

Il se rendit de sa démarche tressautante jusqu'au centre de la pièce, sortit une agate de forme ronde d'un repli de sa cape, l'enfourna dans l'une des orbites vides de la statue du dauphin, puis s'écarta avant que le socle ne pivote sur lui-même dans un grincement horripilant et ne dévoile une ouverture rectangulaire.

« L'entrée du labyrinthe, dit-il. Le grand prêtre possède le deuxième œil. »

Tcholko aperçut dans la pénombre les premières marches d'un escalier. L'étau qui lui comprimait la poitrine resserra un peu plus son étreinte. Les mêmes sensations l'envahirent que lorsqu'il s'était aventuré dans une grotte où s'était réfugié un ours traqué. La force noire se terrait quelque part dans cet antre. Il avait traversé les steppes, deux continents et l'océan pour la rencontrer. Il reprit courage en pensant aux odügan et aux bö qui défiaient les abasy pour extirper la maladie du corps d'un membre du clan. Il les représentait sur cette terre lointaine, il incarnait les forces de la magie, il était l'envoyé des mondes invisibles qui régissent l'envers des choses et le destin de chaque être vivant, il prenait la même importance qu'une étoile dans le ciel, qu'un rayon du soleil, qu'un arbre de la taïga, que l'eau d'une source, que le souffle du vent, que les flammes d'un foyer, qu'un bourgeon au printemps, qu'un épi d'épeautre, que le galop d'un taïpan, que le chant d'une baleine... Il n'était pas seulement armé d'une lance et d'une dague, mais d'une tradition vieille de plusieurs centaines de cycles, du formidable courage qui animait les odügan et les bö, de l'amour d'Ulgak.

Car, il en avait la certitude en cet instant, Ulgak n'avait jamais cessé de l'aimer, elle l'accompagnait par la pensée, par le rêve, elle espérait son retour dans le campement d'hiver du clan de la Laie.

« Encore une fois, Tcholko, tu n'es pas obligé de... »

Il posa l'index sur les lèvres d'Arthea, l'étreignit rapidement, jeta son chapeau au sol et tira la dague de son fourreau de cuir.

« Je viendrai te chercher dans le labyrinthe, dit le chasseur de rats. En t'attendant, nous essaierons de contacter la grande prêtresse et les compagnons de la reine.

— Et si je suis vaincu ?

— Je le saurai... »

Tcholko hocha la tête, empoigna la hampe de la lance et se dirigea d'une allure décidée vers l'ouverture. Il perçut le gémissement étouffé d'Arthea lorsqu'il posa le pied sur la première marche.

Pas un bruit ne troublait le silence. Il ne savait pas si la galerie qu'il parcourait conduisait au labyrinthe ou en faisait partie. Il avait perdu tous ses repères au pied de l'escalier, comme s'il avait franchi la porte d'une dimension où le temps et l'espace n'existaient plus. Il ressentait la force noire avec une acuité oppressante, paralysante, et il devait en appeler à toute sa raison, à toute sa volonté pour ne pas sombrer dans la panique, dans la folie. Il n'entendait ni les claquements de ses pieds nus sur la terre battue ni sa respiration. Seuls résonnaient les battements accélérés de son cœur qui transformaient en tambours sa poitrine et ses tympans. Il avait cru d'abord suivre la même galerie mais il en doutait à présent, se demandait s'il n'avait pas changé de direction à un moment ou un autre, s'il ne s'était pas fourvoyé dans l'une des bouches sombres qui béaient sur les parois. L'obscurité n'était pas aussi dense que dans le royaume du chasseur de rats, mais elle était agissante, elle buvait ses souvenirs, elle séparait son esprit de son corps.

Il eut la sensation d'une présence dans son dos. Il pivota sur lui-même, tendit la lance vers l'avant, aperçut, à quelques pas de lui, un homme à la tête de taureau, vêtu d'un pagne, brandissant une hache à double lame. Il piqua la pointe de la lance vers son adversaire mais ce dernier refusa l'engagement et disparut par une ouverture latérale. Il resta un moment indécis, surpris par cette reculade, surpris également par l'apparence physique de Saïfin (pour autant qu'il pouvait en juger, il s'agissait d'une métamorphose, et non d'un déguisement). Puis il décida de revenir sur ses pas et d'explorer la galerie transversale par laquelle le consort s'était enfui. Il s'y engagea, la parcourut sur une courte distance.

Le sol se déroba tout à coup.

Il n'eut pas le temps de se jeter en arrière, il fut happé par le vide, tiré vers le bas. Il lâcha la dague, lança sa main libre au-dessus de sa tête à la recherche d'une prise, parvint à agripper le bord de la trappe. Il bloqua sa chute mais le poids de son corps brutalement suspendu lui mit l'épaule au supplice. Il entendit les cliquetis décroissants de la dague qui rebondissait d'une paroi à l'autre de l'oubliette. Il tenta d'abord de remonter à la seule force de son bras, mais ses doigts humides ripèrent sur le sol de terre battue et le contraignirent à différer son effort, à enrayer d'abord sa glissade. La paroi ne présentait aucune irrégularité, aucune excroissance dont il aurait pu se servir comme de points d'appui. A chacun de ses gestes, ses doigts de plus en plus crispés perdaient un peu d'adhérence, un peu de résistance. Il s'efforça de recouvrer son calme, prit une longue inspiration, cessa de remuer les jambes. Immédiatement, ses idées devinrent plus claires et la solution se dessina d'elle-même. Il plaça d'abord la pointe de la lance sur l'un des bords de la trappe, puis il leva la hampe à l'horizontale et essaya d'en poser l'extrémité sur le bord opposé. Ses premières tentatives se soldèrent par autant d'échecs, car il était un peu trop court. Il ne tenait plus que par les deuxièmes phalanges, une douleur de plus en plus aiguë montait de ses os, de son poignet, de son coude. Alors il décida de jouer le tout pour le tout : il raffermit sa prise sur le manche de bois, regroupa les jambes, posa les pieds sur la paroi et, utilisant le bout de ses doigts comme un levier, détendit ses jambes et donna une brusque impulsion vers le haut. Le gain ne fut pas spectaculaire, l'équivalent d'un pouce peut-être, mais suffisant pour lui permettre de poser l'extrémité de la hampe sur le bord de la trappe. Ses doigts lâchèrent, et il se retrouva suspendu par l'autre main à la lance coincée en travers de l'ouverture. Il craignit qu'elle ne cède sous son poids ou qu'elle ne glisse à son tour dans le vide, mais elle resta en place et ne se rompit pas. Dès lors, tout en évitant les gestes brusques, il se hissa en force jusqu'au niveau du sol et s'aida des deux bras pour s'extirper du piège.

Il demeura un long moment allongé sur la terre battue, couvert de sueur, le souffle court, les muscles tétanisés par la violence de l'effort. Il se souvint, un peu tard, de l'avertissement du chasseur de rats : *le consort cherchera à t'illusionner, à t'entraîner vers l'une des nombreuses trappes qui parsèment les couloirs...* Il ressortait de l'aventure avec une arme en moins mais avec un regain de vigilance.

Il devait prendre son temps, son adversaire comptant justement sur sa précipitation pour vaincre sans donner le moindre coup de hache. Lorsqu'il estima avoir suffisamment récupéré, il se releva et rebroussa chemin. Même s'il avait déjà franchi sans encombre l'espace compris entre la galerie principale et la trappe, il prit la précaution de sonder le sol avec la pointe de la lance. Il ne savait pas si ce genre de prévention s'avérerait suffisant pour déjouer les ouvertures des oubliettes, mais il n'avait pas d'autre solution.

Il marcha d'un pas prudent jusqu'à ce que la galerie bute contre un mur de terre et reparte à angle droit.

L'homme à la tête de taureau surgit tout près de lui. De nouveau, il fut saisi par cette apparition qu'aucun bruit n'avait précédée. Il jugula sa peur, observa son adversaire, distingua ses larges cornes en arc de cercle, son mufle luisant, ses petits yeux noirs, le pelage sombre qui lui couvrait le cou et le haut des épaules, son torse puissant, ses jambes et ses bras musculeux. Sa lourde hache ne semblait pas peser davantage qu'une brindille dans ses mains. Tcholko n'entendait pas son souffle mais il voyait son torse se soulever et s'abaisser comme un soufflet de forge, il percevait les langues d'air tiède qui s'échappaient de ses naseaux et lui léchaient le front.

« Les jeux de Sa'at ne sont pas achevés. »

Les mots avaient jailli de la bouche de l'homme à la tête de taureau mais la voix était surgie d'un gouffre insondable, des profondeurs de l'espace et du temps.

« Que ferai-je de l'usurpateur lorsqu'il aura goûté ma puissance ? »

Et la hache du consort vola vers la tête de Tcholko.

XV

Au sortir de la galerie des dauphins, Arthea et le chasseur de rats traversèrent plusieurs pièces en enfilade, dont la grande bibliothèque du palais et la salle de la métamorphose, où, selon l'intensité de la lumière, une femme nue représentée sur un mur se changeait progressivement en lézard, une transformation perpétuelle destinée à rappeler aux Atlantes leurs origines reptiliennes. Comme personne ne connaissait l'explication de ce phénomène, les prêtresses l'interprétaient comme une manifestation de la sagesse et de la puissance d'Ammu. Le temps n'avait pas altéré ce tableau vivant, contrairement aux autres fresques de la ville haute, qu'il fallait régulièrement nettoyer et repeindre. Il produisait sur Arthea un sentiment de malaise, une répulsion mêlée de fascination. Elle avait toujours eu horreur des reptiles, des serpents en particulier, et elle ne s'habituait pas à l'idée que l'être humain eût un quelconque lien de parenté, même lointain, avec les rampants. Cependant, elle se rendait compte que certaines de ses réactions tenaient davantage d'un instinct animal inscrit profondément dans ses gènes que de l'idéal humain. La bête vivait en elle autant que dans le corps et l'esprit d'un barbare, elle était simplement mieux contenue, mieux masquée par le voile de la civilisation. La grande différence entre les

Atlantes et les peuples des mondes extérieurs, c'était que ces derniers vivaient librement en compagnie de leur animal intérieur tandis que les Atlantes, forts d'un savoir qui leur donnait le sentiment de tutoyer les dieux, tentaient de l'emprisonner dans la cage étriquée de leur raison.

Arthea observa au passage la femme de la fresque dont les jambes se couvraient d'écailles vertes, se réunissaient, s'allongeaient pour devenir une queue. La lumière subtile, dont la source restait aussi mystérieuse que le processus de la métamorphose, ne parvenait pas à disperser l'obscurité qui occultait le reste de la salle. L'ambiance particulière de cette pièce accentua son inquiétude. Elle se souciait davantage du sort de Tcholko que de celui de son peuple. Son amour pour un barbare avait modifié l'ordre de ses priorités, et elle n'en éprouvait aucun remords. Elle sentait sur sa joue le regard inquisiteur du chasseur de rats qui marchait à ses côtés et semblait s'immiscer dans ses pensées.

Ils empruntèrent un couloir qui donnait sur le verger. Ils avaient décidé de se rendre à la tour de la lune, où la reine et la grande prêtresse élisaient domicile pendant les fêtes du soleil. Ils ne rencontrèrent personne dans les environs, ni garde, ni prêtresse, ni compagnon de la reine, ni serviteur, ni cuisinier... Les rayons du soleil levant se brisaient dans les frondaisons des arbres fruitiers et retombaient en pluie argentée sur les pelouses et les allées. Les trilles des oiseaux multicolores saluaient l'avènement de l'astre du jour. D'habitude, à cette heure-ci, de nombreuses novices se pressaient sous les arbres pour cueillir les fruits et couper l'herbe des pelouses, mais aujourd'hui, le verger était désert. Seules les deux tours dominaient le haut mur d'enceinte bordé de massifs fleuris.

Le chasseur de rats grimpa avec agilité dans un pommier et observa les environs. Son intrusion chassa une dizaine d'oiseaux qui s'envolèrent dans une gerbe de piaillements et de couleurs.

« Une fête du soleil ordinaire, murmura-t-il en caressant délicatement son chat. Les filles d'Ammu se terrent dans leurs quartiers, les taureaux s'occupent de l'organisation des jeux athlétiques, les gardes du consort surveillent la ville basse... La voie est libre. »

Ils sortirent du verger par l'une de ses quatre portes et se dirigèrent vers la tour de la lune. Ils longèrent les quartiers des prêtresses, un ensemble de bâtiments à colonnades de trois étages et séparés les uns des autres par des places, des escaliers, des jardins, des fontaines. Ils avaient la sensation de déambuler dans une ville ensorcelée, comme dans ces légendes atlantes où un homme venu d'un lointain univers déposait un baiser sur les lèvres d'une belle endormie et lui offrait une perle brillante qui chassait les ténèbres perpétuelles et réinstaurait le cycle du jour et de la nuit. Le chasseur de rats tendait le nez vers l'avant et reniflait bruyamment comme s'il détectait des odeurs menaçantes parmi les parfums fleuris et les senteurs d'encens qui émanaient des fenêtres entrouvertes des cellules individuelles. Il n'entrait sans doute pas dans ses habitudes ou dans ses prérogatives de quitter en plein jour son royaume souterrain pour s'introduire dans la ville haute, et sa foulée de plus en plus saccadée, la mobilité redoublée de son visage et de son regard, la grimace qui dégageait ses incisives jaunes et ses gencives brunes traduisaient une méfiance portée à son paroxysme. Quelques singes au pelage noir profitaient du silence insolite pour s'aventurer dans les arbres et sur les toits des bâtiments. Ils progressaient en silence par petits groupes, s'accordaient de longs temps de pause au cours desquels ils se tenaient immobiles, tous sens aux aguets, prêts à repartir à la moindre alerte vers leur territoire habituel.

Les rares silhouettes de prêtresses et de novices qui déambulaient dans les allées environnantes n'accordèrent aucune attention à l'étrange couple formé par la femme rousse et le petit homme habillé de peaux de rats, si bien qu'ils atteignirent sans encombre la tour de la lune, s'engouffrèrent par la porte dérobée du rez-de-chaussée et s'engagèrent dans l'étroit escalier qui grimpait en colimaçon à l'assaut de la construction. Les rayons obliques qui tombaient des lucarnes effleuraient à peine les marches tournantes et les pierres arrondies des murs. A chaque palier, la lumière pénétrait à flots par les ouvertures ogivales des balcons, puis la cage de l'escalier plongeait de nouveau dans la pénombre jusqu'au niveau suivant. Des chants, des rires, des éclats de voix se glissaient par les portes entrouvertes, ranimaient dans l'esprit d'Arthea les souvenirs encore proches de sa période de noviciat. Tout ce qu'elle savait du monde, elle l'avait appris dans les salles de classe et dans les petites bibliothèques réparties dans la partie inférieure de la tour. L'odeur, également, lui était familière, les exhalaisons singulières des pierres gorgées de chaleur, la senteur âcre des plaques de mousse qui échappaient à la vigilance des responsables de l'entretien, les essences des plantes cultivées dans les jardins intérieurs suspendus.

Après avoir gravi les trois premiers étages, ils croisèrent un groupe de prêtresses en robe rouge qui dévalaient l'escalier en riant. Elles se turent et s'immobilisèrent lorsqu'elles aperçurent le chasseur de rats, pétrifiées par la surprise et l'inquiétude. Arthea les observa mais n'en reconnut aucune parmi elles. Elle ne s'en étonna pas, les prêtresses étant tellement nombreuses dans la ville haute qu'il était impossible de les connaître toutes, sans compter que les visages de celles-ci restaient en retrait dans le clair-obscur. Leurs bijoux accrochaient de fugaces éclats de lumière qui criblaient le mur de cercles étincelants.

« Les... les visiteurs ne sont pas admis dans la tour de la lune, bredouilla la plus âgée, une femme dont quelques mèches grises dépassaient des pans relâchés de sa coiffure de tissu, une instructrice sans doute.

— Je suis une prêtresse d'Ammu, dit Arthea. Et cet homme est le chasseur de rats, chargé par la grande prêtresse d'enrayer la prolifération des rongeurs dans la ville haute. »

L'instructrice examina Arthea d'un air suspicieux.

« Je ne t'ai jamais vue...

— Je m'appelle Arthea. Je reviens du grand Ciber intérieur, de la communauté de Raïma et je dois rencontrer de toute urgence la reine et la grande prêtresse.

— Elles ne reçoivent pas depuis cinq jours. Les portes des terrasses sont fermées à clef.

— Ce que j'ai à lui dire est de la plus extrême importance.

— Tu ne ressembles pas à une servante d'Ammu.

— Mon vaisseau a fait naufrage près de l'île, et j'ai été recueillie par des pêcheurs.

— Repasse dans sept jours. Tu me raconteras tout ça en détail, je vérifierai ton identité et je jugerai si ton histoire vaut une audience auprès de la grande prêtresse. »

La femme âgée se faisait à présent un principe de ne pas céder. La plupart des instructrices ou des prêtresses de rang supérieur sautaient ainsi sur la moindre opportunité de jouer de leur autorité, à plus forte raison devant les novices ou les plus jeunes consœurs.

« Dans sept jours, tu seras morte ! lâcha Arthea d'une voix vibrante de colère. Et celles-ci avec toi ! Et la reine, et la grande prêtresse !

— Nous n'avons pas l'habitude d'entendre ce genre de menaces dans ces lieux ! riposta l'instructrice. Si tu es vraiment une prêtresse, ce dont je doute fort, tu ne resteras pas longtemps dans la ville haute. Dans une communauté extérieure, tu auras tout le loisir de...

— Ce n'est pas moi ni cet homme qui te menaçons, idiote, mais des assassins venus du lointain orient et que les prêtres s'apprêtent à lancer sur Atlantis ! »

L'instructrice pâlit sous l'insulte, et, sans le soutien des jeunes femmes qui l'entouraient, elle se serait sans doute affaissée sur les marches. Elle chercha ses mots, son souffle, mais, suffoquée par l'audace de son interlocutrice, elle resta incapable de proférer le moindre son. Il lui semblait reconnaître à présent cette jeune et jolie prêtresse rousse à la langue bien pendue qui avait été exilée une ou deux lunes plus tôt sur une terre froide et désolée du continent oriental.

« Arthea vous a dit la vérité, intervint le chasseur de rats (incommodées par son apparence et son odeur, aucune des prêtresses n'osait le regarder en face). J'ai surpris dans les sous-sols de la ville haute une conversation entre le grand prêtre de Sa'at et Saïfin, l'actuel consort. Ils ont prévu de renverser le gouvernement lunaire à l'issue des fêtes du soleil. Ils seront appuyés par une troupe actuellement rassemblée dans le Spitzberg et qu'ils transporteront sur Atlantis à l'aide des vaisseaux pris aux communautés extérieures. Ils n'épargneront aucune prêtresse d'Ammu.

— La grande prêtresse aurait été informée de ce complot, plaida la femme âgée sans conviction.

— Les taureaux ont tiré la leçon du passé », dit Arthea.

Elle gravit les marches d'une allure décidée et, suivie du chasseur de rats, fendit le petit groupe de ses consœurs, lesquelles s'écartèrent précipitamment lorsque le petit homme passa devant elles. L'instructrice tenta de sauver la face en lançant une réflexion sur la politesse et le respect dus aux personnes âgées qui ne parvint pas à la rétablir dans sa dignité.

Les poussées désordonnées d'Arthea ne réussirent pas à ouvrir la porte de la première terrasse, effectivement fermée à clef. Le chasseur de rats lui montra alors une plaque métallique enchâssée dans le mur et sur laquelle était gravée en relief la figure stylisée de l'arbre des Premiers, le pommier sacré du culte d'Ammu. Il posa ses mains sur deux pommes placées sur une branche basse, tourna un fruit vers la droite et l'autre vers la gauche, puis il fit de même avec deux pommes situées en haut de l'arbre. Un claquement retentit, et la plaque métallique pivota sur elle-même, dégageant une ouverture ronde par laquelle le petit homme se faufila.

« Vite ! fit-il à l'adresse d'Arthea. Elle se refermera dans très peu de temps. »

La jeune femme se glissa à son tour dans le passage et se retrouva, de l'autre côté, au fond d'un puits cylindrique et sombre. Elle discerna, à la faveur de la lumière qui provenait de l'escalier, les barreaux d'une échelle scellée dans le mur. La plaque métallique se referma et les plongea dans l'obscurité la plus totale. La pestilence qui émanait des vêtements de peaux du chasseur devenait insupportable dans cet espace confiné. Arthea s'enfonça les ongles dans ses paumes pour ne pas céder à la tentation de rebrousser chemin (de toute façon, elle ignorait la méthode à employer pour déclencher de ce côté-ci le mécanisme de la plaque métallique).

« Montons, proposa le chasseur.
— Où cette échelle débouche-t-elle ?
— Sur la tourelle de l'arbre des Premiers. »

Elle ne chercha pas à comprendre comment il avait découvert ce passage secret. Peut-être avait-il mis la main sur un ancien plan de la ville haute, ou bien passait-il toutes ses nuits à explorer les bâtiments dans ses moindres recoins ? Elle avait la très nette impression qu'il en savait davantage qu'il ne voulait bien le dire mais qu'il les laissait, elle, Tcholko, ses sœurs, régler leurs propres affaires, ou encore, plus inquiétant, qu'il se servait d'eux pour mener à bien un projet connu de lui seul. Qui pouvait deviner ce qui se tramait dans l'esprit d'un homme qui vivait dans une nuit perpétuelle en compagnie des rats ?

Le défaut de visibilité la contraignit à progresser à tâtons et rendit l'escalade particulièrement périlleuse, même si elle percevait sous elle la présence attentive et rassurante du chasseur. Elle songea que Tcholko se débattait en ce moment dans les sous-sols du palais, et une boule gonfla dans sa gorge, dans son ventre, qui lui coupa le souffle et perturba la coordination de ses gestes. Elle faillit lâcher prise mais l'intervention du chasseur, dont la main vint se placer sous ses fesses, la tira de sa léthargie. Ce contact l'horrifia à un point tel qu'elle se débrouilla pour garder sur lui quelques barreaux d'avance.

L'échelle aboutissait à un grenier où des rais de lumière, tombant d'étroites lucarnes, criblaient l'obscurité et révélaient les fragments d'un parquet irrégulier, vermoulu. Sur un mur, se dessinaient les linéaments d'une porte vers laquelle le chasseur se dirigea sans hésitation. Il en poussa le verrou et l'ouvrit. Elle grinça sur ses énormes gonds et libéra un flot de clarté éblouissant qui découvrit des poutres rongées par l'humidité, des nids d'oiseaux coincés entre les chevrons, des pierres blanchies par le salpêtre.

Ils empruntèrent un passage tournant, étroit et bordé de hauts murs que coiffait un azur encore pâle. Les premières bouffées de chaleur se diffusaient dans la fraîcheur matinale. Les trilles et les bruits de la ville ne parvenaient pas à percer le silence funèbre qui régnait sur le haut de la tour.

Ils pénétrèrent à l'intérieur d'une tourelle ronde, exiguë, dépourvue de toit, entièrement occupée par un minuscule jardin. Arthea avait entendu parler du jardin secret d'Ammu, mais jamais elle n'y avait été admise, un privilège réservé à la reine, à la grande prêtresse et à quelques supérieures. Au centre d'un cercle de gazon ras, se dressait le pommier mythique, l'arbre des Premiers. Il avait été planté, selon la légende, par la déesse-mère elle-même pour commémorer le don de la connaissance et le renouveau de l'humanité. On disait également que la civilisation atlante ne survivrait pas à sa mort. Il était très ancien, à en juger par les nœuds de son tronc et de ses branches, par la noirceur et les irrégularités de son écorce. Il portait quelques fruits dont les couleurs ternes et les dimensions modestes révélaient son manque de vitalité.

Une femme était allongée sur le banc scellé dans le mur et qui, avec un coffre de pierre, était le seul autre élément de décor. A ses côtés, assise sur le sol, la tête posée sur les genoux, une autre femme paraissait perdue dans ses pensées. Arthea reconnut la reine Osira, vêtue d'une robe légère et plissée. C'était la première fois qu'elle contemplait la souveraine atlante sans ses bijoux, sans son diadème, sans le masque traditionnel qui lui cachait la moitié du visage et symbolisait sa double appartenance au monde extérieur et au monde intérieur, au matériel et au spirituel, au divin et à l'humain. Dépouillée de ses attributs, Osira n'était plus qu'une vieille femme ordinaire aux traits et au corps enrobés. Ses yeux gonflés et ses cheveux gris tombant librement sur ses épaules lui donnaient l'allure d'une folle.

La femme allongée sur le banc était morte, comme l'indiquaient la pâleur de son teint, la fixité de ses lèvres et de ses yeux entrouverts, les taches noires et mouvantes des insectes qui s'introduisaient dans ses narines et sa bouche, l'odeur de corruption qui emplissait la tourelle. Seuls remuaient, agités par d'imperceptibles souffles d'air, quelques mèches de sa chevelure blanche et des pans de sa robe pourpre. Arthea se souvint de l'autorité cassante de cette femme qui, il n'y avait pas si longtemps, l'avait condamnée à l'exil sur les mondes extérieurs. La grande prêtresse d'Ammu, qui avait régné par l'entremise d'Osira durant de longues années, avait choisi ce moment pour rejoindre sa mère la lune et laisser ses sujets orphelins. Le désarroi de la reine était compréhensible dans la mesure où elle n'avait jamais pris la moindre responsabilité dans les affaires d'Atlantis.

Arthea s'approcha d'Osira, s'accroupit et lui posa la main sur l'avant-bras. La reine leva sur elle des yeux brouillés de larmes mais son regard resta transparent, inexpressif.

« Majesté... » murmura Arthea.

Osira parut soudain émerger d'un mauvais rêve.

« Qui... qui es-tu ?

— Arthea, prêtresse d'Ammu.

— Ammu... nous a abandonnées, gémit la souveraine. Eneïa, la grande prêtresse... »

Elle ponctuait ses mots de soupirs, de gémissements qui faisaient trembler ses joues molles et son double menton. Arthea se contint pour ne pas la secouer avec brutalité. En choisissant pour reine cette femme effacée et pleurnicharde, la grande prêtresse s'était assuré le contrôle du pouvoir mais, en même temps, elle avait laissé les fondements de la civilisation atlante reposer sur ses seules épaules.

« Vous ne devriez pas restée enfermée dans cette tour, Majesté, reprit Arthea. Les prêtres de Sa'at et le consort se sont alliés avec des tribus barbares qui s'apprêtent à déferler sur Atlantis.

— Ammu a abandonné ses servantes, répéta Osira. C'est la fin... la fin...

— Nous pouvons encore infléchir le cours des choses, fit Arthea d'une voix plus dure. Il nous faut prévenir les compagnons et préparer la défense de l'île.

— A quoi cela servirait-il ? Les taureaux sont plus forts que nous... Eneïa savait qu'ils préparaient une offensive.

— Vous devez vous battre jusqu'à votre dernier souffle, Majesté ! » gronda Arthea.

La colère de la jeune prêtresse eut le même impact qu'une gifle sur la souveraine, qui redressa le torse et repoussa son interlocutrice d'un geste du bras.

« Qui es-tu pour t'introduire dans le jardin secret et me donner des ordres ? » glapit-elle en se relevant.

Elle tenta de se recomposer une allure digne en défroissant sa robe et en rassemblant ses cheveux sur sa nuque. Le tissu léger ne cachait pas grand-chose de son corps alourdi. Elle prit conscience de la présence du chasseur de rats et de son chat, figés à côté du coffre de pierre.

« Tu as été engagé pour tuer les rats, et non pour te mêler des affaires d'Ammu ! lança-t-elle d'un ton cassant. Cet endroit est interdit aux hommes !

— Les affaires d'Ammu sont bien mal engagées, Majesté, répliqua le chasseur avec calme. Et je sais beaucoup de choses que vous autres, ses servantes, avez depuis longtemps oubliées. La grande prêtresse a-t-elle eu le temps de vous dire que ce jardin contient une possible solution à votre problème ? »

Le regard d'Osira passa successivement d'Arthea au corps de la grande prêtresse, puis revint se poser sur le chasseur. La chaleur tombait maintenant comme un couvercle sur la tourelle.

« Comment un homme vivant dans les souterrains de la ville haute aurait-il eu connaissance de secrets dont la reine d'Atlantis ne serait pas informée ?

— La ville haute livre tous ses mystères à celui qui veut bien les percer.

— De quelle solution parles-tu ? »

Le chasseur de rats traversa un demi-cercle de pelouse et se rendit au pied du pommier.

« Les racines de l'arbre des Premiers renferment une partie de la puissance du cristal, dit-il en pointant l'index sur le bas du tronc.

— L'énergie n'est pas divisible, protesta la reine.

— Le temps est pourtant scindé en jours et en nuits, l'être humain en homme et en femme. Vous-même, Majesté, vous portez en temps ordinaire un masque qui traduit la dualité de la création. L'autre face de la puissance règne dans l'obscurité, dans le labyrinthe où le prétendant lance son défi au consort. Pour garder une chance de vaincre les taureaux, vous devez déterrer votre pouvoir caché, faire jaillir la source où se régénèrent les cristaux atlantes. »

Osira s'éventa de la main tout en dévisageant le chasseur de rats. Elle essayait visiblement de démêler le vrai du faux dans les assertions du petit homme.

« Le coffre de pierre contient divers ustensiles dont une petite fourche à trois dents en aurichalcum, le métal jaune qui fut donné à nos ancêtres en même temps que le cristal, poursuivit le chasseur.

— Il est hors de question, hors de question, vous m'entendez, de creuser un quelconque trou dans la terre de l'arbre des Premiers ! s'insurgea la reine. Il en crèverait !

— Il s'en remettra, comme tous les arbres, mais si nous ne creusons pas, le culte d'Ammu sera éliminé dans quelques jours, et l'autre partie de la puissance régnera sans partage sur le monde.

— Les prêtres et leurs alliés sont capables de toutes les horreurs, Majesté, appuya Arthea. Ils ont réservé à nos sœurs de Raïma un sort révoltant. »

Osira recommença à défroisser sa robe et à lisser ses cheveux. Ses gestes mécaniques étaient l'expression d'une grande perplexité.

« Eneïa a bien mal choisi son moment pour partir, murmura-t-elle, à nouveau au bord des larmes.

— La grande prêtresse est allée jusqu'au bout de sa logique, dit le chasseur de rats. Une logique de destruction. Elle a ouvert le chemin aux prêtres de Sa'at, puis elle s'est laissée mourir pour ne pas affronter sa propre culpabilité.

— Seuls les impudents se permettent de juger ! rétorqua la reine.

— C'était une simple constatation, Majesté », fit le petit homme en s'inclinant.

Il se pencha tellement bas que son chat perdit l'équilibre et n'eut pas d'autre choix que de sauter sur l'herbe. Le petit félin resta un court instant debout sur ses quatre pattes, l'échine arrondie, le poil hérissé, puis il grimpa sur la cape de son maître et revint s'installer sur son perchoir.

« Même si tu as raison, nous ne disposons d'aucune armée pour lutter contre les alliés des taureaux et la garde du consort, reprit Osira.

— Tout dépendra de l'issue du combat qui se déroule actuellement dans le labyrinthe.

— Quel combat ? Les jeux n'ont pas encore désigné le prétendant... »

Le chasseur se dirigea vers le coffre de pierre, dont il observa attentivement le couvercle.

« Nous avons envoyé notre prétendant au seigneur Saïfin, dit-il en appuyant simultanément sur deux étoiles en relief qui encadraient un vaisseau de forme ronde.

— Un guerrier barbare que j'ai ramené de mon expédition dans le Ciber, précisa Arthea.

— Je n'aime guère qu'on mêle les barbares à nos histoires, grommela Osira.

— Les habitants de cette île ont une fâcheuse tendance à l'oublier, mais nos lois les plus anciennes, les plus sacrées, permettent aux barbares de s'installer sur Atlantis et de bénéficier de tous les avantages accordés aux Atlantes, y compris celui de défier le consort, répliqua le chasseur. Et surtout, c'est le seul combattant qui ait une petite chance de s'en sortir face à Saïfin. »

Le couvercle du coffre de pierre se souleva avec la douceur et la légèreté d'une plume.

« Personne ne peut contrôler l'esprit d'un barbare, lança Osira.

— Il n'a ni l'intention ni l'envie d'être proclamé officiellement consort, dit Arthea. S'il... »

Un spasme d'inquiétude lui secoua la poitrine. Que se passait-il dans le labyrinthe ? En ce moment même, Tcholko avait peut-être succombé sous les coups de Saïfin. L'attente, la sensation d'impuissance lui étaient intolérables. Elle parvint néanmoins à prendre une profonde inspiration et à surmonter son malaise.

« S'il parvient à éliminer l'actuel consort, nous informerons le prétendant de la situation, nous le gagnerons à notre cause.

— Est-ce que sa garde le suivra ?

— La garde obéit toujours au consort...

— Assez parlé ! » fit le chasseur.

Il avait extirpé du coffre de pierre une petite fourche recouverte d'une épaisse couche de poussière grise.

« Je ne comprends pas... » dit Jahik.

La nuit enveloppait le lac et ses environs. Avec elle se déposait un froid piquant, pénétrant.

« Si tu veux, nous rentrons au campement et nous continuerons un autre jour », proposa le vieil homme.

Le garçon prit un air buté et poursuivit son idée.

« Tcholko n'a pas pu te raconter ce qui s'est passé dans la tour de la lune, puisqu'il n'y était pas.

— Alors c'est que d'autres me l'auront rapporté », dit le vieil homme avec un sourire.

La vivacité d'esprit de son petit-fils était pour lui une source sans cesse renouvelée d'émerveillement.

« Qui ? Le chasseur de rats ? La grosse reine ? Arthea ?

— La reine n'était pas grosse, mais certaines personnes, en vieillissant, ont tendance à s'élargir, à s'affaisser tandis que d'autres deviennent aussi sèches que des branches mortes.

— Qui ?

— Tu le sauras bientôt. Tu ne m'as pas répondu : est-ce que tu veux rentrer ? »

L'enfant secoua la tête avec énergie et se rapprocha de son grand-père pour s'abriter du vent. Le vieil homme lui entoura les épaules et le serra contre lui.

D'une largeur de deux hommes, la galerie ressemblait à toutes celles que Tcholko avait déjà parcourues. Il lui fallait non seulement surveiller ses arrières et les ouvertures latérales pour tenter de prévenir les attaques du consort mais encore sonder le sol de terre avec la pointe de sa lance. Une quinzaine de trappes s'étaient déjà ouvertes, et plus il s'enfonçait dans le cœur du labyrinthe, plus leur nombre et leur fréquence augmentaient. Il revenait sans cesse sur ses pas, repartait dans un autre tunnel jusqu'à ce que l'ouverture d'une nouvelle trappe l'oblige à rebrousser chemin. A la fatigue, la peur et la douleur s'ajoutait la tension extrême qu'exigeait cette éprouvante progression dans les ténèbres. L'homme à la tête de taureau avait jailli à plusieurs reprises d'une bouche latérale et porté des coups principalement destinés à saper sa résistance. Il les avait parés à l'aide de la hampe de la lance, les avait esquivés d'un pas de recul, mais l'autre avait disparu avant qu'il n'ait eu le temps de riposter, comme s'il traversait les murs, ou encore qu'il se glissait par des passages dont il était le seul à connaître l'existence.

Il avait la très nette sensation que les trappes et les apparitions de son adversaire le guidaient peu à peu vers le centre du dédale, vers la salle des crânes dont lui avait parlé le chasseur de rats. Le consort cherchait davantage à l'orienter qu'à le frapper, comme si le but ultime du défi n'était pas le corps à corps entre les deux prétendants mais un affrontement avec la force effrayante dont il percevait la présence avec une acuité grandissante. Accoutumé à l'obscurité, il discernait à présent les pierres taillées des murs, les voûtes en arc de cercle, les rugosités du sol. Aucune végétation ne poussait dans cet endroit, contrairement aux souterrains que hantaient les proscrits de Mayalé et le chasseur de rats. C'était ici un règne minéral qui ne tolérait ni vie végétale ni vie animale. Il ressentait chacune de ses douleurs anciennes ou récentes, sa plaie à l'épaule, ses diverses contusions aux bras et aux jambes, mais également la blessure provoquée par un ours du temps où il n'était encore qu'un jeune chasseur étourdi, les séquelles d'une chute de cheval, les entailles des fers qui l'avaient mordu lors des guerres contre les Büryats... Sa souffrance ressuscitait les souvenirs les plus cruels, la mort de sa mère torturée par les cinq Aïkouts, la détresse d'Ulgak sur le bord du torrent, sa propre tentative de viol sur Arthea, le mépris de la jeune Atlante, le sentiment de désespoir devant les créatures de la grotte, la mort de son cheval... La force noire investissait son corps et son âme, l'imprégnait de sa substance, le préparait à leur union de la même manière que les odügan l'avaient préparé à cette rencontre dans les entrailles de l'île de l'autre bout du monde. Il perdait peu à peu confiance : il ne connaissait rien aux rituels magiques, et il doutait fort de l'efficacité de sa lance face à un tel adversaire. A plusieurs reprises, il fut tenté de chercher la sortie du labyrinthe et de regagner la galerie des dauphins, mais il lui fallait accomplir la mission que lui avaient confiée les divinités de l'en-bas. Sa mort était le prix à payer pour la préservation des siens, pour l'équilibre du monde, pour qu'Ulgak puisse continuer à vivre, à aimer dans la taïga.

Il franchit une galerie sans que la pointe de sa lance ne déclenche l'ouverture d'une trappe, déboucha dans une salle carrée éclairée par une faible lumière qui provenait de partout à la fois. Trois des murs étaient nus, mais des niches avaient été creusées dans le quatrième, qui contenaient toutes un crâne, excepté dans le coin droit, où l'une était restée vide.

Tcholko eut l'impression de pénétrer à l'intérieur d'un tumulus des monts du Bahikal et se sentit dans l'inconfortable peau d'un violeur de sépulture. Déranger les morts, c'est appeler la vengeance des abasy sur le clan, et Tcholko regretta d'avoir obéi à ses impulsions. Puis, alors qu'il lui avait semblé ne remarquer aucune silhouette quelques instants plus tôt, il vit au centre de la pièce l'homme à la tête de taureau, toujours armé de sa hache à double lame.

« Cette tombe ne t'était pas destinée », dit le consort en désignant la niche vide.

Tcholko l'examina avec attention mais ne réussit pas à savoir si la voix sortait réellement de sa gorge. La poitrine de son vis-à-vis avait beau être large, une voix n'y aurait pas pris une telle ampleur caverneuse.

« Elle était réservée au squelette du perdant. Je serai donc obligé de dissoudre tes os. Il ne restera rien de toi.

— Que ferai-je de toi lorsque tu auras goûté le baiser de ma lance ? » rétorqua Tcholko.

Avant même d'avoir achevé sa phrase, il piqua son arme vers le cœur du consort. Son geste n'eut ni la spontanéité ni la vitesse qu'il avait escomptées, il s'effectua au ralenti, comme à l'intérieur d'une masse d'eau.

Saïfin évita la pointe d'un simple retrait du torse.

« Tu as épuisé ta bravoure pour arriver jusqu'à moi », dit encore l'homme à la tête de taureau.

Il éclata de rire et leva sa hache avec une vivacité qui ne laissait planer que peu d'incertitude sur l'issue du combat.

XVI

Tcholko n'eut pas d'autre ressource que de plonger à terre pour échapper à la hache du consort. Le tranchant de la lame siffla à deux doigts de sa tête. Le poids de son arme projeta vers l'avant l'homme à la tête de taureau. Tcholko eut le réflexe de lever sa lance au moment où son adversaire le dépassait et de lui accrocher le pied avec l'extrémité de la hampe. Emporté par son élan, Saïfin perdit l'équilibre, percuta le mur d'en face, repartit en arrière sous la violence du choc, s'affaissa lourdement sur le sol où il demeura inanimé.

L'épaule meurtrie, à demi aveuglé par la sueur, Tcholko se releva le plus rapidement possible et, de son bras valide, arma sa lance. Il frappa de toutes ses forces, toujours aux prises avec cette sensation d'être ralenti par la densité de l'air. Lorsqu'il se rendit compte que le consort l'avait joué, il lui fut impossible de retenir son geste. Saïfin roula sur lui-même, et la pointe se ficha profondément dans la terre battue. La vibration se propagea dans tout le corps de Tcholko, enfonça des échardes dans ses blessures. Le temps qu'il dégage le fer, son adversaire s'était déjà relevé et s'était placé dans son dos. Son odeur mi-humaine, mi-animale l'enveloppa comme une ombre. Il devina, davantage qu'il ne la vit, la trajectoire descendante de la hache, de la droite vers la gauche. Il ne commit pas l'erreur de s'éloigner du centre du cercle où se tenait le consort. Il avait constaté, à la bataille d'Ïgahl, qu'il valait mieux raccourcir les distances, se rapprocher le plus près possible de la source du mouvement, briser les liens occultes qui faisaient de l'un le chasseur et de l'autre le gibier. C'était la peur, et par extension l'acceptation de la supériorité de l'autre, qui entraînait un guerrier à reculer, à subir. Une réaction qui allait à l'encontre de la logique offrait le double avantage de surprendre et de modifier le cours d'un duel que les combattants, pour des raisons diamétralement opposées, croyaient déjà scellé. Sans lâcher la lance, il tourna sur lui-même et se colla à l'homme à la tête de taureau au moment où ce dernier abaissait son bras. La hache manqua sa cible et racla le sol au sortir de sa courbe. Le consort, pris au dépourvu, marqua un temps d'hésitation que mit à profit Tcholko pour contre-attaquer. Il visa le large mufle mais la précipitation d'une part, le manque de recul d'autre part firent que la pointe se planta dans la mâchoire de Saïfin. Elle crissa sur l'os et lui arracha une large bande de peau et de chair. Le sang retomba en pluie sur la tête et les épaules de Tcholko. Le consort libéra un mugissement de douleur et de colère, repoussa le Tunguz d'une bourrade, leva la hache au-dessus de sa tête.

« Aide-moi à le tuer ! » hurla-t-il.

Il n'avait pas parlé avec la voix d'outre-tombe, mais avec une voix humaine, chargée d'inquiétude, comme si la force maléfique, se rendant compte qu'il rencontrait des difficultés inattendues, se retirait de lui. Tcholko sentait en revanche revenir sa propre vitalité, recouvrait sa mobilité, sa lucidité, l'élasticité de ses muscles, de ses articulations, ressentait une vigueur qui ne naissait pas de lui mais qui était insufflée par l'odügan de la Laie, par la vieille Ryak du campement du Loup, par Omaguk du clan du Grand

Bison, par les générations d'odügan et de bö qui s'étaient succédé sur les bords du Bahikal et dans les steppes désolées du grand Ciber.

La hache se mit à danser un ballet désordonné et endiablé. Le consort avait perdu sa belle assurance, il réagissait désormais comme un être en proie au doute, à la peur, il compensait l'imprécision de ses coups par la rage. Le sang jaillissait de sa blessure, éclaboussait son mufle, son cou, ses épaules, son poil se hérissait, ses petits yeux ronds lançaient des éclairs, sa langue saillait hors de sa gueule. Tcholko se contenta d'abord d'esquiver la hache, qui se relevait et s'abaissait avec une frénésie prévisible. Il lui suffisait de s'écarter d'un pas sur le côté, de se reculer, de s'avancer, de promener son adversaire d'un coin à l'autre de la salle, de guetter le moment propice.

L'autre se fatiguait, comme en attestaient la moindre amplitude de ses gestes et l'accélération de son souffle.

« Aide-moi à le tuer ! »

Cette supplique résonna comme un aveu d'impuissance. Tcholko resserra son emprise sur la hampe de la lance et exploita le léger flottement du consort pour reprendre l'initiative. Il ne chercha pas à porter un coup définitif, mais visa la jambe de son adversaire. La pointe l'atteignit sous le genou et ripa sur le tibia. Saïfin fléchit, parvint à rester debout au prix d'un hurlement déchirant, se mit à frapper à tort et à travers, aveuglé par la frayeur et le sang.

« Puissance des ténèbres, viens en aide à ton serviteur ! »

Tcholko n'avait maintenant qu'à maintenir l'écart pour rester hors de portée de la hache. Il attira le consort vers un coin de la pièce, lui donna l'illusion qu'il s'était fourvoyé dans l'angle formé par les deux murs. L'autre fondit sur lui comme un bison furieux, brandit son arme sans précaution, s'empala de lui-même dans la lance tendue du Tunguz, qui s'engouffra avec avidité dans l'abdomen offert. Tcholko poussa jusqu'à ce que le fer se fût enfoncé tout entier dans la plaie, le retira d'un coup sec, s'éloigna du mur et gagna en deux foulées le centre de la salle. Les bras levés au-dessus de la tête, déséquilibré par le poids de sa hache, l'homme à la tête de taureau vacillait. Ses viscères commençaient à se répandre hors de l'entaille béante. Tcholko ne relâcha pas sa vigilance, craignant que le consort, comme un ours blessé, ne jette ses ultimes forces dans une charge désespérée. Mais Saïfin fléchit sur ses jambes et laissa tomber son arme pour tenter de retenir ses entrailles à l'aide de ses deux mains. Ses interminables expirations s'achevèrent en râles sourds. Il s'écroula de tout son long sur la terre battue, prononça d'incompréhensibles mots avant d'être secoué par une série de spasmes. Il continua de perdre son sang dans un sinistre borborygme tandis que ses traits humains apparaissaient en filigrane sous son pelage de taureau.

Tcholko rajusta son pagne déchiré et s'adossa au mur pour reprendre son souffle. La sueur jetait du sel sur ses plaies, et une fatigue intense l'envahissait, l'alourdissait. Il continuait de ressentir la présence de la force maléfique. Elle l'appelait, elle l'attirait, et il savait qu'il devait à présent l'affronter. Sa quête de vision n'aurait pas duré quatre jours et quatre nuits, comme celle qu'accomplissaient les jeunes guerriers du clan de la Laie, mais plus d'un cycle lunaire. De même, ce n'était pas un animal qu'il était convié à rencontrer, mais la source même de la haine et de la destruction. Il resta un long moment indécis, les yeux clos, à l'écoute de ses battements cardiaques. Un peu plus loin, le cadavre de Saïfin finissait de se vider dans un murmure à peine audible. De sa tête de taureau, ne subsistaient plus que des embryons de cornes, un nez brillant aux larges narines, des touffes de poils bruns à l'emplacement de la barbe. L'odeur du sang dominait à présent les effluves minéraux qui imprégnaient l'air confiné du labyrinthe.

Le regard de Tcholko vint s'échouer sur la niche vide du coin du mur et chercha machinalement à en distinguer le fond. Il se rendit alors compte qu'elle était beaucoup plus profonde qu'il ne l'avait supposé. Il s'en rapprocha, s'accroupit, glissa le bras dans la cavité. Ses doigts ne palpèrent aucune surface dure, comme si elle n'avait pas de fin. Il observa la niche voisine, qui contenait un crâne, décela des vertèbres, des clavicules, les premiers éléments d'un squelette qui disparaissait dans la pénombre. Il se souvint des paroles de Saïfin et déduisit que ce tombeau contenait les ossements de tous les hommes qui avaient été vaincus lors des défis entre les consorts et les prétendants.

Il sentit un frémissement sur la pulpe de ses doigts. La niche vide n'était pas fermée, elle débouchait sur une galerie ou une deuxième salle. Il prit instantanément sa décision, bâillonnant la petite voix intérieure qui lui suggérait de déguerpir au plus vite. Il abandonna la lance, se glissa dans l'ouverture, assez large pour lui laisser le passage, assez étroite pour réveiller sa claustrophobie, la franchit en rampant sur les coudes. Ses épaules, son crâne et ses hanches se cognèrent à plusieurs reprises sur les arêtes rugueuses. Il se souvint des conseils d'Arthea lors de leur naufrage dans l'Atlantique et s'appliqua à respirer lentement.

Il gagna l'autre pièce, l'inspecta du regard, aperçut dans le coin opposé une tête en métal jaune montée sur un socle et d'où fusaient des rayons d'un noir plus profond que les nuits sans lune. Il hésita sur la conduite à tenir, partagé entre sa curiosité et la terreur sournoise que lui inspirait cette statue, quatre fois plus volumineuse qu'une tête humaine. Le métal ressemblait à l'or des Atlantes mais évoquait davantage un feu qu'on aurait comprimé dans la matière sans pour autant altérer son pouvoir dévastateur. Il paraissait provenir d'une forge divine ou démoniaque, non humaine en tout cas. La bouche de la tête était ronde, grande ouverte, le nez fort et pourvu de narines imposantes, le crâne lisse et plat. Tcholko ne distinguait à l'emplacement des yeux que des orbites vides et noires d'où fusaient la plupart des rayons. L'odeur, indescriptible, lui donnait l'impression de fouler un endroit plus ancien que la terre elle-même.

« Approche... »

Aucun doute ne l'assaillit cette fois-ci : la voix caverneuse était bel et bien sortie de la tête métallique, même si ses lèvres n'avaient pas remué. Il s'extirpa de la niche, se releva et se dirigea vers elle d'un pas mal assuré, convaincu qu'il s'avançait au-devant de sa mort. De près, elle était encore plus imposante. L'énergie qui l'environnait était palpable, et les rayons qu'elle émettait lui transperçaient le corps comme autant de courants glacés.

« Tu as usurpé la place du prétendant, mais je ne t'en tiens pas rigueur.

— Qui es-tu ? demanda Tcholko.

— La face cachée du savoir atlante. Les prêtresses ont eu peur de moi, m'ont séparée de ma jumelle et m'ont ensevelie dans les profondeurs d'une île du continent proche-oriental. Les prêtres de Sa'at m'ont retrouvée, déterrée et ramenée sur Atlantis. Je me nourris de leur dévotion et de l'énergie des prétendants ou des consorts qui s'affrontent dans le labyrinthe. »

Même si Tcholko comprenait qu'il ne discutait pas avec la tête, mais avec la force qu'elle renfermait, il ne parvenait pas à s'habituer à cette conversation avec un interlocuteur qui ne bougeait pas, qui n'exprimait aucune émotion, qui n'offrait aucune prise.

« D'où viens-tu ?

— Tu le sauras si tu acceptes mes conditions, répondit la tête.

— Pourquoi n'as-tu pas exaucé les prières de Saïfin ?

— Le consort possède sur ses adversaires l'avantage de la métamorphose. A sa force propre s'ajoute celle du taureau et, pour le vaincre, le prétendant doit faire preuve d'une intelligence et d'un courage hors du commun. Je ne privilégie aucun des deux, je souhaite la victoire du meilleur.

— Et si j'étais tombé dans une oubliette ?

— Cela aurait été la preuve de ta stupidité.

— Tu as parlé de conditions... »

La tête marqua un temps de pause, pendant lequel Tcholko perçut nettement des glissements et des grattements sur le métal lisse. Quelque chose, ou quelqu'un, se déplaçait à l'intérieur de la statue.

« J'ai besoin d'un représentant auprès des hommes.

— Le grand prêtre de Sa'at ?

— Lui est mon premier serviteur et le pilier de mon culte. Il me faut un roi, un bras, une épée trempée dans le fer de l'intransigeance.

— Pourquoi te représente-t-on sous la forme d'un poulpe ?

— Je suppose que mon apparence physique se rapproche de celle de l'un de vos poulpes.

— Pourquoi restes-tu prisonnier de cette tête en métal ?

— Il a bien fallu trouver le moyen de me transporter. En outre, je n'en suis pas prisonnier : le grand prêtre sait comment me libérer. Enfin, ma véritable apparence heurtait la sensibilité de mes premiers adorateurs.

— Je ne comprends pas ton acharnement sur les prêtresses d'Ammu...

— Il est temps que s'achève le cycle lunaire et que débute le règne solaire, l'ère du feu, de la conquête, de l'accomplissement glorieux. Sans l'affrontement, il n'est pas d'évolution possible. Les femelles d'Ammu ont depuis trop longtemps bloqué les portes de l'avenir de ce monde. Une véritable création repose sur les frottements, sur l'opposition, sur la douleur.

— Elle repose aussi sur l'union.

— L'union n'est qu'une variante de la tension créatrice. Le sang, la peine et la sueur aussi se mélangent. »

Le discours de la tête métallique exerçait sur Tcholko une fascination dangereuse. Il réveillait la bête au plus profond de lui, il exaltait le guerrier, l'homme qui aimait croiser le fer avec ses semblables, qui se frottait avec délectation contre la peau de l'ennemi, qui goûtait la saveur amère de la sueur, de la peine, du sang, qui jouissait de son pouvoir lorsqu'il plongeait une lame au travers d'un ventre.

Des images familières revinrent alors le visiter : les cinq Aïkouts avaient sans doute ressenti cette ivresse lorsqu'ils avaient violenté sa mère, mais fallait-il torturer une femme pour éprouver la force de la vie ? Fallait-il que les uns plongent dans l'horreur pour que les autres se grisent de leur sentiment de puissance ? Fallait-il que cette horrible tête extermine les prêtresses atlantes pour sortir de l'ombre et imposer son culte ? Les odügan et les bö exploraient les voies médianes de la magie, jetaient, entre les mondes visible et invisible, des ponts qui faisaient de l'homme un intermédiaire entre l'animal et les dieux. L'animal empêchait les dieux de dériver dans un espace abstrait, inaccessible, et les dieux forçaient l'animal à lever les yeux, à oublier la pesanteur de la terre. La magie ne réussissait pas toujours à maintenir l'équilibre entre l'un et l'autre, mais elle préservait l'essentiel, elle permettait à la vie de se perpétuer dans la taïga et dans les steppes.

« Je te couronnerai roi d'Atlantis, reprit la tête métallique. Roi du monde lorsque tu auras lancé tes armées sur toutes les terres habitées de cette planète.

Roi du ciel lorsque nos vaisseaux se seront envolés à la conquête de l'espace. Il n'y a nulle limite à ma puissance.

— Ta limite, c'est moi, rétorqua Tcholko. Je ne tiens pas à être roi.

— Roi, empereur, général, qu'importe le titre ! Je ferai de toi le plus grand conquérant de tous les temps.

— Seuls m'intéressent les vents de la taïga, les premières neiges de l'hiver, les grandes chasses de l'été, la migration du clan, les chants de l'odügan, l'amour d'Ulgak... »

Les crissements s'accentuèrent à l'intérieur de la tête et le socle, un cylindre d'un métal grisâtre et de facture grossière, oscilla légèrement sur sa base.

« Prends garde, barbare ! Tu as vaincu ce crétin de Saïfin, mais tu n'es pas tiré d'affaire pour autant.

— Le grand prêtre n'est pas là pour te délivrer de ta prison.

— Imbécile ! Crois-tu donc que cette ridicule carapace m'interdit d'agir ? »

A peine avait-elle prononcé ces mots que ses orbites s'emplirent d'une lumière éblouissante. Tcholko recula précipitamment vers la niche, mais un trait étincelant jaillit d'un œil de la tête, emplit la pièce d'un éclat aveuglant, le frôla de moins d'un pouce et percuta le mur sur lequel elle abandonna un trou noir et fumant.

« Une dernière fois, veux-tu être le souverain de mon royaume ? » tonna la tête métallique.

Tcholko feignit de réfléchir, mais ne répondit pas et continua de reculer. Le contraste entre l'extrême lenteur de ses mouvements et les battements affolés de son cœur lui donnait la sensation que deux hommes cohabitaient dans un corps devenu trop exigu.

Un deuxième rayon frappa le sol devant ses pieds, creusa la roche sur une profondeur de deux mains. Il comprit que l'énergie lumineuse n'avait pas besoin d'atteindre un organe vital pour le tuer, qu'elle n'avait qu'à le toucher pour se répandre dans tout son corps et le dévorer. C'était de cette façon, sans doute, qu'elle avait transformé les prétendants ou les consorts en squelettes. N'avait-elle pas affirmé qu'elle se nourrissait de leur énergie ? Cette particularité aurait pu la désigner comme un abasy mais, par ailleurs, elle ne correspondait pas aux descriptions des démons données par les odügan au sortir de l'örgiski.

« J'attends ta réponse.

— La proposition est tentante », fit Tcholko en jetant un bref coup d'œil par-dessous son aisselle.

Il n'était plus qu'à un pas de la niche. Il se plaça de profil et répéta mentalement chacun de ses gestes : d'abord se jeter les pieds en avant dans l'ouverture, pousser ensuite sur un bras pour engager le reste du corps et se soustraire aux terribles traits lumineux. Cependant, même en agissant vite, sans marquer la moindre hésitation, rien ne garantissait qu'il réussirait à devancer les réactions de l'être enfermé dans la tête métallique.

« Un autre m'acceptera si tu déclines mon offre, ajouta ce dernier. Tôt ou tard, le soleil régnera sans partage.

— Le soleil est indispensable à la vie, marmonna Tcholko.

— Je ne te parle pas de la tiédeur ridicule dont il baigne cette planète, mais de son brasier intérieur, du cœur même de l'énergie.

— Je vis sur ce monde, et non à l'intérieur d'un brasier.

— Tu es comme les autres : ton feu n'est pas assez brûlant. Meurs donc. »

Tcholko feignit de s'élancer vers sa droite, vit un trait rectiligne surgir de l'orbite de la tête métallique et fondre sur lui, se jeta les pieds en avant dans la niche vide, déplia son bras dès que sa main toucha le sol. Sa poussée désespérée le projeta tout entier dans le boyau. Les arêtes saillantes lui éraflèrent les jambes, les bras, les épaules, les joues. Une lumière intense l'enveloppa et une langue de chaleur lui lécha le crâne. Il crut qu'il avait été touché, puis il s'aperçut que le rayon avait rebondi sur le sol et frappé le plafond. Un deuxième s'engouffra à sa suite, mais son angle de tir le propulsa en oblique dans l'ouverture et l'entraîna, comme le précédent, dans un ricochet qui l'expédia sur une pierre de la paroi supérieure. Des éclats volèrent dans le passage, cinglèrent le visage de Tcholko. La tête métallique tirait maintenant sans discontinuer, au point qu'il se demanda si elle n'allait pas abattre le mur de séparation entre les deux salles. Les éclairs se succédaient à une cadence effrénée et les impacts sur les murs résonnaient avec la force de coups de tonnerre.

Parvenu dans la salle des crânes, le Tunguz récupéra sa lance pour le cas où il rencontrerait un autre adversaire. Aux lueurs qui débordaient de la niche vide et éclairaient la pièce par intermittence, il entrevit le visage de Saïfin, apaisé, restitué à son humanité. Il se précipita dans l'étroite galerie d'accès, la parcourut au pas de course, se souvenant qu'elle ne recelait aucune trappe, déboucha sur un tunnel plus large, crut se rappeler qu'il était arrivé par la droite, choisit donc de repartir par la gauche.

Il perdit rapidement le sens de l'orientation. De nombreuses trappes s'ouvrirent devant lui, l'obligèrent à revenir sur ses pas, à enfiler d'autres galeries. Il portait maintenant sa fatigue et sa souffrance comme un fardeau écrasant, et il devait sans cesse lutter contre la tentation de s'allonger, de plonger pendant quelques instants dans l'oubli bienfaisant du sommeil. Le silence avait peu à peu absorbé les grondements des rayons lumineux.

Il entendit soudain des bruits de pas et de voix. Il tenta d'évaluer la position des visiteurs, se rendit compte qu'ils venaient dans sa direction, rebroussa chemin, se glissa dans la bouche de la première galerie perpendiculaire. Collé à la paroi, il vit passer devant lui quatre hommes, des prêtres de Sa'at à en juger par leur habillement et leurs ornements. Deux d'entre eux portaient des plateaux chargés de plats d'où s'échappaient des parfums épicés. Ils s'en allaient sans doute ravitailler le consort, et leur allure détendue, les rires qui ponctuaient leur conversation montraient qu'ils n'avaient pas été prévenus de ce qui s'était passé dans le labyrinthe — le chasseur de rats, lui, prétendait qu'il connaîtrait le résultat du combat avant même que le vainqueur n'ait eu le temps de l'en informer. Dans quelques instants, ils apercevraient le cadavre de Saïfin, ils sauraient que quelqu'un s'était introduit à leur insu dans la salle des crânes, ils donneraient l'alerte à leurs semblables. Tcholko se demanda s'il ne devait pas les suivre et les tuer mais, n'ayant ni la volonté ni la force de retourner dans le cœur du labyrinthe, il attendit qu'ils se fussent éloignés et continua son chemin.

« Tu as réussi », murmura le chasseur de rats avec un sourire.

Il était apparu alors que les cris des prêtres et l'écho de leur course éperdue avaient brisé le silence. Les yeux jaunes du chat avaient lui dans le clair-obscur comme deux torches minuscules, et l'odeur fétide des peaux avait brusquement supplanté les senteurs minérales.

« Je me suis perdu, dit Tcholko.

— Je ne pouvais pas te guider plus tôt, déclara le petit homme avec un geste d'excuse. Le tête métallique aurait senti ma présence et aurait envoyé le consort me tuer. Sortons maintenant.

— Tu as vraiment su que j'avais...

— Le labyrinthe dispose de postes d'observation privilégiés dont je suis le seul à connaître l'existence.

— Les prêtres seront bientôt prévenus que Saïfin est mort, et ils ne laisseront pas le prétendant...

— Ces quatre-là n'iront pas bien loin. Des compagnons de la reine les attendent dans la galerie des dauphins.

— Comment ont-ils pu entrer dans le labyrinthe ? Je croyais que seul le grand prêtre possédait l'autre œil de la statue du dauphin.

— Il le confie à ses plus proches disciples lorsqu'il s'absente.

— Où est-il allé ? »

Le chasseur de rats eut un claquement de langue agacé.

« Il a pris le commandement des troupes rassemblées sur les glaces du Spitzberg. »

Il signifia d'un geste du bras que le moment n'était pas aux explications et fila dans la galerie d'une allure tellement vive que, même en pressant le pas, le Tunguz eut toutes les peines du monde à le rattraper.

Lorsque Tcholko pénétra sur les talons du chasseur de rats dans la grande salle du trône, Arthea oublia toute réserve, courut se jeter dans ses bras et le serra à l'étouffer. Elle relâcha son étreinte lorsqu'elle se rendit compte qu'il grimaçait et que sa blessure à l'épaule s'était remise à saigner. Vêtue d'une ample robe pourpre, elle avait rassemblé sa chevelure sous la coiffe traditionnelle des prêtresses d'Ammu, similaire à celles que portaient les cinq femmes âgées rassemblées autour du trône. De même elle s'était parée de bijoux identiques à ceux que Tcholko avait admirés sur la grève du lac Bahikal : médaillon en forme de croissant de lune, serpents enroulés autour de ses bras, feuilles d'arbre pendant à ses oreilles, bracelets autour de ses poignets et de ses chevilles. Elle avait réintégré sa condition de prêtresse, et, de nouveau, un infranchissable fossé s'était creusé entre eux, qui s'expliquait sans doute par les regards désapprobateurs dont la couvraient ses consœurs. Les effusions avec un barbare n'entraient probablement pas dans les comportements admis dans le culte d'Ammu.

Assise sur le trône, une septième femme, assez forte, fixait Tcholko d'un air perplexe. La moitié de son visage disparaissait sous un masque rigide du même métal jaune que le fauteuil — que la tête en métal ? — et qui se prolongeait vers le haut pour lui servir en même temps de diadème. Une ceinture constituée de cercles dorés resserrait à la taille sa robe blanche. De colliers de perles nacrées parsemaient ses longs cheveux gris. Des animaux marins, dauphins, baleines, hippocampes, poissons, avaient été sculptés dans les pieds et sur les accoudoirs du trône, posé sur une estrade ronde jonchée de tapis aux motifs éclatants. Hormis un coffre turquoise, un bureau incrusté de pierres précieuses et une chaise de bois, la salle n'offrait aucun autre élément de décoration, et les larges dalles blanches du sol, le marbre rose des murs renforçaient cette impression de sobriété, voire d'austérité. Un croissant de lune occupait une partie du plafond, où quelques étoiles brisaient la monotonie bleu pâle de leurs touches scintillantes.

Dans les yeux brillants d'Arthea se lisait un bonheur indescriptible, se pressaient toutes les questions qu'elle n'osait pas poser. Le chasseur de rats avait disparu sans lui donner la moindre indication sur l'issue du combat et l'avait condamnée à se ronger les sangs. Son corps avait été présent lors de l'assemblée exceptionnelle convoquée par la reine Osira, mais son esprit en avait été absent, et les mots de ses sœurs avaient glissé sur elle comme des songes. On l'avait dépêchée auprès des compagnons de la reine pour les informer des premières mesures d'urgence. Elle se demandait encore comment elle s'était acquittée de sa tâche. Elle revenait à la vie devant Tcholko, devant son visage égratigné, tiré par la fatigue, devant les plaies de ses bras et de ses jambes, devant ses vêtements tachés de sang. Elle se recula à regret et vint reprendre sa place à côté du trône. Elle saurait se ménager d'autres occasions, plus intimes, de lui prouver son amour.

« Je vois que ce barbare et toi avez des relations très... amicales, insinua la reine.

— Il m'a sauvé la vie à plusieurs reprises, Majesté, se défendit Arthea.

— N'oublie jamais que tu es une prêtresse d'Ammu.

— Je ne l'oublie pas, Majesté... »

Tcholko trouva exécrable l'attitude de la femme assise sur le trône. Pour tout ce qu'elle avait accompli, Arthea méritait un tout autre traitement que ces remontrances ridicules. Dans le clan de la Laie, elle aurait été accueillie comme une magicienne, comme une héroïne de légende. Il se tut cependant, jugeant que toute intervention de sa part ne ferait qu'exciter les ressentiments des autres prêtresses.

« Ainsi donc, Saïfin a été vaincu... »

Le Tunguz ne parvenait pas à soutenir le regard de la reine, non qu'elle l'intimidât, mais parce que son masque brisait la symétrie de ses yeux, qu'il faisait ressortir la pâleur de l'un tandis qu'il assombrissait l'autre.

« Je l'ai moi-même constaté », intervint le chasseur de rats.

Il était patent que la présence des deux hommes incommodait les prêtresses, qu'elles auraient préféré régler leurs affaires sans le concours d'un tueur de rats et d'un barbare. Après avoir subi les événements, elles tentaient de reprendre le contrôle de la situation, avec d'autant de détermination qu'elles entrevoyaient maintenant la possibilité de rétablir leur hégémonie.

Osira tendit le bras en direction de Tcholko.

« Qu'as-tu vu dans les sous-sols de la ville haute ?

— Le consort métamorphosé en taureau, répondit-il. Et une tête métallique qui contient un redoutable pouvoir.

— Les taureaux sont passés maîtres dans l'art de l'illusion...

— Je n'ai pas combattu une illusion ! protesta Tcholko.

— Tu es un barbare, un être conditionné par les rituels magiques. Tu as cru voir une tête métallique, tu as cru affronter un adversaire métamorphosé en taureau, mais ce n'étaient que des représentations mentales engendrées et entretenues par ton inconscient.

— Le cadavre de Saïfin avait pourtant l'air bien réel, lança le chasseur de rats. Et c'est du vrai sang qui sort des blessures de cet homme. »

Il retroussait les lèvres sur ses larges incisives, comme s'il était sur le point de se jeter sur la reine pour la mordre.

« Je ne nie pas que cet homme ait dû affronter le consort, mais je ne crois ni à la métamorphose ni à l'existence de cette tête en métal.

— Si vous le souhaitez, Majesté, je vous conduirai dans le labyrinthe, et vous pourrez vous en rendre compte par vous-même.

— La place d'une reine n'est pas dans les sous-sols de son palais, répliqua la reine d'un ton tranchant.

— L'histoire d'Atlantis est très longue, insista le chasseur de rats. Vous en avez oublié certains épisodes.

— Que toi tu connais, bien sûr... »

La bouche du petit homme s'étira en une grimace, l'équivalent chez lui du sourire.

« Je n'ai pas de mérites, Majesté : je me fiche comme de mon premier rat de m'exposer à la lumière du pouvoir. Seuls m'intéressent la nuit et ses secrets, la face obscure des choses, les ténèbres où gît trop souvent la vérité. Je vous rappelle en outre que j'étais le seul dans la ville haute, avec la grande prêtresse défunte, à connaître l'emplacement de la source cristalline. »

Osira se tortilla sur son trône, mal à l'aise. Elle s'était bien gardée de révéler aux cinq prêtresses de rang supérieur que le cristal-mère avait été découvert grâce à l'intervention du chasseur de rats. Avant cela, elle avait considéré cette petite sphère transparente comme une simple légende, comme un élément de l'imaginaire atlante forgé par le culte d'Ammu. Et d'ailleurs, elle n'avait aucune idée de la manière dont elle devait l'utiliser. Les prêtresses qu'elle avait interrogées n'en savaient pas davantage qu'elle, et elle n'ignorait pas qu'il lui faudrait encore ravaler son orgueil pour solliciter les conseils de son répugnant vis-à-vis.

« La grande prêtresse a rendu l'âme à l'instant où elle s'apprêtait à me l'apprendre, dit-elle, consciente que cet argument mettait plutôt l'accent sur les failles du culte d'Ammu. Le moment n'est pas venu de nous quereller sur des questions futiles, mais de nous unir pour repousser la menace des prêtres de Sa'at. Les jeux solaires prendront fin dans quatre jours. Nous avons déjà alerté les deux cents compagnons de la reine, et nous espérons gagner le nouveau consort à notre cause. Nous avons besoin des trois cents hommes de sa garde. »

Tcholko croisa le regard d'Arthea et comprit qu'elle pensait la même chose que lui en cet instant précis : si les armées de la reine réussissaient à repousser les fils du rayon d'or, il serait encore plus difficile à la jeune femme de rénover le culte d'Ammu que de parcourir trois cents sarps dans les steppes enneigées.

Le chasseur de rats releva le bord de sa coiffure et dévisagea la reine.

« Savez-vous, Majesté, que le cristal-mère a l'intéressante propriété d'activer le canon du bâtiment royal ?
— J'en avais une vague idée, mentit Osira. Mais je ne vous priverai pas du plaisir d'en informer en détail mes sœurs ici présentes... »

XVII

Pendant les trois jours qui suivirent, les quartiers des prêtresses d'Ammu et la tour de la lune bruissèrent d'une activité intense, inhabituelle pendant les jours de fête. Toutes les pilotes disponibles furent réquisitionnées et reçurent l'ordre de se tenir prêtes à décoller à tout moment. De même l'équipage du vaisseau royal, un somptueux bâtiment qui pouvait contenir plus de cent cinquante passagers, se vit confier la mission d'apprêter l'appareil le plus rapidement possible. Les armurières remirent aux compagnons de la reine, hommes et femmes, des arcs, des flèches, des dagues, des poignards, des boucliers et des lances. Il fallut non seulement nettoyer les armes de leur poussière, mais aussi les aiguiser, réparer le bois et les cordes des arcs.

On ne distinguait aucun prêtre parmi les silhouettes qui s'agitaient dans les ruelles et sur les places. Les quatre hommes chargés de ravitailler le consort avaient été capturés dans la salle des dauphins et enfermés dans l'un des cachots de la tour de la lune. Interrogés par la reine et les prêtresses des rangs supérieurs, ils avaient déclaré d'un ton arrogant que le fer et le feu de Sa'at allaient bientôt s'abattre sur Sephren mais avaient refusé de dire quand et comment. Tous les autres taureaux avaient été mobilisés pour les fêtes du soleil dans la ville basse. En réalité, ils avaient fait en sorte d'isoler les prêtresses et les compagnons de la reine, de boucler toutes les issues pour transformer la ville haute en une gigantesque nasse. Leurs troupes n'auraient qu'à se déployer dans cette arène fermée pour exterminer les servantes d'Ammu et leurs fidèles.

Comme, selon la version officielle, la grande prêtresse s'était retirée dans le jardin secret de la tour pour invoquer Ammu, comme d'autre part ni la reine ni les supérieures n'avaient prononcé de discours officiel, on cherchait des explications à ce soudain branle-bas de combat. Les rumeurs les plus folles circulaient. Les uns affirmaient que l'armée d'une puissante cité avait entamé la traversée de l'Atlantique, d'autres que les tribus nomades du continent oriental avaient capturé des prêtresses des communautés et les avaient obligées à les transporter vers Atlantis, d'autres encore que les neuf tribus qui avaient jadis fait sécession et choisi de rester sur les terres extérieures avaient déclaré la guerre à leurs anciens frères atlantes... Ces bruits contenaient tous une part de vérité, mais s'agrémentaient d'interprétations fantaisistes qui augmentaient la confusion et déclenchaient de véritables mouvements de panique. On ne comprenait pas pourquoi la garde du consort, en principe destinée à préserver l'île des invasions extérieures, n'avait pas été prévenue, pourquoi l'ordre avait été intimé à chacun de ne quitter la ville haute sous aucun prétexte, pourquoi, alors que les taureaux étaient soigneusement tenus à l'écart de cette agitation, on voyait déambuler dans les allées et les jardins de la ville haute les silhouettes d'un barbare et d'un petit homme habillé de peaux de rats.

Plusieurs compagnons, des jeunes gens des deux sexes qui accompagnaient Osira dans chacun de ses déplacements, demandèrent audience auprès de la reine. Il leur fut répondu qu'ils devaient pour le moment se montrer patients et accorder toute leur confiance à leur souveraine, qu'elle œuvrait au mieux des intérêts d'Ammu et de ses sujets. Les plus hardis forcèrent les barrages établis par les prêtresses et s'introduisirent dans la grande salle du trône pour s'entretenir directement avec elle. Elle les exhorta à faire preuve d'une résolution sans faille dans la dure bataille qui les attendait et leur fit le serment qu'elle leur révélerait toute la vérité dès que serait connu le vainqueur des jeux de Sa'at. Ils s'en retirèrent avec cette promesse et un surcroît d'inquiétude. Même s'ils formaient la garde rapprochée de la souveraine atlante, ils n'avaient encore jamais été placés dans l'obligation de se battre, ne s'étaient pratiquement jamais exercés au maniement des armes, ne connaissaient donc des guerres que les batailles qu'ils avaient aperçues du haut du bâtiment royal ou que leur avaient décrites les observateurs des vaisseaux de surveillance.

Arthea avait été chargée de transmettre les ordres et de coordonner les préparatifs. Elle était consciente qu'on l'envoyait courir dans les différents recoins de la ville haute, dans les hangars, dans les quartiers, dans les étages de la tour de la lune et même dans les cuisines pour l'écarter, pour l'éloigner du centre où se prenaient les décisions. Qu'elle eût tenu un rôle prépondérant dans le sursaut d'énergie du culte d'Ammu ne lui conférait pas un statut privilégié, bien au contraire : les prêtresses des rangs supérieurs et la reine semblaient lui tenir rigueur de ses hauts faits, peut-être parce que cette jeune femme, dont elle connaissait le caractère insoumis, leur renvoyait l'image de leur propre faiblesse, de leur propre démission. Peut-être aussi parce qu'elle vouait un amour pur et sincère à un barbare, et qu'elles-mêmes étaient trop desséchées pour aimer. Toujours est-il qu'elles se taisaient lorsqu'elle entrait dans la petite salle du conseil, qu'elles arboraient des mines exaspérantes de conspiratrices, qu'elles lui aboyaient des ordres secs et le plus souvent dénués de sens. Elle bouillait intérieurement mais contenait sa colère pour ne pas compromettre les chances d'Atlantis de repousser la menace des prêtres. Le chasseur de rats lui avait révélé que le cristal-mère, placé sur le canon du bâtiment royal, servirait à projeter une pluie de rayons destructeurs sur les vaisseaux ennemis.

Au cœur de la nuit, elle se débrouillait pour rejoindre Tcholko dans une cellule des quartiers des compagnons. Elle n'avait pas à prendre de précautions pour s'introduire dans le bâtiment, dans la mesure où l'état de guerre avait bouleversé les habitudes et que les hommes et les femmes, compagnons, prêtresses, serviteurs, s'y côtoyaient dans le plus grand désordre. Le chasseur de rats préférait quant à lui passer la nuit dans son royaume souterrain, où, disait-il, il dormait bien mieux que dans la suite la plus confortable du palais.

Ses supérieures ayant refusé qu'un barbare eût accès à la salle des guérisseuses de la tour de la lune, Arthea avait dérobé des onguents et des élixirs. Les plantes avaient rapidement cicatrisé les blessures et éliminé la fatigue de Tcholko, mais elles ne dissipaient pas la nostalgie de plus en plus poignante qui se déployait en lui comme un oiseau de proie. Il avait le sentiment d'avoir accompli sa tâche et il ne voyait pas l'intérêt de rester sur un monde dont la moiteur lui vrillait les nerfs. L'ardeur avec laquelle Arthea lui faisait l'amitié de son ventre lui permettait d'oublier momentanément sa détresse, mais dès qu'elle sortait de la cellule pour regagner le quartier des prêtresses, il était de nouveau assailli par ses souvenirs, par le visage d'Ulgak, par les berges enneigées des torrents, par l'odeur des chevaux et des rennes, par les morsures de la bise...

Arthea se rendait compte qu'il s'évadait de plus en plus souvent et de plus en plus longtemps par l'esprit. Elle comprenait qu'il souffrait d'être séparé de son monde comme elle souffrirait bientôt d'être séparée de lui : elle avait pris la décision de favoriser son retour dans la taïga, de soudoyer au besoin le pilote d'un vaisseau marchand si ses sœurs s'opposaient à son départ, dût-elle le regretter jusqu'à la fin de ses jours. De même, elle avait pris conscience qu'il ne servirait à rien de plaider la cause de Mayalé et de ses proscrits, qu'il serait plus efficace de les aider d'une manière ou d'une autre à quitter l'île et à regagner leur monde d'origine. Elle en avait touché deux mots au chasseur de rats, qui lui avait promis son appui. En attendant, elle s'étourdissait dans les bras de Tcholko, goûtait avec d'autant plus d'intensité les instants passés en sa compagnie qu'elle savait qu'ils étaient comptés. En elle s'ancrait la certitude qu'elle ne se donnerait à personne d'autre après lui, qu'elle préférerait vivre dans la pureté de son souvenir plutôt que de s'embourber dans des relations sans intérêt. Quand il serait parti, elle consacrerait toute son énergie à ramener la vie, le mouvement dans un culte d'Ammu figé par le temps. La manière dont ses sœurs avaient réfuté l'existence de la tête métallique, de la face cachée du savoir, montrait qu'on ne venait pas facilement à bout des dogmes, des habitudes, des peurs.

Les compagnons de la reine avaient appris que le barbare avait vaincu Saïfin dans le mystérieux labyrinthe, et, après l'avoir ignoré, ils se pressaient autour de lui dans le restaurant commun pour lui demander des conseils. Bien qu'il fût trop tard pour leur délivrer une véritable instruction, Tcholko leur montrait quelques mouvements de base, les parades et les ripostes les plus simples, la perception globale du combat. Ils se rassemblaient ensuite par petits groupes et s'exerçaient avec un enthousiasme qui leur tenait lieu de technique. Ils étaient jeunes, mais n'avaient ni la vigueur ni la détermination des apprentis guerriers de la taïga, dont la survie dépendait à chaque instant de leur habileté aux armes. Les filles se montraient plus assidues, plus efficaces que les garçons, sans doute parce qu'elles étaient appelées à défendre des valeurs qui leur étaient chères, qu'elles appréhendaient mieux que leurs confrères l'importance de l'enjeu. Les cheveux rassemblés en chignons ou en tresses, vêtues de bustiers et de pagnes courts, elles ne ménageaient ni leur peine ni leur sueur, elles ahanaient, elles rugissaient, et leurs seins tressautaient à chacun des coups qu'elles portaient sur les poteaux d'exercice. Cependant, malgré leurs efforts, ni elles ni leurs homologues masculins ne seraient de taille face aux cavaliers mogohol. Tcholko avait également des doutes sur les aptitudes des gardes du consort, qui, par ailleurs, n'étaient pas encore avertis de ce qui se tramait dans la ville haute : ils ne se retrouveraient pas devant des villageois craintifs, mais face à des guerriers endurcis, des bêtes féroces dont le pillage et la tuerie étaient les seules raisons de vivre.

La troisième nuit, il fit part de ses inquiétudes à Arthea :

« Les tiens ne sont pas prêts... »

La tête de la jeune femme vint se poser sur son ventre dans un déploiement de vagues rousses.

« Le cristal-mère compensera nos faiblesses », murmura-t-elle d'une voix languide.

Ils s'étaient aimés avec une violence désespérée qui les avait laissés tous les deux échoués comme des naufragés sur le lit étroit.

« N'y compte pas trop : il n'empêchera pas les vaisseaux de se poser dans la ville haute.

— Je crois avoir compris que le bâtiment de la reine survolera Sephren et fera pleuvoir un déluge de feu sur les assaillants.

— Lorsque les loups se sont introduits dans l'enclos des rennes, les guerriers ne tirent pas leurs flèches, car elles tueraient autant de rennes que de loups. »

Arthea redressa le torse et écarta de la main ses cheveux collés par la transpiration.

« Ce n'est pas seulement à une bataille que la reine nous convie, mais aussi à un sacrifice, dit-elle. Elle se sert de nous comme d'appâts pour retourner leur piège contre les taureaux.

— Jamais une odügan n'accepterait ainsi d'immoler les siens, lâcha Tcholko. Et de prendre la fuite au cas où la bataille tournerait mal...

— La reine n'a pas l'intention de fuir.

— Cette femme est lâche. Une odügan consulterait les ayi, chercherait une autre voie.

— Il y a bien longtemps que nous ne consultons plus les esprits... »

Des éclats de voix transperçaient les murs et la porte de la cellule. La nuit était tombée depuis un long moment, mais les compagnons de la reine avaient visiblement du mal à trouver le sommeil. L'effervescence des préparatifs, l'attente et l'angoisse généraient un désir de vivre frénétique, brisaient les conventions, suscitaient des amours éphémères qui avaient déjà le goût des regrets. Arthea préférait mille fois cette fureur à l'apathie ordinaire de la ville haute.

« Les ayi lui conseilleraient sans doute d'anticiper, reprit Tcholko.

— Que veux-tu dire ?

— Nous devons changer d'attitude. »

Les réponses se dessinaient dans son esprit en même temps qu'il parlait. Ce n'était pas lui qui réfléchissait, mais quelqu'un qui s'exprimait à travers lui. Il ne chercha pas à savoir qui investissait ainsi son esprit, il se contenta de lui prêter son corps et sa voix pour recueillir et répercuter ses conseils.

« Passer de la défensive à l'offensive, poursuivit-il.

Rassembler tous les vaisseaux d'Atlantis, y compris le bâtiment royal, défier les prêtres et leurs alliés dans leur refuge, ou dans le ciel. »

Arthea s'assit en tailleur sur le lit et fixa un petit moment le plafond blanc de la cellule.

« Nous ne pouvons pas laisser Atlantis sans défense...

— L'attaque est souvent la meilleure défense. Les anciens du clan m'ont raconté comment ils ont gagné une guerre contre des pillards des steppes pourtant trois fois plus nombreux qu'eux. Ils n'ont pas hésité à abandonner dans le campement les anciens, les femmes et les enfants. L'odügan à leur tête, ils ont chevauché toute la nuit, ils ont attaché leurs chevaux à une sarp du bivouac des pillards, ils se sont glissés à l'aube parmi les corps endormis et les ont égorgés avant qu'ils n'aient eu le temps de réagir. S'ils avaient attendu un jour de plus, il ne serait plus rien resté du clan de la Laie. »

Arthea repoussa d'un geste nerveux un pan du drap.

« La reine n'aura jamais ce genre d'audace. Tu as dit toi-même qu'elle était lâche.

— On peut se passer de la reine. Les compagnons nous écouteront et la garde obéira aux ordres du consort. »

Elle le dévisagea avec une expression de surprise et de colère.

« Tu me demandes de fomenter une mutinerie ! Jamais au long de leur histoire les Atlantes ne se sont rebellés contre le culte d'Ammu. »

Elle se rendit près de la lucarne et observa la cour baignée d'ombre nocturne. Des grappes éparses d'hommes et de femmes discutaient autour d'une fontaine. Elle frissonnait malgré la chaleur étouffante. Elle portait, sur les épaules et le dos, les marques encore vives de leur étreinte.

« Que se passerait-il si cette tentative se soldait par un échec ?

— Atlantis serait livrée aux prêtres. Mais elle le sera de toute façon si nous restons cantonnés dans la ville haute.

— Tu penses donc que nous n'avons aucune chance face à l'armée des taureaux...

— Ici, aucune. Là-bas, quelques-unes. Demande son avis au chasseur de rats.

— Tu lui en as déjà parlé ?

— Pas besoin de lui parler pour deviner ses pensées.

— Et si j'essayais de convaincre la reine et les supérieures ?

— Elles traiteront tes propositions par le mépris. Elles n'ont aucune reconnaissance pour toi. »

Elle revint s'asseoir sur le lit et posa sur la poitrine de Tcholko une main dont la fraîcheur le surprit.

« Si seulement tu pouvais me donner ta force, Tcholko...

— Je ne sais pas si j'aurais le courage de me révolter contre l'odügan. Tu devras agir seule : pour les tiens, la parole d'une prêtresse a plus de valeur que celle d'un barbare. »

Après qu'Arthea eut quitté la cellule et qu'il eut éteint la torche, Tcholko perçut un grattement sur la vitre de la lucarne. Il rouvrit les yeux, aperçut une forme blanche et deux cercles jaunes qu'il reconnut instantanément malgré l'obscurité. Il sut alors que l'effraie de la vieille Ryak continuait de veiller sur lui, que ni les territoires ni les distances ne représentaient des difficultés insurmontables pour les divinités de l'en-bas.

Arthea sortit de la tour de la lune et se rendit dans les quartiers des compagnons. Elle n'avait pas dormi de la nuit après avoir regagné sa cellule de la tour de la lune. Elle n'avait pris sa décision qu'au moment où les premières lueurs de l'aube avaient souligné l'horizon. Elle s'était plongée dans un bain d'eau froide pour fouetter sa peau et rassembler ses idées.

Dès qu'elle fut entrée dans la salle commune, les quelques compagnons présents l'entourèrent et la pressèrent de questions. Environnée de visages creusés par la fatigue et l'inquiétude, elle prit conscience que la reine avait commis une erreur en décidant de maintenir le secret jusqu'à la proclamation du nouveau consort. Elle continuait de traiter ses sujets en enfants alors qu'elle exigeait d'eux un comportement de guerrier, d'adulte.

Elle leur expliqua la situation, le complot des prêtres de Sa'at, leur accord avec Saïfin, leur alliance avec des tribus barbares, leur réquisition des vaisseaux des communautés extérieures, leur projet d'envahir Atlantis à l'issue des fêtes solaires. Elle les vit frémir lorsqu'elle évoqua la progression des cavaliers mogohol dans les steppes du Ciber et le traitement qu'ils avaient réservé à ses sœurs de Raïma. Son auditoire était de plus en plus nombreux au fur et à mesure qu'elle parlait. Alertés par les exclamations de colère ou de peur, ils affluaient par la porte principale, par les escaliers, par les portes dérobées, s'agglutinaient sur les bancs, sur les tables, sur les marches. Elle distingua parmi eux des jeunes prêtresses qui, à en juger par leur mine et leur robe chiffonnées, n'avaient pas passé la nuit dans leurs quartiers.

Lorsqu'elle leur fit part de la suggestion de Tcholko, elle essuya d'abord des refus indignés. Ils rejetaient catégoriquement toute initiative qui allait à l'encontre de la volonté de leur souveraine.

« Si vous souhaitez vraiment sauver Atlantis, rétorqua-t-elle, vous devez justement vous affranchir de la tutelle de la reine. »

Leurs yeux luisaient de fureur dans le clair-obscur de la salle. La sensation la traversa d'être revenue une vingtaine de jours en arrière, devant la grande horde de loups qui avaient dévoré le cheval kalmouk. Elle s'enfonça les ongles dans les paumes pour maîtriser son tremblement et rester ferme. Elle avait répété mentalement les arguments qu'elle avait empruntés à Tcholko, mais leur agressivité la blessait, la déstabilisait.

« C'est ton barbare qui te pousse à renverser la reine ? cria une prêtresse.

— Il n'est pas question de renverser la reine, répondit-elle d'une voix mal assurée, mais de prendre des mesures appropriées. Et mon barbare, comme tu dis, nous a retiré une belle épine du pied en tuant Saïfin.

— Ton comportement t'a déjà valu d'être condamnée à l'exil ! Qu'est-ce que tu cherches exactement ? A prendre la place de la grande prêtresse ?

— La grande prêtresse est morte. »

Elle lut sur leurs visages d'abord de la stupeur, puis de la consternation et enfin de l'incrédulité. Elle exploita le silence retombé sur la salle pour ajouter :

« J'ai vu son cadavre dans le jardin secret de la tour de la lune.

— Les sœurs des rangs inférieurs ne sont pas admises dans le jardin de l'arbre des Premiers, objecta la prêtresse.

— Nous sommes désormais privés de la vision éclairée de la grande prêtresse (elle n'en pensait pas un mot mais elle estimait que cet hommage posthume lui servirait de caution morale), et la reine n'est pas apte à gouverner dans une situation de crise. »

Elle avait repéré plusieurs femmes, prêtresses ou compagnes, que ses paroles semblaient troubler, qui n'affichaient pas en tout cas la même hostilité que les autres.

« Nous sommes arrivés à un moment de notre histoire où nous devons faire preuve d'audace, poursuivit-elle. Si nous laissons nos adversaires s'introduire dans la ville haute, ce sera la fin de la civilisation atlante.

— Nous nous battrons ! » cria un compagnon.

Hochements de tête, grognements, claquements de bottes ou de pieds nus sur le carrelage ponctuèrent cette intervention.

« Je ne doute pas de votre courage, mais je connais nos adversaires. Ils sont guidés par une force noire que Tcholko a rencontrée dans le labyrinthe et à laquelle la reine refuse de croire. Notre seule chance, c'est de leur rogner les ailes avant qu'ils ne prennent leur envol.

— Et laisser Atlantis sans défense ? »

Il lui fut d'autant plus facile de répondre qu'elle avait elle-même retourné ce genre d'arguments à Tcholko. Elle voyait s'opérer, chez ses vis-à-vis, un changement qui se traduisait par une crispation de leurs traits, par une tension plus soutenue, par une gravité plus marquée.

« Plus nous éloignerons le danger de l'île, et mieux elle sera défendue.

— Pourquoi ne pas soumettre ce projet à la reine ? demanda une jeune compagne assise à califourchon sur un banc, le menton posé sur le pommeau de sa dague.

— Elle et les supérieures mettront toute leur énergie à le combattre. Elles iront jusqu'au bout de leur logique d'enfermement. Le temps est venu de prendre notre destin en main. »

Ils discutaient maintenant par petits groupes. Les uns continuaient de professer une loyauté sans faille à la reine et au culte d'Ammu, les partisans d'Arthea, moins nombreux mais plus virulents, crépitaient comme des branches enflammées qui tentaient de communiquer le feu à l'ensemble de l'arbre. Ceux-là étaient les mêmes qui s'étaient introduits de force dans la tour de la lune pour rencontrer la reine. Ils n'avaient pas apprécié d'être renvoyés sans avoir obtenu d'explications, et leur déception était encore plus vive d'apprendre qu'on leur avait caché le décès de la grande prêtresse.

Arthea s'abstint de prendre part à leurs conversations. L'incendie grondait à partir de foyers dispersés, et malgré les disputes, les insultes, les empoignades, se propageait à l'ensemble de la salle, soufflé par le vent de la révolte et du désespoir.

Les loyalistes se retrouvèrent bientôt minoritaires et finirent par céder sous le nombre. Tcholko avait vu juste : dans les moments difficiles que traversait leur monde, les compagnons — et même les quelques prêtresses présentes, à en juger par leur enthousiasme — avaient accepté d'entendre une voix qui s'opposait à leur souveraine et au culte d'Ammu. Dès lors, Arthea devenant leur recours, ils se mirent sans réserve à sa disposition. Elle forma un premier groupe qui serait chargé de l'accompagner jusqu'à la salle du conseil. Elle annoncerait elle-même les nouvelles décisions à la reine et aux supérieures, qu'on garderait enfermées dans leurs quartiers jusqu'à la fin des préparatifs. Les prêtresses se virent confier la charge de prévenir leurs sœurs, les pilotes et les serviteurs, les autres reçurent pour consigne de s'exercer sans relâche au tir à l'arc.

Lorsque trente hommes et femmes s'engouffrèrent dans la salle du conseil les armes à la main, la reine et les supérieures comprirent instantanément qu'elles faisaient face à une mutinerie. Elles tentèrent aussitôt d'isoler Arthea de ses partisans en l'accusant de favoriser les desseins d'un barbare dont le seul but était de monter sur le trône atlante. Voyant qu'elles n'obtenaient aucun résultat, elles vitupérèrent et menacèrent les séditieux des foudres d'Ammu. Arthea sentit fléchir la détermination de certains compagnons mais elle garda tout son calme pour exposer la situation à la souveraine. Elle acquit la certitude qu'au-delà de ses récriminations, au-delà de son attitude outragée, Osira était soulagée d'être ainsi déchargée du fardeau de sa responsabilité : elle ne serait pas celle par laquelle arriverait le malheur d'Atlantis. Arthea signifia ensuite à ses interlocutrices qu'elles resteraient enfermées dans la salle du conseil jusqu'au départ des vaisseaux et qu'elles ne seraient autorisées à recevoir aucune autre visite que celles des serviteurs leur apportant leurs repas. Elle laissa les supérieures s'étouffer dans leur indignation, répartit des gardes devant les portes puis, suivie du reste de la troupe, elle se rendit dans la grande salle du trône où l'attendaient Tcholko et le chasseur de rats.

Le lendemain, à l'aube, le vainqueur des jeux fut escorté par une dizaine de prêtres en habit d'apparat jusqu'à la galerie des dauphins. Ils ne remarquèrent rien d'anormal dans la ville haute, où prêtresses et compagnons avaient reçu l'ordre de rester cloîtrés dans leurs quartiers. De même, ils ne furent pas surpris de trouver dégagée l'entrée du labyrinthe, car leurs confrères préposés au ravitaillement du consort et munis de l'agate du grand prêtre avaient été chargés de l'ouvrir à l'intention du prétendant. Celui-ci était un jeune homme d'à peine vingt ans originaire d'un village du massif volcanique du ventre de l'île. Il avait remporté les disciplines de lutte, de lancer, terminé en bonne place dans les épreuves de courses et soulevé l'admiration des spectatrices massées sur les gradins de l'arène. Des cheveux noirs et bouclés encadraient son visage encore enfantin. Vêtu d'un seul pagne court, comme tous les participants aux jeux, il n'avait jamais mis les pieds dans la ville haute, ni même dans la capitale, avant cette occasion, et il semblait écrasé par la solennité de l'endroit. Il regardait avec inquiétude l'ouverture rectangulaire plongée dans la pénombre. Ses accompagnateurs lui remirent la lance et le bouclier, les armes traditionnelles des prétendants, prononcèrent les formules rituelles et le poussèrent dans l'escalier. Lorsqu'il eut dévalé les premières marches, le socle de la statue pivota sur lui-même dans un grincement continu. Il se retrouva tout à coup plongé dans le silence, dans l'obscurité, et il eut l'impression, après avoir connu le triomphe dans le crépuscule éclatant de l'arène, après avoir goûté une nuit de félicité dans les bras d'une jeune femme choisie parmi une vingtaine de postulantes, d'avoir été jeté dans un gouffre de solitude et d'oubli.

Il s'étonna d'apercevoir, éclairées par les flammes ténues d'une torche, trois silhouettes au pied de l'escalier. Les taureaux lui avaient pourtant certifié qu'il n'affronterait qu'un seul adversaire. Il lui semblait de surcroît distinguer une femme au milieu du petit groupe, une prêtresse comme l'indiquaient la couleur de sa robe et le triangle métallique au-dessus de sa tête. Il faillit retourner sur ses pas pour avertir les prêtres que les choses ne se passaient pas comme prévu, mais la femme le héla et le pria de venir les rejoindre en bas. Il présuma que cette rencontre faisait partie du rituel et descendit les dernières marches, les doigts crispés sur la hampe de sa lance. Outre la prêtresse, une femme au visage d'une pureté incomparable, se dressaient devant lui un petit homme vêtu de peaux de rats et un barbare aux yeux bridés vêtu à la manière des pêcheurs des villages côtiers. Il se détendit quand il constata qu'ils ne manifestaient aucun signe d'hostilité à son encontre. Peut-être détenaient-ils des renseignements de la plus grande importance pour son duel contre le consort ?

« Quel est ton nom ? demanda la femme.

— Créon, répondit le jeune homme.

— Nous saluons en toi, Créon, le nouveau consort d'Atlantis.

— Je n'ai pas encore combattu, protesta-t-il.
— L'ancien consort, Saïfin, est mort. Le titre échoit par conséquent au vainqueur des jeux de Sa'at.
— Les prêtres ne m'ont rien dit...
— Ils ne le savent pas. »

Créon fixa ses interlocuteurs d'un air éberlué. La faible lueur de la torche soulignait la musculature à la fois imposante et déliée du barbare, les traits grotesques du petit homme, la peau soyeuse de la prêtresse. Ces trois-là étaient tellement mal assortis qu'il se demanda s'il ne se débattait pas dans un cauchemar.

« Je ne peux pas être consort sans avoir livré le combat sacré... bredouilla-t-il.
— Saïfin avait noué avec les prêtres et des barbares une alliance destinée à renverser la reine et le culte d'Ammu, coupa la femme. Nous avons besoin que la garde du consort se joigne à nos troupes pour empêcher l'envahissement de l'île. »

Le jeune homme ouvrait des yeux de plus en plus effarés.

« Nous avons besoin que tu ordonnes à la garde de combattre avec les compagnons, répéta la femme. Les taureaux ne pourront pas faire autrement que de te proclamer consort, même si ta victoire n'entre pas dans leurs prévisions.
— Si les taureaux sont vos ennemis, pourquoi voulez-vous que ce soit eux qui me proclament consort ? »

Créon n'était pas un familier du pouvoir, mais il réfléchissait vite et bien.

« Parce que les hommes de la garde attachent la plus grande importance aux rituels, aux symboles, répondit la prêtresse. Ils t'obéiront sans la moindre réticence lorsque tu auras été légitimé par les prêtres, que tu auras reçu le masque et l'armure de leur main. En sortant d'ici, tu devras déclarer que tu as tué le consort et obtenu l'accord de la tête métallique.

— La... tête métallique ?

— Nous t'expliquerons plus tard ce qu'elle représente.

— Ce serait de... la tricherie ! » s'exclama Créon.

La prêtresse s'avança d'un pas et posa les mains sur les épaules de son vis-à-vis.

« Qu'est-ce qui est essentiel à tes yeux, Créon ? La survie d'Atlantis ou un combat futile entre deux hommes dans un labyrinthe ? Saïfin était ambitieux, brutal. Le consort royal, l'époux symbolique et le protecteur de notre reine a vendu son âme aux prêtres. Personne ne pleurera sa mort.

— Qui l'a tué ?

— Toi ! »

Appuyé sur sa lance, Créon réfléchit pendant quelques instants.

« Et si je prenais le parti des prêtres ? lança-t-il soudain avec une expression de défi qui accentuait son côté enfantin.

— Tu ne peux souhaiter que les prêtresses d'Ammu soient violées et massacrées, que l'île tout entière, y compris ton village, soit livrée au pillage, au carnage.

— Les taureaux ne feraient pas une chose pareille !

— Détrompe-toi, Créon : ils l'ont déjà fait dans les communautés extérieures. »

Le jeune homme hocha la tête à plusieurs reprises.

« Pour l'instant, je n'ai eu à commander que mon plus jeune frère, fit-il avec un geste de dépit. Et il ne m'a encore jamais obéi... »

La femme consulta du regard le petit homme vêtu de peaux de rats.

« Il te suffira dans les premiers temps de suivre nos conseils, dit-elle. Nous devons d'abord remporter la bataille contre les prêtres et leurs alliés. Ensuite, nous aviserons.

— Puisque j'ai vaincu le consort et obtenu l'accord de la tête métallique, je peux peut-être remonter, suggéra Créon. Je n'aime guère ce genre d'endroit.

— Personne ne l'aime, dit la prêtresse avec un sourire. Mais un combat contre Saïfin ne se gagne pas aussi facilement, et si tu veux abuser les prêtres, il te faut patienter encore un peu. »

XVIII

« Grand-père, je n'aime pas ce Créon... »

Surpris par la voix de Jahik, le vieil homme sursauta. Il s'était apprêté à porter jusqu'au campement son petit-fils dont la respiration régulière et l'immobilité lui avaient donné à croire qu'il s'était endormi. Jahik avait déjà fait preuve d'une patience étonnante pour un garçon de son âge, et la fin de l'histoire pouvait lui être contée le lendemain, ou un autre jour avant la migration annuelle du clan. La nuit avait enseveli les environs du lac dans une obscurité profonde qui transformait les zones enneigées en ombres grises et fuyantes.

« Nous devrions rentrer, au moins pour rassurer ta mère.

— Je veux d'abord que tu me racontes la bataille contre les prêtres ! protesta Jahik en se redressant.

— Je te la raconterai pendant le trajet, proposa le vieil homme.

— D'accord. »

Le garçon s'étira pour se dégourdir les jambes et sauta du rocher. Cela faisait sans doute un bon moment qu'il était écartelé entre son attention pour le récit de son grand-père et son envie de regagner la yourte familiale, de se réchauffer aux braises du foyer, de se glisser sous une couverture de peau.

Le vieil homme l'imita, mais avec des gestes beaucoup plus lents. Son corps lui disait qu'il avait déjà trop vécu, que le temps était pour lui venu de libérer son esprit. Si le destin avait voulu qu'il restât sur Atlantis, son existence aurait sans doute été plus courte, car la chaleur avait tendance à corrompre les corps tandis que le froid les conservait. Il attendit que s'apaise la douleur de ses os, que le sang circule de nouveau dans ses veines, puis, main dans la main, le grand-père et son petit-fils prirent la direction du campement.

« Pourquoi est-ce que tu n'aimes pas Créon ? »

Jahik haussa les épaules. Les crissements de leurs bottes sur la neige résonnaient comme des claquements de sabots dans le silence nocturne.

« Je ne sais pas.

— Tcholko, lui aussi, se méfiait du nouveau consort. Il s'en était ouvert à Arthea, qui, de son côté, ne voyait pas quel danger pouvait représenter ce villageois naïf... »

« Sa naïveté n'est qu'apparente, insista Tcholko. Elle cache un orgueil féroce. Il sera une proie facile pour les prêtres, pour le savoir caché.

— Nous le contrôlerons, affirma Arthea.

— En cas de victoire, vous auriez intérêt à modifier certaines de vos coutumes, ou d'autres conflits éclateront. »

Ils s'étaient isolés dans un recoin de l'une des deux salles du trône, tandis que de nombreux compagnons et prêtresses s'étaient rassemblés autour de la statue du lion, symbole du monde solaire et de la virilité, dans l'attente de la proclamation officielle du consort. Quelques instants plus tôt, le chasseur de rats avait conduit Arthea et Tcholko dans un réduit minuscule et sombre où, grâce à de tout petits trous pratiqués dans le mur, ils avaient pu observer les réactions des prêtres lorsque Créon était sorti du labyrinthe. La stupeur les avait d'abord tétanisés, et il avait fallu que le jeune homme leur parle de la tête métallique pour qu'ils daignent enfin réagir. En l'absence du grand prêtre, et comme la foule regroupée au petit jour dans la ville basse attendait avec impatience que lui fût amené le consort, ils n'avaient pas eu d'autre choix que de revêtir Créon du masque et de l'armure traditionnels, de l'escorter jusqu'à la grande porte du rempart en psalmodiant les chants rituels de Sa'at et brandissant des soleils dorés gravés sur des plaques métalliques, de l'installer dans le chariot solaire tiré par dix hommes qui stationnait au pied de l'escalier monumental, de le promener dans les rues de la ville basse au son des tambours et des conques.

La foule accueillit Créon avec d'autant plus d'allégresse que les Atlantes interprétaient l'avènement d'un nouvel époux royal comme un signe de prospérité et qu'à leur goût le règne de Saïfin avait déjà duré trop longtemps.

Cependant, lorsque vint le moment de la présentation officielle aux officiers de la garde dans les casernements de la ville basse, Créon pria les prêtres de sortir, ce qu'ils firent avec mauvaise grâce, et, conformément aux instructions que lui avait données la jeune prêtresse dans le labyrinthe, demanda que l'on convoque d'urgence tous ses hommes dans la ville haute.

« Mais, mon seigneur, nous ne pouvons laisser cette foule sans surveillance, objecta un officier. L'ancien consort nous avait demandé de surveiller toutes les entrées du rempart, car il craignait...

— Tous les hommes, avant le deuxième quart du soleil ! coupa Créon, prenant le ton autoritaire dont il usait devant son jeune frère. Et pas un mot aux prêtres.

— Bien, mon seigneur », dit l'officier en s'inclinant.

La facilité avec laquelle il se faisait obéir de ces hommes plus âgés que lui consola Créon de ses déboires passés avec le garçon mal embouché qu'était son cadet. Pendant que le chariot se frayait un passage difficile au milieu de la multitude enthousiaste, il se rendit compte que les gardes vêtus de rouge convergeaient par des ruelles détournées vers l'entrée principale de la ville haute. Les prêtres, qui s'en étaient également aperçus, lui jetaient des regards perplexes, empreints d'inquiétude. Le fait que tous ces mouvements, toutes ces réactions fussent nés d'un seul de ses ordres lui donnait le vertige, et déjà il se grisait de son sentiment de puissance, déjà il se dépouillait de son innocence, de sa naïveté, des derniers vestiges de l'enfance.

Avant le deuxième quart du soleil, les cinq cents membres de l'armée atlante, compagnons, prêtresses et gardes, furent réunis devant les hangars. Des hérauts avaient été dépêchés dans la ville basse pour annoncer à la population qu'Atlantis connaissait des heures difficiles, que tous les vaisseaux étaient réquisitionnés, que les habitants des côtes et des terres intérieures seraient ramenés chez eux dans un ou deux jours, qu'en attendant ils devaient regagner leurs auberges ou, pour les plus courageux, entreprendre le voyage à pied jusqu'à leurs domiciles.

Les prêtres qui s'introduisirent dans la ville haute pour essayer de comprendre de quoi il retournait furent arrêtés et enfermés avec leurs confrères dans les cachots de la tour de la lune. Bien qu'elles fussent désormais libres de leurs mouvements, la reine et les supérieures restèrent confinées dans leurs quartiers. En présence de Créon, Arthea avait rapidement instruit les officiers de la garde, qui, à en juger par leur étonnement, n'avaient pas été avertis du complot par l'ancien consort. Les pilotes et les équipages avaient déjà pris place dans les vaisseaux.

Les oiseaux et les singes s'étaient tus, comme pour respecter le silence tendu qui régnait sur les lieux. Le soleil miroitait sur les armures, sur les manches des dagues, sur les pointes des flèches et des lances, sur les parties métalliques des coiffures des prêtresses, sur les cercles dorés des tuniques des gardes. Des parfums sucrés se diffusaient dans la chaleur lourde qu'aucune brise ne berçait.

Arthea contempla les visages graves qui lui faisaient face. Ses certitudes s'envolaient les unes après les autres, et le poids de sa responsabilité l'accablait, la suffoquait. Elle se demandait si son amour pour Tcholko n'avait pas altéré ses perceptions, si elle avait pris la bonne décision, si elle ne conduisait pas ces hommes et ces femmes vers une issue funeste, si elle ne vidait pas Atlantis de ses forces vives... Elle sentait la présence du Tunguz dans son dos, elle essayait de se nourrir de son calme, de sa solidité, de sa stabilité. Lui était habitué à la guerre, à cette idée que ce jour était peut-être celui du rendez-vous avec la mort. Tous les regards étaient posés sur elle, y compris celui de Créon, vêtu d'une tunique et d'une cape noire brodées de passementeries argentées, le visage à moitié dissimulé par le masque arrondi et sombre de consort. Ils attendaient qu'elle les guide vers un destin glorieux, et elle n'était qu'une jeune femme éprise qui se désespérait déjà de perdre l'homme qu'elle aimait. Elle transpirait à grosses gouttes sous sa robe et sa coiffe. Elle jetait des regards fréquents sur les environs, sur les portes du verger, sur les entrées des bâtiments, sur les places, mais n'y discernait pas la silhouette maintenant familière du chasseur de rats. Elle avait pourtant cru qu'il les accompagnerait dans leur odyssée vers le Spitzberg, mais, selon toute probabilité, sa phobie de l'espace et de la lumière l'avait retenu dans la nuit perpétuelle de son royaume. Elle en était déçue, non seulement parce qu'elle avait besoin de sa clairvoyance, mais parce qu'elle avait appris à l'apprécier en tant qu'être humain.

« Nous avons assez attendu », dit Tcholko.

Elle acquiesça d'un hochement de tête.

« Je pensais qu'il viendrait, murmura-t-elle.

— Il est venu... »

Elle releva la tête et regarda dans la direction que lui indiquait Tcholko. Elle aperçut le chasseur de rats, qui avait surgi d'un bâtiment pour s'avancer sur l'esplanade, son chat sur l'épaule. Elle eut à peine le temps de s'en réjouir qu'elle se rendit compte qu'il n'était pas seul. Derrière lui marchait une femme noire, coiffée d'un turban, vêtue d'une robe déchirée, qu'elle reconnut au premier coup d'œil. Les suivaient une centaine d'hommes et de femmes en haillons, munis de frondes, de bâtons. Le chasseur de rats s'inclina devant Arthea en une révérence à la fois grotesque et touchante. Mayalé et ses sujets se tinrent en retrait, visiblement intimidés par la splendeur majestueuse de la ville haute.

« La reine Mayalé souhaite te proposer un marché », dit le chasseur de rats.

D'un geste, Arthea invita la femme noire à parler. Mayalé se frappa la cuisse du plat de la main et tendit son bâton à la prêtresse.

« Nous, les proscrits d'Atlantis, sommes prêts à nous engager à vos côtés dans la bataille que vous allez disputer contre les taureaux. »

Sa voix prit dans le silence une gravité solennelle.

« Vous n'avez pourtant aucune raison de porter les Atlantes dans vos cœurs, dit Arthea.

— Cette guerre ne concerne pas seulement les Atlantes.

— Nous ne sommes pas certains de remporter la victoire...

— Nous n'avons pas peur de la mort.

323

— Quelles sont vos conditions ?

— Une seule : que tu tiennes la promesse que tu nous as faite dans les égouts... »

Arthea posa la main sur l'extrémité du bâton, et elles restèrent immobiles, reliées par le bois. Créon avait l'impression d'être exclu du jeu entre ces deux femmes dont le pouvoir ne revêtait aucun caractère légitime. Il commençait à regretter d'avoir écouté la jeune prêtresse dans le labyrinthe, de ne pas avoir pris le temps de réfléchir. Elle avait exploité sa candeur, son inexpérience pour l'embarquer dans une histoire qui n'était pas la sienne. Il risquait de tout perdre dans cette guerre contre ceux qui l'avaient installé sur le trône.

« J'accepte ton offre, Mayalé », dit Arthea avec un sourire.

Un officier de la garde se rapprocha d'elle pour lui glisser quelques mots à l'oreille.

« Vous n'allez tout de même pas emmener cette... barbare avec nous ! Ça fait plus de cinq ans qu'elle et ses guenillards nous font tourner en bourrique dans la ville basse !

— Preuve qu'ils sont plus malins que vous ! répliqua Arthea. Il n'est pas temps de vider nos querelles, mais de rassembler toutes les volontés, toutes les énergies.

— Et s'ils essayaient de détourner un vaisseau, insista l'officier.

— Qu'en feraient-ils ? Ils ne maîtrisent pas l'énergie des cristaux. »

L'officier chercha des yeux un appui auprès du nouveau consort, mais Créon demeura impénétrable, comme si cette discussion ne le concernait pas.

« Je vous aurai prévenue », marmonna-t-il avec un haussement d'épaules.

Tous les vantaux des hangars s'ouvrirent en même temps. Les éclats des cristaux de bord des trente vaisseaux furent alors engloutis par les cascades de clarté qui tombèrent du ciel et submergèrent les bâtiments. Les mâts vibrèrent simultanément dans un bourdonnement ténu qui alla en s'amplifiant et se transforma peu à peu en un grondement comparable à celui d'un torrent. L'embarquement s'était effectué en un temps très bref. Cent passagers avaient pris place à bord du bâtiment royal, dont Arthea et Tcholko, cinquante à bord du vaisseau du consort dont Créon et le chasseur de rats, les autres s'étaient répartis par groupes de douze ou de treize dans les petits appareils.

Les voiles se déployèrent dans un chatoiement de couleurs vives et changeantes. Malgré son gigantisme, le bâtiment royal fut le premier à décoller. L'énergie de son cristal de bord, de la grosseur d'une noix de coco, s'associait à celle du cristal-mère pour augmenter sa maniabilité et sa vitesse. Il comptait six mâts, deux verticaux et deux horizontaux, liés les uns aux autres par des filins métalliques entrecroisés, et son espace intérieur était à la fois plus vaste et plus luxueux que celui du vaisseau du consort. Les cabines individuelles et les salles communes s'ornaient de sculptures, de dentelles de bois, de vitraux, de tentures, de fresques picturales qui représentaient des scènes et des personnages des légendes atlantes.

Tcholko se tenait en compagnie d'Arthea sur l'abri érigé à la base de la proue et qu'un toit étroit reliait aux compartiments disposés au milieu et à l'arrière de l'appareil. Il ressentit la même angoisse que lors de son départ de la communauté de Raïma, la même impression d'instabilité, de vertige, la même conviction que le bâtiment allait être entraîné par son propre poids et s'écraser au sol. Il lança un regard par-dessus son épaule, entrevit la silhouette de la pilote à travers la vitre de la minuscule cabine placée au-dessus des compartiments. De nouveau, il lui fallait faire confiance à une femme qu'il ne connaissait pas, qui souffrirait peut-être des mêmes troubles du comportement qu'Ivis. Il contempla, devant lui, le canon scellé dans la partie la plus évasée de la proue, un long tube qui semblait avoir été ployé dans tous les sens par un magicien pris de démence. Il était impossible de distinguer une quelconque cohérence dans cet enchevêtrement de métal jaune.

« Nous avons toujours cru que c'était une sculpture léguée par nos ancêtres, dit Arthea. Sans l'intervention du chasseur de rats, nous n'aurions jamais deviné qu'il s'agissait d'une arme. Il m'a expliqué son fonctionnement. Il suffit de concentrer son attention sur le cristal-mère et de désigner mentalement la cible.

— Qui s'en chargera ? s'enquit Tcholko.

— C'est moi qui l'ai sorti de terre et remis à la reine, c'est moi qui le lui ai repris, c'est à moi qu'il revient de l'utiliser.

— Elle n'a pas fait de difficultés pour te le donner ?

— Elle a feint de résister, mais elle savait au fond d'elle-même que c'était la seule solution. »

Le cristal-mère, suspendu au centre de la structure du canon, continua de briller de tous ses feux lorsque le bâtiment franchit l'immense vantail et s'éleva dans la lumière éblouissante du jour.

Tandis qu'il atteignait le sommet de la tour de la lune, les autres appareils entamèrent à leur tour leur lente et majestueuse ascension. La grande nef continua de monter puis se stabilisa à une hauteur approximative de trois cents hommes pour attendre que tous les vaisseaux de la flotte aient pris leur envol.

La vue d'ensemble de Sephren, des lignes sombres de ses rues, des rectangles rouges et blancs de ses bâtiments, des cercles clairs de ses places, des taches vertes de ses arbres, des croissants d'or de ses plages, des écrins turquoise de ses lagons, fut pour Tcholko une nouvelle source d'émerveillement. Même si elle n'était pas faite pour des hommes comme lui, il admirait la magnificence de la civilisation atlante. Cependant, et c'était là que résidait sa principale faiblesse, elle n'évoluait que dans un sens, elle se tendait vers le ciel et refusait d'explorer les bas-fonds où se formaient les germes de sa destruction.

Il distinguait des mouvements dans les rues. Les Atlantes sortaient de leurs maisons et se regroupaient pour contempler les trente vaisseaux suspendus au-dessus de leurs têtes. Les bateaux volants n'étaient pas pour eux des merveilles, mais ils n'avaient pas l'habitude de les voir rassemblés en une telle quantité, même lorsque la reine partait pour sa visite annuelle des terres extérieures et que six appareils de la garde encadraient son bâtiment. Davantage que les annonces proclamées par les hérauts quelques instants plus tôt, ce rassemblement insolite dans le ciel de Sephren les informait qu'Atlantis traversait un passage difficile, que le règne du nouveau consort ne s'annonçait pas sous les meilleurs auspices.

Arthea vérifia que tous les vantaux des hangars étaient fermés avant de se tourner vers la pilote et, d'un signe de la main, lui ordonner de mettre le cap sur le Spitzberg.

« Le nord du continent noir », dit Arthea, désignant la bande grise qui rompait dans le lointain la monotonie de l'océan.

Les trente appareils filaient maintenant à pleine vitesse au-dessus des flots d'une platitude infinie. Le bâtiment royal volait en tête, et les autres s'étaient déployés dans son sillage par lignes de cinq ou six unités. Les pilotes n'avaient aucun effort supplémentaire à fournir pour suivre l'allure, car leurs cristaux captaient les vibrations du cristal-mère et adaptaient en conséquence leur énergie. Tcholko s'était rendu dans l'un des compartiments du haut pour observer l'ensemble de la flotte. Il avait reconnu les silhouettes du chasseur de rats et de Créon sur le pont du vaisseau du consort, distant d'une trentaine de pas. Les ailes lumineuses de l'essaim généraient un halo gigantesque et diffus qui occultait les masses sombres des appareils les plus lointains. Les hippocampes, les dauphins, les poissons, les oiseaux des proues avançaient dans l'air comme une horde fantastique. Devant l'impression de force qui se dégageait de ce vol groupé, Tcholko avait pris conscience qu'une telle puissance mise au service du savoir caché aboutirait en un temps très bref à l'anéantissement de la race humaine.

Il était redescendu sur le pont et avait repris sa place aux côtés d'Arthea, qui maintenait d'une main sa coiffure gonflée par le vent. La température avait nettement fraîchi depuis qu'ils longeaient le continent noir. L'or et le blanc s'entrelaçaient en spirales dans les ailes de la nef. Les sifflements de l'air sur le bois de la coque dominaient le bourdonnement grave de l'essaim.

« Nous arriverons demain matin au-dessus du Spitzberg, dit Arthea.

— Et si les taureaux décollent avant la nuit ?

— Nous ne pourrons pas faire autrement que de les croiser. Tous les pilotes mémorisent les mêmes couloirs aériens. »

L'attention de Tcholko fut attirée par une tache obscure sur les flots écrasés de soleil. Il crut pendant quelques instants qu'ils survolaient un troupeau de baleines, mais s'aperçut qu'il s'agissait de la crête d'un massif sous-marin.

« Que feras-tu à ton retour sur Atlantis ?

— Nous ne sommes pas certains de revenir, répondit Arthea.

— Est-ce que tu iras dans le labyrinthe ? »
Elle le dévisagea d'un air sombre.

« Je ne sais pas si j'en aurai le courage. Avec toi, tout me paraît possible. Sans toi... »

Elle se mordit la lèvre inférieure pour ne pas éclater en sanglots. Le bras de Tcholko se glissa autour de sa taille. Elle ne résista pas longtemps à l'envie de s'abandonner sur son épaule.

« Tu m'oublieras », murmura-t-il.

Elle ne répondit pas. Il l'oublierait avec une autre femme, parce que la vie reprendrait naturellement son cours lorsqu'il aurait regagné la taïga, mais elle ne l'oublierait pas, parce que, sans lui, la vie se figerait sur Atlantis. Elle en arrivait à souhaiter leur mort à tous les deux au cours de la bataille, un destin commun qui scellerait leur union, une pensée égoïste qu'elle chassait aussitôt mais qui revenait la harceler comme un insecte venimeux. Si elle regrettait encore de l'avoir attiré sur son monde, c'était à présent pour elle-même, pour le manque qu'elle ne réussirait pas à combler, pour la blessure qui ne cicatriserait jamais. Elle s'était condamnée à une souffrance éternelle, comme ces chanteuses des temps antiques qui égorgeaient les hommes qu'elles aimaient pour mieux éprouver la douleur de la séparation, pour mieux exprimer les malheurs de la passion.

Il existait cependant une autre solution que la mort pour le garder auprès d'elle, une solution qui allait à l'encontre de son statut de prêtresse mais qui présentait le double avantage de la préserver du désespoir et de respecter le libre arbitre de Tcholko.

Des nuages assombrissaient l'horizon et séparaient l'océan en deux parties, l'une bleue et l'autre grise. Le continent noir disparaissait au loin dans une brume sale. Ils entreraient bientôt dans une dépression pluvieuse où il n'y aurait rien d'autre à faire que de s'abriter dans une cabine et de tenter d'y trouver le sommeil.

Des traînées roses traversaient le ciel d'une pâleur toute matinale. Tcholko et Arthea avaient passé la nuit dans la suite royale, une somptueuse cabine composée d'un vestibule, d'un salon, d'une vaste chambre, d'une petite pièce équipée d'une fontaine et d'un bassin. Deux membres de l'équipage leur avaient servi un dîner à base de poisson et de fruits de mer — les prêtresses chargées du ravitaillement avaient préparé des vivres pour trois jours.

La pluie avait crépité sans interruption contre les vitres. Tcholko avait observé les lumières vives des cristaux de bord des vaisseaux, qui éclairaient partiellement les sièges des pilotes, qu'elles fussent assises sur le siège de la poupe des plus petits appareils ou enfermées à l'intérieur des cabines des plus grands. Il lui avait semblé contempler des morceaux de roues, de bastingage, de mâts, de planchers, qu'un ouragan aurait arrachés de leurs coques et précipités dans le sillage du bâtiment royal. Les ailes en revanche ne brillaient presque plus, comme vaincues par les ténèbres.

Arthea l'avait aimé avec une douceur, une tendresse dont elle n'était guère coutumière. Elle n'avait pas recherché la jouissance avec l'impatience et la frénésie qui la caractérisaient, elle était restée attentive, recueillie, à chacune de ses caresses, à chacun de ses baisers. Leur union avait ressemblé à l'une de ces cérémonies rituelles où rien n'est laissé à l'abandon, où tous les gestes, toutes les sensations ont leur importance. Elle avait pleuré lorsqu'elle avait été emportée par le plaisir, désormais indissociable de sa détresse.

« Le Spitzberg ! » s'écria-t-elle.

Un vent glacial balayait le pont. Ils grelottaient, bien qu'ils se fussent emmitouflés dans d'amples châles de laine. Tout autour d'eux, agrippés au bastingage, également protégés par des couvertures, des capes ou des manteaux, se pressaient des compagnons, des prêtresses, des gardes masqués de cuir.

D'énormes montagnes de glace voguaient à la surface des flots, probablement détachées de l'immensité blanche qui barrait l'horizon. On ne distinguait aucune terre entre ces blocs à la dérive, seulement des bras de mer sur les bords desquels s'agitaient des milliers d'oiseaux noirs et blancs. Tcholko fut étonné de découvrir une vie animale sur ces déserts de glace. Pour les Tunguz, la banquise est le commencement de l'enfer d'Erlik-Khan, et seuls peuvent l'habiter les démons, les abasy. Sa surprise fut encore plus grande lorsqu'il aperçut un campement d'habitations rondes semblables à des yourtes.

« Les Nouïts, les premiers habitants de la banquise, dit Arthea. Ils construisent leurs maisons, les igloos, avec des blocs de neige ou de glace.

— De quoi vivent-ils ?

— Chasse et pêche. Ils mangent du poisson et de la viande crus. »

Quelques silhouettes habillées de peaux retournées marchaient entre les igloos. Du haut de la nef royale, il fut impossible à Tcholko de distinguer leurs traits. Il remarqua seulement qu'ils transportaient une sorte de longue loutre au pelage noir et lisse et aux pattes palmées.

« Tu sais où trouver les prêtres et les Mogohol ?

— Dans le village suivant. C'est le point que mémorisent les pilotes. Avant de s'installer sur Atlantis, notre peuple a résidé pendant une longue période dans cette région.

— C'est de là que vient la tribu cannibale de la grotte ?

— Sans doute. Elle a dû se séparer de nos ancêtres au moment du départ, comme les neuf tribus, et errer sur la banquise avant de se réfugier dans le grand Ciber. »

Le deuxième village, distant du premier d'une dizaine de sarps, comportait plus de cent igloos disposés en cercle autour d'un immense espace circulaire et vide.

« Ils ne sont pas là ! » marmonna Arthea, livide.

Massés sur le pont, armés de leurs arcs, de leurs frondes, de leurs dagues, de leurs lances, les Atlantes contemplaient les marques abandonnées par des vaisseaux sur la neige et la glace. Ils distinguaient également les innombrables taches de sang qui constellaient la blancheur aveuglante, les restes d'une baleine qui n'avait pas été entièrement dépecée, des peaux d'ours blanc tendues sur des cadres en os.

Arthea scruta encore la banquise, puis fixa Tcholko d'un air désespéré.

« Ils sont partis !

— Nous aurions dû les croiser au-dessus de l'océan...

— Ils ont pris un autre chemin. »

Le bâtiment s'était immobilisé au-dessus de l'espace central du village. Cessant de progresser, les vaisseaux redevenaient visibles, et les Nouïts, intrigués par le bruit, alertés par les cris, sortaient de leurs igloos avec une telle précipitation que certains, hommes, femmes ou enfants, n'avaient pas pris le temps de se rhabiller.

« Nous devons immédiatement retourner sur Atlantis, souffla Arthea.

— Interroge d'abord ceux-là, dit Tcholko en désignant les Nouïts.

— Que peuvent comprendre ces primitifs à nos affaires ?

— La nature délivre ses enseignements à ceux qui savent l'entendre.

— Nous n'avons plus de temps à perdre ! »

Les regards des compagnons, des gardes, des prêtresses convergeaient vers elle. Ils pensaient qu'elle avait commis une erreur, qu'elle les avait entraînés dans une course éreintante, inutile, illusoire, pendant que l'ennemi fondait tranquillement sur Atlantis. Dans leurs yeux se lisaient déjà les regrets d'avoir trahi la reine et les supérieures, d'avoir suivi cette jeune prêtresse sous l'influence d'un barbare.

« Raison de plus pour atterrir immédiatement, fit Tcholko.
— Je t'ai déjà trop écouté.
— Est-ce qu'ils parlent notre langue ?
— Ils nous comprennent.
— J'irai leur parler. Je suis un primitif, comme eux. »

Arthea hésita encore pendant quelques instants puis, incapable de faire le tri dans ses pensées, elle ordonna à la pilote d'entamer les manœuvres d'atterrissage.

Après que les vaisseaux se furent posés sur l'aire circulaire, Arthea dépêcha des messagers pour enjoindre les équipages et les passagers de rester à bord jusqu'à nouvel ordre. Elle décida d'accompagner Tcholko, estimant que la vue d'une prêtresse impressionnerait les Nouïts. Les Atlantes n'entretenaient plus que des relations épisodiques avec les habitants de la banquise, mais ces derniers continuaient de vouer un culte superstitieux à la déesse-mère et à ses servantes. Cependant, elle perçut instantanément l'hostilité des villageois lorsqu'elle avança vers leur chef reconnaissable à ses parures d'os et de plumes. Tcholko s'était quant à lui équipé d'une dague, passant outre l'avis d'Arthea, qui assimilait la présence de cette arme à une provocation. Il appliquait ce vieux principe de la taïga qui voulait qu'on ne discute qu'entre égaux, qu'un guerrier ne se présente pas sans ses armes à un autre guerrier. De même, il s'était débarrassé de sa couverture pour se présenter devant eux vêtu de son pagne, de son maillot échancré et de ses sandales. Il voulait leur montrer qu'il supportait le froid aussi bien qu'eux, qu'il acceptait et partageait leurs conditions d'existence. Il ne parvenait pas, en revanche, à juguler les hantises qui remontaient à la surface de son esprit : il foulait un lieu que les siens paraient de tous les maléfices, et il lui semblait déceler les hurlements des démons d'Erlik-Khan dans les sifflements du vent.

Le chef nouït était un homme d'une trentaine de solstices. Sa veste et son pantalon de peau ressemblaient aux tenues usuelles des nomades du grand Ciber. Paupières lourdes, peau brune, cheveux noirs et lisses, moustache clairsemée et tombante, yeux presque clos. Les villageois s'étaient regroupés derrière lui, les uns enfouis dans des peaux retournées, les autres à demi ou entièrement nus.

« Des hommes étaient ici ces derniers temps », attaqua Tcholko sans préambule.

Le chef ne répondit pas, se contentant de le fixer d'un regard impénétrable. Au loin le ciel bleuissait la banquise au point qu'il était impossible de déterminer où commençait l'un et où finissait l'autre. Le silence et l'odeur omniprésente du sang paraissaient eux-mêmes gelés, cristallisés.

« Nous avons besoin de savoir où ils sont partis, continua Tcholko.

— Pourquoi ? » demanda le chef.

C'est à peine si ses lèvres avaient remué, et seul le petit nuage de condensation suspendu devant sa bouche indiquait qu'il venait de parler.

« Nous souhaitons nous joindre à leur armée. »

Tcholko avait instinctivement compris que son interlocuteur avait été conditionné par les prêtres et avait choisi d'aller dans son sens. D'un revers de main, le chef essuya le givre qui lui blanchissait les sourcils.

« Elle, femelle d'Ammu, grogna-t-il en pointant l'index sur Arthea, transie de peur et de froid.

— Elle a entendu la parole de la tête en fer et s'est révoltée contre la reine et les prêtresses, répliqua Tcholko. Elle et tous ceux qui sont à bord de ces vaisseaux adorent le soleil. »

Une ébauche de sourire se dessina sur les lèvres craquelées du chef.

« Tête en fer amie, autrefois ici, dans glace.

— Où pouvons-nous rejoindre les prêtres ? répéta Tcholko.

— Partis hier pour Para Nua, rassembler beaucoup hommes, très grande, très forte armée... »

Le Tunguz consulta Arthea du regard. D'un battement de paupières, elle lui indiqua qu'elle en savait assez, qu'ils pouvaient maintenant repartir. Tcholko remercia le chef d'une inclination du buste et emboîta le pas à la prêtresse qui s'était déjà élancée en direction du bâtiment royal.

XIX

D'immenses troupeaux de bisons, plus petits et moins laineux que les grands bisons des steppes, traversaient au galop les plaines blanchies par la neige. Comme les rennes et les autres ruminants de la toundra, ils migraient vers le sud en quête de pâture, traqués par de grands félins à dent d'épée, par des loups, par des hommes qui couraient au milieu d'eux et décochaient leurs flèches sans ralentir l'allure. Tcholko se reconnaissait dans ces guerriers qui ne disposaient pas de montures et dont l'adresse et la vélocité étaient remarquables. Ils étaient vêtus de tuniques de peaux et leurs habitations aux toits pointus évoquaient les yourtes. Sans doute étaient-ils, comme les Tunguz, gouvernés par des hommes ou des femmes qui invoquaient la puissance des esprits, suivaient-ils le grand gibier d'un coin à l'autre de ce gigantesque territoire dont ils étaient les fils ?

L'ambiance s'était tendue à bord du bâtiment royal. A plusieurs reprises, des compagnons et des officiers de la garde s'étaient approchés d'Arthea et avaient conféré avec elle en tenant Tcholko à l'écart de leur conversation. Ils avaient tenté de la convaincre de renoncer à ce détour par l'île de Para Nua, située au cœur de l'océan Tuamoto, et de regagner directement Atlantis. Elle n'avait pas cédé, mais ils revenaient sans cesse à la charge, plus nombreux, plus virulents à chaque fois, et Tcholko craignait qu'ils ne la tuent — et lui par la même occasion — pour prendre le contrôle de la flotte. Elle lui jetait des regards éperdus pour puiser un peu de force en lui mais, même si elle continuait pour l'instant de s'accrocher à ses convictions, elle commençait à faiblir, à céder peu à peu du terrain. Ils se pressaient en grand nombre sur le pont, la bloquaient avec Tcholko dans l'avancée, leur interdisaient de se réfugier dans une cabine. Le bastingage était désormais leur seule protection contre le vide, une protection qui ne serait d'aucune utilité si les compagnons et les gardes décidaient de les jeter par-dessus bord. Tcholko gardait la main sur le manche de la dague. Peut-être qu'en éventrant celui ou celle d'entre eux qui montrerait les premiers signes d'agressivité, il réussirait à refroidir l'ardeur des autres. Ils lui décochaient des regards noirs mais n'osaient pas passer à l'action pour l'instant, intimidés par sa réputation de combattant. L'autorité, la légitimité d'Arthea ne reposaient que sur cette seule crainte.

Vers le milieu du jour, ils atteignirent une chaîne montagneuse dont les sommets se perchaient à une hauteur de plus de trois mille hommes. Les vaisseaux n'essayèrent pas de franchir les crêtes habillées d'une neige aveuglante, ils tournèrent sur leur gauche et longèrent le massif en direction du sud.

Ils abandonnèrent bientôt les étendues froides pour survoler un désert aride où régnait un soleil implacable. La brutalité du changement atmosphérique accentua la nervosité des Atlantes. Tcholko regretta qu'Arthea n'eût pas inclus de proscrits parmi les passagers du bâtiment royal, car eux auraient spontanément pris sa défense. Ils complotaient à voix basse, certains d'entre eux avaient encoché une flèche et tendu la corde de leur arc. Ils essaieraient de l'atteindre à distance puisqu'ils n'avaient pas le courage de l'affronter au corps à corps. Il n'attendit pas qu'ils passent aux actes, il se plaça devant Arthea et s'avança vers eux tout en maintenant la jeune femme contre lui. Surpris par son initiative, ceux du premier rang reculèrent et provoquèrent un début de bousculade qui s'étendit sur tout le pont. Il entrevit des silhouettes derrière les vitres des cabines où se reflétaient les lumières blanches et or des ailes du bâtiment. Ceux-là, les indécis, surveillaient l'évolution de la situation avant de prendre parti. En contrebas, les ombres étirées de la chaîne montagneuse et des excroissances rocheuses rompaient l'ocre du désert. Le bourdonnement des mâts résonnait de plus belle dans l'air immobile.

« Ma mort n'aura aucune importance, déclara Tcholko d'une voix calme mais forte. La sienne marquerait pour vous le commencement des temps du malheur. Sans elle, vous n'auriez rien su du complot des prêtres, et leur armée se serait abattue par surprise sur Atlantis. Seuls les lâches profitent de leur nombre pour s'en prendre à une ou deux personnes. Si vous voulez rebrousser chemin, c'est parce que vous avez peur d'affronter vos véritables ennemis, qu'il est pour vous plus facile de passer votre rage sur une femme. Elle n'a été animée que par la volonté de sauver votre monde. Sans elle pour vous guider, vous serez dominés par votre honte et votre terreur. Je ne suis qu'un barbare, un primitif des forêts de la taïga, mais je perçois en elle une grandeur d'âme que je ne reconnais pas en vous, et je me demande si elle appartient au même peuple que vous. Tuez-moi si vous avez besoin de verser le sang, si vous pensez que ma mort peut vous apaiser, mais suivez-la jusqu'à Para Nua et réservez votre colère à vos véritables ennemis. »

D'un geste théâtral, il tira sa dague de son pagne, la jeta sur le plancher, ferma les yeux et écarta les bras. Il resta dans cette position pendant un temps qui parut interminable à Arthea. Lui, le barbare, avait touché de plein fouet l'orgueil de ses frères atlantes et leur avait donné une belle leçon de dignité. Compagnons, gardes et prêtresses fixaient le bout de leurs sandales ou de leurs bottes comme des enfants pris en faute. Quelques-uns se retirèrent dans leurs cabines, et peu à peu, dans un irrespirable silence, le groupe tout entier se dispersa. Arthea glissa les bras autour du torse de Tcholko, posa le front sur le haut de son dos et respira avec reconnaissance sa chaleur, son odeur.

Au crépuscule, les vaisseaux bifurquèrent vers la droite et franchirent la large gorge qui coupait la chaîne montagneuse. Dans le jour déclinant, brillaient des feux le long d'un cours d'eau asséché. La vie s'affirmait dans ce monde écrasé de chaleur comme elle s'affirmait sur les glaces éternelles, dans l'eau salée des océans, dans les forêts profondes, sur les plaines, dans les marécages.

« La vie est la grande magicienne de la terre, murmura Tcholko.

— Nous devons tout faire pour la préserver », approuva Arthea.

Il la considéra avec un large sourire.

« Pour une fois, tu es d'accord avec moi...

— Nous sommes d'accord sur davantage de sujets que nous ne le pensons, mais nous n'avons pas la même façon de l'exprimer.

— J'ai faim.

— Je suis d'accord ! »

Elle le prit par la main et l'entraîna en riant vers les cabines.

« L'océan Tuamoto est encore plus grand que l'océan Atlantique. Plus capricieux aussi : les rares bateaux qui se hasardent sur ses flots ont tout à craindre de ses imprévisibles colères. Il offre une incroyable variété de formes et de couleurs, une transparence qui change selon l'état des cieux, selon les fonds marins, les vents, les saisons... »

Jahik s'arrêta pour scruter le visage de son grand-père.

« Tu en parles comme si tu l'avais vu.

— Ça se pourrait...

— Je t'ai toujours connu dans le clan de la Laie, grand-père !

— Tu n'as que douze solstices, et j'ai vécu une longue vie avant toi. »

Il tardait à présent au vieil homme de rentrer au campement, de mettre ses affaires en ordre. Il avait tellement parlé qu'il s'était vidé de ses forces. Il lui fallait pourtant achever ce qu'il avait commencé.

La première chose qui frappa Tcholko, lorsque le bâtiment royal survola l'île de Para Nua, ce fut sa végétation, composée pour partie de forêts profondes et pour partie de zones désertiques, pelées, où ne poussait qu'une herbe rêche parsemée de grosses pierres. Elle n'était pas bordée de plages de sable doré, comme sur Atlantis, mais de hautes falaises et de grèves de galets noirs. Un bateau à voile et à double coque filait à grande vitesse sur l'eau lisse et claire d'une crique.

Le jour venait à peine de se lever, et quelques étoiles brillaient dans un ciel voilé d'ombre nocturne. Bien que le soleil n'eût pas encore paru, la chaleur était déjà lourde, oppressante. Tous les passagers du bâtiment royal, et probablement ceux des autres vaisseaux, étaient regroupés sur le pont, les armes à la main. La nuit avait été calme, même si peu d'entre eux avaient réussi à trouver le sommeil. Fustigés par les paroles du barbare, ils avaient regretté leur tentative de mutinerie de la veille, non pas parce qu'elle avait échoué mais parce qu'elle avait révélé leur inconséquence, leur pusillanimité. Ils étaient à présent baignés de ce calme trompeur qui précède les batailles. Ils avaient hâte d'en découdre avec l'armée des taureaux afin d'évacuer au plus vite cette angoisse qui leur nouait la gorge et leur tordait le ventre.

Ils n'eurent pas longtemps à attendre. Après avoir survolé une forêt d'arbres gigantesques, la flotte déboucha au-dessus d'une clairière où étaient posés plus de cinquante vaisseaux. Arthea se retint à grand-peine de pousser un hurlement de joie. Les prêtres n'avaient pas encore lancé leur offensive sur Atlantis. Leur départ était imminent, comme le démontrait l'agitation fébrile autour des cabanes de bois aux toits de branchages, dressées sur le pourtour de la clairière.

Elle reconnut les vaisseaux dérobés à ses sœurs des communautés extérieures et les proues en forme de tête de taureau des appareils des prêtres de Sa'at. Des hommes poussaient des chevaux récalcitrants sur les passerelles d'embarquement. L'armée ennemie comptait plusieurs centaines d'hommes qui venaient de tous les continents. Certains étaient blancs de peau, d'autres cuivrés, les derniers aussi noirs que le charbon. Quelques-uns allaient nus, ou peu vêtus, mais la plupart portaient des armures en cuir ou en métal qui leur couvraient les épaules, le bassin et les membres. Les lances à large pointe ou à trois dents se mêlaient aux sabres à la lame recourbée, aux arcs, aux épées, aux haches, aux bâtons, aux fléaux, aux boucliers. Arthea distingua le grand prêtre sur le pont du vaisseau principal de Sa'at, un individu d'une maigreur maladive dont le casque, les chaînes et les bracelets scintillaient. Les bras écartés, penché sur le bastingage, il supervisait les opérations d'embarquement. Il n'avait pas remarqué qu'une flotte se rassemblait silencieusement au-dessus de la clairière, car les vaisseaux, sur leur lancée, bénéficiaient encore de l'effet d'invisibilité du cristal.

Un officier masqué de cuir, une compagne et une prêtresse s'approchèrent d'Arthea.

« Quels sont les ordres ? »

Leur humilité contrastait avec leur agressivité de la veille. Ils s'apercevaient que l'erreur aurait été fatale de permettre aux troupes réunies par les taureaux d'atterrir sur Atlantis, qu'ils n'auraient pas résisté longtemps dans l'enceinte fermée de la ville haute, que la jeune prêtresse et son barbare avaient pris les bonnes décisions.

« Nous allons d'abord les affaiblir. »

Dès que la nef royale se fut immobilisée, Arthea retroussa sa robe, enjamba la balustrade et franchit la section la plus évasée de la proue pour se rendre près du canon. Elle fixa avec intensité le cristal-mère et porta son attention sur le grand vaisseau de Sa'at. Il ne se produisit rien dans un premier temps. Elle comprit qu'elle devait se concentrer davantage, s'assit en tailleur et riva son regard sur la sphère lumineuse en essayant de chasser toutes ses pensées parasites, tous ses doutes. Elle sentit monter en elle une chaleur intense, un feu intérieur qui partait de son cœur, courait dans ses veines, enflammait ses doigts, ses ongles. La douleur étourdissante, intolérable, faillit la terrasser, et elle se mordit l'intérieur des joues jusqu'au sang pour accepter l'énergie qui s'emparait d'elle. La clairière n'était plus qu'une vague toile de fond verte, le ciel une tache bleue qui se dilatait à l'infini, les vaisseaux des ombres en suspension. Des cris perçants retentirent, qui ne la troublèrent pas. Elle sut qu'ils avaient été repérés, que les flèches siffleraient bientôt autour d'elle, mais elle continua de se remplir de la puissance du cristal. Elle ferma les yeux et se fondit tout entière dans une lumière qui l'entourait comme une carapace protectrice, qui la soustrayait à l'espace et au temps. Alors, dans son esprit, se forma spontanément l'image du grand vaisseau de Sa'at, et le canon cracha un rayon étincelant qui, au bout de sa course rectiligne, frappa en son milieu l'appareil posé sur l'herbe de la clairière. D'autres cris retentirent, de frayeur cette fois-ci. Elle n'eut pas besoin de regarder en bas pour savoir que le vaisseau, coupé en deux, était dorénavant la proie des flammes. Elle percevait pourtant les mouvements de panique, les courses désordonnées des hommes et des chevaux. Elle ne se servait plus de ses sens, les scènes se déroulaient à l'intérieur d'elle-même, elle était devenue le théâtre où se déroulaient les événements, elle contenait la clairière, l'île, l'océan, le monde. Un deuxième vaisseau lui apparut et, à nouveau, un rayon jaillit de la bouche du canon, s'abattit sur sa cible qu'il fendit en deux et embrasa aussi soudainement qu'un éclair foudroyant un arbre mort. Le cristal-mère puisait directement dans son inconscient pour traduire ses pensées avant même qu'elle ne les eût exprimées.

Elle détruisit ainsi une vingtaine d'appareils ennemis. L'incendie se propageait aux arbres et aux cabanes, soulevait une fumée noire qui répandait des odeurs de pin et de chair brûlés. Puis elle eut la sensation déchirante d'être abandonnée par l'énergie cristalline, d'être brutalement capturée par la pesanteur du monde réel. Elle essaya de maintenir sa concentration, de plonger plus profondément en elle-même, de recouvrer cet état de grâce dont elle avait été déchue, mais elle se refroidissait de l'intérieur comme un feu étouffé par les cendres. Elle entrouvrit les yeux, vit que le cristal-mère s'était opacifié, avait perdu son éclat, comprit qu'il avait dilapidé son énergie, qu'il avait besoin de se régénérer. Le bâtiment royal et les autres vaisseaux avaient eux-mêmes subi le contrecoup de cette inertie. Les pilotes rencontraient les pires difficultés à maintenir leur stabilité, et ils tanguaient dans l'air comme des bateaux ballottés par les flots en furie. Arthea se releva et regagna l'avancée. La transpiration collait sa robe sur sa poitrine, son dos et ses jambes. Elle reprit sa place aux côtés de Tcholko et observa les dégâts produits par les rayons.

En bas, malgré les aboiements des prêtres, les hommes et les animaux cernés par les flammes ne songeaient qu'à se protéger de cette foudre tombée d'un ciel pourtant clair. Les cadavres jonchaient l'herbe rêche par dizaines, brûlés ou écrasés par les troncs ou les branches d'arbres abattus, par les proues ou les poupes des vaisseaux fracassés.

« Ça ne suffira pas ! cria Tcholko.

— Je dois attendre que le cristal-mère se soit rechargé, expliqua Arthea.

— Combien de temps ?

— Je n'en ai aucune idée... »

Le grand prêtre avait perdu son casque mais s'était relevé indemne de la destruction du grand vaisseau de Sa'at. Il courait d'un coin à l'autre de la clairière pour rameuter ses troupes et leur ordonner d'embarquer. Il savait que les chances se rééquilibreraient dans les airs, que plus ses vaisseaux se rapprocheraient de la flotte stationnée au-dessus de l'île, et moins celle-ci oserait utiliser son canon, de peur de toucher les siens.

« Tirez vos flèches ! » hurla Tcholko.

Les archers du bâtiment royal, et à leur suite ceux des autres appareils, firent alors pleuvoir une grêle de flèches sur la clairière. Ils couchèrent quelques adversaires, mais les alliés des prêtres trouvèrent rapidement la parade en levant une infranchissable barrière de boucliers au-dessus de leurs têtes.

Arthea fixait jusqu'au vertige le cristal-mère, toujours opaque. Les vaisseaux ennemis auraient le temps de décoller avant qu'il n'ait refait le plein d'énergie. Les pilotes étaient en revanche parvenues à compenser cette perte de puissance à l'aide de leur pierre personnelle et du cristal de bord. Certaines s'étaient d'abord servies de leurs instruments manuels pour briser la spirale d'inertie, puis elles étaient rentrées en elles-mêmes pour rétablir la coordination entre leur mental et les cristaux.

Le décollage de deux vaisseaux ennemis souleva un murmure effrayé sur le pont du bâtiment royal. Entre les rideaux de fumée, Arthea distingua l'emblème du poulpe gravé en noir sur la coque de l'un d'eux. Selon Tcholko, ce poulpe — ou l'être qui avait la forme approximative d'un poulpe — habitait la tête en métal jaune dans le cœur du labyrinthe. Il n'était sûrement pas d'origine humaine, mais d'où venait-il ? Était-ce une créature de chair et de sang, ou bien une simple représentation mentale entretenue par la perversité des prêtres ? Avec la protection du cristal-mère, elle trouverait peut-être en elle le courage d'aller le défier dans son repaire de ténèbres. Si Ammu lui accordait la grâce de la vie...

D'autres appareils s'élevaient, émergeaient des cimes des arbres occultées par les tourbillons de fumée. La réaction des cristaux restait une inconnue dans la mesure où c'était la première fois que les nefs atlantes étaient appelées à se combattre entre elles. L'excitation, la peur risquaient de modifier la structure mentale des pilotes, d'entraîner des pertes de contrôle, des écrasements. Arthea observa Tcholko, qui avait tiré sa dague et s'était penché sur le bastingage pour suivre l'ascension des troupes adverses. Il avait ce frémissement de fauve en chasse, cette acuité du regard qui contrastaient avec le relâchement de ses muscles et soulignaient la crispation des compagnons et des gardes.

Plus de vingt vaisseaux ennemis s'élevèrent peu à peu au milieu de la flotte atlante (on ne pouvait considérer les prêtres de Sa'at comme des Atlantes, dans la mesure où ils s'opposaient justement aux valeurs fondatrices de leur propre civilisation) et s'immobilisèrent à une distance de quinze à vingt pas de leurs adversaires.

Une pluie de flèches cribla le pont et le toit de l'avancée. Les tirs nourris des séides des prêtres, assez peu efficaces à cause de la protection offerte par les bastingages, n'étaient pas destinés à décimer les rangs du bâtiment royal, mais à préparer un abordage. Des grappins aux pointes recourbées volèrent au-dessus du vide et se fichèrent dans le bois de la coque. La grande nef gîta de manière inquiétante lorsque les cordes se tendirent et que le vaisseau de Sa'at, pourtant trois fois moins volumineux, entama ses manœuvres d'accostage. Tcholko jeta un bref coup d'œil sur la cabine, entrevit la silhouette de la pilote, se demanda si elle aurait suffisamment de force mentale pour maintenir en l'air le bâtiment. La secousse avait déséquilibré la plupart des passagers, qui avaient roulé sur le pont et avaient agrippé le rebord du bastingage ou les montants de l'abri extérieur pour ne pas être précipités dans le vide.

Une trentaine d'hommes avaient pris place à bord de l'appareil frappé du poulpe. Des Mogohol, caparaçonnés comme des grands lucanes, des Noirs abrités derrière de grands boucliers ovales, des Blancs aux longs cheveux blonds ou roux, coiffés de casques de bronze et armés de haches. Avec eux, un prêtre pilote vêtu d'un pagne partiellement brûlé et au torse maculé de taches noires.

Tcholko gagna en quelques foulées rageuses la partie du bastingage où s'effectuait l'abordage. Le heurt des deux coques entraîna le bâtiment royal dans une nouvelle embardée qui projeta plusieurs compagnons et gardes par-dessus bord. Leurs cris de désespoir dominèrent le craquement prolongé des lattes. Le Tunguz déplaça son centre de gravité pour prévenir le choc et l'inclinaison du plancher. Les assaillants expédièrent une nouvelle volée de flèches, puis ils se redressèrent, sautèrent sur le pont du bâtiment royal en hurlant, enfoncèrent, avec une facilité dérisoire, les premières lignes des compagnons et des gardes dont les dagues et les lances supportaient difficilement la comparaison avec les haches des guerriers blonds et les sabres courbes des Mogohol. Des têtes roulèrent et des corps éventrés gigotèrent sur le plancher, des ruisseaux de sang convergèrent vers les canaux d'évacuation. Les Atlantes affolés rompirent les rangs, refluèrent vers les cabines, isolèrent la poignée de défenseurs qui s'étaient resserrés autour de Tcholko et d'Arthea.

Le Tunguz avait pris le temps d'observer ses adversaires avant d'entrer dans la bataille. Il lui paraissait évident qu'il fallait les attirer dans un endroit où ils ne pourraient pas tous attaquer en même temps, et seule l'extrémité resserrée de la proue correspondait à cette configuration. Le bâtiment continuait de gîter, et ses ailes perdaient peu à peu de leur luminosité. La pilote avait certainement vu les assaillants s'engouffrer dans les couloirs des cabines, et la frayeur contrariait sa concentration.

« Vers l'avant ! » cria Tcholko.

Arthea enjamba aussitôt la balustrade de l'abri extérieur, s'engagea sur l'étroite saillie, faillit être emportée par une nouvelle gîte, se rattrapa au canon, poursuivit son chemin, agrippa l'un des deux câbles qui reliaient les mâts à la proue. Deux prêtresses et un compagnon lui emboîtèrent le pas. Les autres, par peur du vide, refusèrent de bouger et n'eurent pas d'autre choix que de subir l'assaut de la dizaine de Mogohol et de Noirs qui avançaient dans leur direction. Tcholko se joignit à eux pour tenter de repousser les assaillants. Il para un premier coup de sabre, riposta dans le mouvement, plongea sa lame dans la poitrine d'un Mogohol, se baissa pour esquiver la large pointe d'une lance qui brisa la barre supérieure de la balustrade, ne laissa pas au Noir le loisir de frapper une seconde fois, lui transperça la gorge d'un geste vif et précis, repoussa son corps vacillant d'un coup d'épaule, bondit vers un autre

Noir qui s'apprêtait à donner le coup de grâce à un compagnon blessé, lui ouvrit le ventre du tranchant de la dague. Il n'eut pas le temps de souffler, ni même celui d'essuyer la sueur qui dégoulinait de son front : un cri l'avertit qu'un ou plusieurs adversaires s'étaient glissés dans son dos. Les séides des taureaux, en soldats expérimentés, avaient immédiatement repéré leur plus dangereux adversaire et décidé de le neutraliser.

Trois d'entre eux convergeaient vers lui tandis que les quatre autres, disposés en carré, contenaient les timides attaques des gardes et des compagnons. Un Mogohol en armure brandissait une lance à trois dents, deux Noirs vêtus en tout et pour tout d'étuis péniens, le torse et la face barbouillés de peintures de guerre, agitaient de longs bâtons munis en leurs extrémités de crochets. Des combats identiques se déroulaient sur les ponts de la majorité des vaisseaux de la flotte, également abordés. Au sol, l'incendie continuait d'étendre ses ravages dans la forêt, et une fumée de plus en plus dense effaçait la clairière.

Le Tunguz sauta par-dessus la balustrade, parcourut la proue sur une dizaine de pas, s'adossa au canon et attendit ses adversaires. Comme il l'avait escompté, ils ne se présentèrent pas de front mais en file. Le premier était un Noir beaucoup plus grand que lui, au corps très fin, aux membres interminables. Il ne portait pas de bouclier et dansait d'un pied sur l'autre pour détourner l'attention de son adversaire. Il faillit parvenir à ses fins car Tcholko, hypnotisé par le ballet de ses pieds, ne vit venir qu'au dernier moment son bâton. Le Tunguz se laissa tomber sur ses talons, perçut le sifflement du crochet tout près de sa tête, exploita le mouvement de ressort pour se relever, piqua la pointe de sa lame sur le défaut de l'épaule du Noir. La clavicule brisée par le fer, déséquilibré par l'impact, celui-ci roula des yeux effarés, chancela, lâcha son bâton, battit des bras, partit vers l'arrière, s'abîma dans le vide. Tcholko n'attendit pas que les deux autres fussent revenus de leur saisissement. Il bondit vers le Mogohol, saisit sa lance par l'une de ses trois dents et se fendit d'un assaut qui lui entailla la cuisse. Il lui suffit ensuite d'empoigner la hampe de la lance pour achever de le déséquilibrer et le pousser dans le précipice.

Il reçut alors un choc violent sur le flanc et sentit une pointe acérée lui labourer les côtes. Il voulut s'en dégager mais chacun de ses mouvements ne réussit qu'à l'enferrer davantage. Il entendit l'éclat de rire du deuxième Noir, qui le tenait comme un poisson au bout d'un harpon. Le crochet avait la forme d'un hameçon, très fin à son extrémité pour favoriser la pénétration, plus large ensuite pour le coincer dans les chairs. Il se demanda si le fer n'était pas enduit d'une substance empoisonnée, comme les flèches de certaines tribus des steppes. L'autre exerça une pression continue pour l'entraîner vers le bord de la proue. Il eut le réflexe d'agripper derrière lui le tube du canon. La douleur, aiguë, intolérable, l'amena au point de rupture. Le Noir remua son crochet pour le contraindre à lâcher prise. Il résista, poussa un long hurlement pour évacuer sa souffrance, puis il commença à céder, et ses doigts, qu'il ne maîtrisait plus, glissèrent sur le métal jaune. Dans un sursaut de lucidité, il embrassa le bâtiment du regard, chercha la présence des auxiliaires du clan sur le pont, dans les mâts, ne discerna que des formes aux contours indistincts sur un fond bleu et gris. Ses jambes flageolaient, des gouttes d'une sueur glacée lui piquetaient les yeux. Le jour semblait venu de rejoindre ses ancêtres. La mort ne lui faisait pas peur, mais l'idée de partir sans avoir revu Ulgak le révoltait. Pourquoi les dieux n'avaient-ils pas rompu les liens qu'ils avaient eux-mêmes noués dans les mondes invisibles ?

La pression du Noir parut soudain se relâcher. Le

crochet cessa de bouger et la douleur s'atténua, pas beaucoup mais suffisamment pour permettre à Tcholko de reprendre ses esprits. Son adversaire avait jeté son bâton pour se débattre contre la forme blanche qui s'était abattue sur son crâne. L'humeur vitrée de l'un de ses yeux lui roulait sur la joue. Tcholko ressentit une joie profonde, indicible, lorsqu'il reconnut l'effraie. Ailes déployées, l'oiseau lacérait la face du Noir de ses griffes et de son bec. Elle le conduisit peu à peu au bord de la proue jusqu'à ce qu'il mette un pied dans le vide et qu'il tombe comme une pierre. Elle reprit ensuite son envol et alla se percher sur un filin du mât.

Galvanisé, Tcholko s'adossa au canon et entreprit de retirer le crochet. Il entrevit des mouvements alentour, pensa que les quatre derniers assaillants se ruaient sur lui après s'être débarrassés des compagnons et des gardes. Il chercha sa dague des yeux, ne la trouva pas. Il n'avait plus que ses poings et ses pieds à opposer aux sabres et aux lances. Et le bâton, s'il réussissait à dégager le crochet de ses côtes. Le sang engluait ses doigts et nuisait à la précision de ses gestes. Il entendait des cliquetis, des chocs sourds, des vociférations, des gémissements. Lorsqu'il parvint enfin à arracher la pointe métallique, la souffrance fut tellement aiguë qu'il perdit connaissance. Il eut la vague sensation que des ombres s'avançaient vers lui, et ses muscles se crispèrent dans l'attente du coup de grâce.

Des bras se glissèrent sous ses aisselles et le maintinrent debout.

Il revint à lui, vit des compagnons et des gardes lancer par-dessus bord les corps des quatre assaillants. Ils avaient cessé d'être gouvernés par la peur, s'étaient ressaisis pour exploiter l'avantage du nombre. Six d'entre eux avaient été transpercés par les lances ou décapités par les sabres. Le groupe de survivants comptait environ une douzaine de membres, dont quatre femmes. D'un mouvement de tête, il indiqua à l'homme qui le soutenait, un officier de la garde, qu'il pouvait maintenant se débrouiller sans son assistance.

« Mais, ta blessure...

— Ça ira ! »

Le crochet n'étant plus en contact avec les côtes, la douleur s'était atténuée. Il n'estima pas nécessaire de poser un bandage de fortune sur la plaie, car elle était superficielle et saignait peu. Il leva les yeux sur la chouette, toujours perchée sur le filin entre les deux mâts. Les ayi et leurs serviteurs ne l'avaient pas abandonné, et cette constatation l'emplissait de la même émotion qu'un enfant perdu dans la taïga et retrouvé par les siens. Il n'était pas qu'un souvenir pour ceux de son clan mais un être de chair et d'os, il avait encore une terre, une existence, un avenir.

« Comment te sens-tu ? »

Arthea s'était approchée et avait commencé à déchirer sa robe pour lui confectionner un pansement. Il l'arrêta d'un geste et désigna les corps qui jonchaient le plancher, les silhouettes qui s'agitaient derrière les vitres, dans le vestibule des compartiments, dans les bouches sombres des couloirs. Tous les assaillants avaient déserté le pont pour se ruer dans les cabines.

« Nous n'en avons pas fini... »

Elle lui caressa la joue du revers de la main.

« La chouette est venue à ton secours, murmura-t-elle d'un ton rêveur.

— Tu doutes encore de la magie des odügan ? »

Il n'attendit pas sa réponse pour brandir le bâton du Noir et hurler :

« Il faut les empêcher de tuer la pilote ! »

Comme pour corroborer ses paroles, une secousse de forte amplitude ballotta la nef royale, qui bascula sur son axe et perdit de l'altitude, entraînant dans sa chute le vaisseau de Sa'at où le prêtre affolé tentait vainement de décrocher les grappins.

Les deux prêtresses et le compagnon qui avaient suivi Arthea sur la proue s'étant joints à eux, ce fut une cohorte de quinze unités qui traversa le pont et s'engouffra dans le large vestibule. Le bâtiment royal piquait à la verticale, sombrait dans la fumée noire. Ils devaient s'accrocher aux diverses saillies, aux balustrades, aux poteaux, aux poignées de portes, aux rampes, pour ne pas être catapultés vers l'avant. Aiguillonnés par les hurlements et les gémissements qui transperçaient les cloisons, ils se scindèrent en deux groupes, enjambèrent les cadavres qui gisaient sur les marches des deux escaliers latéraux et dont la plupart étaient des compagnons, des gardes, des prêtresses taillés en pièces par les haches et les sabres.

Au premier niveau, ils rencontrèrent des adversaires, des Blancs, des Noirs et des Mogohol, qui, après avoir exterminé les défenseurs, avaient coincé des prêtresses dans les couloirs ou les cabines, déchiré leurs vêtements et entrepris de les violer avant de les mettre à mort. Surpris par l'irruption des contre-attaquants, ils se virent cernés et criblés de coups sans avoir eu la possibilité de riposter. Certains cherchèrent à fuir mais, entravés par leurs cuirasses ou leurs vêtements dégrafés, ils s'affalèrent sur le plancher et furent aussitôt cloués au bois par des lances ou des dagues.

Tcholko avait rapidement saisi tout le parti à tirer du bâton et de son crochet : il servait aussi bien à accrocher les jambes, les chevilles, les bras, qu'à lacérer les cous, les joues, le dos. Un Mogohol qui fondait sur lui, le sabre levé, en fit l'amère expérience lorsque le fer recourbé lui encercla le cou, lui racla les vertèbres cervicales, le déséquilibra vers l'avant, se ficha profondément dans l'espace ouvert de son armure, entre ses côtes flottantes et sa hanche. Ses reptations maladroites ne réussirent qu'à agrandir l'entaille jusqu'à ce que ses intestins se répandent sur le plancher. Tcholko l'acheva d'un coup de talon sur la nuque et observa les cabines et les couloirs environnants. Les compagnons et les gardes se battaient maintenant avec l'énergie du désespoir, compensaient leur infériorité physique par une détermination de tous les instants. Couverts de sang de la tête aux pieds, blessés parfois, ils ne rompaient pas, se mettaient à deux ou à trois pour harceler leurs adversaires isolés. Sur ce plancher de plus en plus incliné, ils tiraient le meilleur parti de leur légèreté et de leur mobilité face aux Mogohol et aux Blancs lourdement harnachés, face, également, aux Noirs, gênés par l'exiguïté des lieux. Les cheveux collés par la sueur et le sang, les femmes ne le cédaient en rien aux hommes en ardeur et en férocité : bien que la tête de l'une d'elles fût emportée par le tranchant d'une hache, elles refusaient de reculer, dansaient autour de leurs proies comme des louves affamées, frappaient sous tous les angles, aux pieds, aux jambes, aux hanches, à la poitrine.

Le groupe, ou ce qu'il en restait, se reforma dans le couloir central. Ils inspectèrent rapidement les cabines, dénombrèrent une quinzaine de cadavres ennemis. La nef royale vibrait maintenant de toute sa structure. Un soubresaut la secoua de part en part et les projeta contre les cloisons. Un hurlement déchirant couvrit les râles des agonisants, les craquements du bois, les sifflements de l'air sur la coque.

« La cabine de pilotage, vite ! » rugit Tcholko.

XX

« Ils ont eu le temps de faire tout ça pendant que le bateau volant tombait ? demanda Jahik avec une moue sceptique.

— Il ne tombait pas comme une pierre, dit le vieil homme. Passé les premiers moments de panique, la pilote, l'une des plus expérimentées et des plus fiables de la flotte atlante, avait eu un sursaut de lucidité qui avait permis au bâtiment royal d'enrayer sa chute et de reprendre un peu d'altitude. Même lorsque les cinq assaillants s'étaient introduits dans sa cabine et avaient commencé à la malmener, elle avait gardé à l'esprit qu'elle avait la responsabilité du joyau de la flotte atlante, la nef de la reine. Du haut des compartiments, elle avait vu le combat entre le petit groupe conduit par Tcholko et elle s'était résolue à gagner du temps pour leur permettre d'arriver jusqu'à sa cabine. Aussi ne se défendit-elle pas lorsque les cinq hommes lui arrachèrent sa robe et l'allongèrent sur le plancher — sans se rendre compte, les imbéciles, qu'en agissant de la sorte, ils risquaient d'être les premières victimes de l'écrasement du vaisseau —, elle s'efforça de rester en contact avec l'énergie cristalline. Cependant, lorsqu'elle fut violée par le premier d'entre eux, un homme aux longs cheveux clairs et à la face enduite d'un masque de terre séchée, elle ne put se retenir de pousser un long hurlement, et elle perdit tout contrôle sur elle-même. Après une série de secousses, le bâtiment recommença à plonger. En bas de l'étroit escalier qui montait à la cabine de pilotage, Tcholko et les six Atlantes...

— Ils n'étaient plus que six ?

— Huit d'entre eux avaient trouvé la mort lors des affrontements dans les autres niveaux. Les prêtresses qui avaient survécu aux violences subies dans les cabines et les couloirs étaient trop choquées, trop affaiblies pour être d'un quelconque secours. Tcholko et les six rescapés, donc, gravirent l'escalier et pénétrèrent dans la cabine de pilotage... »

D'un coup de crochet en pleine tempe, le Tunguz écarta un Mogohol qui tentait de lui barrer le chemin, puis, pendant que ses compagnons s'occupaient des trois autres, il piqua son bâton vers la tête de l'homme vautré sur la pilote, lui accrocha le cou, tira d'un coup sec, lui déchira le gorge et lui trancha la carotide.

L'inclinaison du plancher s'accentua subitement. Un Noir s'affaissa de tout son poids sur le support métallique du cristal de bord. Les vertèbres brisées, il roula sur les lattes poissées de sang, jonchées de morceaux de verre, et alla heurter, au bout de sa glissade, le Mogohol agonisant. Projeté contre la roue de navigation, Tcholko réussit à se relever et chercha immédiatement la pilote des yeux. Coincée contre la cloison, elle tentait vainement de se dégager du corps de son violeur. Les autres rencontraient également des difficultés à se dépêtrer des jambes, des bras, des armes, des vêtements enchevêtrés. A genoux sur le plancher de plus en plus instable, Tcholko saisit le pied de l'homme au masque de terre et, s'agrippant de l'autre main à la roue, oubliant la douleur qui lui harcelait les côtes, tira vers lui le cadavre alourdi par l'armure de cuir. L'âcreté de la fumée qui s'engouffrait par la baie béante lui piquait les yeux, lui irritait la bouche.

Aussitôt délivrée, la pilote, une femme entre deux âges, se redressa et rampa à quatre pattes vers le cristal de bord. Des larmes roulaient sur ses joues. Le sang souillait ses cheveux, son visage, sa poitrine, son ventre et la pierre translucide qui pendait entre ses seins.

« Est-ce que tu te sens assez... » commença Tcholko.

Elle l'interrompit d'un geste péremptoire de la main, s'assit devant le cristal de bord, se retint au support métallique et entreprit de renouer le contact mental avec l'énergie des cristaux. Tassés contre la cloison, à demi asphyxiés par la fumée, les compagnons, les gardes et les deux assaillants encore en vie la contemplaient avec une inquiétude accentuée par les grincements qui montaient du grand vaisseau désormais en chute libre.

La proue heurta la cime d'un arbre et se brisa dans un craquement lugubre. Les câbles, sectionnés, cinglèrent les cloisons des compartiments, arrachèrent des barres du bastingage, brisèrent des vitres. Les cordes des grappins cédèrent également, et l'appareil frappé du poulpe, brusquement libéré, alla se fracasser contre le tronc d'un arbre voisin. Les branches raclèrent la carène et ralentirent la course de la nef. Tcholko se crispa dans l'attente du choc final. Il se demanda si Arthea avait réussi à s'abriter dans une cabine avant d'être éjectée du pont. Son sort ne l'indifférait pas, mais la perspective de sa mort ne suscitait en lui qu'une tristesse sereine, la même qu'on ressent au départ d'un père ou d'une mère ayant décidé d'entreprendre son ultime voyage. Les liens qui les avaient unis pendant deux lunes, qui avaient créé entre eux une indispensable cohésion pour surmonter les dangers de la steppe et les périls d'Atlantis, s'étaient distendus.

Environnée de fumée et de flammes, la coque commença à se disloquer sur les branches de plus en plus épaisses et larges. Puis, alors que l'écrasement paraissait inévitable, les deux cristaux, celui de bord et celui de la pilote, s'emplirent de lumière vive. Le bâtiment royal se stabilisa avec une rapidité et une douceur étonnantes, corrigea son assiette, s'écarta de l'arbre et se dirigea vers l'espace dégagé de la clairière.

Tcholko se rapprocha de la baie. La densité de la fumée l'empêchait de distinguer les détails, mais aux quelques ombres qu'il discerna dans l'étoupe grise, il évalua qu'ils ne flottaient qu'à une hauteur de cinq ou six hommes au-dessus du sol. Il constata que seule l'extrémité de la proue avait été arrachée, que ni le canon ni l'avancée n'avaient souffert du frottement contre les branches. Il lui sembla également que le cristal-mère n'était plus à sa place, soit que les chocs successifs l'eussent arraché de son support, soit qu'Arthea l'eût récupéré avant de se réfugier dans une cabine.

Un à un, les compagnons et les gardes se relevèrent. Ils n'eurent pas besoin de se battre contre les deux derniers assaillants qui, tétanisés par la mort des trois autres et la chute de la nef, ne manifestèrent aucune envie de reprendre le combat. On leur lia donc les mains et les jambes avec des pans de la robe de la pilote, laquelle, assise devant le cristal de bord, paraissait retirée loin en elle-même, indifférente aux hommes et aux femmes qui l'environnaient. Le sang coagulé l'habillait d'un vêtement visqueux et brunâtre. Les cadavres du Mogohol et de l'homme au masque de terre achevaient de se vider dans un double gargouillis.

Les Atlantes s'étaient à nouveau rendus maîtres du bâtiment, mais à quel prix ? Sur la centaine de passagers et de membres d'équipage, il n'en restait qu'une dizaine, une vingtaine peut-être en comptant les prêtresses prostrées dans les cabines.

Une silhouette fit son apparition sur le pont. Elle tenait dans ses mains une sphère qui brillait dans la fumée comme une étoile au travers des nuages. Tcholko reconnut Arthea à ses cheveux flamboyants. Elle avait perdu sa coiffure, et sa robe s'ornait de larges déchirures qui révélaient sa peau blanche. Elle se retourna avant de s'engager sous l'abri extérieur à demi effondré et, d'un ample geste du bras, demanda que le bâtiment reprenne de l'altitude.

« Arthea t'ordonne de remonter », dit Tcholko à la pilote.

Celle-ci sortit de sa concentration et le fixa d'un regard absent. Puis elle parut prendre conscience de sa présence et un réflexe de pudeur l'entraîna à se voiler la poitrine et le bas-ventre avec les mains.

« Je ne sais pas si le vaisseau résistera à une nouvelle...

— Essaie ! »

Elle hocha la tête. Des gouttelettes carmin dégouttèrent de ses cheveux bruns et bouclés. Son cristal empourpré ressemblait à un gros rubis enflammé par un éclat de soleil. Elle produisit un nouvel effort de concentration qui lui plissa le front. Les flammes crépitaient dans les arbres et les cabanes. Il leur était impossible de déterminer si les hurlements qui emplissaient la clairière résonnaient au-dessus ou au-dessous d'eux.

La nef entama son ascension, pouce après pouce dans les premiers temps, puis elle prit de la vitesse, émergea de la fumée, passa au milieu des autres vaisseaux, continua de s'élever dans un ciel teinté d'or rose par le soleil levant.

Arthea s'assit près du canon et inséra le cristal-mère dans son support. Quelques instants plus tard, un rayon s'abattit sur un appareil de Sa'at qui tentait d'aborder un petit vaisseau atlante. La tête de taureau de la proue se détacha de la coque, un mât s'effondra, ses ailes de lumière cessèrent de briller. Il partit en vrille, pivota sur un axe horizontal, vida tous ses passagers qui sombrèrent en gesticulant dans les vagues de fumée. Un deuxième rayon en percuta un autre, amarré au vaisseau du consort où de violents combats opposaient un groupe formé de proscrits et de gardes à une cohorte de Mogohol, moins nombreux mais mieux armés et plus puissants. Au spectacle de leur bateau volant brisé en deux par cette foudre surgie de nulle part, un spectacle d'autant plus effrayant qu'il n'avait touché qu'un seul des deux vaisseaux pourtant bord à bord, les Mogohol furent envahis par un début de panique, ce dont profitèrent les défenseurs pour resserrer les rangs et regagner le terrain perdu. Tcholko distingua, à l'arrière du pont, la silhouette sombre du consort, qui ne participait pas au combat. Ce n'était pas de la lâcheté de sa part, mais plutôt une prudente réserve qui indiquait qu'il n'avait pas opéré son choix entre les taureaux et les prêtresses, entre la lune et le soleil.

Un peu partout, les Atlantes, galvanisés par cette deuxième série de salves tirées depuis le bâtiment royal, reprirent espoir et courage. Hormis deux vaisseaux abordés dont les équipages et les passagers avaient été exterminés, les combats se disputant sur les ponts, sur les proues, dans les cabines des poupes, tournèrent à l'avantage des troupes d'Arthea. Et cette tendance alla en s'affirmant après que trois, puis quatre, puis cinq appareils à tête de taureau, fauchés en plein vol, se furent abîmés dans la mer de fumée qui submergeait l'île.

Il ne resta bientôt plus que trois appareils ennemis au milieu de la flotte atlante, deux à la proue en forme de tête de taureau et un qui avait appartenu à une communauté extérieure. Le cristal-mère brillait comme un phare à l'avant du bâtiment royal, et le canon crachait à intervalles réguliers ses lignes étincelantes qui atteignaient immanquablement leur but. A plusieurs reprises, il fallut que les compagnons ou les gardes se précipitent près des bastingages et coupent les cordes des grappins afin de ne pas être entraînés dans la chute du vaisseau qui les avait accostés. Les trois prêtres pilotes comprirent qu'il y avait du danger à rester dans les airs et décidèrent d'atterrir au plus vite. Si l'un réussit à s'évanouir dans la fumée avant d'être pris pour cible, les deux autres ne furent pas assez prompts, et leurs appareils, touchés de plein fouet par les rayons, se désintégrèrent dans de grandes gerbes incandescentes.

Tcholko s'avança sur la partie évasée de la proue. Il lança un coup d'œil par-dessus son épaule, mais ne distingua pas la forme claire de l'effraie. Sa tâche accomplie, elle avait probablement entrepris le voyage du retour vers les lointaines contrées du grand Ciber.

Vu d'ici, le bâtiment n'avait pas fière allure : les filins avaient fracassé la plupart des vitres, les mâts, estompés par le blanc et l'or des ailes, penchaient dangereusement, la moitié du toit de la véranda de l'entrée s'était écroulée, le bastingage présentait de nombreuses brèches d'une largeur de deux ou trois pas. Des cadavres qui avaient jonché le plancher, ne subsistaient que des taches de sang et des pans de vêtements prisonniers des échardes. L'avant n'était pas en meilleur état : deux montants de l'abri extérieur, arrachés de leur socle, pendaient sur le côté de la coque, reliés aux chevrons de la toiture par leurs seules chevilles, la moitié de la proue manquait, la coque était éventrée en plusieurs endroits...

Arthea se retourna lorsque les lattes craquèrent sous les pas de Tcholko. Elle lui sourit et se jeta dans ses bras. Ils restèrent un long moment enlacés sans dire un mot, puis elle murmura :

« Beaucoup des nôtres... »

La fin de sa phrase se brisa en sanglots.

« Ils sont morts pour que les autres vivent, dit Tcholko.

— Tu es habitué à cette forme de sélection naturelle, pas moi. Jusqu'à ce jour, nous n'avions eu qu'à maîtriser le nombre des naissances pour réguler la population.

— Il reste d'autres barbares en bas.

— Attendons que l'incendie ait fait sa part du travail. »

Ils remirent un peu d'ordre dans le grand vaisseau, soignèrent les blessés, dont Tcholko, qui accepta de mauvaise grâce qu'on nettoie et bande la plaie à ses côtes, réconfortèrent les prêtresses qui avaient été violées, lavèrent et rhabillèrent la pilote, qu'Arthea étreignit longuement pour rendre hommage à son courage.

Vers le milieu du jour, des nuages noirs s'amoncelèrent au-dessus de l'île, et une pluie drue se mit à tomber. L'averse ne dura pas longtemps, mais elle suffit à éteindre l'incendie. Un vent violent balaya la fumée, arracha encore quelques lattes à la coque du bâtiment royal, accentua l'inclinaison déjà prononcée des mâts, chassa les nues et tomba aussi subitement qu'il s'était levé.

Les rescapés découvrirent en bas un spectacle de désolation. Le feu avait dévoré les cabanes et ravagé en grande partie la forêt. Au milieu des décombres, gisaient d'innombrables cadavres d'hommes et de chevaux calcinés. Il ne restait qu'un appareil frappé du poulpe, celui qui avait réussi à atterrir avant d'être frappé par les rayons du canon. Ses trente passagers étaient restés à bord, craignant sans doute de brûler s'ils s'aventuraient sur les braises. Arthea ne jugea pas nécessaire de le détruire : des pilotes étaient morts, et même si on retrouvait quelques cristaux en fouillant les corps, la civilisation atlante avait déjà essuyé de trop lourdes pertes.

Elle fit signe à la pilote d'effectuer les manœuvres d'atterrissage. Les bases des mâts soulevèrent des gerbes de cendres lorsque, un à un, les vaisseaux de la flotte atlante se posèrent sur le sol noirci. Un silence funèbre s'étendait sur la clairière, une répugnante odeur de charnier imprégnait l'air encore humide. Tcholko recommanda aux compagnons et aux gardes de ne pas relâcher leur vigilance, car, hormis ceux qui étaient restés à bord de l'appareil indemne, des soldats des prêtres avaient peut-être échappé aux flammes.

Ils débarquèrent après avoir vérifié qu'ils pouvaient fouler sans danger les cendres encore tièdes, convergèrent de tous les points vers le dernier vaisseau ennemi, mais les mâts de celui-ci s'abaissèrent et ses ailes se déployèrent avant qu'ils n'aient eu le temps d'opérer la jonction. Il décolla, gagna rapidement de l'altitude et disparut dans la lumière du soleil.

« Sans importance, dit Arthea. Ces barbares ne reviendront pas de sitôt dans les parages, et le pilote utilise le même réseau de destinations que nous. Tôt ou tard, nous le retrouverons... »

Ils se rassemblèrent au milieu de la clairière. Sur les six cents membres de l'armée atlante, plus des deux tiers avaient été tués. Créon avait survécu, ainsi que le chasseur de rats, qu'Arthea embrassa de bon cœur en dépit de ses apparences repoussantes. Mayalé, en revanche, avait reçu un coup de lance en plein cœur. Deux de ses anciens sujets avaient porté son cadavre sur lequel ils avaient veillé farouchement jusqu'à l'atterrissage. Arthea ne put retenir ses larmes devant le corps ensanglanté de la reine des bas-fonds de Sephren. Elle était morte pour sauver ceux qui lui avaient interdit de retourner chez elle et de revoir ses enfants, victime de l'absurdité des dogmes du culte d'Ammu. Cette femme venue du continent noir avait fait preuve d'une noblesse et d'une générosité qu'auraient pu — dû — lui envier les Atlantes en général et les prêtresses en particulier. En son for intérieur, Arthea lui réitéra la promesse de ramener les proscrits qui le souhaitaient dans leur région d'origine. C'était le moindre des hommages à lui rendre, pour qu'au moins son sacrifice ne soit pas vain. Elle décida qu'elle serait enterrée au centre de la clairière, sur ce champ de bataille où elle avait livré son dernier combat, et qu'une stèle commémorative serait élevée à l'emplacement de sa tombe. Les Atlantes ne devraient jamais oublier qu'une souveraine barbare les avait aidés à repousser les prêtres et leurs séides guidés par le savoir caché. Tcholko méritait aussi les honneurs mais la meilleure façon de lui témoigner la reconnaissance du peuple atlante consistait à le rendre à sa vie de nomade, à la taïga, à la liberté. Cependant, avant de se séparer définitivement de lui, Arthea tenait à ce qu'il rencontre les gardiennes secrètes de la terre.

Ils décidèrent de rester sur l'île jusqu'à ce que tous les corps soient ensevelis et les vaisseaux réparés. Après avoir exécuté les rares prisonniers, ils creusèrent des fosses où ils entassèrent les cadavres dont la plupart étaient méconnaissables, une tâche qui les occupa jusqu'au crépuscule. Puis les prêtresses entonnèrent les chants traditionnels d'Ammu afin de célébrer les obsèques de Mayalé. Sur la terre fraîche de sa tombe, on posa un gros rocher sur lequel on avait gravé ces quelques mots : *Mayalé, l'autre reine qui aida Atlantis à reconquérir sa dignité. N'oublie pas, qui que tu sois, que la grandeur ne réside pas dans la naissance.*

A la tombée de la nuit, ils reçurent la visite d'un chef indigène porté par six hommes et coiffé d'une somptueuse parure de plumes et d'os. Il parlait une langue compréhensible en dépit des expressions inintelligibles dont il truffait ses phrases. Il leur expliqua que les prêtres de Sa'at, des êtres dont il connaissait le caractère fourbe, ne lui avaient pas demandé l'autorisation de couper les arbres de la forêt pour poser leurs grands oiseaux de bois et rassembler leurs troupes. Son peuple avait lui-même souffert de la présence de ces visiteurs, qui n'avaient pas hésité à enlever des femmes et à piller les réserves. De plus, le grand prêtre de Sa'at avait contraint ses hommes à sculpter des rochers en forme de têtes sur la face orientale de l'île, un travail pénible qu'ils avaient effectué sous la surveillance d'une centaine de soldats plus féroces que les plus féroces des requins. Il remercia la grande reine d'Atlantis — Arthea ne sut pas s'il la prenait pour la souveraine atlante ou s'il avait déjà rencontré Osira —, son amie, de l'avoir délivré du joug des taureaux de Sa'at et lui assura qu'il ne lui tiendrait pas rigueur de la destruction de la forêt, car les arbres repousseraient sur ses terres. Enfin, il pria la vaillante armée atlante de se rendre le jour suivant dans son village où une grande fête serait donnée en son honneur et repartit après avoir salué son interlocutrice d'une profonde révérence.

Plus tard, alors que des sentinelles avaient été disposées sur tout le pourtour de la clairière, que les vivres avaient été distribués et que les Atlantes s'étaient répartis autour des vaisseaux, Arthea s'adressa à un petit groupe formé de Tcholko, du chasseur de rats, du consort et de deux officiers.

« Lorsque vous verrez demain le chef de la tribu, vous lui direz que la reine d'Atlantis n'a pas pu se rendre à son invitation.

— De toute façon, tu n'es pas la reine ! » objecta Créon.

La jeune femme lui décocha un regard dépourvu d'aménité.

« Il s'est adressé à celle qu'il pense être sa représentante. L'essentiel est de conserver de bonnes relations avec lui. Para Nua est un maillon de la longue histoire atlante, et nous aurons sûrement besoin de revenir sur cette île.

— Où seras-tu ? demanda le chasseur de rats.

— Il me faut accomplir une dernière tâche avant de rentrer à Sephren.

— Combien de temps cela te prendra-t-il ?

— Ça dépendra du résultat de mes démarches...

— Je suppose que tu as de bonnes raisons, dit le chasseur de rats. Mais ne perds pas de vue que, même si les faits t'ont donné raison, ni la reine ni les supérieures ne te pardonneront ta mutinerie. En ton absence, elles minimiseront tes mérites, elles prétendront qu'Atlantis aurait essuyé des pertes moindres si on les avait écoutées. Tu représentes un danger pour elles, et elles chercheront par tous les moyens à t'éliminer. »

Arthea sortit le cristal-mère d'un repli de sa robe. Jamais un visiteur n'aurait pu imaginer qu'une bataille venait de se dérouler sur ces lieux baignés d'une paix radieuse. Les relents de bois et de chair calcinés étaient les seuls souvenirs de cette journée de massacre.

« Tant que je le posséderai, elles n'oseront pas s'en prendre à moi, dit-elle d'un ton farouche.

— Si la source même de l'énergie cristalline devient l'enjeu du pouvoir, la civilisation atlante ne tardera pas à s'écrouler définitivement, murmura le chasseur de rats.

— D'où vient-il ? demanda Créon, les yeux rivés sur la sphère translucide.

— J'ai ma petite idée là-dessus, répondit le chasseur. Mais j'ai besoin d'approfondir mes recherches pour vérifier mes hypothèses.

— Je n'en ferai pas l'enjeu de luttes intestines,

mais un symbole de connaissance accessible à tout être vivant sur cette terre, affirma Arthea.

— Ils sont peu à partager la noblesse de tes convictions, intervint Tcholko. Et tous les humains ne sont pas intéressés par cette forme de connaissance.

— La connaissance n'a pourtant de sens que si elle est partagée... »

Créon frappa un monticule de cendres de la pointe du pied.

« Pourquoi as-tu refusé de la partager avec les prêtres et leurs alliés, en ce cas ? fit-il d'une voix coléreuse. Est-ce qu'ils n'ont pas leur place sur ton monde ? »

Il se posait en réalité la question de la légitimité de son propre pouvoir. Le consort était le représentant officiel du culte de Sa'at comme la reine était la représentante du culte d'Ammu et, sans le soutien des prêtres, il craignait de perdre ce qu'il venait tout juste de gagner, d'être ravalé au rang de simple villageois.

« Chaque être y a sa place, dit Arthea. Tout dépend de la manière dont il la prend. »

Créon s'éloigna dans les ténèbres, suivi des deux officiers.

« Attention à lui, fit le chasseur de rats, les lèvres retroussées sur ses énormes incisives. Il vient tout juste de caresser son rêve de puissance. Qu'Ammu te protège, Arthea. Nous nous reverrons bientôt sur Atlantis. »

Il se leva à son tour, pressa la main de Tcholko avec une ferveur inhabituelle, puis il se dirigea de son pas sautillant vers la forêt. Il trouverait bien, dans les environs, une grotte ou un trou pour y passer la nuit.

Arthea et Tcholko avaient pris place à bord de l'un des deux petits vaisseaux qui avaient décollé à l'aube et qui volaient en direction de l'est.

« Pourquoi deux ? s'était étonné Tcholko.

— Au cas où l'un d'eux tomberait », avait répondu Arthea.

Elle avait éclaté d'un rire qui sonnait faux. Ils avaient d'abord survolé l'océan Tuamoto, puis avaient traversé une terre montagneuse et peuplée d'animaux aux pelages blanc et ocre avant de déboucher au-dessus de l'Atlantique. La chaleur les avait rapidement poussés à trouver refuge dans la petite cabine de bord. Là, bercés par le bourdonnement des mâts, ils s'étaient assoupis et avaient récupéré d'une nuit agitée, au cours de laquelle Arthea n'avait jamais été rassasiée du corps et de la virilité de Tcholko. Assise devant la roue sur le siège de la poupe, la pilote, tout de rouge vêtue, gardait les yeux rivés sur le cristal de bord. Le deuxième appareil suivait à une distance de trente pas.

Au zénith, ils arrivèrent en vue d'une autre terre, la pointe sud du continent noir, selon Arthea. Ils atterrirent sur une plage bordée de rochers et battue par des vagues qui roulaient un long moment sur elles-mêmes avant de se pulvériser sur le sable. Tcholko aperçut les formes gigantesques et noires qu'il n'avait pas remarquées du haut du vaisseau, sans doute à cause des gerbes d'écume qui se dressaient à une hauteur de cinq hommes et formaient une brume épaisse, impénétrable.

Des baleines. Des dizaines de baleines, immobiles, bercées par les rouleaux. Il sauta sur le sable et s'approcha du bord de l'océan, bientôt rejoint par Arthea et les deux pilotes. Un réflexe l'entraîna à se retourner et à fouiller les environs du regard. Il ne distingua aucune silhouette sur les crêtes environnantes.

« Il n'y a rien à craindre, dit Arthea. Les indigènes ne mettent jamais les pieds sur cette plage. »

Rasséréné, Tcholko reporta toute son attention sur les masses noires. Le vent du large colportait un peu de fraîcheur dans la chaleur torride qui accablait les lieux.

« Les gardiennes secrètes de notre monde, reprit Arthea. Elles sont liées à l'humanité comme des mères à leurs enfants. Elles viennent s'accoupler au même endroit chaque année. C'est ici qu'elles m'ont appris à me familiariser avec l'eau. »

Tout en parlant, elle avait commencé à retirer sa coiffure, puis ses sandales et sa robe.

« Viens avec moi, Tcholko. C'est le seul cadeau que j'aie jugé digne de toi avant ton retour dans la taïga. »

Lorsqu'elle fut entièrement nue, elle enfouit le cristal-mère dans le petit tas de ses vêtements, l'aida à se défaire de son pagne, de son maillot, de son bandage, le prit par la main et l'entraîna dans les vagues. Les deux prêtresses restèrent sur la plage, ombres rouges et figées qu'occultaient les embruns.

Les rouleaux les renversèrent, les submergèrent, les entraînèrent vers le large. Tcholko fut traversé par un début d'affolement qui s'estompa lorsqu'il s'échoua sur le flanc noir d'une baleine. Il grimpa sur la gigantesque échine, s'y allongea et, au contact de l'épiderme rugueux, il éprouva un bien-être qu'il n'avait jamais ressenti de sa vie, même dans la sérénité de la forêt, qui non seulement apaisait les douleurs de son corps, mais pansait les plaies de son âme, baignait le petit garçon de son rêve, le délivrait de ses remords, du fardeau de sa culpabilité. Tcholko le Tunguz se réconciliait avec lui-même sur le dos d'un animal que les habitants de la taïga et des steppes n'avaient pas une chance sur dix mille de rencontrer dans leur vie. Il admettait enfin qu'il n'avait aucune responsabilité dans le calvaire de sa mère, cette femme magnifique qui avait souffert sans jamais trahir la présence de son enfant dans la yourte.

Il resta étendu sur la baleine pendant un temps qu'il aurait été incapable d'évaluer. Il sentit tout à coup qu'elle bougeait, qu'elle rampait sur le sable, qu'elle se dirigeait vers le large. Elle répondait à un appel mystérieux, elle s'en allait célébrer la vie avec celle de ses congénères qu'elle aurait choisie pour partenaire. Toutes s'étaient mises en mouvement, toutes nageaient vers l'horizon, vers les profondeurs océanes où elles pourraient s'accoupler avec la grâce et la légèreté de papillons. Il se laissa porter un petit moment puis il plongea dans l'eau et nagea en direction de la plage. Il prit conscience que le soleil, déjà bas dans le ciel, avait pris une teinte orangée qui préludait au crépuscule. Il n'avait aucun effort à fournir pour lutter contre les courants, aussi à l'aise qu'un mammifère marin dans cette eau saumâtre qui avait failli l'emporter une demi-lune plus tôt. Il reprit pied, embrassa la plage du regard, s'aperçut qu'un des deux vaisseaux avait disparu, chercha Arthea du regard, ne la vit ni sur le sable doré, ni sur les rochers, ni sur le pont de l'appareil.

Il sortit de l'eau et s'avança vers la pilote, assise à l'ombre de la coque. Elle le détailla avec insistance de haut en bas avant de lui remettre ses vêtements.

« Arthea m'a chargée de te dire que tu resteras à jamais dans son cœur, dit-elle pendant qu'il se rhabillait. Elle est partie pour entamer des recherches sur l'histoire de notre peuple. Elle dit qu'elle veut avoir des éléments concrets pour affronter la reine et les supérieures. Je dois maintenant te ramener dans la taïga. Le seul point de destination que je connaisse dans le coin est le nord du lac Bahikal. Est-ce que ça te convient ? »

Il calcula rapidement qu'il lui faudrait un peu moins d'une lune pour rejoindre le campement d'hiver de la Laie, à condition de voler des vêtements et un cheval dans un campement büryat. Il acquiesça d'un hochement de tête. Il remercia intérieurement Arthea d'avoir facilité leur séparation.

« Elle m'a également donné ça pour toi et pour celle qui t'attend... »

La pilote lui tendit une étoffe dépliée où brillaient des bijoux en or et la lame d'une dague. Il les prit tout en sachant déjà qu'il s'en débarrasserait avant d'arriver au campement. Ces objets étaient les symboles d'une civilisation d'où la magie était absente, où l'être humain cessait d'être le centre. La dague pourrait lui servir au long de son périple dans les plaines enneigées, mais il retrouverait avec plaisir les armes traditionnelles des Tunguz, le lourd poignard de bronze, l'arc, l'épée, la hache.

« Mangeons avant de partir », proposa la pilote.

Au loin, les baleines avaient entamé leur ballet nuptial dans un concert de chants qui s'élevaient comme des plaintes déchirantes.

La petite nef effectua sans encombre le trajet entre la pointe sud du continent noir et le grand Ciber. Tcholko admira d'autres villes, d'autres terres, d'autres fleuves, d'autres forêts, et tant la terre lui semblait riche qu'il remerciait le Père et chef du monde, Art-Toïon-Aga, d'avoir fait aux hommes le présent de la création.

La pilote le déposa comme convenu au nord du lac Bahikal. L'hiver s'était maintenant installé sur la taïga, et les vêtements qu'il avait rapportés d'Atlantis ne le protégeaient guère du froid. Avant de repartir, la pilote lui remit des vivres et lui fit promettre qu'il ne révélerait jamais aux siens l'existence d'Atlantis. Il ne se doutait pas encore que des événements ultérieurs l'amèneraient à trahir son serment.

Lorsque le bateau volant eut repris son envol, il courut sans s'arrêter jusqu'à la lisière d'un campement büryat.

Les Büryats ne migrent pas. Ils ne veulent pas que des tribus ennemies profitent de leur absence pour occuper leurs territoires. Tcholko réussit à s'introduire dans une yourte vide, à dérober des vêtements, puis à prendre un cheval dans l'enclos. Il accomplit tout cela avec une telle discrétion qu'il ne fut pas poursuivi, qu'il put chevaucher en toute tranquillité vers les plaines du sud. Il hurlait, chantait, riait, le cœur débordant de joie, heureux d'être redevenu le fils des grands vents de la taïga.

Il atteignit le campement de la Laie vingt jours plus tard.

« Ulgak l'avait attendu ? demanda Jahik.

— Elle se fichait bien qu'il ne lui ramène aucune peau, aucun présent, répondit le vieil homme. Elle est devenue sa femme et ton arrière-grand-mère.

— Alors, c'était ta... mère ? Et Tcholko, ton père ? »

Les lueurs du campement de la Laie effleuraient les ramures alourdies par la neige.

« Tcholko était bien mon père, mais Ulgak n'était pas ma mère... »

ÉPILOGUE

Ils parcoururent l'allée qui menait à la yourte d'Elnuk, la mère de Jahik, croisèrent des hommes et des femmes qui discutaient autour de foyers extérieurs et que le vieil homme salua d'un geste de la main.

« Qui était ta mère ? demanda Jahik.
— Tu ne devines pas ? »

Le garçon fixa soudain les cheveux blancs de son grand-père. Il se souvenait à présent que quelques-uns avaient gardé des reflets roux qui prenaient feu aux rayons du soleil.

« Tcholko eut deux fils et une fille d'Ulgak. Dix solstices plus tard, au début de l'été, alors qu'il participait à une battue au sanglier et qu'il avait, comme à son habitude, franchi les limites du territoire büryat, une effraie le survola et l'attira par ses cris vers les rives du lac Bahikal. Il se retrouva à l'endroit même où il avait aperçu Arthea la première fois. A sa grande surprise, elle était là, vêtue d'une robe blanche, accompagnée d'un garçon à peine plus petit que toi. Il sauta de cheval et s'approcha d'elle à pas lents. Sans doute croyait-il avoir affaire à un abasy qui lui aurait volé ses souvenirs, car la méfiance s'incrustait comme un masque rigide sur son visage. Je le regardais de tous mes yeux d'enfant, et je le trouvais encore plus sauvage et plus beau que ce que m'en avait rapporté ma mère. Il n'était vêtu que de son étui génital et de ses bottes, et j'admirais sa musculature, ses cicatrices, son allure de fauve, la vivacité de ses gestes. Ma mère pleurait, comme cela lui arrivait souvent sur Atlantis à la tombée de la nuit. Elle était tellement bouleversée qu'elle ne parvenait pas à parler. Je voyais bien qu'elle renouait avec une histoire qui l'avait marquée à jamais dans sa chair et dans son âme.

« — Je t'ai ramené ton fils, Tcholko... bredouilla-t-elle.

« Il posa sur moi un regard à la fois surpris et pénétrant.

« — Mon fils ?

« — Il s'appelle également Tcholko. Je voulais garder quelque chose de toi...

« Ils ne s'embrassèrent pas, ni même n'esquissèrent le moindre geste de tendresse ou d'amitié. Ils restèrent l'un en face de l'autre comme deux étrangers.

« — Atlantis connaît de nouveau des jours difficiles, continua-t-elle. La vieille reine Osira est morte et a été remplacée par une jeune femme du nom de Rhéa. J'ai été déchue de mon rang de prêtresse lorsque les supérieures ont découvert que j'avais un fils. Elles m'ont empêchée de tenir ma promesse en ordonnant aux gardes du consort d'exterminer tous les proscrits de Sephren. Elles ont de nouveau imposé le secret sur Atlantis, et des prêtres sont revenus du Spitzberg, de Para Nua, de Muria, de toutes ces terres où certains d'entre eux avaient trouvé refuge. Je suis descendue dans le labyrinthe mais je n'ai pas rencontré la tête en métal jaune. Je ne doute pas de son existence : j'ai vu les têtes en pierre sur l'île de Para Nua et je sais qu'elles sont, comme le poulpe, les représentations symboliques du savoir caché. Je présume que les taureaux se sont débrouillés pour la transporter ailleurs. J'ai remis le cristal-mère à la tisseuse secrète de Muria, une personne fiable. Je suis retournée ensuite dans mon village natal pour élever le petit Tcholko. Puis le chasseur de rats est venu chez moi pour m'apprendre que les taureaux avaient noué une alliance avec Créon dans le but de renverser le culte d'Ammu. Je n'avais pas l'intention de te ramener ton fils, mais je pense que mon monde est sur le point de connaître un terrible bouleversement et je souhaite que tu le gardes avec toi tant qu'il y aura du danger. Je dois retourner sur Atlantis pour essayer de sauver ce qui peut encore l'être. Je reviendrai dès que les choses se seront calmées.

« Tcholko, mon père, se rendit alors compte que de nombreux cheveux blancs parsemaient la chevelure rousse d'Arthea, que des rides s'étaient creusées sur son visage amaigri. Elle avait mûri sans rien perdre de sa beauté. Il aperçut également le vaisseau qui s'était posé quelques pas plus loin dans les roseaux, la silhouette d'une pilote qui, à en juger par ses vêtements, n'était pas une prêtresse. Les deux femmes avaient pris de gros risques en sortant du réseau de navigation et en atterrissant sur les rives du Bahikal. Elles auraient pu être surprises par les Büryats, enlevées, violées, massacrées.

« Ma mère me serra à m'étouffer puis elle s'avança vers Tcholko et lui caressa tendrement le front, les joues, les lèvres. Et de nouveau les larmes roulèrent sur ses joues.

« — Il ne s'est pas passé un instant où je ne t'ai pas regretté. Ma seule consolation est de te savoir heureux dans ton monde. Acceptes-tu de prendre avec toi ce fils que tu ne connais pas ?

« Il n'hésita pas longtemps. Il me souleva comme une plume pour m'installer sur le taïpan. Je me souviendrai jusqu'à ma mort du visage de ma mère, un masque tragique, figé par la douleur. Elle pressentait sans doute qu'elle ne me reverrait jamais.

— Tu ne sais pas ce qu'elle est devenue ? »

Le vieil homme secoua la tête avec lenteur. Jahik prit conscience que l'évocation de ses souvenirs l'avait attristé, avait rouvert une blessure secrète qui ne s'était jamais vraiment refermée.

« Elle n'est pas revenue. Nul ne sait ce qu'il est advenu d'Atlantis, des prêtresses d'Ammu, des prêtres de Sa'at, du cristal-mère, du savoir caché. Peut-être un jour auras-tu l'occasion de l'apprendre ?

— Comme ça, tu es un... Atlante ? »

Le vieil homme caressa les cheveux de l'enfant. La tête d'Elnuk s'immisça par l'entrebâillement de la yourte. Elle comprit que Renard avait encore des choses à dire à son petit-fils et, au nom de cette sagesse qu'on prête généralement aux anciens, elle s'éclipsa sans manifester sa présence.

« Une moitié d'Atlante. Le clan de la Laie m'a accepté sans poser de questions à Tcholko. Ulgak m'a aimé, je crois, autant que les enfants issus de son ventre, et je l'ai aimée autant que ma propre mère. Pour me différencier avec mon père, on m'a surnommé Renard, à cause de mes cheveux aux reflets roux. Du sang atlante court également dans tes veines, Jahik.

— Tu n'as pas eu envie de retourner là-bas ?

— J'ai peu à peu oublié l'Atlantide. Parfois, je rêvais de bateaux volants, de plages de sable, de palmiers, de dauphins, de baleines, mais c'est dans la rude taïga que j'ai définitivement pris racine. Je suis devenu un Tunguz de la Laie, j'ai découvert la beauté du monde magique, j'ai épousé une femme que j'aime encore bien qu'elle ait accompli son dernier voyage depuis deux solstices, j'ai perdu mes deux fils à la guerre, j'ai retrouvé le goût du bonheur avec toi... Lorsque mon père et ma deuxième mère sont partis ensemble, main dans la main, pour leur dernier voyage, je crois bien que j'ai éprouvé davantage de fierté et de joie que de tristesse. Ma vie aurait-elle été aussi riche sur cette île perdue au milieu de l'Atlantique ? Mon seul regret concerne ma vraie mère : même si elle venait de temps à autre me rendre visite dans mes nuits sans sommeil, j'ai souffert de ne pas l'avoir serrée au moins une fois dans mes bras... »

La tête de Jahik vint se poser comme un oiseau sur le ventre du vieil homme.

« Imök n'est peut-être pas une menteuse, finalement, murmura Tcholko.

— Je ne l'épouserai pas ! Elle se moque toujours de moi. Tu partiras bientôt, grand-père, n'est-ce pas ? »

Le vieil homme serra très fort l'enfant contre lui.

« Je ne t'abandonnerai pas dans les mondes invisibles. Tu ne m'as pas encore promis de garder le secret... »

Le garçon se faufila dans la yourte sans répondre ni même lui accorder un ultime regard. Tcholko le Renard entendit ses sanglots, puis le chant d'Elnuk qui consolait son fils, qui célébrait la permanence de la vie. Alors, l'esprit vide, le cœur léger, il se dirigea vers la sortie du campement et s'enfonça dans la nuit noire où l'attendaient les âmes de ceux qu'il lui tardait de retrouver.

Composition Nord Compo
Achevé d'imprimer en Slovaquie
par Novoprint SLK
le 28 août 2015
1ᵉʳ dépôt légal dans la collection : mars 1998

Éditions J'ai lu
87, quai Panhard-et-Levassor, 75013 Paris
Diffusion France et étranger : Flammarion